HAYMON taschenbuch 160

Gedruckt mit freundlicher Unterstützung
durch die Kulturabteilung der Stadt Wien.

MIX
Papier aus verantwortungsvollen Quellen
FSC® C017859

Auflage:
4 3 2 1
2017 2016 2015 2014

HAYMON tb 160

Originalausgabe

www.haymonverlag.at

ISBN 978-3-85218-960-4

Umschlag- und Buchgestaltung nach Entwürfen von
hœretzeder grafische gestaltung, Scheffau/Tirol
Umschlag: Eisele Grafik·Design, München, unter Verwendung von Bildelementen von Bigstock/Life on White (Katze), Bigstock/Dudarev Mikhail (Hintergrund/Berge) und Shutterstock/Lukiyanova Natalia/frenta (Geranien)
Satz: Da Tex Gerd Blumenstein, Leipzig
Autorenfoto: Kurt-Michael Westermann

Gedruckt auf umweltfreundlichem,
chlor- und säurefrei gebleichtem Papier.

Peter Wehle

Teufelskoller

Ein dämonischer Kriminalroman

Peter Wehle
Teufelskoller

Salzburg, Anno Domini 1677, dem 25. August

Jaja, was fragten die hohen Herren ihn das schon wieder? Das hatte er doch mehrfach erzählt, dem Herrn Landrichter in Großarl ebenso wie den Herren hier. Ja, er war mit dem berühmten Zauberer-Jackl zusammen gewesen. Jaja, da staunt ihr, meine Herren, ich, der Bettelbub Dionysus Feldner, ich war Kumpan des berühmten Zauberer-Jackl! Wie meint ihr? Nein, nicht nur acht Tage, ich war viel länger in seinem Gefolge, viel länger. Jaja, Wochen ... wie viele? Je nun, mit dem Zählen hab ich's nicht so genau. Drei? Ja, drei Wochen! So lange hat der Jackl nur mich bei sich gehabt, jawohl! Wie? Ja, auch andere Buben seien beim Jackl gewesen. Aber er, Dionysus Feldner, sei sein Lieblingsbub gewesen. Was er gelernt habe? Ja, alles, wirklich alles, er sei ein sehr gelehriger Schüler gewesen. Bitte, der hohe Herr solle nicht so böse sein wegen seiner Gelehrigkeit – das sei doch etwas Gutes, oder nicht? Nein, die Worte unseres Herrn könne er nicht lesen. Aber er merke sich fast alles, was die Pfaffen ... die Herren Pfarrer so erzählen. Was er beim berühmten Zauberer-Jackl so gelernt habe? Ja, eben alles, alles Wichtige, wie: sich verschwinden lassen, Tiere krank machen, Wetterzauber, Liebeszauber, Menschen krumm machen, sich verwandeln können. Alles eben! Warum er denn mit dem Zauberer-Jackl überhaupt mitgegangen sei? Ja, der Zauberer-Jackl sei doch berühmt im ganzen Land, allerlei wilde Geschichten erzähle man sich von diesem tollkühnen Kerl, und außerdem habe er ihn, den zwölfjährigen Dionysus Feldner, von sich aus angesprochen – nie mehr Hunger leiden müsse er, wenn er mit ihm zöge.

Als Dionysus Feldner vom Verhör zurück in seine Zelle gebracht wurde, hatte er das vage Gefühl, dass die freundliche Strenge der Herren an seinem Schicksal nichts ändern würde. Sein Erdendasein würde bald zu Ende gehen.

Er sollte recht behalten.

Dienstag, 8. Juli 2008, Mittag

„Wie heißen Sie? Wotan Perkowitz? Wotan? Perkowitz? Nicht in echt? Doch echt? Perkowitz mit tz am Ende? Also, so wie ‚Witz'?"

Es war jedes Mal dasselbe – als ob man allein schon an der Nummerntafel seines Wagens seinen Namen erkennen könnte. Immer traf es ihn – Wotan Perkowitz! Jedes Mal hielten Polizisten bei einer beliebigen Verkehrskontrolle ihn, Wotan Perkowitz, an. Und jedes Mal dasselbe Gelächter! Er war sich sicher, dass er schon als Säugling im Auto kontrolliert worden war. Lediglich die ersten zwei Monate seines Lebens, die Wochen vor seiner Taufe, waren glücklich gewesen. Aber dann hatte sein Vater, Ministerialrat Doktor Rudolf Perkowitz, beschlossen, seine Verehrung der Werke Richard Wagners in einem grausamen Akt lebenslanger Verstümmelung gipfeln zu lassen ... und hatte „Wotan" als Namen seines Erstgeborenen trotz der Proteste der Mutter, des Priesters – eigentlich aller – durchgesetzt.

Und damit hatte sein Elend begonnen ... seines, Wotans Elend, Wotan Perkowitz' Elend!

Bevor er endgültig in Tränen ausbrach und damit seine Schnellstraßen-Fahrtauglichkeit massiv beeinträchtigt hätte, half sein üblicher Rettungsanker, sein analytischer, manchmal ein wenig zwangsneurotischer Verstand.

„Wotans Elend“, da war der Genetiv noch klar. Aber bei „Wotan Perkowitz’ Elend“, müsste man da nicht „Wotans Perkowitz’ Elend“, also einen doppelten Genitiv bilden? Nein, Unsinn, es muss „Wotan Perkowitz’ Elend“ heißen. Aber warum eigentlich? Weil es ja nur das Elend einer Person wäre, daher wäre auch nur ein Genitiv nötig, dozierte er zu sich selbst genau in dem Tonfall, der seine Schwestern und seinen Vater so reizte. „Unser kleiner Professor“, sagten sie dann mit dieser unnachahmlichen Mischung aus tiefer Ironie, seichter Wissenschaftlichkeit und gut verborgener Unsicherheit. Also gut, „Wotan Perkowitz’ Elend“ musste es heißen. Wobei, die Idee mit dem doppelten Genitiv – „Wotans Perkowitz’ Elend“ – gefiel ihm eigentlich ganz gut, denn immerhin war sein Elend ja auch mindestens groß genug für zwei Personen. Sei nicht blöd!, schalt er sich. Im Übrigen, stimmt die Schreibweise des Genitivs bei „Perkowitz“ – mit Apostroph – überhaupt?

Eines hatten all die sinnlosen, aber im Grunde amüsanten genitiven Überlegungen an sich ... sie hatten ihm die Zeit vertrieben, er war an „seinem Ende“ der Bundesstraße angelangt.

Wie hatte Tante Agathe es ihm beschrieben: „In Tamsweg biegst du bei der Tafel ‚Lackn-See‘ ab, da geht’s dann sehr steil hinauf, beim See ist das Ausflugslokal Hiafalm, und unmittelbar davor fährst du auf die Forststraße. Ignorier die Fahrverbotsschilder, für dich gilt die nächsten Monate ‚Nur für Anrainer‘.“

Das Ignorieren gefiel ihm, aber der Gedanke, dass er drei Monate Anrainer auf einer Alm im salzburgischen Lungau sein sollte, behagte ihm gar nicht.

Dienstag, 8. Juli 2008, Nachmittag

Bereits nach einigen Metern Forstweg-Geholper begriff Wotan widerwillig, dass sein Vater recht gehabt hatte, als er ihm anstatt des italienisch-schicken „Katzenschleppers“ – ein Fahrzeug, das vor allem der Anbahnung zwischenmenschlicher Beziehungen diente – den robusten Gebrauchten gekauft hatte. „Echte deutsche Qualität“ – das waren die Schlüsselworte gewesen, mit denen bei Perkowitz senior der Kaufreflex ausgelöst worden war. Die Tatsache, dass die „echte deutsche Qualität“ ein tschechisches Logo trug, hätte den Kauf beinahe verhindert, doch – welch Glück! – konnte noch klargestellt werden, dass der Großteil des Autos aus deutschen Qualitätsteilen bestand ... und somit hoppelte Wotan mit seiner „Schenhajt“, wie er das eher klobige Vehikel liebevoll-böhmakelnd getauft hatte, eben Anfang Juli auf die Alm seiner Tante.

Gut, es roch gut. Gut, es war wirklich schöner Wald um ihn. Gut, zahlreiche Touristen aus aller Welt kamen nach Österreich, um genau diese Landschaft mit unzähligen „Ahs“ und „Ohs“ zu prägen.

Trotzdem fühlte er sich elend!

Warum er? Das war eigentlich eine rhetorische Frage, denn er wusste ja, warum er den Sommer über auf diese Alm sollte. Aber dieses Wissen machte die Tatsache an sich nicht wirklich erträglicher.

„Ich will gar nicht Psychologie studieren!“, schrie er unversehens sein Lenkrad an. Vor Schreck fielen zwei Vögel, die neben dem Auto hergeflogen waren, beinahe steingleich zu Boden. Wotan schloss das Wagenfenster und murmelte eine Entschuldigung – eine dreifache, um genau zu sein. Er entschuldigte sich bei den beiden Vöglein, bei seinem Lenkrad und bei sich, denn irrtümlich hatte er mit seiner Überemotion beinahe seinem Vater recht gegeben. Dieser war es ja, der immer behauptete, die Studienwahl seines Sohnes sei ein Wahnsinn und diene nur dazu, ihn, Ministerialrat Doktor Rudolf Perkowitz, an den Rand des geistigen und finanziellen Ruins zu treiben. „Du bist der erste Perkowitz seit Generationen, der nicht Jus studiert. Wenn du wenigstens Medizin gewählt hättest, zur Not noch Architektur ... aber Psychologie?!" Wotan hatte noch das Schluss-„ie" in den Ohren, bei dem die Stimme seines Vaters beinahe gekippt war. Dieses „ie" hatte über all die Jahre jegliche Zweifel in ihm beseitigt – er wollte Psychologie studieren, absolvieren und auch als Beruf ausüben! Zweifel waren unangebracht, Psychologie war schön, jawohl! Und eigentlich war Psychologie ja wirklich interessant ... trotz dieser Ausbildungsstufen-bedingten Arbeiten, die man verfassen musste. Das Bakkalaureat war eben der erste Titel am Weg zum Doktorat, der mittels einer schriftlichen Bakkalaureatsarbeit erlangt wurde. Und wenn man daheim in Wien keine Ruhe fand, um diese Arbeit endlich zu vollenden, so mussten eben drei Monate „Almhaft" die notwendige Distanz zu den diversen Störfaktoren bringen.

Störfaktoren – wenn das Amelie gehört hätte ... Ameliiie! Wie anders klang doch ein langes „ie", wenn es am Schluss von „Amelie" stand und von seiner inneren Stimme gehaucht wurde, wie anders als jenes am Ende von „Psychologie", von seinem Vater hysterisch gekeucht. Ach, Amelie ...

Die Sanftheit, die seinen Körper trotz der Schlaglöcher durchflutet hatte, mutierte in Sekunden zur grausamen Härte Lungauer Granits, als ihm klar wurde, dass er nicht einmal hier, im entferntesten Alpental, vor Amelie Ruhe finden würde. Da gab es nur ein Gegenmittel – an die anderen Wiener Störfaktoren zu denken und zu genießen, dass sie ihn hierher nicht verfolgen könnten.

Störfaktoren ... sein Vater würde sich über diese rüde Bezeichnung maßlos ärgern. Und seine drei Schwestern Brunhilde, Isolde und Aglaia würden mit einer Mischung aus blankem Zynismus – Brunhilde –, einem völlig desinteressierten „Hast du was gesagt?" – Isolde –, und einem „Sei nicht so gemein!" – Aglaia –, reagieren.

Man hatte es nicht leicht, wenn man drei Schwestern den „großen Bruder" geben musste. Gut, Brunhilde war nur eineinhalb Jahre jünger, der hatte er keinen Moment je vormachen können, so etwas wie ein Beschützer oder liebevoller Ratgeber zu sein. Schon in der Sandkiste hatte sie die Kinder verhauen, die ihm das Spielzeug wegnahmen. Sie war eben immer schon eine richtige Brunhilde gewesen. Ätsch, dachte Wotan in einer befreienden Anwandlung intensiver Bosheit, du bist auch ein Perkowitz'sches Wagneropfer! Gut, Bruni hatte ja noch die Chance, ihren Familiennamen mittels einer Heirat zu ändern ... aber auch Brunhilde Sedlacek klang nicht viel besser – vorausgesetzt natürlich, der derzeitige Anbeter würde eines Tages um ihre breite und für eine junge Dame etwas zu muskulöse Hand anhalten. Das wäre eigentlich gar nicht so schlimm, denn der Heinzi – Magister iuris Heinz Sedlacek – war kein so übler Kerl, immerhin konnte er Perkowitz senior erstaunlich rasch zu einem Menschen formen, wenn dieser wieder einmal explodiert war. „Und zur Bruni würde er auch gut passen", murmelte Wotan vor sich hin. Ja, weil ... weil ... also gut – eigentlich war auch die Bruni gar nicht so übel, wie er immer allen erzählen musste, um das zwischen ihnen seit zwei Jahrzehnten – also faktisch von ihrer Geburt an – aufgebaute Rollenklischee zu pflegen.

Rollenklischee? Mein Gott, du denkst ja schon wie ein Psychologe!, freute sich Wotan ... für einen Moment. Denn schon im nächsten musste er sich eingestehen, dass gerade so zeitgeistige Ausdrücke wie „Rollenklischee“ wahrlich noch keinen Bakkalaureus der Psychologie aus ihm machten.

Noch musst du nicht an die Psychologie denken ... lass das noch ruhen ... konzentrier dich lieber auf die Forststraße und denk zur Not an ... an ... Isolde!

Eigentlich logisch, dass ich denke, dass ich an Isolde denken könnte, um nicht an Ame... nein! Dieser Name war für drei Monate aus seinem Hirn, seinem Herzen, seinem Magen, seinem ... und überhaupt zu verbannen!

Isolde, logisch!

Denn Isolde war nicht nur das dritte Opfer der Wagnervergötterung seines Vaters, sondern auch seine zweite Schwester. Mit ihr hatte ihn seit ihrer Kindheit ... nichts ... ja, nichts verbunden. Sie hatten nie viel gestritten, nie viel gespielt, nie viel gelacht – sie waren immer wie ein altes Ehepaar gewesen, neben-, fast nie miteinander.

Erstaunlich, aber nicht schlimm!, tröstete sich Wotan und fuhr beinahe in einen Traktor, der mitten auf der Forststraße stand, um schwere Holzstämme ins Tal zu transportieren. „Sagen Sie, Sie ... Sie ... Sie Sie, Sie – müssen Sie unbedingt hinter der unübersichtlichen Kurve halten, sodass jeder, der hier fährt, zwangsläufig in Sie hineinfahren muss!“ Gott sei Dank hatte sich Wotan im letzten Moment zu seiner „Beschimpfungsformel“ gerettet – „Sie Sie, Sie“ (mit der Betonung auf dem zweiten „Sie“) musste immer dann als Platzhalter dienen, wenn das väterliche Element in ihm, sein Zorn, das mütterliche, seine Wohlerzogenheit, zu verdrängen drohte.

Der Mann, dem die emotionelle Aufwallung gegolten hatte, kam langsam aus seiner Hocke hoch, nahm seelenruhig den gelben Schutzhelm vom Kopf und musterte Wotan lange und sorgfältig.

Ein Stummer, durchzuckte es Wotan, ich habe beinahe einen Unfall mit einem Stummen gebaut. Na, das wär aber lustig geworden bei der Polizei, da hätte wenigstens nicht Aussage gegen Aussage stehen können, ätzte er zu sich selbst, gleichzeitig überrascht von der Bosheit seiner Gedanken.

Doch ... „Junger Herr, zum einen wären Sie erfreulicherweise nicht in mich, sondern in meinen Traktor hineingefahren. Ihre Aufregung ist also unbegründet. Zum anderen hätte das meine Agi, so heißt der Traktor, gut überlebt, Ihr fahrbarer Untersatz hingegen eher nicht. So gesehen ist Ihre Aufregung begründet, Ihr scharfer Tonfall verständlich. Da es sozusagen eins zu eins im Match Sie gegen Sie steht, und im Übrigen nichts passiert ist, würde ich vorschlagen, dass ich meine Agi ein wenig zur Seite fahre, Sie vorsichtig an uns vorbeimanövrieren und Ihrem weiteren Lebensweg folgen. Einverstanden?“

Wotan war zu perplex, um eine geeignete, geistreiche Antwort zu geben. Hatte er einen Universitätsprofessor der Vergleichenden Sprachwissenschaft vor sich, der sich in den Sommerferien als Holzfäller verdingte? Oder war er auf den Priester der kleinen Gemeinde am Fuße des Berges gestoßen, der seine Formulierungen wie seine Äxte für das Kirchen-Heiz-Holz schliff? Egal, er war perplex. Also stieg er wie empfohlen in seine Schenhajt und arbeitete sich Millimeter um Millimeter an Agi und dem sprachgewandten Waldmann vorbei.

Woran hatte er gerade ...? Ah ja, Bruni, Isi – und daher fehlte natürlich noch Laili, also Aglaia, seine jüngste Schwester, das von allen geliebte und verhätschelte Nesthäkchen. Vierzehn Jahre jünger als er hatte sie vor kurzem die dritte Volksschulklasse beendet – sie, die als Einzige von ihnen nicht den Makel Wagner'scher Vornamen-Germanisierung trug. Und das war eindeutig der wichtigsten Person des „Irrenhauses Perkowitz", wie Bruni sich manchmal am Telefon meldete, zu verdanken. Ihre Mutter war es gewesen, die vor der Taufe ihrer Jüngsten ihrem Mann unmissverständlich klargemacht hatte, dass dieser „... kleine Wecken nicht Sieglinde heißen wird. Sieglinde heißt bei uns eine Erdäpfelsorte, aber nicht meine jüngste Tochter! Die heißt Aglaia, die Prächtige – und wenn dir das nicht passt, kannst du von mir aus woanders viele kleine Siegfrieds und Alberichs und Woglindes und Wellgundes zeugen, aber nicht bei mir!"

Der Vater war damals so fassungslos gewesen, dass er die ganze Taufe über wie apathisch gewirkt hatte. Dass seine Frau des Altgriechischen und damit der Bedeutung des Namens „Aglaia" mächtig war, hätte er wissen können, denn immerhin hatte sie Griechisch und Latein studiert, bevor sie die akademische Laufbahn aufgeben musste, um den Wünschen ihres damaligen Verlobten und späteren Ehemannes zu entsprechen. Dass seine Frau pointiert und messerscharf formulieren konnte, hätte er auch viele Jahre nach ihrer Hochzeit wissen können, wenn er ihr öfter zugehört hätte.

Aber er hatte nicht!

„Ach ja", seufzte Wotan, „meine Mama, wie würde ich die jemandem erklären?" Weiter kam er nicht mehr in seinen familiären Gedanken, denn er war am geografischen Ziel der nächsten drei Monate angelangt, er stand am Ende der Forststraße, mitten auf der Hiafalm.

Dienstag, 8. Juli 2008, Abend

Endlich, dachte er sich, endlich kann ich tief durchatmen. Tiiief atmen, tiief atm... und schon begann er zu husten.

Entsetzlich, kann ich nicht einmal mehr normal atmen? Habe ich alle primitiven Vitalfunktionen so weit verlernt, dass ich mich sogar beim Einatmen verkutze?

Wotan überlegte fieberhaft, ob er nicht rasch vor sich selber eine Ausrede finden könnte, warum er sich verschluckt hatte. Natürlich, es könnte die Menge an Sauerstoff sein, die er hier einatmete – so eine Bergluft war für einen Durch-und-Durch-Städter wie ihn doch sicher ungewohnt. Oder war es vielleicht die Seehöhe? 1600 Meter waren für ihn, der in Wien auf – ja, auf wie viel Metern Seehöhe eigentlich? – lebte, möglicherweise nicht auf Anhieb leicht zu ertragen.

„Denk dran", sagte er zu sich, „sofort nachzuschauen, auf wie viel Metern relativer Seehöhe Wien liegt." Vielleicht war das im Internet zu finden. Um das wiederum tun zu können, müsste er vorher die Koffer auspacken, in denen all seine Sachen, darunter sein Computer, der Wiederverwendung harrten.

„Nur nichts überstürzen!", zögerte Wotan diesen mühsamen Akt der Körperertüchtigung hinaus – immerhin würde er diesmal selber die Koffer vom Auto bis in den ersten Stock des Almhauses schleppen müssen, eine Tätigkeit, die sonst immer Bruni für ihn übernahm. Wenn die Beschreibung seiner Tante stimmte, war die Hütte ein ziemlich luxuriöser Schuppen, mit Solarstrom, Warmwasser und „... sogar einem Innenklo“ – für ein „Almgut“, wie sein Vater die Liegenschaft seiner Schwägerin hochtrabend-ironisch nannte, war das wohl schon eine noble Ausstattung. Er fand zu seinem Erstaunen sofort den Schlüssel, sperrte die Tür auf ... und staunte wirklich. Vor ihm erstreckte sich ein wunderschöner großer Wohn-Ess-Küchen-Raum, der durchgehend aus hellem Holz bestand. Vorsichtig setzte er seinen Fuss auf den Holzboden – kein Knarren, stattdessen überwältigte ihn eine Duftflut, die ihm einen Moment lang wie die alpine Abwandlung eines orientalischen Drogenrausches erschien ... zumindest stellte Wotan sich eben so einen orientalischen Drogenrausch vor. Der Holzduft zog sich entlang der Treppe in den ersten Stock – ebenfalls wunderschön, gemütlich und mit einem kleinen und offensichtlich neuen Anbau, in dem das versprochene Bad und das „Innenklo“ sehr geschickt untergebracht waren. Und dann die Krönung ... ein herrlicher Balkon, der auf ein Hochplateau hinausging, das erst am Horizont mit der nächsten Bergkette zu verschmelzen schien. Auf der gegenüberliegenden Seite stand das Bett unter einem Fenster, das gerade ein wenig Ausblick bot – das Haus war so in einen Hang gebaut, dass die hinteren Fenster im Erdgeschoss auf eine grimmige Felswand blickten, hier im ersten Stock aber bereits einige Meter Abstand zwischen Fenster und leicht geneigter Bergwiese waren.

Natürlich hatte er inzwischen vergessen, dass er sich eigentlich schwer verkutzt hatte. Er atmete daher wieder ruhig und gleichmäßig und ließ die herrliche Abendluft und den strahlenden Sonnenuntergang auf sich wirken, den er hier auf diesem geräumigen, aus massiven Bohlen gebauten Balkon inmitten eines der schönsten österreichischen Waldgebiete genoss.

Und da waren sie wieder, die Familiengedanken!

„Wotan!“, hatte seine Mutter zum Abschied gesagt. „Wotan, bemüh dich, endlich wieder etwas Rhythmus in dein Leben zu bringen. Und verkühl dich nicht.“

Sein Vater hatte wie immer gemeint, er müsse den Pater familias hervorstreichen. Und ihm zum x-ten Mal klargemacht, dass er, sein einziger Sohn, sehr, sehr dankbar sein müsse, dass Tante Agathe ihnen, im Besonderen ihm, Wotan, ihr steirisches Almgut zur Verfügung stellte, damit er, des Vaters einziger Sohn, endlich jene Ruhe des Geistes fände, die es doch ermöglichen sollte, seine Bakkalaureatsarbeit in Psychologie fertigzustellen. „Ja, Papa“, hatte er gesagt. Wie üblich.

„Almgut“ ... er hatte sich noch über die Bezeichnung lustig gemacht und gedacht: Alm vielleicht, aber gut? Doch diesmal hatte sein Vater recht behalten, das hier war ein Almgut, und die Alm war wirklich gut!

Wotan seufzte tief auf seinem neuen Refugiumsbalkon. Sein Vater! Natürlich, er meinte es immer nur gut mit ihm. Aber das war ja das Problem! Als ob die Namensgebung nicht genug Bürde für sein Leben gewesen wäre, hatte ihn sein Vater noch dazu in ein streng geführtes, von Wotan nicht wirklich geschätztes Jesuitenkollegium geschickt. Denn die Basis eines jeden Menschen seien einzig und allein Altgriechisch und Latein! Wotan Perkowitz, discipulus Dei ... das haut den stärksten Wen-auch-immer um!

Wotan seufzte wieder. Und nieste. Daraus schloss er, dass ihm langsam kalt wurde. Zumindest würde das seine Mutter so sehen.

Seine Mutter. In zynischen Momenten wunderte er sich, dass ihr noch keine Flügel gewachsen waren. Wie konnte Gott sie nur übersehen? Sie, die die Kraft aus der Religion – natürlich aus der einzig wahren –

zog. Die Kraft, zwei Katzen, drei Töchter, einen Sohn und – und das war die „eigentlichste" Prüfung – diesen ihren Mann zu ertragen, ja sogar zu lieben.

Er fröstelte wirklich. Also ging er hinein. Er freute sich, dass er zu dieser einfachen Schlussfolgerung – wenn es kalt wird, geht man hinein – selbst und allein in der Lage gewesen war. Vielleicht war er doch nicht so weltfremd, wie das seine Freunde kritisierten. Oder lebensunfähig, wie es seine Feinde – oder waren es doch nur Gegner? – sarkastisch bemerkten.

Feind oder Freund? Jetzt seufzte Wotan am allertiefsten. Denn wieder war er bei Amelie angelangt. Was bedeutete sie für sein Seelenleben? Hatte sich der Himmel oder die Hölle aufgetan, wenn sie ihn im Hörsaal 31 wieder einmal ignorierte? Er wusste es nicht. Also seufzte er. „Seufzo, ergo sum." Im selben Moment, in dem er den Satz weinerlich vor sich hinblödelte, musste er schon wieder an seinen Vater denken. Er hätte so einen Ausspruch niemals ungeahndet gelassen. „Sag es richtig, oder gar nicht!", hätte er wie immer jegliche sprachliche Kreativität im Keim erstickt. Wotan seufzte – und mit Schrecken stellte er fest, dass dieses Seufzen einem Weinen zu gleichen begann. Also riss er sich am Riemen – hoffentlich reißt er nicht, dachte er in einem Anflug von Galgenhumor – und begann den Kofferraum zu entladen.

Er wurde von einem schrillen Klingeln unterbrochen. Im ersten Moment erinnerte ihn das Geräusch an Laili, wenn sie etwas wollte, es aber nicht bekam. Im zweiten Moment hatte er erst die Kraft, nervös zusammenzuzucken, und endlich im dritten Moment wurde ihm klar, dass er sich doch nicht ganz fern jeglicher Zivilisation befand: Aber wo war sein Handy? Das Klingeln als Orientierungshilfe nützend, fand Wotan die „elektronische Hundeleine“ schließlich im roten Rucksack. Tante Agathe wollte sich nur erkundigen, ob er alles gefunden habe, und ob alles auch funktionieren würde. Ja, Tante Agathe, danke vielmals, Tante Agathe. Nein, in der Küche sei er noch nicht gewesen. Ja, Tante Agathe, danke dir, Tante Agathe. Als er das Gespräch beendet hatte, wählte er die elterliche Telefonnummer. „Ja, Laili, gibst du mir den Papa oder die Mama? Nein, mich hat hier noch kein Yeti getötet. Nein Laili, ich bin ja nicht im Himalaya, sondern nur im Lungau. Was heißt hier schade! Also, gib mir jetzt endlich ... ah, Papa, endlich! Ja, ich habe bereits mit der Tante Agathe telefoniert. Natürlich war ich höflich. Ja, danke, ja ... Mama! Ja, alles in Ordnung. Nein, ich werde nicht verhungern, keine Sorge. Und erfrieren auch nicht. Vor welchen Tieren soll ich mich hüten? Aha, daher hat die Laili also diesen Yeti-Blödsinn! Nein, ich meine natürlich nicht, dass sie den direkt von dir hätte. Ich wollte nur sagen, dass das offenbar unausgesprochen in der Luft gehängt ist, und die Laili hat das halt wieder einmal als Erste blöd formuliert. Ja Mama, ich weiß, ich soll nicht über meine Schwestern schlecht reden. Also red ich lieber gar nicht über sie. Ja, das wird mir hier ja nicht sehr schwer fallen. Gut, ja, danke. Bussi!“

Als Wotan aufgelegt hatte, hob sich sogleich seine Laune. Es gäbe etwas zu essen in diesem Haus, hatte Tante Agathe gesagt. Also machte er sich auf die Suche nach Tiefkühltruhe und Mikrowellenherd. Und er fand sogar Rindsrouladen mit Spiralnudeln – ein Luxus! Und seine liebe Tante hatte ihm noch dazu Bier eingekühlt! Wotan beschloss, dass „mit soeben“ ein neuer Lebensabschnitt begonnen hatte. Er würde allen beweisen, dass er sehr wohl in der Lage war, rasch und gut seine Bakkalaureatsarbeit fertigzuschreiben. Jawohl, er war auf dem Weg, endlich richtig erwachsen zu werden … oder zumindest damit anzufangen.

Es musste an der Waldluft liegen, dass er plötzlich so entschlossen war, entschlossener zu werden. Ab nun würde er definitive Entscheidungen treffen und nicht alles nur dahindümpeln lassen. Wobei … so ein Beschluss brauchte natürlich einen festlichen Rahmen, um in Kraft gesetzt zu werden. Also begann Wotan, den Küchentrakt nach möglichst edlem Geschirr zu durchsuchen, um das Nachtmahl gebührend zu zelebrieren. Nach fünfminütigem Wühlen in Tante Agathes Tellerstößen stellte er leicht frustriert fest, dass es nur ein dekorloses, robustes Einheitsgeschirr gab. Von so einem Detail ließ sich „der neue Wotan Perkowitz“, der er ab nun sein wollte, jedoch nicht entmutigen.

Rindsrouladenbissen um Rindsrouladenbissen spürte er, wie er an Kraft gewann, um in den nächsten drei Monaten seine etwas verworrene Situation durch Fleiß und Entschlussfreudigkeit zu bereinigen.

Ja, das würde ihm gelingen!

Aber nicht mehr heute – das opulente Mahl, der Alkohol und die mitternächtliche Uhrzeit zwangen Wotan zur Erkenntnis, dass auch morgen noch Zeit genug sein würde, um auszupacken und einzuräumen, und so suchte er nur mühsam Pyjama und Zahnbürste und wankte in Richtung Badezimmer. Nach einem sehr kurz geratenen Aufenthalt in eben diesem wollte Wotan noch im Bett darüber nachdenken, wie er denn … aber dazu kam er nicht mehr.

Salzburg, Anno Domini 1675, dem 13. Juni

Sie überfiel sie jäh und trotz allem unerwartet. Die Angst war plötzlich anwesend, fast so, als ob sie als Mitgefangene neben ihr angekettet wäre. In einem hysterischen Aufflackern von Ironie lachte sie kurz und hasserfüllt vor sich hin – wo sollte denn diese Angst sein? Zelle winzig ... Angst immer größer ... daher kein Platz für die Angst ... also doch keine Angst – dieser Gedankengang hätte den Hexenkommissaren beim Verhör gefallen, dachte sie bitter. Doch die scheinbar logische Überlegung nützte ihr auch diesmal nicht ... und damit brach die Angst endgültig über sie herein.

Einen Moment glaubte, nein, hoffte sie, an dieser Angst zu sterben. Ihr wurde so übel, dass sie die Kälte, den Hunger, den Durst, ja nicht einmal mehr die Schmerzen der Folterverletzungen spürte ... doch ebbte dieser Zustand leider ebenso rasch ab, wie er gekommen war.

Die Angst blieb.

Sie wollte sich so fürchten, dass ihr Herz aussetzen würde, dass Gott, an den sie immer noch glaubte, obwohl ihr all die Schmerzen auch in seinem Namen zugefügt worden waren, sie endlich zu sich nehmen müsste. Doch sie vermochte es nicht, sich – endlich – zu Tode zu fürchten. Sie weinte bitterlich. Jetzt nützte ihr die Angst nicht mehr, jetzt quälte sie sie nur noch.

Das Schlimmste war, dass diese Bestien in ihren Richterröcken sie nun endgültig dort hatten, wo sie deren Meinung nach hingehörte. An das Ende allen menschlichen Seins, das bei ihr so minder war, dass es nur mehr durch die Hinrichtung, die reinigende Wirkung der Leichnamsverbrennung und die Gnade Gottes erträglich gemacht werden konnte.

... an dieses verfluchte Ende des Seins, das ihr von Anfang an beschieden gewesen war. Tochter eines Abdeckers, eines Schinders ... der letzte Dreck für die ehrbaren Bürger! Fast so missachtet wie die Folter- und Henkersknechte, die ihr seit vier Monaten das Leben zur Hölle machten, schoss es ihr durch den Kopf – ein Gedanke, über den sie innerlich lächeln musste. Äußerlich konnte sie nicht mehr den Mund verziehen, die gebrochenen Kiefer schmerzten zu sehr.

Ihr Lebensweg hatte beständig bergab geführt. Die glücklichen Zeiten waren rar gewesen. Wie sie ihren Kilian geheiratet hatte – auch ein Ausgestoßener, ein Henkersknecht und Schinder, aber eine stattliche und Respekt gebietende Gestalt. Die Bauern hatten sich vor ihm gefürchtet!, dachte sie in einem Anflug von Glück. Und dann war da ihr Sohn Jakob gewesen, der Zauberer-Jackl, der ihr Begleiter und Komplize geworden war. Auch die Zeit mit ihm war noch erträglich gewesen.

Das Quietschen des Schlüssels und der schweren Eisentür ließen sie aufschrecken. Da wurde die Angst endgültig zur Panik. Sie wusste augenblicklich, dass sie nun alles gestehen würde, was man ihr in den Mund legte – sie war am Ende ihrer Kräfte, sie ertrug die Folter nicht mehr!

Mittwoch, 9. Juli 2008, 15 Uhr

Jäh schreckte Wotan aus seinem Schlaf – er glaubte, einen Schrei gehört zu haben.

In dem Moment entfuhr ihm ein zweiter, als er seinen Kopf in Richtung des Hangfensters zu seiner Rechten drehte. Eine Kuh hatte ihren Kopf zum Fenster hereingesteckt und kaute mit einem Ausdruck blöden Stumpfsinns vor sich hin. Warum, dachte Wotan, warum steckt dieses Vieh seinen Kopf hier herein, wenn es sich so überhaupt nicht für meinen Morgenschlaf interessiert? Egal, es war nicht an der Zeit, tiefschürfende Überlegungen über viehische Verhaltensweisen anzustellen, denn das Tier stank dermaßen aus dem Maul, dass Wotans schlechtes Gewissen, sich gestern Abend nur kurz die Zähne geputzt zu haben, augenblicklich verging. „So wie du stink ich lang nicht!", fuhr er die Kuh an und setzte sich auf. Seine rasche Bewegung veranlasste das wiederkäuende Vieh dazu, widerwillig den Kopf aus dem Fenster zu ziehen.

„Wem gehört denn dieses Stinkmonster?", hörte er von der anderen Seite des Hauses unten vor der Türe eine Stimme fragen. Fragen – na ja, eigentlich war es eine ungewöhnlich schnarrende Stimme, die Sprachmelodie kaum auszumachen, ja selbst das Geschlecht des Sprechers war nur schwer zu identifizieren. Er stürmte die Treppe hinunter, um vorm Aufreißen der Tür zu begreifen, dass er unmittelbar aus dem Bett kam. Doch es war zu spät! Unfrisiert, unrasiert, mit schlafverklebten Augen und Mundgeruch, in einem verdrückten Pyjama stand er vor einer ... einer ... er traute seinen Augen nicht – er war wohl doch noch in der Aufwachphase. So eine Gestalt konnte es im 21. Jahrhundert nicht mehr geben, zumindest nicht in Mitteleuropa.

„Gehört Ihnen das Stinkmonster?" – die Gestalt sprach! Und es war sogar die Stimme von vorhin, unmittelbar nach dem Kuhalarm.

Diese Stimme kam aus einer Hülle, die lediglich die groben Proportionen mit der Species Mensch teilte. Ansonsten bestand die Gestalt aus kuhhäutigen Fellfetzen, die tentakelgleich von einem grau-grünen Etwas abstanden – dieses Etwas erinnerte in Struktur und Geruch an gepressten Kuhmist.

Die Krönung bildete eine schwarze Katze, die oben links auf dem Gebilde thronte und Wotan mit ihren ockerfarbenen Augen fixierte.

„Sind Sie taub?", kam es aus dem obersten Teil der Naturstatue. „Gehört Ihnen dieses Stinkmonster?" – einer der Tentakel schoss in die Höhe und zeigte auf seine Schenhajt, die ebenfalls noch verschlafen wirkend einige Meter entfernt parkte. Und da begriff Wotan endlich, dass das ein Arm war, dass es sich bei seinem Gegenüber wohl doch um einen Menschen handelte, und dass mit dem „Stinkmonster" weder die Kuh noch sein Gegenüber noch er, sondern sein Auto gemeint war.

„Ja." Mehr brachte Wotan aufgrund seiner geballten Erkenntnis nicht heraus. „Sie wagen es, mit Ihrer Kohlendioxidschleuder hier herauf auf die ... fahren Sie eigentlich einen Diesel?"

„Ja." Wieder war Wotan zu nicht mehr als zu diesen zwei Buchstaben in der Lage, diesmal aber eher aus dem grenzenlosen Erstaunen heraus, in das ihn diese Sagengestalt versetzt hatte. Aber er genoss in diesem Moment selbst dieses Rumpfwort, da es ihm erlaubte, zumindest minimal Widerstand gegen die Ökotirade zu leisten.

„... dann kommen noch die Rußpartikel dazu, Sie Klimaterrorist, Sie Baumschänder, Sie ... Sie typischer Städter!"

Wotan hatte ein Déjà-vu. Er war doch erst kürzlich auf ungewöhnlich hochgestochene Art zurechtgewiesen worden ... ah ja, natürlich, der intellektuelle Waldtraktorfahrer gestern bei der Anreise. Boten hier alle Eingeborenen eine Mischung aus leicht seltsamem Verhalten und brillanter Ausdrucksgabe? Hatte es hier durch die abgeschiedene Lage im Lauf der Jahrhunderte vielleicht genetische Veränderungen gegeben? Oder diente die Gegend einfach als Rückzugsort für pensionierte Nobelpreisträger?

„Also, was jetzt? Wieso erlauben Sie sich, mit dem Auto hier heraufzukommen? Die Zufahrt ist nur Eigentümern und Anrainern gestattet – gehören Sie etwa zu diesem erlauchten Kreis?“ Die Betonung des Wörtchens „Sie“ war wohl als besondere Beleidigung gedacht, die Wotan aber geflissentlich überhörte.

Er holte tief Luft. „Gnädige Frau“ – das Wesen vor ihm nahm sofort eine weniger offensive Körperhaltung ein – „gnädige Frau, ja, ich bin so eine Art Besitzer, und nein, ich wollte selbstverständlich nicht die Wälder schänden, schon deshalb nicht, weil zumindest der umliegende Wald meiner Tante Magistra Agathe Gattermüller gehört und, soviel ich weiß, forstwirtschaftlich genützt wird. Gestatten Sie mir, dass ich mich, obwohl ich wahrlich nicht präsentabel aussehe, Ihnen vorstelle. Mein Name ist Wotan Perkowitz. Ich bin der Sohn von Magistra Gattermüllers älterer Schwester ...“

„Sie sind der Sohn von der Lisi? Mein Gott, warum haben Sie das denn nicht gleich gesagt?“ Beinahe wäre Wotan ein „Wann denn“ entschlüpft, doch konnte er sich gerade noch einbremsen. „Nun, verzeihen Sie mein Versäumnis, Frau ...“

„Ich bin die Kollerin ... das heißt, vor so einem wohlerzogenen jungen Herrn muss ich mich natürlich korrekt vorstellen ... wo bleiben denn nur meine Umgangsformen.“

Ja, wo denn?, dachte Wotan, ohne die Miene zu verziehen.

„Barbara Koller, ich bin Ihre Almnachbarin. Da drüben, die Lacknseealm. Aber die Leut hier kennen meine Alm nur unter dem Namen Hexenalm. Im Übrigen, ziehen Sie sich endlich was an, sonst verkühlen Sie sich noch zu Tod. Außerdem, also bei uns hier trägt man um drei Uhr am Nachmittag keinen Pyjama mehr. Noch dazu jetzt, nach dem Gewitter von vorhin ... da sollte man trotz der Kühle hinaus in die Natur gehen, nicht drinnen im Bett liegen."

Wotan hatte zwar eine Weile gebraucht, um zu begreifen, was ihm Frau Koller mit unnachahmlichem Sarkasmus in der Stimme zu verstehen gab. Als er aber seinen Kopf gedreht und einen Blick auf die verkitschte Kuckucksuhr hinter sich geworfen hatte, durchzuckte ihn eine Scham, die ihn heiß-rot werden ließ.

Es war tatsächlich 15 Uhr am Nachmittag!

Er hatte 15 Stunden durchgeschlafen.

Ob es die wochenlange Bakkalaureat-Fertigschreiben-Auseinandersetzung mit seinen Eltern, die angespannte Neugier der letzten Tage, die gestrige Herfahrt oder die Überdosis Waldluft war, die ihn so ermüdet hatte, konnte er noch später überlegen – jetzt genierte er sich und fror, weshalb er nur mehr rasch ins Badezimmer huschen und in adäquatere Kleidungsstücke schlüpfen wollte. Wobei ... Frau Koller hatte recht, es war für einen Julinachmittag erstaunlich frisch. Viel kühler, als es im Hochsommer vor einem Jahr gewesen war – selbst beim morgendlichen Erstürmen der Liegestühle am Strand von Rimini hatte es ihn nicht so gefröstelt. Rimini – doch bevor Wotan wieder in wehmütiges „Amelieren" abgleiten konnte, riss ihn die schnarrende Stimme in die Almenrealität zurück. „Ich darf doch reinkommen?" Wotan zog sich stumm nickend ins Bad zurück. Von unten hörte er leises Miauen und Geschirrgeklapper. „Ihre Tante hat doch immer einen so wunderbaren Assam-Tee hier irgendwo ... da ist er ja.“ Als er aus dem Badezimmer kam, hörte er den Wasserkessel pfeifen, und beim letzten Hemdknopf duftete der Tee bereits verführerisch.

Mittwoch, 9. Juli 2008, 15.15 Uhr

Verstohlen über den Tassenrand schielend war Wotan nach wie vor von der modischen Erscheinung seines Gastes fasziniert. Sein Eindruck unmittelbar nach dem Aus-dem-Bett-geschmissen-worden-Sein hatte ihn nicht getäuscht – Frau Koller trug eine Art Umhang, der aus grob zusammengenähten Kuhhäuten bestand, an welche ausgestopfte Kuhbeine angefügt waren. „Zucker?“ ... beim Umdrehen zur Anrichte schwangen die Kuhbeine in einem beinahe sechzig-gradigen Winkel vom Körper weg. Trotz seiner Verblüffung ob dieses wandelnden Mobiles registrierte Wotan, dass sich Frau Koller bestens auf der Alm seiner Tante auszukennen schien – sie griff gezielt nach der Zuckerdose. Daraufhin nahm Wotan all seinen Mut zusammen.

„Entschuldigen Sie meine Neugier, aber ... aber ...“ Was das alles solle, wollte er sie nun doch nicht fragen – er rang mit einer Formulierung.

„Warum ich wie eine Verrückte angezogen bin?“ – dankenswerterweise befreite ihn die Nachbarin aus seiner Verlegenheit. „Wissen Sie, das hat etwas mit Selbstmarketing zu tun. Mit Selbstachtung im weitesten Sinn auch. Jetzt schauen Sie doch nicht so entsetzt – es ist folgendes: Wie schon erwähnt, nennen meine Alm alle nur die Hexenalm. Das hat etwas mit der Geschichte zu tun. Vor rund drei Jahrhunderten gab es hier in der Gegend einen grässlichen Hexenprozess. Viele von den ach so ehrbaren Bürgern hatten schlicht und einfach kein Mitleid mit den zahlreichen Bettlern und den herumziehenden Waisenkindern ... die Säuberungswelle durch die Behörden kam aus der damaligen Sicht gerade zur rechten Zeit.“

Wotans Bürgerliche-Werte-Welt ließ ihn zusammenzucken. Immer sind die Bettler die Armen!, wollte er schon den Stand der Besitzenden verteidigen. Erfreulicherweise fiel ihm rechtzeitig ein, dass Bettler für gewöhnlich tatsächlich arm waren, sodass er den Einwurf gerade noch hinunterschlucken konnte und sich nicht bis auf die Knochen blamierte.

„Das Ganze lief auf eine Vernichtungsmaschinerie vor allem halbwüchsiger Bettelbuben hinaus. Diese dummen Kinder haben noch dazu herumerzählt, dass ein ‚Zauberer-Jackl‘ ihr Anführer sei ... über neunzig Kinder und Jugendliche wurden der Zauberei und ähnlicher Delikte angeklagt und daraufhin hingerichtet. Das erste Opfer dieser perversen Serie aber war die Mutter des angeblichen Zauberers namens Jakob, sie wurde verbrannt. Und jetzt raten Sie, wie diese bedauernswerte Kreatur geheißen hat ... na?“

Da Wotan von einer rein rhetorischen Frage ausging, setzte er nur kurz seinen treuesten „Ja, wie denn?“-Blick auf. Prompt funktionierte er.

„Barbara Koller! Ja, genau, so wie ich ... genau so hat diese bitterarme Person geheißen. Und jetzt stellen Sie sich vor, was ich mir deshalb schon in der Volksschule habe anhören müssen. Noch dazu bin ich rothaarig! ‚Schiache Hex‘ war noch das Netteste, was man mir schon als Fünfjähriger nachgerufen hat.“

Wotan kam nicht umhin, auf jene Stelle auf ihrem Kopf zu starren, die normale Damen als Frisur titulierten, pflegten beziehungsweise pflegen ließen und auch mit mehr oder weniger Stolz herzeigten. Dieses undefinierbare Gestrüpp waren einmal rote Haare gewesen?

„... ja, und genau damals war's" – Wotan kehrte von seinen Haarbetrachtungen zur ein wenig ausufernden Barbara Koller zurück – „damals, in der Pubertät, als ich beschlossen habe, mich eben wie eine echte Hexe zu geben. Wenn die Leute eine Hexe wollen, sollen sie eine Hexe kriegen. Also habe ich mein Leben etwas ... na ja, sagen wir, unkonventionell gestaltet. Mit schwarzer Katze auf der Schulter. Dem jeweiligen Modediktat habe ich mich nie unterworfen."

Nein, wahrlich nicht!, dachte Wotan entsetzt.

„Ich trage richtige Naturmaterialien, die vor allem die ursprünglichsten Funktionen von Kleidung erfüllen. Kleidung muss vor Kälte und Nässe schützen, und das tun meine Mädchen noch heute." Liebevoll strich sie über die Kuhhäute. „Das da, das war die Annamirl, die war wie ich. Die hat sich von niemandem was gefallen lassen ... das sieht man sogar jetzt noch."

Wotan brauchte eine Sekunde, bis er begriff, dass Annamirl jene Kuh gewesen sein musste, von der die vernarbte Haut stammte, die heute Frau Kollers linke Schulter wärmte. Fassungslos griff er nach einem der angenähten Kuhbeine. „Und die?"

Mit einem Lächeln, das sich zwischen blanker Bosheit und kindlicher Freude nicht entschließen konnte, nahm Barbara Koller eines der Anhängsel in die Hand. „Die sind meine Wahrzeichen! Seit Jahrzehnten trag ich solche Dekorationen. Sehen Sie, da sind wir beim Selbstmarketing. ‚Die Kuhhaxen-Hex' haben sie mich genannt, wie ich damit angefangen habe. Und so hab ich auch meine Firma genannt: Kuhhaxen-Hex. Und dass dieser modische Behang noch dazu so schön herumwirbelt, hat einen weiteren Vorteil. Diese Bewegung ...“ – Frau Koller drehte sich erstaunlich behände um die eigene Achse und verteilte das unnachahmliche Aroma toter Tierhaut in der Küche – „die hält mir die bösen Geister vom Leib ... was ich als Hex natürlich ganz besonders brauchen kann.“

Bei dieser offensichtlich als Scherz gedachten Koketterie gurgelte ein Lachen aus ihrer Kehle, das Wotan an das Starten eines Zweitaktmotors erinnerte.

„Danke für den Tee – jetzt muss ich aber wieder los. Weil, ich hab noch viel zu tun! Ich muss nämlich wieder einmal meinem Ruf als wandelnder Schrecken des hiesigen Establishments gerecht werden und heute noch zwei Scheinmoralaposteln so richtig schön auf die Zehen treten. Diabolina, komm!“

Flugs wandte sie sich nach einem kurzen Handschütteln ab und verließ schwebend und mit rotierenden Tentakeln das Haus, die schwarze Katze sprang ihr nach.

Wotan war so verblüfft, dass ihm erst, als sie draußen war, einfiel, sich nach ihrer Firma zu erkundigen.

„Na ja, werd ich das halt Tante Agathe fragen“, murmelte er zu sich – um sogleich innerlich zu erblassen. Tante Agathe! Jetzt war er schon fast einen Tag hier und hatte sie noch immer nicht besucht! Rasch räumte er das Geschirr weg, machte nur die notwendigste Ordnung und setzte sich in sein Auto, um diese „bodenlose Unmanierlichkeit“, wie sein Vater sagen würde, wieder gutzumachen.

Mittwoch, 9. Juli 2008, 17 Uhr

Er jagte seine Schenhajt über den Forstweg, in einem Tempo, das die Qualität einer deutsch-tschechischen

Kooperation auf das Härteste prüfte. Erstaunlicherweise schien das Auto standzuhalten, doch plötzlich hörte Wotan ein knurrendes Geräusch, das nicht zu all dem Geholperlärm passte.

Getriebe? Auspuff? Irgendwas an den Achsen?

„Bitte, Schenhajt, lass mich jetzt nicht im Stich!"

Panik breitete sich in ihm aus. Kein Auto, kein Tantenbesuch, keine Hiafalm, keine Bakkalaureatsarbeit, keine zufriedenen Eltern, kein Zuhause, keine Chancen, kein Leben – so in etwa rasten Wotans Gedanken in seinem Hirn. Er lauschte angestrengt ... da, da war es wieder. Seltsam, eigentlich klang es gar nicht motorisch, sondern eher körperlich. Außerdem kannte Wotan das Geräusch. Er überlegte fieberhaft, welcher seiner bisherigen Pannen dieser Klang vorausgegangen war?

Das Nachdenken verbesserte nicht wirklich seine Stimmung ... „außerdem bin ich hungrig!", maulte er das Armaturenbrett an. Hungrig ... hungrig ... irgendetwas ließ Wotan nicht mehr von dem Wort loskommen ... und da war auch wieder dieses unheimliche Geräusch ... und endlich durchflutete ihn die Erkenntnis wie der Regen eine Wüstenlandschaft. „Heureka! Ich bin hungrig! Das Geräusch macht mein Magen!"

Als ob sein Magen telekinetische Fähigkeiten hätte, standen sein Wagen und er plötzlich vor dem „See- und Ausflugslokal Hiafalm am Lacknsee".

Wenn das Essen so gut wie der Name lang ist, dann sollte meinem Knurrbauch geholfen werden können, dachte Wotan bei sich und lenkte seine Schenhajt auf den leeren Parkplatz.

Ein leerer Parkplatz? Bei einem Ausflugslokal? Im Juli? Wotan blieb im Auto sitzen und überlegte kurz, doch weiterzufahren.

Schließlich entschloss er sich, doch auszusteigen und dem Rätsel aktiv auf den Grund zu gehen.

„Besitzer: Adalbert Furmaier“, stand in großen Buchstaben auf einem hübschen Holzschildchen, das am oberen Rand der Eingangstür angebracht war. Woher kannte er nur diesen Namen?, wunderte sich Wotan, ehe er die Tür zu öffnen versuchte, wobei er die zweite Tafel weiter unten einfach übersah. Er hatte eine schwere Holzpforte erwartet und seinen Druck entsprechend dosiert – und konnte daher nur mit Mühe einen Sturz abfangen, als die Tür – mit ihm – weit in die Schankstube hinein aufschwang.

„Ruhetag! Außerdem haben wir auch sonst nur bis 17 Uhr warme Küche. Beehren Sie uns bitte morgen ab elf Uhr wieder!“ – der Gedanke, diese Stimme zu kennen, lenkte Wotan gerade so lange ab, bis ihm klar wurde, dass er das Mysterium des leeren Ausflugslokal-Parkplatzes im Juli gelöst hatte. Ruhetag!

Und außerdem ... es war schlicht und einfach schon spät! Durch seine etwas unerwartete „Morgen“-Gestaltung mit Frau Koller hatte er jegliches Zeitgefühl verloren. Ein Blick auf seine Uhr brachte Wotan endgültig wieder in die Realität zurück – es war 18.07 Uhr. Wenigstens war sein Versäumnis, seine Tante Agathe noch nicht besucht zu haben, nicht unverzeihlich – immerhin war er erst seit ziemlich genau 24 Stunden hier.

„Entschuldigen Sie, könnte ich trotzdem eine Kleinigkeit zu essen bekommen? Ich bin nämlich schrecklich hungrig.“ Der durch und durch glückliche Klang seiner Stimme – er jubelte innerlich ob der Doch-nicht-so-Unhöflichkeit des Noch-nicht-Tantenbesuches – passte nicht wirklich zum Inhalt des gerade Gesagten. Prompt folgten der „Erst-ab-morgen-11-Uhr“-Stimme die dazugehörigen Augen, die aus der Küche in den Gästeraum blinzelten.

Wotan wusste sofort, woher er sie kannte. Sie gehörten zu demselben Kopf, der gestern in einem gelben Helm gesteckt und ihn kraft seiner intellektuellen Ruhe vollkommen verblüfft hatte.

Und jetzt war Wotans Hunger diesem Kopf ausgeliefert!

„Ach, der junge, ungestüme Herr! Hat Ihnen Ihre Tante doch nicht den Eiskasten vollgefüllt?"

Wotan machte ein dermaßen irritiert-verblödetes Gesicht, dass die Ironie Adalbert Furmaiers sofort in Mitleid umschlug.

„Na, dann kommen S' halt herein – irgendwas Sättigendes wird sich schon finden lassen."

Wotan war noch immer so verdattert, dass er hölzern auf Furmaier zutrat, die Hand ausstreckte und „Grüß Gott!" stammelte.

Furmaier wischte sich die Hände an seiner Schürze ab und hielt ihm eine Pranke entgegen, die nicht zu seiner Ausdrucksweise passte. Da erwachte Wotan aus seiner von Hunger und Überraschung verursachten Starre. In dem Moment begriff er auch, wieso ihm der Name bekannt vorgekommen war.

„Danke vielmals ... Herr Furmaier?"

„Ja, der bin ich, Herr Perkowitz."

Wotan fragte sich gar nicht erst, woher sein Gegenüber seinen Namen kannte. Adalbert Furmaier war der langjährige heimliche Verehrer seiner Tante Agathe, von dem offiziell natürlich niemand wissen durfte, der aber inoffiziell als „Herr Magister Gattermüller" oder als das „Tantengspusi", wie ihn seine Schwester Isi respektlos titulierte, bekannt war.

Eigentlich kein so übler Kerl, dieser Tantengspu... Verzeihung, der Herr Furmaier, dachte Wotan erleichtert, schüttelte die klobig-raue Furmaier-Hand ... und wunderte sich schon wieder. Diese rissige Tatze zerdrückte ihm nicht seine Hand – Wotan hasste die „maskulinen Handzerquetscher" –, im Gegenteil, Furmaiers Händedruck war sanft, beinahe entschuldigend.

Als Wotan in die Küche gebeten wurde, fiel ihm als Erstes wieder sein Hunger auf, als Zweites aber die Sauberkeit dieser kulinarischen Schaltzentrale – an eine Küche erinnerte der klinisch saubere Raum in Edelstahl, der vor lauter blinkenden und leuchtenden Lämpchen „Raumschiff Enterprise"-Atmosphäre ausstrahlte, nur peripher.

„Ja, ich bin ein Technikfreak. Und ja, wir brauchen hier viele Maschinen, ganz besonders im Juli zur Ferienzeit", griff Furmaier den verdutzten Blick Wotans auf.

Bevor er zu einer Rechtfertigung ansetzen konnte, krachte die Lokaltür und erlöste Wotan aus seiner Misere.

„Maroni, ich bitt dich, pass doch auf!"

„Tschuldigung!"

Wotan hatte plötzlich das Bild einer feenhaften Erscheinung vor Augen – das musste wohl am Duft liegen, der in die Küche zog. Ein Hauch von Noblesse, eine Idee von wallenden blonden Haaren und langen blassen Beinen, eine Nuance von weiter Welt ...

„Sag einmal, musst du dir dein Parfum literweise draufleeren, das stinkt ja wie im ... nein, das sag ich jetzt lieber nicht!" Furmaier schien den Geruch von Pommes frites und Germknödeln zu bevorzugen.

Wotan wappnete sich, um den Anblick des gleich die Küche betretenden, sicher engelsgleichen Wesens ertragen zu können, ohne sofort an Amelie zu denken.

„Oh, du hast Besuch. Sehr erfreut, Zillerberg, Maria-Antonia Zillerberg."

Wotan schien heute aus dem Zustand der Verwunderung nicht mehr herauszukommen – vor ihm stand eine zweifelsohne reizende junge Dame, aber von blond, langbeinig und unnahbar-verrucht keine Spur, Fräulein Zillerberg war klein, brünett und sehr sympathisch.

Mittwoch, 9. Juli 2008, 18.30 Uhr

„Ich küss die Hand, Fräulein Zillerberg."

„Salzburg, Graz oder Wien?"

„Wie meinen?"

„Ob Sie aus Salzburg, Graz oder Wien sind?"

„Aus Wien ... aber wieso?"

„Glauben Sie wirklich, ein Hiesiger würde ‚Küss die Hand' und ‚Fräulein' sagen?"

„Maroni, jetzt tust du uns ländlich-sittlich-einfachen Menschen unrecht, und das weißt du auch!", schaltete sich Furmaier dazwischen. „Zum Beispiel der Herr Doktor Hangerer, oder der Herr Pfarrer, oder aber Vater und Sohn Herrenberg, oder ..."

„Jaja, du hast mich überzeugt, ich verdinge mich hier als Ferialkellnerin in einer Gegend erlesenster Umgangsformen."

„Das Fräulein von Zillerberg geruht manchmal etwas in Zynismus abzurutschen, aber sonst ist sie eine wunderbare Ferienaushilfe, eine herausragende Kunstgeschichtestudentin und eigentlich eine reizende junge Dame der gehobenen Salzburger Gesellschaft. Und Ihr ‚Küss die Hand', lieber Herr Perkowitz, hat Ihnen sofort einen Sonderstatus bei unserem Fräulein von Zillerberg beschert."

Endlich befand sich Wotan auf seinem Terrain! Er war hier unversehens in ein Duell mit feinster Klinge geraten, da zählte jede noch so leichte Betonung einer Silbe, jedes noch so kurze Zögern vor einem Wort. Anders formuliert, Wotan war mitten in der Welt der altösterreichischen Hautevolee gelandet, dem Minenfeld österreichischer Soireen und Bälle.

Aber wieso hier?

Egal ... was hatte er herausgehört? Die junge Dame stammte vermutlich aus einer Familie adeligen Ursprungs – allerdings wohl niederer Adel, vielleicht Beamtenadel?

Egal, Wotan freute sich! Endlich zahlte es sich aus, all die Bälle, die väterlichen Rüffel wie die schwesterlichen Verbalspitzen nicht nur verkraftet, sondern auch verarbeitet zu haben.

Was hatte er noch aus dem Wortwechsel eben heraushören können? Fräulein Zillerberg schien sich hier nicht ernsthaft sozial integrieren zu wollen ... das Manierenrepertoire ländlicher Jugend war offenbar nicht das ihre.

Da war doch noch was? ... ah ja, die eigentliche Information: Die junge Dame war nur als Ferienaushilfe hier, die restlichen zehn Monate verbrachte sie als Studentin der Kunstgeschichte in Salzburg.

Und noch etwas hatte er, quasi en passant, mitgekriegt – Adalbert Furmaier war nicht nur das „Tantengspusi“ aus Ermangelung anderer Möglichkeiten für beide, nein, er war, und Wotan begann es sogar für seine Tante zu hoffen, ihr – wie sagte man heute so schön? – „Lebensmensch“, weil er gebildet war, nett, charmant und, zumindest verbal, hochbegabt.

Wotan wollte zahlen, wurde eingeladen, bedankte sich herzlich, verließ die Gaststube ... und kehrte sogleich wieder zurück.

„Entschuldigen Sie, lieber Herr Furmaier, wo finde ich denn jetzt um 19 Uhr meine Tante? In ihrer Apotheke wird sie ja wohl kaum mehr sein? Kommt sie jetzt eh ... her ... zu Ihnen?“

Furmaier reagierte überraschend entsetzt. „Um Gottes Willen, wo denken Sie hin! Es lästern sowieso schon alle, dass wir ... na ja, egal ... nein, da kann Ihre Tante das nicht auch noch brauchen. Aber, am Rande bemerkt, sie ist noch in ihrer Apotheke. Soviel ich weiß, hat die heute Nachtdienst ... und ihre Tante hat sich selbst dazu eingeteilt.“

Wotan konnte kaum glauben, dass offiziell niemand von der „unschicklichen Liaison“ wissen durfte. „Ja, dann ... danke nochmals“ – kopfschüttelnd stürzte er endgültig aus der Tür hinaus und fuhr ins Tal.

Mittwoch, 9. Juli 2008, 19.30 Uhr

„Aber gern, Frau Mayer, ja, ganz sicher wird Ihnen das helfen. Natürlich, wenn Ihnen das der Doktor Hangerer verschrieben hat, dann wird er schon wissen, warum. Kommen Sie, ich helf Ihnen aufstehen. So, ja, schön langsam, nur nichts überstürzen. Ja, da haben Sie recht, das ist das Schöne am Alter, es darf alles ein bisschen langsamer gehen. Aber gern, hoffentlich hat Ihnen unsere neue Kräutertee-Mischung geschmeckt. Nein, nein, nichts zu zahlen, also, die eine Tasse geht aufs Haus. gute Nacht! Auf Wiedersehen.“

Magistra Gattermüller schloss wieder die Tür. Eigentlich bin ich eine Mischung aus Pfarrerin und Ernährungsberaterin ... und manchmal ein bisschen Apothekerin, schüttelte sie den Kopf. Warum so viele Leute gerade am Abend und in der Nacht entdeckten, dass sie unbedingt und auf der Stelle das Medikament brauchten, das sie vor Tagen verschrieben bekommen hatten ... sie wusste es nicht.

Nein, falsch, sie wusste es sehr wohl!

Es war die Einsamkeit in der Dunkelheit, die manchem seine Schmerzen immer schlimmer erscheinen ließ. Seltsam, selbst in einer ländlichen Kleinstadt gab es erstaunlich viele einsame Menschen. Magistra Gattermüller seufzte. Diesen Gedanken würde sie aber schön für sich behalten, sonst würden sich die städtischen Klatschmäuler ebendieselben gleich wieder über sie zerreißen. „Oh Bertl!“, entfuhr ihr ein Seufzer. Alle, aber wirklich alle, wussten von ihr und ihm, aber niemand wagte, eine direkte Bemerkung zu machen – dafür boomten die Anspielungen.

Wie schwer es doch wäre, so allein durchs Leben zu gehen, wo man doch sonst alles hätte!

Wie schade es doch wäre, dass gerade eine so erfolgreiche Frau wie sie keinen Partner finden könne!

Partner! Tatsächlich sagte heute niemand mehr „Mann“, nein, sie hatte – offiziell – keinen Partner. Blödsinn!

Sie schüttelte sich wie ein nasser Hund, als ob sie dadurch all die Bosheiten, die ihr die ach so lieben Mitmenschen antaten, loswerden könnte. Das funktionierte natürlich nicht, aber ein wenig besser fühlte sie sich nach dieser Bewegung dann doch.

Eigentlich war es eine Riesengemeinheit, dass viele nur auf ihr etwas verworrenes Privatleben anspielten, aber die wenigsten ihre Leistungen zu würdigen gedachten. Kaum einer sprach darüber, dass sie sich gut in der Kunstgeschichte der Lungauer Kirchen auskannte und dass sie eine hervorragende Apothekerin, eine passable Bibelkennerin und eine ausgezeichnete

Köchin war. Wobei sie die beiden letzteren Fähigkeiten zu einer weiteren eigenständigen kombinierte – ohne ihre Aufläufe und Bäckereien wären die Bibelrunden in der Pfarre wohl nicht so regelmäßig so gut besucht. Ob der liebe Gott ihr dafür verzeihen würde, dass sie am Sonntag vor drei Wochen die Messe geschwänzt hatte und das auch sicher nicht beichten würde? Sie konnte ja schwerlich als Entschuldigung angeben, dass ... besser gesagt, dass der Adalbert aufgrund eines wilden Zufalls gegen jede Sonntag-Vormittag-Gewohnheit auch Zeit gehabt hatte und sie ... nein, das konnte sie wirklich nicht! Na ja, wieder ein Punkt im jenseitigen Strafregister, dachte sie resigniert. Wobei, kann man nicht mit vielleicht zehn Gutpunkten einen Strafpunkt löschen? – sie begann mit der „Chefetage", wie sie die göttliche Instanz für sich nannte, zu verhandeln. Nein, sie sah hier und jetzt nicht ein, dass sie, die sich wirklich für kranke und alte und einsame Menschen auch in ihrer Freizeit einsetzte, da oben nur Strafpunkte haben sollte, das war nicht fair, das war nicht ... –

Mitten in die Mischung aus Selbstmitleid, Übermüdung und Urlaubsreife hinein klingelte die Dienstglocke. Oh, schon wieder ein wandelnder Nachtdienstzuschlag, versuchte sich Magistra Gattermüller aufzuheitern. Sie blinzelte in die Juli-Abendsonne hinaus, als sie öffnete.

„Küss die Hand, Tante Agathe."

Sehen konnte sie nichts, aber die Stimme erkannte sie sofort.

„Wotan! Bist schon da?"

„Nein, Tante Agathe, ich bin noch weit weg, aber mein Geist ist mir schon vorausgeeilt."

„Du bist immer noch ein dummer Bub! Aber trotzdem … oder vielleicht sogar gerade deshalb: Komm herein! Magst einen Kaffee? Oder was zu essen? “

Wotan war eigentlich noch satt, aber angesichts seines einsamen Almdaseins schoss ihm durch den Kopf, dass ein überfüllter Magen vielleicht gar keine so schlechte Idee wäre.

„Ja bitte, was zu essen. Was hast du denn da?“

Die Tante kramte in einem sehr großen Kühlschrank zwischen hunderten von Medikamenten.

„Vielleicht ein Gemüseauflauf von vorgestern?“ An Wotans Gesicht erkannte sie sofort seine Antwort. „Ihr Perkowitzen seid doch alle gleich … nur nix G'sundes! Aber“, wieder tauchte sie in den Tiefen des Kühlschranks unter, „ein Blunzengröstl von gestern, das ist doch was für meinen Lieblingsneffen, oder?“

„Zweimal oh danke! Einmal fürs Gröstl, und einmal, weil ich dein Lieblingsneffe bin.“

In einer einzigen eleganten Bewegung drehte sich Tante Agathe von der Mikrowelle weg und setzte sich an den Tisch im rückwärtigen Bereich der Apotheke.

„Natürlich bist du mein Lieblingsneffe, du bist ja auch mein einziger!“

Wotan überlegte kurz, ob er nun ein wenig beleidigt sein sollte, aber angesichts des Blunzengröstls, der Hiafalm und seiner Bakkalaureatsarbeit verzichtete er darauf.

„Nein, mein Lieber, keine Angst, jetzt kommt nicht das obligate ‚Erzähl von daheim!‘, das hebe ich mir für ein anderes Mal …“

– und Mahl, ergänzte Wotan in Gedanken, als in der Sekunde das Signal der Mikrowelle ertönte –

„... auf. Außerdem bin ich noch neugieriger, wie es dir auf der Hiafalm geht. Hast du leicht hingefunden? Funktioniert alles? Verhungerst du mir? Wie gefällt es dir? Hast du schon irgendwen getroffen? Und übrigens, wieso hast du gewusst, dass du mich heute hier findest?"

Wotan hatte schon bei der dritten Frage auf Nicht-mehr-so-genau-Zuhören geschaltet, eine Fähigkeit, die er vor allem im Umgang mit seinen Schwestern geschult hatte, sodass er erst an der plötzlichen Stille merkte, dass er jetzt antworten sollte.

„Jaja, sehr gut, danke!"

Den Bruchteil einer Sekunde später war ihm klar, dass er und seine reduzierte Aufmerksamkeit entlarvt worden waren.

„Ihr Perkowitz-Männer seid doch alle gleich, reden ja, aber zuhören, selten!"

Er setzte sofort seinen „Mea culpa"-Blick auf ... und stellte erleichtert fest, dass er fruchtete.

„Also, noch mal, wieso hast du überhaupt gewusst, dass du mich heute hier finden würdest?"

„Auskunftsbüro See- und Ausflugslokal Hiafalm am Lacknsee ... übrigens hervorragend, dein Blunzengröstl, herrlich."

Eine Kaupause nützend, hakte Tante Agathe sofort wieder nach.

„Und, wie ist es oben auf der Alm? Hast dich schon ein bisschen eingelebt? Hast schon wen getroffen?"

Wotan war klar, dass es keinen Sinn machte, den wenig ruhmreichen Furmaier-mit-Traktor-Einstand zu verschweigen – Tante Agathe würde es eben von Furmaier erfahren. Also erzählte er lieber gleich von beiden „Adalbertiaden", wie er die Begegnungen scherzend betitelte.

„Und sonst, wie ist es sonst oben?"

Da erst fiel ihm der wahrlich merkwürdige Beginn seines ersten Almtages ein und er erzählte von der Fensterkuh, der verewigten Annamirl und natürlich von Frau Koller.

Seine Tante lachte schallend. „Damit hast du die erste und vielleicht schwerste Alm-Überlebensprüfung bestanden! Na ja, schon eine seltsame Person, aber andererseits auch sehr klug und geschickt. Und wenn man bedenkt, dass der wirklich nie was geschenkt worden ist von ihrem Schicksal ... aber das wird dich ja sicher nicht interessieren, du Perkowitz, du."

Oje!, dachte sich Wotan. Jetzt hat sie diesen Blick drauf, den er zur Genüge von seiner Mutter und seinen Schwestern kannte. Erstaunlich, dass offenbar sogar Blicke genetische Komponenten haben konnten. Diese Mischung aus weiblicher Raffinesse, Kampfeslust und absolutem Siegeswillen über – vermeintliche – männliche Ignoranz, dieser Blick konnte ihm keinen Schrecken mehr einjagen. Belustigt registrierte er, dass seine Tante ebendas in dieser Sekunde begriffen hatte. Und nobel, wie Perkowitz-Männer selbst im Siegesrausch noch waren, stellte Wotan seine Miene auf interessierte Anteilnahme um und sagte mit unnachahmlichem Tonfall: „Aber ja doch!"

Seine Tante war so verblüfft, dass sie den Gesprächsfaden verlor.

„Du wolltest mir etwas über Frau Koller erzählen", weidete sich Wotan an seinem Triumph.

„Ja, also ..." – die „Gattermüller-Gesprächsmühle", wie sein Vater den Erzählstil der weiblichen Familienmitglieder nannte, kam langsam wieder in ihren Rhythmus – „eigentlich ist die Barbara Koller eine ganz arme Person. Von Geburt an hat die nix zum Lachen gehabt. Das hat schon damit angefangen, dass die Kollerin unehelich zur Welt gekommen ist. Das war damals, 1932, hier am Land eine Katastrophe! Und als ob das noch nicht gereicht hätte, hat ihre Mutter das arme Kind Barbara getauft. Barbara Koller! Kannst du dir einen schlimmeren Namen vorstellen?"

Beinahe hätte Wotan „ja, Wotan Perkowitz!" erwidert, doch schluckte er die Worte gerade noch hinunter, ganz besonders, da er inzwischen wusste, welche Bedeutung „Barbara Koller" hier in der Region hatte. Aber so ganz wollte er sich doch nicht geschlagen geben – zum einen, um die vorangegangene Beleidigung von wegen „Perkowitz-Männer" nicht ganz unwidersprochen im Raum stehen zu lassen, zum anderen, um wieder einmal klarzustellen, dass es keinen schlimmeren Namen als seinen geben konnte.

Also sagte er doch: „Ja, Wotan Perkowitz!"

Er war über das Mienenspiel seiner Tante verblüfft – für ein Lächeln war die Gesichtsmuskelverschiebung zu ironisch, für ein Grinsen zu wehmütig. „Aber geh, du weißt ja gar nicht, was du für ein Glück mit deinem Namen hast! Zumindest hier in der Gegend wärst du mit Barbara Koller weit ärger dran."

„Zugegeben, Tante Agathe, ich wäre mit ‚Barbara Koller' etwas fehl am Platz, aber ..." „Wieso?"

„Verzeih, meine liebe Tante, aber falls es dir noch nicht aufgefallen sein sollte, ich bin dein Neffe, und Neffen pflegen im deutschsprachigen Raum nicht Barbara zu heißen. Wotan zwar auch nicht, aber ..."

„Eins zu null für dich, mein lieber männlicher Neffe ... aber auch mit Jakob Koller wärst du in unserer Gegend nicht wirklich passend benamst!"

„Bitte, warum denn nicht?"

„Schläfst du eigentlich leicht schlecht?"

„Was hat denn das damit zu tun?"

„Ja oder nein?“

„Ja, nach zu viel abendlichen Chips. Nein, bei normaler Ernährung.“

„Und was ist mit Horrorgeschichten vor dem Schlafengehen?“

„Die mag ich nicht, aber wann immer ich doch eine zufällig gesehen habe, musste ich eher lachen ... das Ganze war meistens so kindisch zusammenerfunden, dass ...“

„... und nach einer wahren Horrorgeschichte, wie schläfst du da?“

„Du meinst, nach einem Familiennachmittag mit meinem Vater und meinen drei Schwestern?“

„Wotan, im Ernst, ich meine eine schreckliche, wahre Geschichte, die sich wirklich zugetragen hat!“

Er merkte am Wechsel ihres Tonfalls, dass es ihr ernst war. Daher antwortete er folgsam: „Nein, ich weiß nicht, wie ich nach einer realen Horrorstory schlafe. Also, erzähl schon, spann mich nicht auf die Folter.“

Tante Agathe seufzte ebenso unvermutet wie entsetzt auf. „Hör auf mit solchen Formulierungen!“, antwortete sie überraschend scharf. Als sie sein schlicht verblüfftes Gesicht sah, machte sie sofort eine innerliche Kehrtwendung und klang wieder etwas sanfter: „Folter ist in dem Zusammenhang kein sehr glückliches Wort. Denn vor 333 Jahren begann im Land Salzburg einer der schrecklichsten Hexenprozesse ... nein! – der schrecklichste, den es auf österreichischem Boden je gegeben hat! Begonnen hat eigentlich alles mit ... mit der elenden Armut, die nach dem Dreißigjährigen Krieg vielleicht noch schlimmer war als davor.“

„Bitte, Tante Agathe, wenn geht, keine Sozialenzyklika aus deinem Mund ... mir reicht, wenn mein Vater mir immer mit salbungsvoller Stimme ...“

„Wotan“, die Stimme gewann wieder an Härte – Wotan beschloss, ab jetzt ruhig zu sein und vorsichtshalber zuzuhören – „es geht hier ... also, es ging um Menschen, die verhungerten, die erfroren, die aus der Gesellschaft ausgestoßen waren ... sie waren wirklich der letzte Dreck in der damaligen Hierarchie. Na, was werden sie getan haben?“

Wotan klassifizierte ihre Worte als rein rhetorische Frage – bei der Rage, in die sich seine sonst so ruhige Tante geredet hatte.

„... na, gestohlen haben sie natürlich! Unglücklicherweise ist ein damals 15-jähriger Bub bei so einem Diebstahl erwischt worden ... und das noch dazu bei einem Opferstockdiebstahl in einer Kirche. Er wurde natürlich verhört – noch ohne Folter – und gestand, mit einer älteren Frau und deren Sohn Jakob mehrere solcher Diebstähle begangen zu haben. Der Bursch hieß Paul Kaltenpacher ... er behauptete, immer nur Schmiere gestanden zu sein, aber um die Obrigkeit etwas milder zu stimmen, gab er natürlich möglichst viel über seine Komplizen preis. Schinterwäberl – unter diesem Namen kannte man die Bettlerin, die mit ihrem Sohn Jakob durch die Lande zog, gestohlen und erpresst hat und trotzdem nur dahinvegetierte.“

„Tante Agathe, bitte, auch kein kommunistisches Gut-Menschen-Manifest!“

„Wotan! ... sie waren die Ärmsten der Armen. Denn diese ursprüngliche Kollerin ... nein ... falsch ... also ja, doch ... was ich sagen will ...“ – Wotan hatte den Eindruck, ersticken zu müssen, da seine Tante beim Einatmen fast keine Luft im Raum übrig zu lassen schien – „die Barbara Koller aus dem 17. Jahrhundert stammte vermutlich aus Werfen bei Salzburg, war Abdeckerin gewesen und hatte einen ‚Kollegen‘

namens Tischler geheiratet ..." – die Pause im Redeschwall nützte Wotan.

„Bitte, wen oder was deckten Abdeckerinnen ab?"

„Abdecker oder Schinder – deshalb auch der Spottname ‚Schinterwäberl' – waren neben den Henkern und deren Folterknechten am untersten Rand der Dorfgemeinschaft angesiedelt – sie häuteten und entsorgten Tierkadaver. Logischerweise war ihre Arbeitsstätte am äußersten Dorfende gelegen – sie umgab immer der Geruch des Todes ... wortwörtlich, aber auch symbolisch gemeint ... na ja, wie gesagt – sie waren der letzte Dreck in der Gesellschaft. Das Betteln lag sozusagen in unmittelbarer beruflicher Nachbarschaft ... und so kam eben die Kollerin, das Schinterwäberl – also das Abdecker-Weiblein –, nachdem sie Witwe geworden war, zum Betteln. Ihren Sohn Jakob hatte sie vermutlich hier im Lungau in Mauterndorf geboren ... ihr Leben war eine 50 Jahre lange Bergabrutsche, deren Auslauf die Haft 1675 in Golling war. Bei der ersten Folter war die Kollerin noch verstockt und aggressiv gewesen. Aber bei der zweiten Folter hat sie ... wie überraschend ..." – wieder diese bittere Ironie in der Stimme – „weitere Vergehen gestanden. Und da kam es zu der folgenschweren Aussage, die eine Hysterie und einen Blutrausch ausgelöst hat, und die letztlich fast 200 Menschen im Lauf von 14 Jahren Qualen und einen entsetzlichen Tod brachte."

„Tante Agathe, es gab auch an anderen Orten Hexenprozesse mit hunderten Opfern ..."

„Ja, aber ... also, ich weiß es nicht, aber ich kann mir nicht vorstellen, dass die Aussage einer einzelnen Person unter der Folter ..."

„Doch, es war oft gerade dieses Muster. Eine oder einer bezichtigte unter der Folter fast wahllos andere irgendwelcher teuflischer Taten – dann wurden die verhaftet, dann fanden sich schon die notwendigen Beweise für die Hexereien, dann wieder Folter, neue Anschuldigungen, bis sich das ganze totgelaufen hatte."

„Wotan!"

„Was habe ich denn jetzt schon wieder angestellt?"

„Totgelaufen?!"

„Oh ... entschuldige, also – bis das Ganze seine tödliche Energie verloren hat. Die Mechanismen solcher Todesstrukturen könnte ich dir sicher erklären, wenn ich meine Sozialpsychologie-Lehrbücher dabei hätte und ..."

„Danke, lieber Neffe, nicht jeden interessiert das ... aber eben ... also, so war das mit der Kollerin."

„Verzeih, aber du bist in deiner Erzählung in der Folter stecken geblieben ..." – Wotan erkannte am Erbleichen seiner Tante, dass er sich wieder nicht einer besonders sensiblen Wortwahl bedient hatte – „ich meine, du hast gerade von der so folgenschweren Aussage erzählen wollen."

„Ah ja ... ja ... da hat die Kollerin bei der zweiten Folter erstmals davon gesprochen, dass sie auch Vieh krankgezaubert hätte – und damit war sie von der unbedeutenden Bettlerdiebin zu einem großen Fang geworden! Eine Hexe! Aus der Stadt Salzburg kam der Befehl zum neuerlichen Verhör unter Folter ... und natürlich weitere Geständnisse. Aber je weniger Untaten die Kollerin den gierig-kratzenden Federn der Gerichtsschreiber diktierte, desto überzeugter waren die hohen Herren, dass da noch etwas im losen Hintergrund lauerte. Die Kollerin wurde nach Salzburg überstellt und den professionellen Hexenkommissaren überantwortet. Verhöre, Folter ... die Suche nach echten Opfern ihrer Hexentaten, Verhöre, Folter ... so ging das weiter. Interessanterweise gaben die meisten Befragten an, dass es eher nicht die Kollerin war, die ihnen das jeweilige Übel – Krankheit, Todesfälle, Hagelschäden ... Katastrophen halt – an den Hals gehext hat. Aber von solchen Aussagen hat sich die damalige Rechtsmaschinerie nicht stören lassen ... die Kollerin wurde wegen mehrfachen Diebstahls, Verzauberung von Menschen und Tieren, Hostienschändung, Wetterzauber ... na und so weiter ...“

„Was und so weiter?“

„... na ja, also, da war, soviel ich weiß, auch vom Sex mit dem Teufel die Rede und ...“

„Teuflisch guter Sex? ... auch nicht schlecht!“

„Wotan!!“

„Entschuldige, Tante Agathe, ich wollte nicht ...“

„Natürlich wolltest du! Du willst dich immer lustig machen ... und ganz besonders dann, wenn du spürst, dass etwas grausame Realität war oder ist. Ja, genau, das ist deine Art der Verarbeitung von Informationen, die dir eigentlich nahe gehen.“

„Tante Agathe, ich muss doch sehr bitten, ich bin hier der Psychologe!“

„Nein, der bist du noch lange nicht ...“

Touché!, dachte Wotan und krümmte sich kurz unter dem brillanten Hieb seiner Tante.

„... noch lange nicht, und wenn du mich weiterhin unterbrichst, dann ...“ – sie verlor kurz den Faden, aber auf den lammfrommen Blick ihres Neffen hin führte sie das traurige Kollerinschicksal zu Ende – „und dann, Ende Juli 1675, die Hinrichtung. Allerdings konnte ihr Sohn, Jakob Koller, fliehen und blieb trotz massiver Anstrengungen der Behörden über Jahrzehnte unentdeckt. Das genügte schon, um aus ihm einen ‚Hexen-Robin-Hood‘ der damaligen Zeit zu machen ... viele der herumstreunenden Waisenkinder haben ihn zu ihrem Helden auserkoren. Der Justizapparat des Fürsterzbischofs kannte kein Pardon, insgesamt fielen dem ersten Zauberer-Jackl-Prozess bis 1681 139 Menschen zum Opfer, davon wurden 133 hingerichtet, fünf starben im Verlies und einer bei der Überführung. Vielleicht noch schlimmer war die Tatsache, dass es sich großteils um junge Männer und Buben gehandelt hat ... von diesen 133 Hingerichteten war rund ein Drittel jünger als 14 Jahre, weitere circa fünfzig Delinquenten waren jünger als 21 Jahre. Ein Knabe namens Klein-Hannerl war zehn Jahre alt, als er exekutiert wurde. Allein 1678 wurden 109 Menschen ermordet. Und dann, 1682 und 1683, kam es hier im Lungau zum zweiten Zauberer-Jackl-Prozess – 29 Personen starben, 26 von ihnen wurden auf grausamste Weise hingerichtet ... darunter drei Kinder."

Mittwoch, 9. Juli 2008, 20.40 Uhr

Tante Agathe hielt inne – ob aus Erschöpfung oder aus Entsetzen über die damalige Grausamkeit, konnte Wotan nicht erkennen. Aber etwas wollte er unbedingt noch wissen.

„Und warum muss sich die heutige Barbara Koller über die Jahrzehnte hinweg so aufführen? Nur, weil damals, vor 333 Jahren, eine zutiefst bedauernswerte Person namens Barbara Koller entsetzlich misshandelt wurde, kann man doch nicht heute ..."

„Doch, man kann! Lieber Wotan, in den 1930er Jahren hier am Land als uneheliches Kind mit roten Haaren geboren worden zu sein und dann noch den Namen einer berühmt-berüchtigten Hexe tragen zu müssen ..."

„Aber die Leute haben doch gerade wegen dieser schrecklichen Geschichte sicher Mitleid mit der armen Barbara Koller ... also der der Jetztzeit ... also der, die ... na, du weißt schon!“

„Mitleid? Oh du mein naiver Neffe – du hast wirklich im selben Maß ein gutes Herz wie keine Ahnung! Beschimpft haben sie sie, fast schon von Geburt an. Und als sie dann auch die Kinder als Hexe verspottet haben, da hat sie beschlossen, wirklich eine zu werden. Na ja, so eine für die Leute halt, die in Wirklichkeit eine Hexe brauchen, um sie offiziell für alles Üble verantwortlich zu machen und insgeheim zu bewundern. Aber zuerst einmal hat sie maturiert ... was in den 50ern für ein uneheliches Kind einer Magd eine unwahrscheinliche Leistung war. Nach der Matura war sie plötzlich für ein paar Jahre verschwunden. Davon hat auch deine Großmutter, mein lieber Neffe, also unsere Mutter, immer mit einem Unterton erzählt, als ob die Barbara mindestens in Haft gewesen wäre. Was sie natürlich nicht war, aber sie hat uns trotzdem nie erzählt, was in diesen Jahren vorgefallen ist.“

Plötzlich kicherte Tante Agathe wie ein kleines Mädchen. „Natürlich hat es ihr ungemein gefallen, dass über ihre Abwesenheit allerlei Gerüchte im Dorf kursiert sind – die hat sie mit besonderer Lust auch noch angeheizt, indem sie immer von ihren ‚Hexenlehrjahren‘ gesprochen hat. Bitte, ich glaub ja bis heute, dass sie in Wahrheit irgendeine Berufsausbildung absolviert hat, und vermutlich gab es auch eine unglückliche Liebesgeschichte, aber von alldem hat sie nie auch nur ein Wort erwähnt. Tatsache ist, dass sie dann ein paar Jahre später, so gegen Ende der 1950er Jahre, plötzlich mit einem Baby wieder aufgetaucht ist – und das arme Kind quasi ganz in ihrer Tradition Jakob genannt hat.

Barbara Koller und ihr Sohn Jakob, das hat die damaligen hiesigen Giftspritzen zu ungeahnten Höchstleistungen angespornt. Und dann ist dieser Jakob als junger Mann mit einem Mal von der Bildfläche verschwunden. Und die Kollerin hat natürlich nix verraten von ihrem Buben, im Gegenteil, genossen hat sie's noch, wie das Getuschel wieder lauter geworden ist. ‚Die Hex, die Hex!' – an diesem Ruf hat sie dann konsequent weitergearbeitet ... auch mit ihrer Karriere als Hellseherin. Ja, allen Ernstes, sie kann hellsehen! Schau nicht so ungläubig, sie tut das wirklich. Das funktioniert! ... vor allem bei jenen, die das im Grunde glauben wollen. Sie hat mir einmal, selbstverständlich im Vertrauen, erklärt, wie das funktioniert."

„Verzeih, liebe Tante, aber an so einen Hokuspokus kannst du als Naturwissenschaftlerin doch nicht glauben!"

„Gerade als Naturwissenschaftlerin! Schau, das Ganze basiert auf der Gutgläubigkeit oder, besser gesagt, Dummgläubigkeit mancher Mitmenschen und einer hohen Sozialbegabung der potentiellen Seherin. Wenn du eine ausgezeichnete Beobachterin bist und gelernt hast, halbwegs abschätzen zu können, wie Entwicklungen ablaufen, kannst du auf einen Großteil banaler Fragen eine vermeintlich hellseherische Antwort geben. Denn dass zum Beispiel eine einsame Frau mit großer Wahrscheinlichkeit einen Mann findet, wenn sie bereit ist, sich anzubiedern und unterzuordnen, ist klar. Wenn also eine zur Koller gekommen ist, von der sie wusste, dass die arme Person alles zu tun bereit war, nur um einen Mann zu kriegen, brauchte die Koller ihr nur geheimnisvoll anzudeuten, dass sie ‚bei einem großen gesellschaftlichen Ereignis den Mann ihrer Träume kennenlernen würde' ... und schon hat es sich wirklich so abgespielt. Was klar ist, denn die Kollerin hat nichts anderes gesagt als, ‚gehen Sie unter die Leut!' Und dass für so eine Frau jeder Mann in dem Moment zum Mann ihrer Träume wird, in dem er ihr schlicht und einfach näher kommt, ist auch klar. Und dass die arme Frau jeden gesellschaftlichen Anlass zu einem großen Ereignis verklären wird, wenn sie nur dort ihren späteren Mann kennengelernt hat, ist auch klar. Verstehst du die Hellseherei der Kollerin?"

Wotan musste zugeben, dass ihm die Kuhhaxen-Hexe sehr imponierte. „Aber trotzdem, das funktioniert doch wirklich nicht oft."

„Da hast du schon recht, du mein skeptischer Lieblingsneffe, aber eines hast du vergessen. Selbst wenn nur jede dritte – im Grunde ganz einfache – Vorhersage zutrifft, hält sich gerade die in der Erinnerung der Leute. Und Prophezeiungen, die sich erfüllt haben, also zum Beispiel solche, die tatsächlich zu glücklichen Ehen geführt haben, die werden in der Erinnerung der Betroffenen immer präziser, bis solche Leute aller Welt absolut überzeugt erklären, dass die Barbara Koller eine wahre Hellseherin sei. So einfach, so erfolgreich!"

Wotan war beeindruckt.

„Sag, die Frau Koller hat mir gegenüber noch erwähnt, dass sie eine Firma hat. Was macht denn diese Firma?"

„Die ‚Kuhhaxen-Hex' ist mittlerweile eine der renommiertesten Marken für Naturprodukte ... in Japan. Ja wirklich, vor knapp 30 Jahren, als weltweit der Gesundheitsboom ausgebrochen war und man damit so richtig Geld verdienen konnte, hat die Kollerin in einem Sprachlerninstitut in Salzburg Japanisch gelernt, hat ihren Produkten ein witziges Design verpasst, ist nach Japan geflogen, hat denen dort irgendwelche Geschichten erzählt, dass schon Mozart solches

Zeug gerne gehabt hatte, hat sich dort einen Geschäftspartner aufgerissen und dann viel Geld verdient."

„Was für Produkte?"

„Du wirst lachen, Schönheitscremen aus Moorbestandteilen. Denn die Kollerin hat von einem Großbauern der Umgebung kurz, bevor sie ihr Unternehmen aufgebaut hat, ein ziemlich großes Moor mir nichts dir nichts vererbt bekommen – und das Moor hatte zwei Vorteile."

„Welche?"

„Es war sehr gesund – das hat sich bei den Analysen herausgestellt. Und – fast noch wichtiger ... es stand nicht unter Naturschutz, es konnte abgebaut werden."

„Ja, aber warum sollte ein Großbauer einer ihm fremden Frau so eine Immobilie vererben?"

„Mein Gott, Wotan, denk doch nach!"

„Also gut, ich denke ... gut, genug gedacht, sag's mir bitte."

„Du edler, ahnungsloser, reiner Jüngling – das ist doch ihr Vater gewesen!"

Mittwoch, 9. Juli 2008, 21 Uhr

Nachdem Wotan auch noch mit Kaffee und Kuchen verwöhnt worden war, dankte er seiner Tante und verabschiedete sich Richtung Alm.

Diesmal pflasterten den Weg weder Traktoren noch Kuhfell tragende Unternehmerinnen, sodass Wotan relativ rasch vor seinem Computer saß.

Zu rasch, wie er bald befand. Einige Stunden vermeintlicher Freiheit anstatt der Skripten und Tabellen hätte er durchaus noch vertragen.

Wotan blätterte in einem seiner fünf Statistiklehrbücher. „Eigentlich gar nicht so uninteressant", stellte er widerwillig fest. Beim Kapitel „Binomialverteilung" blieb Wotans Blick hängen – da ging es um Wahrscheinlichkeiten, mit denen bestimmte Geschwisterfolgen auftreten. Wotan biss sich fest.

So fest, dass er gar nicht merkte, wie seine Aufmerksamkeitsspannen immer kürzer wurden, so fest, bis ihm das Buch aus der Hand glitt und er im Lesesessel nach hinten rutschte.

Plötzlich war er hellwach.

Er brauchte einige Sekunden, um sich zu orientieren. Vor allem die Lampe, die er in seinem Wegdämmern nicht mehr abgedreht hatte, half ihm, rasch zu erkennen, wo er war. Ein kurzer Blick auf das Leuchtziffernblatt seiner Uhr ... zwei Uhr früh.

Aber was hatte ihn aus dem Schlaf gerissen?

Er dachte kurz nach, wusste aber selbst im übermüdeten Zustand, dass er kaum eine Chance hatte, dieses Rätsel zu lösen. „Vielleicht fällt es mir im Schlaf wieder ein", gähnte er laut, als er das Licht ausknipste und hinauf zu seinem Bett wankte.

Donnerstag, 10. Juli 2008, 4.50 Uhr früh

Sein erster Gedanke war, dass ihm auch im zweiten Schlaf nicht eingefallen war, was ihn aus dem ersten gerissen hatte. Sein zweiter Gedanke war, dass es hier offensichtlich nicht möglich war, zivilisiert aufwachen zu dürfen.

Denn diesmal war es zwar keine Kuh im Morgengrauen, die ihm das Gesicht ableckte.

Dafür dröhnte ein infernalischer Krach vor dem Haus, der ihn um 4.50 Uhr aus dem Bett warf. Ein Gebrüll von Sirenen – nah und fern, höher und dunkler, auf- und abschwellend. Und außerdem schien das Zimmer in Flammen zu stehen. Rote, goldene, ja, sogar blaue Flammen warfen auf die Wände bedrohliche Farbgebilde, immer aufs Neue, scheinbar chaotisch in ihren Abständen.

Wotan war mit einem Satz aus dem Bett, mit einem zweiten auf dem Balkon.

Er prallte verblüfft zurück.

Er musste träumen!

Das konnte einfach nicht sein.

Vielleicht hatte er in der letzten Zeit zu viele Actionfilme gesehen? Ja, das ist ein Traum, in dem ich Eindrücke aus den 20 Actionfilmen der letzten vier Wochen verarbeite, brach in Wotan der Psychologiestudent durch.

Doch dann begann er zu frieren. Wieder einmal!, dachte er sarkastisch. Und er war sich zunehmend sicher, dass er nicht mehr träumte und dass vor dem Haus der Hiafalm gezählte neun Polizei- und andere Einsatzwägen standen, die in praller Wucht Sirenen und Einsatzbeleuchtung prunken ließen.

„Bitte ziehen Sie sich an und kommen Sie herunter ... das Haus ist umstellt."

Wotan wusste nicht, ob er lachen sollte. Aber offensichtlich meinte der Herr mit dem Megafon es ernst – die daneben wartenden Polizisten sahen auch nicht gerade gut gelaunt aus.

Wotan schlüpfte rasend rasch in den Schlafrock, den er in der Nacht neben das Bett gelegt hatte, und kam vorsichtig aus dem Haus. Vielleicht hätte ich ein weißes Taschentuch mitnehmen sollen?, fragte er sich in einem kurzen Anfall von Panik.

„Sie heißen?" – der Megafonmann war in Zivil.

„Wotan Perkowitz." ... und wenn du jetzt so was wie „Nicht in echt?" sagst, dann hau ich dir eine herunter, schoss es ihm durch den Kopf.

„Können Sie mir bitte sagen, was hier los ist? Sie werfen mich um fünf Uhr früh aus dem Bett, auf einer Alm, auf der Alm meiner leiblichen Tante, um genau zu sein."

„Das will ich Ihnen gerne sagen. Ganz in Ihrer Nähe haben wir eine Leiche gefunden, die grauenhaft zugerichtet worden ist. Der Frau wurden etliche Knochen gebrochen! Und noch dazu ist die Tote auf einem Steinaltar drüben beim Moor richtiggehend aufgebahrt worden ... der Kriminalpsychologe ist informiert."

Wotan wurde kurz heiß vor Entsetzen, bevor er so zu frieren begann, dass er wie wild mit den Zähnen klapperte. Während ihm die Polizisten zwei Decken über die Schultern legten und ihn sanft zu einem der Polizeibusse zogen, damit er sich hinsetzen konnte, brachte er mit Mühe die entscheidende Frage heraus.

„Wer?"

„Laut Zeugenaussage eine alte Frau namens Barbara Koller."

„Die Kuhhaxen-Hex!", brach es völlig ungläubig aus Wotan heraus.

„Wie bitte?" – der Herr im Anzug sah ihn plötzlich mit besonderem Interesse an.

Donnerstag, 10. Juli 2008, 5 Uhr früh

Bevor sich Wotan über den unverschämten Tonfall des Oberpolizisten ärgern konnte, wurde ihm schwarz vor Augen. Er fiel einem der Uniformierten frontal in die Arme.

Interessant, so fühlt sich also ein Kreislaufkollaps an, war der letzte Gedanke, zu dem er fähig war. Als er wieder zu sich kam, lag er auf einer Bahre. Eine Ärztin und ein Sanitäter bückten sich über ihn.

„Warum?" – mit dieser Frage verblüffte Wotan sogar die Rettungsärztin, die sicher schon genügend seltsame Patientenreaktionen erlebt hatte.

„Warum was?"

„Warum bin ich gerade jetzt zusammengeklappt?"

„Das abrupte Aufstehen, die Temperaturunterschiede, der Schock über den Tod dieser Frau ..."

Das war das Schlüsselwort ... Schock! Wotan wusste augenblicklich, dass es nicht der Schock über den Tod von Frau Koller, sondern dass es der Schock über einen gewaltsamen Tod an sich gewesen war, der ihn umgeworfen hatte. Wohl hatte er schon Todesfälle in seiner nächsten Umgebung gehabt, alte Verwandte, Freunde der Eltern, ja sogar zwei Schulkollegen seines Jahrganges hatte er bereits ins Grab sinken sehen, doch die waren alle „normal" – Krankheit, Unfall – verstorben.

„Haben Sie eine Ahnung, wann Frau Koller in Ihrer unmittelbaren Nachbarschaft zu Tode gebracht wurde?"

... zu Tode gebracht ... – über diese Wortwahl war Wotan ebenso verärgert wie erfreut. Zum einen empfand er den „Amtssprech" gerade in dieser hochdramatischen Situation als lächerlich, zum anderen half es ihm, das Wort Mord zumindest kurz zu verdrängen.

„Herr Perkowitz!"

„Nein", antwortete Wotan folgsam.

„Haben Sie eine Idee, warum die Tote so kunstvoll auf diesem Stein drapiert wurde?" – das Foto, das ihm der Polizist vors Gesicht knallte, holte Wotan aus seinem Selbstberuhigungsschwafeln zurück.

„Oh Gott!“, war seine erste Reaktion.

„Wie auf einem Altar!“, seine zweite.

„Nein, Herr Oberinspektor“, seine dritte.

Er hatte wirklich keine Ahnung, warum die arme Frau mit schlenkernden Gliedmaßen kreuzförmig auf dem breiten Felsblock lag.

„Woran erinnert Sie die Position der Leiche?“

Oh nein, nicht schon wieder ein selbstberufener Hobbypsychologe, reizte es den Psychologiestudenten Wotan Perkowitz angesichts dieser blöden Frage.

„Natürlich an eine Kreuzigung, Herr Inspektor!“ ... das „Ober-“ der vorherigen Anrede enthielt Wotan dem Ermittler diesmal vor, um ihm seine akute Missachtung anzudeuten. Ohne Erfolg – der Polizist verzog seine Miene nicht um einen Millimeter. Allerdings ...

„Übrigens, mein Name ist Magister“ – er verharrte kurz, um den akademischen Grad gebührend verklingen zu lassen – „Adrian Baldur, Mordkommission Salzburg.“

Ha, ich hab ihn doch verärgert!, triumphierte das gekränkte Psychologen-Ich. „Ich darf mich auch vorstellen: Wotan ...“

„Herr Perkowitz, Sie haben sich doch schon vorher beim Herausstolpern vorgestellt. Außerdem wussten wir zu dem Zeitpunkt ohnehin bereits, wer und warum Sie hier sind.“

Wotan konnte gerade noch das „Woher?“ in seiner Kehle zurückhalten, als er am Rande der Menge seine Tante und Herrn Furmaier erblickte. Da durchflutete ihn endgültig der Zorn, den die Dramatik der letzten Minuten genährt hatte.

Wotan brüllte Magister Baldur so unvermittelt an, dass selbst dieser zurückschreckte. „Wenn Sie sowieso schon gewusst haben, wer ich bin und warum ich hier bin, dann frage ich, warum Sie mich überhaupt so vorführen? Filmt hier vielleicht irgendwo eine Kamera für ‚Verstehen Sie Spaß?' mit? Oder wollen Sie mit Ihrer Privatarmee lediglich Steuergelder verschwenden, weil das Land Salzburg plötzlich zu reich geworden ist? Oder haben die heimischen Flusskraftwerke etwa einen Stromüberschuss erzeugt, den Sie und Ihre Vasallen nun mittels Blaulicht und Sirenen abbauen müssen, oder ..."

„Das ist eindeutig der Schock. Wir geben ihm was." – die Ärztin legte ihre – erstaunlich kräftige – Hand auf Wotans Schulter, während sie sich zu Magister Baldur umdrehte. Wotan wollte eigentlich gar nicht mehr weiterschreien, merkte aber, dass er sich nicht mehr unter Kontrolle hatte, und war direkt dankbar, als er die Injektionsnadel und das Einströmen des Medikamentes spürte. Seine Tirade verkam zu einem leisen Brabbeln, er registrierte noch, dass er in den Rettungswagen verladen wurde, dann kam die tiefe Dunkelheit auch über seine strapazierte Seele.

Donnerstag, 10. Juli 2008, 14 Uhr

Wotan kannte dieses seltsame Gefühl nur allzu gut – die plötzliche Wohltemperiertheit nach wechselhaften Heiß-kalt-Lebensbädern. Barbara Kollers grausamer Tod, seine Fast-Verhaftung, der Zusammenbruch ...

... und jetzt ...

... nichts!

Das heißt natürlich nicht nichts, sondern eben Wohltemperiertheit.

... was in Wirklichkeit die vornehme Umschreibung eines seltsamen Schwebezustandes zwischen dem Genuss unerwarteter innerer Ruhe und dem Blutdruckanstieg aufgrund vor ihm liegender gepflegt-akademischer Langeweile war. Wotan kicherte ... und genierte sich sogleich, weil er sich wie seine Schwestern anhörte.

„Genug gekichert! Ich erwarte von dir Disziplin ... und zwar sofort!", ermahnte er sich und begann in einem seiner Fachbücher zu blättern.

„Luzides Träumen" war die Fähigkeit, während des Traums zu wissen, dass man gerade träumt. War man in der Lage, solche luziden Träume bewusst herbeizuführen, so konnte man in diesen speziellen Schlafphasen Erstaunliches leisten ... zum Beispiel war man imstande, komplexe Bewegungsabläufe „im Schlaf" zu trainieren, es war aber auch möglich, Situationen noch einmal zu durchleben, um Probleme leichter erkennen und ihnen entsprechend gerüstet begegnen zu können.

Wotan las sich fest ... nein, er las sich ein. Besser gesagt, er las sich hinein. Er hatte diese seltsame Fähigkeit, gelesene Buchstaben zu einem Raum um ihn werden zu lassen, in dem er sich bewegen konnte. Die unterschiedlichen Schlafstadien und ihre korrespondierenden Hirnwellen ... sie wurden zu einem dreidimensionalen Bild seiner Hirnstrommessungen. Nachdem er von den A-Wellen des entspannten Wachzustandes über die B-, C- und D- zu den langen E-Wellen des Tiefschlafstadiums spaziert war, sprang er – ganz wie es das Lehrbuch befahl – wieder in die B-Phase zurück, die aber nun nicht mehr der ersten Einschlafphase glich, sondern die Traumetappe, der „paradoxe Schlaf", war. Wotan sah von seinen Füßen, die auf den recht ruhigen Hirnaktivitätswellen voranschritten, auf und erblickte über sich seine eigenen Augäpfel, die wie Flipperkugeln wild hin- und herflitzten. „Ah, ich träume“, sagte er zu sich. Um in der Schlafphase zu bleiben, konzentrierte er sich auf seine Schritte. Zu Recht, denn plötzlich war sie unmittelbar vor ihm. Sie war ... ja, was eigentlich? Auf jeden Fall war sie ein Hindernis, über das er ganz sicher gestolpert wäre. Mitten in dem heimeligen Raum, zu dem ihm der Neuropsychologie-Lernstoff gerade geworden war, stand er plötzlich vor dieser ... eben dieser ... Unterbrechung. Wotan bückte sich, um sie genauer zu betrachten. Sie war seltsam!

Sie? Er? ... es!

Es wechselte von einer – gleich einer Baumwurzel hervorstehenden – Stolperfalle blitzschnell zu einem Loch, in dem man sich bestimmt ganz wunderbar den Knöchel brechen hätte können, wäre man, ohne Böses zu denken, irrtümlich hineingestiegen. Und wieder ... Wurzel ... Erdloch ... Wurzel ... Wotan stand vorsichtig auf, hob das Bein, um das Stolperwechselding zu überwinden, stieg drüber ... und stutzte. Er drehte sich abrupt um ... und begriff. Er war gar nicht mehr in seinem Buchstabenraum unterwegs ... er träumte wirklich! Andernfalls war es beim besten Willen nicht erklärbar, dass dieses Baumwurzelloch, welches er gerade gleich mehrfach überwunden hatte, plötzlich wieder vor ihm lag. Wotan seufzte und kniete sich wieder hin. Das Ding signalisierte ihm etwas: das herauszufinden konnte doch kein großes Problem sein – jetzt, da er wusste, dass er träumte. Diese Erkenntnis beruhigte ihn ungemein – erst recht, als er verstand, worauf ihn das mobile Stolperwurzelloch aufmerksam machen wollte. Er ging auf einer seiner eigenen EEG-Linien spazieren ... genauer gesagt, auf der zu Papier gebrachten Aktivität seines rechten Stirnlappens. Quasi mit traumwandlerischer Sicherheit setzte er Schritt vor Schritt auf das hochseilartige Liniengebilde. Konzentriert fixierte er seine Füße und sah, dass die Richtlinie zu einem Bildschirm der vergangenen Tage wurde. Unter, über und neben seinen Schritten erschien seine Anfahrt auf die Alm, das erste Zusammentreffen mit Furmaier, er sah das Gelb des Helms wie eine Sonne aufblitzen, er hörte seinen Magen vor Hunger krachen und musste zugeben, dass dieses Geräusch einem Motoraussetzen tatsächlich zum Verwechseln ähnlich geklungen hatte. Er verfolgte eine wüste Mischung aus dem Gespräch mit seiner Tante und seiner vorhergehenden Intensiverfahrung mit der Kuhhaxen-Hex und ihrer schwarzen Katze ... und plötzlich war das Stolperwurzelloch unmittelbar vor ihm. Es wechselte blitzschnell zwischen seinen Zuständen hin und her und schien dadurch fast wie eine Warnlampe zu blinken. Wotan näherte sich vorsichtig den Bildern in der unmittelbaren Umgebung des Dings ... er konnte noch einmal den Abend vor der schrecklichen Nacht sehen, er nahm sein Entsetzen wahr, als er das Foto der zerquetschten Kollerin vor sich pochen spürte ... da ... da ... das Stolperdings ließ ihn nicht weitergehen, im Gegenteil, es schob ihn zum vorigen Bild zurück. Er war um zwei Uhr nachts am Schreibtisch neben der angedrehten Schreibtischlampe aufgewacht und dann hinauf ins Bett gewankt. ... im Metatraum wollte er das Treppensteigen wiederholen, aber das Ding hinderte ihn an jeglicher Bewegung, er stand vor dieser Aufwacherinnerung, die immer intensiver wurde. Er spürte das damalige Kribbeln der Kälte auf seiner Haut ... er hatte vergessen gehabt, das Fenster zu schließen. Er roch wieder den Duft der nächtlichen Almluft, den leisen Hauch von Diesel ... und plötzlich hörte er das Ding zu seinen Füßen krachen. Das Krachen! Es hatte in dieser Nacht gekracht ... und er war aus seinem Schreibtischschlaf aufgeschreckt. Da war ein lautes Geräusch gewesen, das ihn damals geweckt hatte. Er war nicht einfach so aufgewacht – nein, es war ein akustischer Reiz gewesen, der ihn aus dem Schlaf gerissen hatte.

Ein akustischer Reiz?

So ein akademischer Nonsens, dachte Wotan, es war ein Geräusch gewesen, das klang wie ein ... ein ... ja eben ein etwas, das geklungen hatte wie – und plötzlich hatte Wotan wieder die Schrecksekunde vor sich, als er beinahe in Furmaiers Agi, also den Traktor, hineingefahren war. Er sah wieder das Gelb des Schutzhelms, das gar nicht so verschreckte Gesicht darunter, er spürte das Adrenalin durch seinen Körper schießen, er hörte den Traktor röhren ... ja, genau, das war das Geräusch gewesen, das ihn aus seinem Mordnacht-Lernversuchs-Schlaf gerissen hatte. Es hatte nach Traktor geklungen!

Nach Traktor?

Wotan wunderte sich im Traum über seine Assoziationen – was sollte denn ein Traktor mitten in der Nacht auf der Alm seiner Tante gemacht haben? Außerdem müsste man doch Spuren gefunden haben, wenn wirklich ein Traktor vorbeigefahren war?

Und wieder blinkte das Stolperdings zu seinen Füßen, die erstaunlicherweise immer noch präzise auf einer der Linien seines EEGs standen. Dass es ihm ein weiteres Mal signalisieren wollte, nicht wieder auf ein wesentliches Detail seiner Mordnacht-Erstschlaf-Aufwachphase zu vergessen, war ihm schon klar, aber was wollte es ihm ... und jetzt fing dieses Traumgebilde auch noch zu stinken an. Für eine Sekunde flackerte vor Wotans Traumauge eine Tankstelle auf ... seine Schenhajt war zwischen zwei riesigen Tanklastwagen eingezwickt, die aus monströsen Schläuchen ihre flüssige Fracht auf den Boden rund um Wotans Auto fließen ließen. Und plötzlich tuckerte Furmaiers Traktor durch das Tankstellen-Traumbild ... alles stank dermaßen nach Diesel, dass Wotan kaum mehr ...

Die Almluft!

Besser gesagt, das, was in einer Brise auf einer Alm um zwei Uhr früh eben nichts zu suchen hatte ... als er aufgewacht war, hatte er einen Hauch von Diesel gerochen. Folglich hatte ihn etwas geweckt, das wie ein Traktor gekracht und nach Diesel gestunken hatte.

Augenblicklich verschwand das Stolperdings zu seinen Füßen, und die EEG-Linien, auf denen er gegangen war, wurden langsam breiter und breiter, bis sie einem Gehsteig glichen. Wotan freute sich, dass er wieder vor normaler Kulisse träumte. Das Letzte, was er sah, war dieser blöde Polizist, der ihn fast wie den Hauptverdächtigen behandelt hatte. Aber ehe sie wieder aneinandergeraten konnten, tauchte Wotan endgültig aus dem seltsamen Mischgebilde aus Traum, Klartraum und Alptraum auf.

Der Eindruck des auf ihn zueilenden Magister Baldur war noch deutlich präsent, als Wotan seinen Kopf aus den auf der Schreibtischplatte verschränkten Armen schälte. Der Schmerz in seiner verdrehten Halswirbelsäule, die für gewöhnlich lieber auf Polstern gebettet ruhte, bescherte ihm ein weiteres Déjà-vu-Erlebnis – genauso hatte er sich gefühlt, als er letzte Nacht am selben Platz über seinen Lehrbüchern eingeschlafen war.

Déjà-vu ... Schreibtisch ... Einschlafen ... Mordnacht – wie diese grimmigen Kasperl-Figuren, die auf einer Feder montiert aus viereckigen Schachteln herausschnellten, sprangen Wotan seine Erinnerungen an. Aber im Gegensatz zu den Schachtel-Kasperln hatten sie nichts Erschreckendes an sich, im Gegenteil.

Die Unsicherheit, die Wotan immer wieder kurzfristig überfallen hatte, schien wie weggeblasen. Lediglich das letzte Bild seines Traums trübte Wotans aufgefrischte Laune – ihm war klar, dass er Magister Baldur rasch aufsuchen und quasi gestehen musste, doch etwas Mordsnächtliches bemerkt zu haben.

Rasch?

Wotan war gar nicht wohl bei dem Gedanken, diesem arroganten Staatsgewaltverkörperer gegenübertreten und noch dazu sich selber herabsetzen zu müssen ... also beschloss Wotan, etwas zu tun, was er besonders gut konnte, nämlich den Gedanken an diese Verpflichtung zu verdrängen.

Ein probates Mittel dafür war das Internet ... und Essen! Angeregt durch seinen knurrenden Magen, sah Wotan auf die Uhr – er hatte stundenlang geschlafen. Seine Augen sprangen vom Ziffernblatt zum Schreibtischbücherberg ... ein Knacksen seiner Halswirbelsäule ließ ihn eine selbstironische Erkenntnis gewinnen: „Nein, so viel Wissen ist doch kein sanftes Ruhekissen!", sagte er laut in die spätnachmittägliche Almstille hinein und kam sich dabei wie eine Kreuzung aus Goethe und Curd Jürgens vor. Aber auch das Hochgefühl, einen großen Satz mit Burgtheaterstimme von sich gegeben zu haben, half nicht gegen die unangenehme Leere in seiner Leibesmitte.

Wotan wollte nicht schon wieder bei Furmaier „parasitieren" oder den Kühlschrankinhalt seiner Tante verringern – da waren ihm doch bei der Herfahrt mehrere Gasthäuser in den Augenwinkeln hängen geblieben? Gegen seine Gewohnheit fasste Wotan einen schnellen Entschluss, er schnappte sich eine Jacke, Geld, Alm- und Autoschlüssel und stürzte sich in das frühabendliche Lungauer Nahrungsmittelleben.

Donnerstag, 10. Juli 2008, 19 Uhr

Beinahe wäre er daran vorbeigefahren, denn das Gasthaus Mohinger lag in einer Senke neben der Straße, und die Beleuchtung hatte auch schon hellere Zeiten erlebt. Ist's wie's Licht, betritt es nicht!, dachte Wotan in einem poetischen Anfall angesichts der zahllosen kaputten Glühbirnen, die das Haus als perfekte Kulisse einer Horrorkomödie erscheinen ließen. Wobei ... so ein Film wäre viel zu witzig gewesen, nein, hier konnte man eher „Draculas Kettensägengemetzel" drehen – selbst auf den paar Metern vom Auto zur Tür fröstelte es Wotan innerlich. Aber sein Magen knurrte derart unverschämt, dass er trotz aller atmosphärischen Verstimmungen die Tür des Gasthofs Mohinger öffnete ... und erstarrte. Wirklich noch nie hatte er eine so abgewohnte Gaststube, einen so abgewrackten Abklatsch einstiger Gemütlichkeit erlebt. Nicht einmal die Wiener Kaffeehäuser, die auf ihre völlig durchgesessenen Sitzbänke so stolz waren, weil – „Ja! Gerade auf dem Platz, ja, genau hier!" – der berühmte Dichter der wilden Wiener 1960er Jahre dort seine in Wien weltberühmten Aphorismen von sich geschüttelt hatte, kamen mit ihrer unappetitlichen Pseudo-Nostalgie-Unbequemlichkeit an diese Örtlichkeit heran.

Die Gaststube war aus Holz ... so weit, so erwartbar. Aber nicht einmal das stimmte ganz, denn die Tischplatten waren aus diesem billigen Kunststoff, der im Laufe der Jahrzehnte vor lauter Zigarettenbrandflecken, Schnapsgläserrändern und Taschenmesserschärfkerben zu einer undefinierbaren klebrigen Masse verkommen war. Die Bänke und die schulterhohe Wandverkleidung waren zwar aus Holz, das aber aufgrund der Alkohol-, Tabak- und Schweißausdünstungen einerseits und der mangelhaften Pflege andererseits nicht in edlem Silberglanz ergraut, sondern in kläglicher Farblosigkeit verfault war.

Wotan kam sich wie in einem Standbild einer verfilmten Psychose vor. Dazu passten auch die drei Gestalten, die ihn erstarrt anglotzten. Beim Anblick des Wirts, der mit völlig verdreckter Schürze – wohl ein obligates Requisit für so eine Inszenierung – hinter der Theke stand, leuchtete Wotan ein Licht auf. Vielleicht waren die durchgebrannten Glühbirnen der Außenbeleuchtung darauf zurückzuführen, dass der Wirt gar nicht sah, dass kein Licht mehr brannte, denn seine Nase strahlte in einem so heimeligen Rot, dass er keine weitere Lichtquelle mehr wahrnahm. Allerdings verblasste das sonst eher gewöhnliche Gesicht des Wirts in seiner Gruselfilmtauglichkeit neben den beiden Gastgestalten. Beider Körperhaltung erinnerte Wotan sofort an die arme Kollerin – so musste ein Körper aussehen, dem mindestens 30 Knochen gebrochen worden waren. Beide saßen eigentlich nicht, eher schienen sie aus einer breiigen Masse zu bestehen, die teils auf die Sitzbank und teils auf und um die Tischplatte herum drapiert war. Einen Zahnarzt hatten alle drei wohl seit ihren Milchzähnen nicht mehr gesehen ... Wotan war erstaunt, dass man solche Gebisse auch außerhalb von Fernsehdokumentationen über einsame Urwaldvölker zu Gesicht bekam.

„Eine oder auße ... Tür zu!" – die nicht wirklich freundlichen Begrüßungsworte des Wirten rissen Wotan aus seinen schauerlichen Betrachtungen. Und wie er es über zwei Jahrzehnte verinnerlicht hatte, folgte er automatisch, trat in die Gaststube, schloss die Türe hinter sich und putzte demonstrativ seine Schuhe auf der kaum mehr erkennbaren Fußmatte ab.

„Braver Bub!“

„Ja, glaubt man gar nit, dass wem solchen a Mord passieren kann ... oiso, in der Nachbarschaft halt!“ – Wotan starrte verblüfft die zwei gallertartigen Gestalten an ... hatten sie ihn gerade mit dem Mord in Zusammenhang gebracht?

„Sie wünschen?“ – die Frage des Wirts klang wie eine gefährliche Drohung. Ein Teil in Wotan wollte nur mehr fliehen, ein anderer Teil aber bleiben ... aus Neugier, wie er erstaunt feststellte.

„Bitte, ich hätte gerne ... eine Auskunft ...“ – er sah die schlagartig noch mehr ergrimmten Züge des Wirts – „... und einen ... einen Kamillentee, bitte.“ Eine kochende Flüssigkeit sollte doch möglichst viele Keime vernichten, sodass ein halbwegs gefahrloses Trinken selbst in dieser Umgebung möglich sein würde. Der Wirt grinste diabolisch. „Kamillenteeeeee ...?“ – das „e“ nahm kein Ende, „ja, mei ... des kann ich verstehn, wäu so a Mord, der schlogt si scho aufn Mag'n!“ Plötzlich erbebten die Wände – Wotan war verblüfft, wie laut und klischeehaft drei verwahrloste Männer lachen konnten. Der eine der beiden Tischlümmler japste nach Luft: „Mohinger, dei Humor ... a wahre Freid!“

„Jo, über so was kennan mir Bauersleit hoit no wirklich lach'n!“, assistierte der andere.

Wotan sah so entgeistert aus, dass sich Herr Mohinger plötzlich bemüßigt fühlte, scheinbar aus dem Nichts heraus eine Tasse mit lauwarmem Wasser und einem einsamen Teebeutel vor ihn hinzuknallen. Mühsam rang sich Wotan ein „Danke“ ab, hütete sich aber, nach dem schmutzigen Teeglas zu greifen.

„Tja ... also ...“ – Wotan bereute zutiefst, sich in diese „Almspelunke“, wie er bereits im Geheimen den Gasthof Mohinger titulierte, verirrt zu haben. Seinen

Hunger würde er hier auf keinen Fall stillen, und offenbar konnte er hier auch keine interessanten Hintergrundinformationen bekommen. Es schien, als wären mit dem explosionsartigen Lachen von vorhin alle Kommunikationsmöglichkeiten erschöpft, so durchdringend breitete sich Schweigen aus. ... was nicht das Schlimmste war, weil der Satz, der die Stille unterbrach, entsetzte Wotan noch viel mehr.

„Guat g'macht, des mit der Koller-Hex!"

„Danke", antwortete Wotan automatisch. Diesmal diente die Höflichkeitsfloskel dazu, Zeit zu gewinnen. Denn Wotan war sicher, sich verhört zu haben – nicht einmal ein grobschlächtiges Alpinurgestein wie der Wirt Mohinger würde die brutale Ermordung eines Mitmenschen als positives Ereignis ansehen. Nein, Wotan hatte sich verhört ... musste sich verhört haben! Fieberhaft überlegte er, was der Silbensalat für eine Bedeutung gehabt haben konnte.

„Jo, guat g'macht! Nur schad, dass's so schnöll gang'n is, des mit dera elendiglichen Hex!"

„... jo, a bisserl mehr hättn S' scho überlassn könn'n, damit a mir ... owa, na, i wü nix Schlecht's sag'n, a guate Oarbeit von Ihna!"

Nein, das war nicht möglich!

Aber Wotan war sich absolut sicher, in diesem Moment keinen Alptraum zu haben. Diese drei bösen Berggeister hatten ihm tatsächlich zur Ermordung Barbara Kollers gratuliert. Er wäre zwar zu effektiv und zu egoistisch ans Werk gegangen – aber ansonsten ... „guat g'macht"!

Da geschah etwas in und mit Wotan, das er selber nie für möglich gehalten hätte – er explodierte wie eine Naturgewalt!

„Sie elenden Krebsgeschwüre in Menschengestalt, sie Schande für diese herrliche Landschaft ...“ – Wotan sah aus den Augenwinkeln, dass seine Schimpfkanonade eher heiteres Unverständnis als Angst und Scham hervorrief, also erweiterte er seinen Verbalinjurien-Kanon. „Sie jämmerlichen Drecksäue, Sie Arschlöcher!“ ... ja, jetzt hatte er den richtigen Tonfall getroffen. „Sie sind wirklich zu dreckig für die Jauchegrube! Haben Sie nichts verstanden?! Frau Koller ist ermordet worden ... er-mor-det! Noch dazu vermutlich auf bestialische Art! Aber warum rege ich mich überhaupt so auf? Ich sollte mich geschmeichelt fühlen, immerhin haben Sie mir zu diesem Mord eben gratuliert! Sie ... Sie ... letztklassige Besetzung einer Dorfwirtshaus-mit-Säufer-Szene!“ Wotan rechnete damit, dass er blitzschnell zur Tür und weiter sprinten müsste, wenn die drei Monster aus ihrer Erstarrung erwachten. Er spannte seine Muskeln an und ... und bemerkte, dass er den Tee noch nicht bezahlt hatte. Aber er hatte ihn auch noch nicht angerührt! Musste er dann überhaupt zahlen? Vermutlich würde ein Richter eine Flucht in Einheit mit minimaler Zechprellerei – Bestellung ohne Konsumation und – leider – ohne Bezahlung – als irgendeine Art Notwehr werten, doch war Wotans moralische Erziehung zu streng gewesen, um sich auf so eine juristische Unklarheit einzulassen. Innerlich wütend und äußerlich seufzend griff er in seine Hosentasche nach dem Kleingeld ... und bemerkte zu seinem Erstaunen, dass die drei vor ihm noch mehr erstarrten. Da begriff er, dass er irrtümlich in das klassische Handlungsmuster solcher Gaststubendifferenzen verfallen war – Mohinger und die zwei undefinierbaren Gestalten erwarteten jetzt wohl, dass er ein Messer zöge und ...

„Na ja, jetzt regn S' Ihna net so auf, die Kollerin war die Bestie, net mir!"

„Jo, mir a!"

„Und i erst!"

Wie passen denn diese Sätze zusammen?, fragte sich Wotan konsterniert und vergaß ganz darauf, seine „Ich-hab-ein-Messer-in-der-Tasche"-Komödie weiterzuspielen. Er zog automatisch das Münzgeld heraus und legte vier Euro auf die Theke. Mohingers Blick war sehenswert – diese Mischung aus Gier, Glück und vergangener Verachtung dem Spender gegenüber hätte jedem Oscar-Gewinner zur Ehre gereicht. Flutsch! – das Geld war weg.

Offenbar hatte Wotan mit diesen zwei Münzen Mohingers Herz gewonnen – es war erstaunlich, um wie viel freundlicher der Wirt ihn nun aufzuklären versuchte.

„Oiso, die Kollerin, die war wirklich a Hex! Mi hat s' verfluacht ... und des nur, wäu i die Kia net nur g'streichlt hab! Verfluacht hot s' mi weg'n Tierquälerei, und prompt is dann der Willi, der neiche Wirt, auftaucht ... den hat sie mir auf'n Hals g'hetzt, des Luader!"

„Jo, und mi ..." – zu Wotans Überraschung richtete sich einer der beiden Säufer aus seiner quallenartigen Haltung auf und versuchte, verständliche Silben über seine ungepflegten Lippen zu bringen. „Und mi ... des Oa..." – Wotan wünschte sich sehnlichst, vor einer der Fernsehübertragungen zu sitzen, bei denen fäkalsprachliche Ausdrücke durch einen Piepston ersetzt wurden. Er versuchte, so einen Filter in sich zu aktivieren ... und es gelang sogar halbwegs. Allerdings tat sich Wotan daraufhin schwer, zwischen den vielen „PIEPS" einen Inhalt herauszuhören.

Wenn er das richtig verstanden hatte, dann hieß dieses verkommene Subjekt Josef Simberger und war ein ehemals erfolgreicher Viehbauer gewesen, dem „... nur die Koller-Hex, des PIEPS, de PIEPS, verboten hat, meine Viecher über an Forstweg auf die Alm zu treiben, der was leider der depperten PIEPS g'hert hot. I hab's trotzdem g'macht! Hat mir de Person, de PIEPS, doch glatt aufg'lauert, ist aus'n Woid ausseg'stiazt und hat mi a verfluacht, des PIEPS, des PIEPS! Na ja, dann hat mi mei Frau verloss'n, der Müchpreis is in Kölla g'foin ... do hab i do zum Sauf'n anfanga miass'n ... und des ollas nur wegen dera Hex, dera PIEPS!"

Ein Gefühl von Respekt durchflutete Wotan, Respekt ... für seine Tante, die ihm so wunderbar beschrieben hatte, wie Frau Koller mit einfachsten Marketingmitteln und Psychotricks sich erfolgreich durchs Leben gekämpft hatte. Wotan hatte ihr – wieder einmal – kein Wort geglaubt, aber jetzt ...

Zwei erwachsene Männer hatten gerade gestanden, dass ihr Leben wegen eines Kuhhaxen-Hexenfluchs aus der Bahn geworfen worden war ... und das in Mitteleuropa zu Beginn des 21. Jahrhunderts. Widerwillig musste sich Wotan eingestehen, dass nicht nur seine Tante in seiner Achtung enorm gestiegen war – das war schon schlimm genug, aber die Tatsache, dass er auch eine Art Ehrfurcht vor der verstorbenen Barbara Koller zu empfinden begann, noch ärger.

Aus diesen Überlegungen riss ihn das Lallen der zweiten lebenden Alkoholleiche. „Und mi, mi hat die ... diese Hex ... mein Leben hat sie mir ... jo, des is hin deratweg'n!"

Wotan war fasziniert! Zum einen hatte ihn der Satzbau mitgerissen – es war erstaunlich, wie verständlich eine Anhäufung von wüstesten Grammatikkatastrophen immer noch sein konnte. Zum anderen hatte ihn die Stimmmelodie in ihren Bann gezogen – vom Lallen war sie nahtlos in ein Weinen übergegangen. Für die Brüchigkeit dieser Klangfarbe hätte mancher Wienerliedinterpret seine Seele verkauft.

„Nur wäu i ja so Schmerz'n g'habt hab, hab i ma hoit ... owa nur ganz söt'n ... wäu ma's schon ... ja, die Schmerz'n war'n nochand immer weniger ..."

Sein Gestammel war sogar Herrn Mohinger zu viel. „Rheuma hot er, der Kindsbauer. Und deshoib hat er ab und zu a Moor aus'n Moor von der Kollerin ausg'stoch'n. Des hot nämli no mehr g'hoifa ... geg'n die Schmerz'n ... no mehr ois sei eigens Moor, des wos eam g'hert. Und amoi hat s' eam dabei dawischt. Und wissen S', wos de Hex da g'macht hat?"

Wotan wollte schon ein ironisches „Ihn verflucht?" einwerfen, doch ...

„Sie hat eam von sich aus an großen Ziagl Moor geb'n ... und hat sogar ‚Da! Nimm! ... und sauf hoit weniger!' g'sagt. Und dann hat sa sie umdraht und is gongan ... und der Fischlacher schwört, dass er damois sogar Tränen in ihre Aug'n g'seg'n hat. Und deshoib hat er sie geniert, wieder bei ihr a Moor zu ... zu stech'n. De Hex hot eam oiso bei seiner Ehre gepackt und damit verhindert, dass er weiterhin sei Heilmittel bei ihr ... na ja ... sich also besorgen hat kenna!"

„Hat ma scho amoi so a Gemeinheit g'hert?" – auch Simberger war über die Bösartigkeit der Koller'schen Großzügigkeit entsetzt. „Bei der Ehre gepackt! So a Frechheit! ... naaa, de Koller war scho a Hex, a verdammte!"

„Na ja, und seither hat der Fischlacher grausliche Schmerz'n. So oarg, dass er net amoi mehr nix tuan kan mit beide Händ, fast net mehr ’s Schnapsglasl hoit’n!“, vollendete Mohinger das Schicksal des Herrn Fischlacher, der offenbar „Kindsbauer“ genannt wurde.

„Sog i jo“, fügte der ob der Kürze der Erklärung enttäuschte Stammler hinzu.

Wotan rutschte beinahe die Bemerkung heraus, dass das Verhalten Frau Kollers doch überhaupt nicht bösartig, sondern schlicht und einfach außerordentlich großzügig und mitmenschlich gewesen sei! Aber er schluckte den Satz, der zweifelsohne Myriaden an Kraftausdrücken nach sich gezogen hätte, im letzten Moment hinunter. Nur einen Gedanken musste er noch aussprechen – dazu zwang ihn seine im selben Maße anerzogene wie lästige Moral. „Aber, Herr Mohinger, Herr Simberger, Herr Fischlacher, wenn ich das richtig verstanden habe, hat Frau Koller jeden von Ihnen bei einer Straftat erwischt ... und sie hat Sie nicht einmal angezeigt. Also, so gesehen ...“ – Wotan merkte, dass die drei Gesichter vor ihm wie auf Kommando quasi „entgeisterten“ – „... so gesehen, war doch Frau Koller eigentlich eine sehr nette und anständige Person ... oder nicht?“

Wie eine Geröllawine brachen über Wotan die Schimpfworte herein, bei bestem Willen konnte er diesmal seinen „PIEPS“-Filter nicht einsetzen ...

„Anzeigt? Na und! Verfluacht hat s’ uns, de Drecksau!“

„Hätt s’ mir ... wurscht warat ma des ... owa ... de Hex ... a Fluach ... de ...!“

„I PIEPS auf die Anzeig!“

Ha!, freute sich Wotan, es funktioniert noch!

„A Anzeige kann mi PIEPS! Naaa! Owa ... so a Fluach von ana Hex ... dagegen is doch a Anzeige ... da PIEPS i do drauf!“

Wotan erkannte instinktiv, dass jetzt der Zeitpunkt zum Rückzug gekommen war. Mit einem ganz neutralen „Ah so ... aha. Na dann“ ging er rückwärts zur Gasthaustür, mit „Auf Wiederschaun“ nahm er die Klinke in die Hand und beim „... und danke für die Auskunft“ stürzte er hinaus und stürmte zu seinem Wagen.

Donnerstag, 10. Juli 2008, 19.45 Uhr

Selbst nach fünf Minuten Fahrt vergewisserte sich Wotan noch, ob ihm nicht irgendwer von diesem Alptraum-Trio folgte. Fast erwartete er im Rückspiegel schwarze Gestalten auf blutroten Riesen-Rössern, aus deren Nüstern nach Schwefel stinkende Todesschwaden explodierten, zu sehen. „So ein Blödsinn, jetzt haben die mich mit ihrem Hexengeschwafel schon angesteckt!“, ärgerte sich Wotan über den Grund seines in die Höhe geschnellten Pulses, was diesen allerdings auch nicht sinken ließ.

Auch das Bremsmanöver, zu dem er sich gezwungen sah, als er beinahe am Gasthof zur Post vorübergedonnert wäre, tat seinem Blutdruck nicht gut. Aber als er die Stube betrat, begann sein Herz sofort wieder im normalen Rhythmus zu pumpen.

Kein Mensch nahm wirklich Notiz von ihm, niemand beendete sein Gespräch, als er die Tür hinter sich schloss – es war nach der vorherigen Erfahrung ein wunderbares Gefühl, zumindest anfangs ignoriert zu werden. Sein lautes „Grüß Gott!“ quittierte eine vorbeilaufende Kellnerin lediglich mit einem Laut, der ähnlich wie „Riasso“ klang. Erst als Wotan sich in der Mitte der vollbesetzten Gaststube demonstrativ nach einem freien Platz umschaute, schallte ihm ein „Sind

Sie nicht der Herr Perkowitz?" entgegen. Der fragende Rufer war ein der Kleidung nach wohlsituierter Herr, der an einem großen Ecktisch zusammen mit vier anderen Männern saß. Stammtisch!, schoss es Wotan durch den Kopf, als er das Ensemble aus Gesichtern, aufgestützten Ellbogen und Gläsern sah. Mit der Geläufigkeit der bürgerlichen Erziehung gelang es Wotan mühelos, eine Verbeugung anzudeuten, gleichzeitig fünf Hände zu schütteln und eine Wortkette – „PerkowitzmeineVerehrungGrüßGottFreutmichsehrMahlzeit" – verständlich von sich zu geben. „Bitte, nehmen S' doch Platz!" – Klang-Schober? Musi-Hüttn? Sing-Tenne? ... aus einer von diesen Fernsehsendungen schien sein Sitznachbar, der unter einer Föhnfrisur ein krampfhaftes Dauerlächeln zeigte, entsprungen zu sein. „Peter Walburga, Texter von Volksmusikliedern ... und hier am Stammtisch netterweise geduldet, obwohl nicht von hier." – letzterer Bemerkung hätte es nicht bedurft, da die dumpfen „As" und „Os" Herrn Walburga eindeutig als Bayern identifizierten.

„Fritz Stieger, auch nicht von hier, aber auch gerne hier ... auch am Stammtisch."

„Perkowitz, Wien, derzeit Alm-meiner-Tante-Bewohner und Mordopfer-Geschädigter" – seinen Vornamen hatte Wotan gerade noch hinuntergeschluckt, man musste sich ja nicht gezielt blamieren.

„Doktor Fridolin Hangerer, Lungauer, praktischer Arzt." – Wotan hatte es bereits vermutet, aber theoretisch hätte der Herr mit dem „feinen Zwirn" auch ein hiesiger Jurist sein können.

„Karl Wobien, auch von hier ... ja ... wobei, meine Vorfahren sind mit den napoleonischen Truppen nach Salzburg gekommen ... und es müssen gute Menschen gewesen sein, weil sie hießen ‚Vautbien', also ‚etwas wert sein‘ ... ja ... aber im Laufe der Jahre wurde daraus eben ‚Wobien‘ ... ja ...“

„Mit einem Wort, Sie sind ein Nachkomme unserer Feinde!“ – der Mann auf der anderen Seite von Wobien schlug sich vor Lachen auf die Schenkel.

„Na, wenigstens gibt’s nach ihm keine Nachkommen!“

„Wer weiß ...“ – jetzt grinsten alle ... alle bis auf Wotan und Herrn Wobien. Dieser verzog sein Gesicht zum Versuch eines Lächelns. „Was die Herren so witzig andeuten wollen ... ja ... also, heute bin ich in Zivil, aber sonst trage ich eine Soutane ... ja ... ich bin hier der Pfarrer.“

„Valentin Obertruber, meine Vorfahren sind im Lungau nachweislich seit 1683 als Bauern tätig, i bin da also der Älteste!“ Das dröhnende Lachen unterbrach der letzte, noch anonyme „Stammtischler“.

„Na, des bist net, wäu mir Enterbauer san seit 1679 im Lungau, uns hat schon der Kuenburg des Land geb’n, des was er den Protestanten weggenommen g’habt hat ... i bin an dem Tisch der Älteste ... also quasi!“

„Is guat, Sigi, jetzt wiss ma’s, deine wie meine Vorfahren haben das Land vom Schinter-Jackl-Kirchen-Lackl kriagt!“

„Na, so kannst des net sag’n, nur, weil der Kardinal des damalige G’sindl aus sein Erzfürstbis... Bisfürsterztum ... na, a net, also, aus seinem Land draußen haben wollt, kann man net sagen, dass der deshalb ... also, so wia du Kirchen-Lackl g’sagt hast, war des ... des war Blasphemie, nicht wahr, Herr Pfarrer?“

„Also, ich meine, dass ...“

„G’sindl? Schämst dich nicht, Siegbert ...“ – bei der Nennung seines vollen Vornamens zuckte Bauer Enterbauer sichtbar zusammen, was Wotan sowohl erheiterte, als auch ein Gefühl der Verbundenheit spüren ließ, „Siegbert, du kannst doch nicht den Kuenburg auch noch dafür in Schutz nehmen, dass der die Bettelbuam hat quäl'n und umbringen ... dass der des die hat lassn!" – anhand der gewagten Satzkonstruktion merkte Wotan, wie sich Herr Obertruber in Rage redete. Die Rollen schienen klar verteilt zu sein, Siegbert Enterbauer vertrat die Law-and-Order-Mentalität, Valentin Obertruber gab den Toleranten, doch ...

„Buben hat der umbringen lassen! Männliche Kinder! Aus denen hätten zumindest noch gute Soldaten werden können. So was Depperts! Buam! De bringt ma do net um! Hexen ... na ja ... umbringen hätt er s' a net lass'n miass'n ... owa, dass er die hot weghob'n woll'n ... na guat. Weibersleut hoit! Owa die Buam! Na ... na ..."

Diesmal musste er etwas missverstanden haben. Ja – Wotan war sich sicher, dass Obertruber nicht das gemeint haben konnte, was er gehört hatte. Zwar war er beim Mohinger-Wirt eines Besseren belehrt worden – dort hatte er schon richtig verstanden, was diese seltsamen Subjekte gesagt hatten ... und das Schlimmste war, die hatten das sogar so gemeint! Aber hier ... nein! Buben in den Krieg, Mädchen auf die Scheiterhaufen? ... nein, wirklich nein, das musste Wotan missverstanden haben, hier, in diesem gutbürgerlichen Landambiente war so ein Gedanke doch ... doch nicht ... möglich?

„Hast scho recht!" – Enterbauer legte Obertruber besänftigend die Hand auf die Schulter, „hast ja recht, owa der Fürstbischof, also der Erzfürstbisch... der Kardinal, der, ja, der hot do des net so genau g'wusst! Und immerhin hat er net nur Buam ... auch die Kollerin hot er umbringen lass'n, glei als Erste ... also, die damals!"

Die große Leere ... Wotan fühlte nur große Leere, nein, das durfte nicht wahr sein, das ...

„Ja, sagt's einmal, ihr g'hört's doch beide in die Psychiatrie! Seid's ihr ganz wahnsinnig? Nur weil euch eure beiden Frauen vor kurzem davong'laufen sind, macht's ihr jetzt auf Hexenhasser? Herr Pfarrer, jetzt sagen S' doch auch was!" Diese Explosion Doktor Hangerers war Balsam für Wotans wunde Seele – mit seiner Überzeugung, dass Frauen nicht unbedingt prinzipiell umgebracht werden mussten, war er offenbar doch nicht ganz allein auf der hiesigen Welt. Alle starrten gebannt auf Pfarrer Wobien ... es war – wieder einmal!, dachte Wotan in einem Anfall von Zynismus – der Vertreter der katholischen Kirche, dem das entscheidende Wort in einem Hexenprozess, in diesem Fall – Gott sei Dank! – in einem Hexengesprächsprozess, zuteil wurde.

„Also, ich weiß zwar nix von diesem Fürsterz-Dingsbums, diesem Kardinal, und auch nix von diesen grauslichen Hexengeschichten, von denen ihr da redt's, aber eins weiß ich – ohne Frauen wär das ganze Sein, die Welt, für Arsch und Friedrich ... entschuldigen schon, aber ..." – gleich nach den zwei Vokalen des Wortes „Also" wusste Wotan, dass nicht der Salzburger Pfarrer Wobien, sondern der bayerische Schlagerfuzzi Walburga zur Verteidigung des weiblichen Geschlechts angesetzt hatte. Und er setzte fort ... und wie! „Mein Le-eben war ganz ohne Sinn ..." – Walburga hatte allen Ernstes zu singen begonnen, vermutlich eines der Lieder, deren Texte er verfasste – „... drum hab ich dir verzieh'n ..." – Wotan sah mit Genugtuung, dass bei dem Reim nicht nur seine Gesichtsmuskeln zuckten – „... durchs Le-eben kann ich mich nur trau'n mit dir, du Schönste aller Frau'n!" – der Gesang brach ab, Walburga schien auf so etwas wie Applaus zu warten und fügte, als die Stille der verblüfften Stammtischler peinlich zu werden drohte, ein schmelz- und schmalzvolles Dacapo an: „Du Schö-ö-nste aller Frau'n!"

„Bravo! Bravissimo!" – der begeisterte, wenn auch einsame Applaus kam von einem Herrn, der auf sonderbare Weise eine Art Synthese aller am Tisch Sitzenden verkörperte. Die Föhnfrisur hatte er von Walburga, die groben Gesichtszüge von Obertruber, die muskulösen Unterarme von Stieger, den Bauchansatz von Enterbauer, die noble Trachtenkleidung von Doktor Hangerer und den Gesichtsausdruck Marke „Eigentlich weiß ich nicht ganz genau, was ich sagen soll" von Pfarrer Wobien. Ach ja, von Wotan hatte er das Alter ... zumindest versuchte er, jugendlich-frisch zu wirken.

„Verehrter Herr Willi, ham S' a bisserl Zeit? Setzen Sie sich doch zu uns." – Doktor Hangerer hatte sich als Erster gefangen und rettete elegant die Situation.

„Ja gern ... meine Herr'n." Es war eine interessante Bewegung, denn im Niedersetzen sprang der Neuankömmling auch schon wieder auf und streckte seine rechte Hand Richtung Wotan. „Ein frisches Gesicht in dieser honorigen Runde! Verzeihen Sie meine Nachlässigkeit ... Harald Willi, ich bin der stolze Gastgeber!"

„Also, was der Herr Willi damit sagen will, ist nicht, dass er diesen Stammtisch hier begründet hat, sondern, dass er seit drei Jahren der zu Recht stolze Besitzer vom Gasthof zur Post ist, und außerdem ..."

„Jaja, schuldig, Euer Ehren, ich bin auch Mister ‚Matsch, Moor & much more'! ... aber das ist eben das Schicksal von Uneingeborenen wie uns, nicht wahr, Herr Perkowitz?" Wotan hatte jetzt zwei Möglichkeiten. Er konnte der Konvention entsprechen, bedeutsam mit dem Kopf nicken und „Ja, wie recht Sie doch haben" von sich geben, oder aber Licht ins Dunkel des aufgebreiteten Informationschaos bringen.

„Erstens – wieso Schicksal von uns Uneingeborenen? Zweitens – keine Ahnung, was ‚Much more and much more' in Ihrem Zusammenhang heißt, und drittens – wieso wissen Sie alle, wer ich bin?"

Stammtischschweigen!

„Bitt'schön, zwei Große und für den Herrn Chef die Melange!" – die beiden Biergläser und die Kaffeetasse wurden ebenso behänd wie etwas zu klirrend auf den Tisch befördert. Die überraschende Kellnerinnenattacke aus dem Hinterhalt löste die Verbalblockade, sodass wie auf Kommando fast alle Wotan zu antworten begannen.

„Na ja, ich meinte, weil Sie und ich, also, wir beide eben ... als Fremde in der Fremde müssen wir uns dafür immer irgendwie rechtfertigen." – Willis Stimme war selbst in diesem Klanggewirr am leichten Näseln mühelos herauszuhören.

„Weil ... also, der Herr Willi hat vor drei Jahren ..." – Doktor Hangerer brach mitten im Satz ab, als er merkte, dass ihm der Antwort-Vortritt nicht gewährt wurde. Seine Mimik und Gestik widersprachen sich – während seine Hände Pfarrer Wobien höflichst zum Weitersprechen ermunterten, zeigte sein Gesicht deutlich einen Ausdruck höflicher Verärgerung.

„Herr Perkowitz, wir kennen Sie leider nur wegen des grässlichen Verbrechens vor Ihrer Haustür! ‚Denn von innen, aus dem Herzen der Menschen, kommen die bösen Gedanken, Unzucht, Diebstahl, Mord' ... Evangelium unseres Herrn nach Markus, Kapitel 7, Vers 21 ... von innen kommt es, aber nach außen dringt es. Gott sei Dank! ... und auch wieder nicht. Natürlich darf kein so grässliches Verbrechen unbeachtet bleiben, aber wenn es publik wird, dann ist das oft nicht nur hilfreich, sondern hat auch zur Folge, dass eben die bösen Gedanken erst geweckt werden ..."

„Is guat, Herr Pfarrer, aber die Predigt bitte erst am Sonntag in der Mess'! Und wenn Sie meinen, dass wir, wenn wir nicht erfahren hätten, dass die Kollerin ermordet worden ist, besser über die alte Hex reden würden ... nein, Herr Pfarrer, Sie irren sich!"

„Valentin, du bist ein Depp! Der Herr Pfarrer hat doch genau das Gegenteil gemeint ... nicht wahr, Herr Pfarrer? ... der hat doch g'meint, dass wir über die Koller-Hex nimmer das sagen dürfen, was wir ... also, wie wir halt reden, grad net, weil sie eben tot ist. De mortibus nisili quasi bene, wie der Lateiner sagt!"

„... quod erat demonstrandum, Herr Perkowitz!" Wotan begriff sofort, was Pfarrer Wobien mit seinem „Was zu beweisen war" gemeint hatte – egal, ob jemand tot oder lebendig war, ob die anderen über ihn und sein Leben etwas wussten oder nicht, wenn sie ihn am Zug hatten, dann ... dann war es gleichgültig, was für ein Mensch Barbara Koller wirklich gewesen war, ob sie ermordet oder putzmunter war – sie war auf jeden Fall „de Hex"!

„Na ja, zweifelsohne war die Frau Koller keine sehr angenehme Zeitgenossin! Ich erlaube mir das festzuhalten, da wir eine besondere Verpflichtung haben, uns unseren Gästen möglichst vorteilhaft zu präsentieren." – Harald Willi schien sich in der Rolle des Allesverstehers und Oberschiedsrichters zu gefallen ... was aber offenbar nicht bei jedem gut ankam, zumindest nicht bei Peter Walburga.

„Aber, Herr Willi, Sie müssen doch zugeben, dass selbst ein so ... ja, zweifelsohne vielschichtiger Mensch wie Frau Koller kein so schreckliches Ende verdient hat. Auch wenn gerade Sie sich des Öfteren mit der Kollerin gestritten haben, so können ...“

„Was heißt da ‚gerade ich‘? Sie und die meisten anderen haben sich doch mindestens genauso heftig mit Frau Koller gefetzt!“

„Na ja, gefetzt ist übertrieben. Eigentlich hat sie mich nur einmal beschimpft, ich habe mich damals bemüht, nicht darauf einzugehen. Aber mir hat sie ja auch nicht mit einer Anzeige wegen illegaler Müllbeseitigung gedroht.“

„Ah, das weiß offenbar inzwischen die ganze Welt. Wobei, sie hat mir nur ein einziges Mal gedroht ...“

„... und Sie vor circa einem Monat dann gleich wegen irgendwelcher Umweltvergehen bei der Bezirkshauptmannschaft angezeigt.“

„Mir scheint, über mich genau Bescheid zu wissen, ist das neue Gesellschaftsspiel im Lungau. Und was wissen Sie noch über diese Geschichte?“

„Also, damit endet schon meine Gerüchtebörsen-Weisheit. Eigentlich erstaunlich, dass die Spatzen nicht von den Dächern gepfiffen haben, welcher Anwalt Sie in der Sache vertreten hat ...“

„Anwalt? Anwalt! Dass ich nicht lache! Ich nehme mir doch wegen dieser haltlosen Behauptung von der alten Vettel keinen Anwalt! Die sind doch alle nur nichtsnutzige Blutsauger. Das hätte mir noch gefehlt, die Kollerin und ein Anwalt, ha!“

Walburga, Wotan und Wobien hatten mit wachsendem Staunen Willis emotionellen Ausbruch verfolgt. Bis zur Erwähnung des Wortes „Anwalt“ hatte er mit dem ihm eigenen ironischen Tonfall Kontra gegeben, doch kaum war besagte Berufsgruppe genannt worden, war jegliches Pseudolächeln aus seinem Gesicht verschwunden. Mitten in die peinliche Stille hinein kam die Erlösung ... allerdings in einer Form, die sich ein vernünftiger Geist des 21. Jahrhunderts weder vorstellen, geschweige denn wünschen konnte.

„Jawohl, a Hex war's, und mit der Meinung steh ich nicht allein, wie wir jetzt wissen!" Obertruber hatte sich so ereifert, dass es angesichts seiner rubinroten Gesichtstönung eine Frage von Minuten zu sein schien, bis er tatsächlich das jüngste Opfer des Hexenwahns werden würde.

„Obertruber, als dein Arzt kann ich dir wieder einmal nur raten, weniger Bier zu trinken und dich nicht so aufzuregen. Und als denkender Mensch und Bürgermeister unseres schönen Dorfes kann ich dich nur in aller Schärfe bitten, mit diesem ... jawohl, ich muss es so sagen, saublöden Geschwätz über die neuen Hexen, ihren Fluch und ihre gerechte Strafe aufzuhören. Es reicht schon, dass ein paar Vollidioten diese Schmierblätter in Umlauf bringen!" Doktor Hangerer deutete mit vor Zorn zuckendem Finger auf ein bunt bedrucktes Blatt, das Obertruber aus seiner Jackentasche gezogen und mit genüsslich-sadistischer Rechthabermiene aufgefaltet hatte. Wotan konnte beinahe das Glucksen von Obertrubers Speichel in dessen Mundwinkeln hören, so lechzte er beim Vorlesen.

„An alle aufrechten Bürgerinnen und Bürger, an alle gottesgläubigen Christinnen und Christen! Die Hexe Barbara Koller ist tot! Gerichtet am selben Ort wie alle anderen mit dem Bösen besudelten Weiber, auf dem Richtstein der Schädelstätte am Lindbühel.

Die einen sind über die gewaltsamen Umstände ihres Ablebens entsetzt, aber andere sehen es als gerechte Strafe Gottes. Denn schon im Lukas-Evangelium steht geschrieben: ‚Richtet nicht, auf daß ihr nicht gerichtet werdet!' Wir sagen: Wer so gottlos Menschen verflucht, hat alles Recht verwirkt, als Mitglied unserer Gemeinschaft betrachtet zu werden und wird daher gerichtet! Ein Freund der Christenheit."

Obertrubers selbstgefälliger Gesichtsausdruck reizte Wotans Toleranz bis aufs Äußerste – so jemandem nicht sofort eine herunterzuhauen, fiel ihm sehr schwer. Der einzige Trost war, dass sich eindeutig nicht nur in seinen Eingeweiden die Fäuste ballten ... Doktor Hangerer, Pfarrer Wobien und auch Peter Walburga wussten sichtbar nicht, wohin mit der Wut. Doktor Hangerer brach als Erster mit wütender Ironie die Stille.

„Und da wundern Sie sich, lieber Herr Perkowitz, wie Sie in kürzester Zeit eine lokale Berühmtheit geworden sind? Wie oft passiert es schon, dass dem Neffen unserer Apothekerin direkt nach seiner Ankunft die Leiche einer der – na, sagen wir – umstrittensten Persönlichkeiten regelrecht vor die Almhaustür gelegt wird. Und dass Sie gleich auf dem Titelblatt unseres Lokalblattes gelandet sind, hat natürlich auch zu Ihrer Popularität beigetragen!" Wotan wusste einen Augenblick nicht, warum ihm Doktor Hangerer die Vorderseite einer Zeitung entgegenhielt ... bis er begriff, dass die armselige Gestalt im schief sitzenden Schlafrock, die völlig desorientiert ins Objektiv hineinblickte, er selber in der Mordnacht war. Heißkaltrot – Wotan spürte, wie sich sein Gesicht rasend rasch veränderte. Gegenangriff!, durchzuckte es sein Hirn.

„Na schön, eine Frage haben Sie alle mir jetzt beantwortet, aber ...", Wotan wandte sich frontal Herrn Willi zu, „warum wir Uneingeborenen uns immer irgendwie rechtfertigen müssen und was das ‚Much more and much more' mit Ihnen als Wirten vom Gasthaus zur Post zu tun hat ... ich versteh's nicht!" Doktor Hangerer sah seine Chance gekommen. Mit einem tiefen Luftholen machte er den anwesenden Herdenmitgliedern klar, dass er jetzt seinen Anspruch als Alphatier am „Rederevier Stammtisch" einlösen würde! „Folgendes, Herr Perkowitz, wie ich Ihnen schon vor einigen Minuten und auch gerade eben mitzuteilen versucht habe ..." – die Atempause nützte Doktor Hangerer für einen Rundumblick, der jedem Platzhirsch zur Ehre gereicht hätte – „schreibt sich das ‚Matsch, Moor & much more' nicht so, wie Sie als geübter Englischkenner verstanden haben. Es ist vielmehr die Bezeichnung für ein Luxuswellnessresort, das Harald Willi" – es folgte eine elegante Geste beider Hangerer-Hände in Richtung des Angesprochenen, der etwas übertrieben eine Verbeugung andeutete – „vor zwei Jahren eröffnet hat, ein Jahr, nachdem er dieses Gasthaus hier so erfolgreich übernommen hat." Wie aus dem Nichts heraus lag plötzlich ein Hochglanzprospekt auf dem Tisch, auf dem die Wortbildmarke „MATSCH, MOOR & much more" über noblen Designfotos prangte. „Und dass der angesagteste Wirt und Hotelier unserer wunderschönen Salzburger Abgeschiedenheit zum einen kein gelernter Touristiker, sondern Absolvent einer Universität, noch dazu der berühmten Montanuniversität, ist, und zum anderen eben nicht von hier ist, lässt manche Lästermäuler nicht ruhen. Wobei ich glaube, lieber Herr Willi, Sie übertreiben da ein bisserl, wenn Sie von angeblichen Bösartigkeiten gegen Sie und Ihre Häuser erzählen."

„Ja, aber warum sollte ich denn so was behaupten, wenn's nicht wahr wäre?"

„Vielleicht, weil S' Ihren Hals nicht vollkriegen können ... und weil man das nicht gut zugeben kann, sagt man eben, dass einem nur die üble Nachrede dazu zwingt, immer größer zu werden, noch eine Wiese zuzubetonieren, noch mehr Moore für Ihre ‚Wellnessies' leerzustechen ..." – die Runde drehte sich verblüfft zu Peter Walburga um. Die Verwunderung darüber, dass dieser Volksmusikschlagertexter so harte Worte zu formulieren imstande war, war an ihren Gesichtern abzulesen. Doch löste die plötzliche Aufmerksamkeit eine bemerkenswerte Veränderung aus – im Bruchteil einer Sekunde wurde aus dem scharfen Gesicht eines kritischen Geistes ein dumm-drolliges Klischee. „... das sagen natürlich nur die, die Sie so verleumden, die wo Sie meinen, die halt ..." – diese Abschlussformel war bei näherem Hinhören nicht minder deutlich, passte aber viel besser zum Herz-Schmerz-Kommerz-Image des Bayern. Wotan hatte sich als Einziger nicht gleich Walburga zugewandt, weshalb ihm das kurze Aufblitzen in Willis Augen nicht entgangen war. Aber sofort hatte sich Willi wieder im Griff. Mit weit aufgerissenen Unschuldsaugen antwortete er, kaum dass Walburga sein Gestottere verklingen hatte lassen: „Da sehen Sie's, ja, solche bösen Verleumdungen sind der Grund, warum ..." – rasche Drehung zu Wotan – „wir Fremde uns hier immer rechtfertigen müssen. Sie dafür, dass in Ihrer unmittelbaren Nähe, noch dazu auf einer ehemaligen Richtstätte, ein Mordopfer gefunden wird, und ich, dass ich so erfolgreich bin."

Wotan ärgerte sich über den Vergleich, aber er wollte nicht schon wieder als Unruheherd gelten und das zustimmende Gemurmel stören. Außerdem hatte er Sorge, endgültig zu verhungern, wenn er nicht bald etwas zu essen bekäme. Willi schien in seinem Gesicht lesen zu können. „Mein Gott, bei all dem Reden haben wir nur an Ihr geistiges Wohl gedacht! Was darf's denn sein? Ein Braten vom Jungschwein vielleicht ... oder was Deftigeres? Bauernschmaus? Gehn S', Frau Jung, bringen S' dem Herrn einen Bauernschmaus, von jedem Prunkstück unserer Küche eine Kostprobe. Und zu trinken ..."

„Einen Kamillentee, bitte." – Wotan war sich sicher, dass er diesen angesichts des verordneten Mega-Nachtmahls brauchen würde. „Kamillentee? ... na, bitt'schön ..." – die Pause nach dem Wort „Kamillentee" war beinahe lang genug gewesen, um Wotan von seinem gewagten Wunsch zurücktreten zu lassen, aber das „Bitt'schön" klang so sehr von Zweifeln durchsetzt, dass sich Wotan – quasi als Trotzreaktion – ganz sicher war, die richtige Wahl getroffen zu haben.

Der restliche Abend hatte über weite Strecken eine gewisse Ähnlichkeit mit dem Kamillentee – er war lauwarm und nicht sehr intensiv im Geschmack.

Aber Wotan genoss das Dahinplätschern der Gespräche. Weitere Flugblatt-Perversitäten hätte er angesichts der Kalorienorgie ohnedies nicht mehr wahrgenommen.

Also tat er so, als ob er einmal nach links und einmal nach rechts zuhören würde.

„Ja, und das Erstaunliche an der Volksmusikbranche ist schon das Geld, das man da verdienen kann. Damit kann man einiges machen ... zumindest in Österreich. In meiner Heimat wär das nicht so einfach, aber hier im Lungau ist ja immer noch alles viel billiger. Also ... gemessen an Bayern. Zum Beispiel habe ich mich schon Jahre mit dem Gedanken getragen, mir ein ruhiges Almrefugium zu leisten. Und damals, als der Gasthof zur Post mit all den anderen Liegenschaften, die da quasi als Beiwerk mitveräußert wurden, zum Verkauf stand ... ja, da habe ich ernsthaft erwogen, das ganze Paket zu erwerben. Das Gasthaus hätte ich natürlich sofort verpachtet – um das wär's mir ja nicht gegangen. Nein, nein, ich wollte ... also, zum Gasthof zur Post gehört seit Jahrhunderten eine kleine Alm dazu. Und die soll ein Geheimnis bergen ... denn in der Hütte, die dort steht, soll es einen geheimen Einstieg in ein Stollensystem mit großen unterirdischen Höhlen geben, das im Laufe von Jahrhunderten von Bergmännern in den Felsen getrieben worden ist. Eine einsame Alm mit eingebautem Geheimnis, na, das wäre doch mindestens zehn Schlagertexte wert gewesen. ‚Im Gang vom alten Stol-len, da hätt ich treffen wol-len, mein Mädel jeden Tag, weil ich's so lieb halt hab ...'" – schlagartig wandte sich Wotan dem Herrn zu, dessen Namen er nicht ganz verstanden hatte.

„Verzeihung, Ihr Name ist Stieber?"

„Nein, Stieger, Fritz Stieger ... aber Sie können mich gerne Spitze-Fritze nennen, wie es hier auch alle anderen machen."

„Ein interessanter Spitzenam... ich wollte sagen, Spitzname."

„Ja, wer ihn mir verpasst hat, weiß ich nicht mehr so genau. Aber irgendwer hat einmal erfahren, dass ich früher als Präzisionsschütze beim Einsatzkommando der Cobra tätig war, und ..."

„Bei der Cobra? Dieser Polizeisondereinheit?"

„Ja, genau bei der. Und seither heiße ich Spitze-Fritze ... ich hab mich fast schon dran gewöhnt."

„Und wie oft müssen Sie da zum Schießtraining?"

„Gar nicht mehr – ich bin für den Job zu alt, daher wurde ich schon ausgemustert. Na ja, habe ich eben eine private Sicherheitsfirma gegründet."

„Der Herr Stieger untertreibt wieder einmal gehörig. Seine ‚FRISTIE-S' – die ‚Fritz Stieger Security' – ist eines der erfolgreichsten Unternehmen in ..."

„Lieber Herr Walburga, jetzt übertreiben Sie doch bitte nicht in meinem Namen! Wir sind recht erfolgreich, das schon, aber ..."

Der Tumult hatte sich bereits angekündigt, aber erst, als der Geräuschpegel am anderen Ende der Gaststube eine weitere Wahrnehmungsschwelle überschritten hatte, wandten die Stammtischler ihre Köpfe in Richtung der Lärmquelle. Alle bis auf ... Harald Willi, der mitten im Satz unterbrochen hatte und mit erstaunlicher Schnelligkeit durch sein Lokal fegte.

„Langsam, langsam, was ist denn da los?"

„Nix, Chef, haben schon gemacht. Mann schon ruhig, alles nix Problem."

Die Szene, die sich ihnen bot, war in Abwandlungen in Western-, in Mafia- sowie in Actionfilmen zu finden. Der „Besoffene vom Dienst" randaliert und wird daraufhin unter fürchterlichen Drohungen desselben eher unsanft aus der jeweiligen Lokalität befördert. So weit, so x-fach gesehen ... das Einzige, was in den Gasthof zur Post und zum bäuerlichen Trunkenbold nicht passte, waren die Rausschmeißer. Wotan hatte sie schon beim Hereinkommen aus den Augenwinkeln heraus wahrgenommen, aber jetzt sah er die beiden Muskelberge, die die ganze Zeit gelangweilt Kaugummis gekaut hatten, zum ersten Mal bildfüllend und in voller Aktion. Und auch die Technik, mit der die beiden den – inzwischen nur mehr weinerlichen – Störenfried aus dem Gasthof beförderten, störte das Ambiente, denn sie hatte nichts mit den üblichen Grobheiten ländlicher Raufereien gemein. Vielmehr zielten die Hebelgriffe, mit denen sie das Opfer blitzschnell fixiert hatten und nun zur Tür manövrierten, darauf ab, den Gegner auf längere Zeit kampfunfähig zu machen. Wotan war sich in dem Augenblick sicher, dass die Luxation beider Schultern des eben noch mit beiden Armen rudernden Gröhlhalses nur mehr eine Frage von Sekunden war. Ein Blick in die entsetzten Gesichter der anderen zeigte ihm, dass er mit dieser Annahme nicht allein war. Sofort ... jetzt – jetzt würde es ...

„Aus! Otto, Mako, aus!"

Wie glänzend trainierte Kampfhunde ließen die beiden den Stöhnenden los und stellten sich mit auf dem Rücken verschränkten Händen rechts und links ihres „Herrchens" auf. Willis Gesichtsausdruck sowie Tonfall der Marke „Römischer Tyrann" wechselten nahtlos in ein Märchenonkel-Lächeln und eine „Seid ihr alle da?"-Stimmmelodie.

„Kommen Sie, ich helf Ihnen auf. Sie werden doch sicher auf diesen Schreck hin noch ein Bier vertragen ... selbstverständlich auf Kosten des Hauses."

Als sich der Hausherr zu dem am Boden Kauernden heruntergebeugt und angedeutet hatte, ihm – wortwörtlich – unter die Arme zu greifen, um ihm aufzuhelfen, hatte dieser trotz sichtbarer Schmerzen einen Satz weg von Willi gemacht. Ein paar Silben später aber, nach dem kostenlosen Bierangebot, sprang er mit dem Mut der Verzweiflung und ohne seine Arme einzusetzen auf und rannte schreiend die paar Meter zur Tür.

„Und weg war er! Liebe Gäste, entschuldigen Sie bitte den unangenehmen Zwischenfall. Wünsche weiterhin wohl zu speisen und zu trinken."

Mit einer Geste, als ob er sich für die Verleihung des „Gastwirt-Kreuzes mit Glassplittern am blechernen Band" bedanken würde, verließ Willi die Mitte der Stube und setzte sich wieder auf den Platz, den er zwei Minuten zuvor verlassen hatte.

Alle nahmen mit betonter Gelassenheit das Gespräch wieder auf – alle bis auf Willi und Wotan.

Fasziniert beobachtete dieser, wie der Hausherr seinen beiden Männern fürs Grobe, die nun ziemlich verloren mitten im Raum standen, mit einem einzigen Blick, der selbst einen weißen Hai inmitten einer Robbenkolonie zum Vegetarier hätte werden lassen, signalisierte, dass sie verschwinden sollten ... was sie auch sofort taten.

Wie die Elitesoldaten, dachte sich Wotan mit einer unangenehmen Mischung aus Bewunderung für die Effektivität und Abscheu vor der Brutalität und dem Kadavergehorsam der beiden.

„... Sie, Herr Perkowitz?"

Wotan nahm gerade noch rechtzeitig wahr, dass Walburga ihn etwas gefragt hatte. Jetzt kam ihm sein jahrelanges „Drei-Schwestern-plus-eine-Mutter"-Training zugute. Er hatte sich einen Antwortlaut angeeignet, der meistens als Zustimmung in genau dem Sinne verstanden wurde, den der oder – häufiger – die Fragende ohnehin erwartete.

„Hmjaei...mmm!"

„Ich versteh Sie nicht ganz?"

Entweder hatte Wotan in letzter Zeit zu wenig Gemurmelübungen absolviert, oder aber Walburga war mit einem besonders feinen – oder besonders schlechtem – Gehör gesegnet.

„Verzeihung, ich ..."

„Es ist ja nicht wichtig, ich hab Ihnen nur gerade erzählt, dass der Herr Stieger durchaus seinen Spitznamen verdient hat ... und jetzt widersprechen Sie mir nicht, lieber Herr Stieger. Weil wenn wer so intensiv wie Sie in der alpinen Trainingsluft an seiner Kondition arbeitet, täglich stundenlang läuft, schwimmt oder mit dem Mountainbike durch die Gegend kurvt, dann hat der schon den spitzenmäßigen Spitznamen Spitze-Fritze verdient." Walburga war offenbar sein bestes

Publikum – über den dreifachen Stabreim amüsierte er sich köstlich, wenn auch alleine.

„Vielen Dank für das Kompliment, aber Sie vergessen, wie viele mich hier in Sankt Nepomuk am liebsten gleich heute noch vertreiben würden. Angeblich ärgere ich mit meinem Training all die armen Weidetiere auf den Almen. Deshalb gehe ich jetzt verstärkt zum Schwimmtraining, da stör ich ja niemanden. Nicht einmal andere Schwimmer, weil die gibt es im Freibecken vom ‚Matsch, Moor & much more' so gut wie nie ... was aber auch kein Wunder ist – bei den Eintrittspreisen, die der Herr Willi verlangt. Eine Familie mit zwei Kindern kann sich das nicht so leicht leisten. Außerdem ...“ – Wasser! Das war das Stichwort für Wotan, sein Gehör wieder auf „Plätschermodus“ zu stellen und sich zur Gänze den kulinarischen Genüssen zu widmen.

Donnerstag, 10. Juli 2008, 22.30 Uhr

Alles war gut! Alles war friedlich! Alles war wahr!

Es war einer jener seltenen Momente, in denen der eigene Körper sogar zum Ausschütten von Glückshormonen zu faul war. Vom Innersten ausgehend, war auch außen alles vollkommener Friede. Wotan wusste natürlich, dass er diesen Zustand schwerfälligen Seelenschwebens dem üppigen Bauernschmaus zu verdanken hatte, aber seinem Zustand entsprechend war ihm das vollkommen egal! Er gondelte mit seiner Schenhajt durch die Lungauer Nachtluft über den romantisch-dunklen Waldweg zu seiner Almheimat. Die Kombination aus Kalorienbombe und beruhigendem Kamillentee war so mächtig, dass Wotan nicht einmal den leeren Sitz neben sich bedauerte. Die Nacht war auch ohne Amelie perfekt. Als sich die anheimelnde Enge der Forststraße zur großzügigen Weite der Alm hin öffnete, fühlte sich Wotan wie ein Heldentenor, der nach erfolgreicher „Don Giovanni"-Premiere die Bühnenrampe betrat, um im minutenlangen Applaus des Salzburger-Festspiel-Publikums ein prickelndes Bad zu nehmen.

Beinahe tänzelnd stieg Wotan aus dem Auto – beschwingt atmete er den Geruchscocktail aus Nadelwald und Wiesenkräutern ein, als ...

Noch Monate später rief sich Wotan die folgenden Minuten immer und immer wieder ins Gedächtnis und versuchte zu analysieren, was da eigentlich vorgefallen war – was es gewesen war, das sein Leben kurz, aber heftig aus allen ihm bisher bekannten Bahnen geworfen hatte.

Naturwissenschaftlich-nüchtern betrachtet hatte sein Körper innerhalb von Sekundenbruchteilen den „Fight or flight"-Mechanismus aktiviert, hatten seine Nebennieren die volle Adrenalinmenge ausgeschüttet.

Dummerweise hatte sich sein Körper nicht entscheiden können, ob er nun lieber kämpfen oder flüchten wollte, was zu einem ebenso skurrilen wie schrecklichen Reaktionschaos geführt hatte. Ein Teil in ihm hatte alle Ressourcen mobilisiert, um davonzulaufen, ein anderer hatte alle Muskeln angespannt, um einem Gegner mit roher Gewalt entgegnen zu können ... das unglückselige Resultat war, dass er schlicht und einfach erstarrte.

Und dann kam die Panik!

Panik und Bewegungslosigkeit – Wotan glaubte, einen Herzinfarkt erleiden zu müssen. Wobei, ein plötzlicher Herztod wäre jetzt ja gar nicht das Schlechteste, dachte er sich. Und gerade diese für ihn so typische, für die Situation völlig ungeeignete Reaktion machte ihn wieder handlungsfähig. Wenn ich denken kann, kann ich mich vermutlich auch wieder bewegen, wenn ich mich bewegen kann, kann ich auch wieder weglaufen! Das Heldentenor-Gefühl von vorhin war zur Gänze verflogen, der reale Feigling hatte wieder von Wotan Besitz ergriffen ... und rannte zum Haus.

Was allerdings nicht ganz funktionierte – die vor Schreck starren Muskeln wollten sich noch nicht so bewegen lassen, wie es Wotans Überlebensdrang gerne gehabt hätte. Sein Laufstil erinnerte an eine Flipperkugel, die unentwegt ihr Tempo und ihre Richtung änderte ... drei Schritte vorwärts, dann krampfartiges Innehalten, dann wieder Bewegungen wie in Zeitlupe.

Und erst die Almhaustür!

Wotan schaffte es nach schier endlosen drei Sekunden, den Schlüssel ins Schloss zu stecken, aufzusperren und buchstäblich mit der Tür ins Haus zu fallen. Noch im Stürzen trat er mit voller Verzweiflung und ebensolcher Wucht auf die hinter ihm schwingende Tür ein, die krachend zufiel. Die jetzt folgende Bewegung war die erste, die sich eines kapitalen Panikanfalls als würdig erwies. Wotan sprang vom Boden auf, warf sich mit der Schulter gegen die – nun ohnehin geschlossene – Haustür, drehte wie wild den Schlüssel im Schloss und glitt entlang der Wand wieder zu Boden, während er einen langen und erschöpften Seufzer von sich gab ... die Geschlossenheit und Flüssigkeit dieses motorischen Ablaufs hätte auch in einem internationalen Actionfilm Eindruck gemacht.

Wotan rang nach Luft. Noch hörte er nichts. Sein Blut pulsierte so laut in seinen Ohren, dass er sich nur auf seine Augen verlassen konnte, um die scheinbar allzu bedrohliche Situation einzuschätzen – verlassen hätte können, wäre ihm nicht der Angstschweiß dermaßen von der Stirne geflossen, dass er auch nichts mehr sehen konnte.

Aber dieses „Einsiedlertum der Sinne“ hatte auch einen Vorteil – Wotans Körper fuhr alle panikbedingten Überreaktionen erstaunlich rasch wieder auf normale Ausmaße herunter, sodass er schon nach einer Minute aus seiner Bodenposition in ein normales Am-Tisch-Sitzen wechseln konnte, einstweilen allerdings ohne ganz bei sich zu sein.

Was diese Panikattacke anlangte, war sich Wotan kurz danach wie auch nach Monaten noch sicher, dass es genau so abgelaufen war. Was aber deren Auslöser betraf, dämmerte es Wotan erst mit der Zeit, was damals zu seiner dramatischen Reaktion geführt hatte.

Tatsächlich war es ein einziger Reiz gewesen, der die vom Mond erhellte Lichtung, die Wotan nach dem dunklen Waldweg wie das Gottesversprechen einer lichtdurchfluteten Ewigkeit vorgekommen war, und die kühle Waldluft, die er nach der Hitze im Auto als Einladung zum tiefsten Durchatmen seines Lebens empfunden hatte, innerhalb von Sekunden zur gnadenlos ausgeleuchteten Arena mit schneidend-kalten Böen verwandelt hatte.

Und dieser eine Reiz war ein Geräusch gewesen!

Monate später schüttelte Wotan ob seiner Überreaktion nur verärgert den Kopf, in der damaligen Situation aber hatte er plötzlich ein schrilles Hexenlachen gehört, gefolgt vom Rasseln zahlreicher Ketten und einem unheimlichen Aufheulen, das sich in Richtung der Leichenfundstelle bewegte.

Dieser akustische Reiz war für sein Gehirn das Signal gewesen, sämtliche Horrorbilder von gequälten und grausam hingerichteten Ketzern und Hexen, die er sich in den letzten vierundzwanzig Stunden in den hässlichsten Farben ausgemalt hatte, auf einmal abzurufen, wie makabere Schnappschüsse übereinanderzulegen und ihn völlig unvermittelt mit dieser Verdichtung des Grauens zu überschwemmen.

Das Erste, was Wotan wieder klar und deutlich wahrgenommen hatte, war die Kuckucksuhr, als sie um 23 Uhr stumm piepste – er hatte gleich nach seiner Ankunft den Schalter, den die südostasiatische Herstellerfirma dankenswerterweise eingebaut hatte, auf „mute“ gestellt.

Der still, aber nervös aus dem Gehäuse herauszuckende Kuckuck kam Wotan wie ein Symbol für seinen Zustand vor – noch immer hatte er den Eindruck, als ob ihn jederzeit eine böse Macht zurückreißen könnte, die unerträgliche Panik immer wieder und wieder über ihn drüberstülpen und ihn darunter elend zugrunde gehen lassen könnte. Wotan tat etwas, was er sonst nur zu definierten Zeiten – Gottesdienst, beim Einschlafen, vor schweren Prüfungen – zu tun pflegte ... er betete.

Nein! Er betete nicht, er haderte mit Gott ... und begann bald mit ihm zu streiten. Ob er, Gott, es wolle, dass sein berühmt-berüchtigter Gegenspieler, dessen Namen Wotan zu diesem Zeitpunkt vorsichtshalber nicht aussprechen wollte, dass dieser ... dieser ... dieser eben sich Wotans Seele bemächtigen dürfe? Ob es denn in seinem, Gottes, Sinne sei, wenn Wotan wirklich zu einem modernen Nachfolger des verteufel... also des abgrundtief bösen Zauberer-Jackl würde? Und dass er das werden sollte, daran zweifelte Wotan in dem Moment keine Sekunde – ihm schien es völlig klar, dass das eben Er- und Überlebte ein Versuch des Teu... des

Bösen gewesen war, ihn, Wotan, zu überrumpeln und in seine Dienste zu stellen!

Wie wohl die Sozialleistungen für die höllischen Heerscharen aussehen … ob die am Ende ihrer diabolischen Laufbahn eine anständige Pension bezahlt bekommen?, fragte sich Wotan plötzlich … und grinste. Sein zeitweiser Zynismus war endlich wieder zurückgekehrt! Ein leises „Danke!" beendete seinen Streit mit dem lieben Gott. Dabei war er eigentlich genauso klug wie vor seinem heftigen Dialog mit ganz oben, denn auf die für Wotan überlebenswichtige Frage, die er sich gerade eben mühsam von der Seele formuliert hatte, hatte der „oberste Chef", wie ihn Wotans Vater manchmal nannte, keine Antwort gegeben. Oder? Vielleicht hatte Gott ihm sehr wohl geantwortet, indem er ihn, Wotan, seinen Zynismus hatte wieder finden und ihn dadurch in die Sphären der Normalität zurückkehren lassen.

Ja, schon gut, ich habe verstanden, erwiderte Wotan genervt seinen eigenen beinahe jesuitischen Gedanken … und musste sich eingestehen, dass diese nicht so unrecht hatten, denn es lag an ihm selber, eine Antwort zu finden. Also machte Wotan, was er immer zu tun pflegte, wenn er sich nicht mehr zu helfen wusste – er setzte sich an seinen Computer und stieg in seinen Webbrowser ein.

Falls das Erlebnis soeben wirklich der Versuch des Gehörnten gewesen war, ihn zu seinem willenlosen Vollzugsgeschöpf zu machen, stellten sich Wotan jetzt mehrere Fragen:

Warum hier?

Warum heute?

Warum er?

… und warum überhaupt?

Das „Überhaupt“ konnte noch am ehesten mit dem ewigen Kampf des Bösen gegen das Gute erklärt werden.

Das „Heute“ konnte wohl am besten dann begründet werden, wenn man es im Kontext mit der „Warum er?“-Frage sah ... was Wotan wieder erschauern ließ. Erfreulicherweise blieb es beim Erschauern, in ihm stieg keine Panik auf, obwohl ihm schlagartig klar wurde, dass die logischste Antwort auf beide Fragen lautete: Der Teufel habe auf den idealen Kandidaten für den Posten des gnadenlosen Rächers gewartet ... offenbar auf ihn, Wotan Perkowitz.

Auf das kurze Schaudern folgte ein langes Grinsen – Wotan stellte erstaunt fest, dass er sich bei diesem Gedanken irgendwie geschmeichelt fühlte, aber sein 21.-Jahrhundert-Denken war doch stark genug, sich nicht derart hofiert zu fühlen, dass er gleich wieder ausflippte. Nein, der Gedanke war zu blöd, um wahr zu sein.

Blieb nur noch die Frage, warum ihn – wenn überhaupt – der Teufel gerade hier zu übernehmen versucht hatte? Warum wollte er gerade hier, in diesem wunderschönen Teil der österreichischen Alpen, sein schändliches Werk vollbringen? Aus Rache? Wegen der Hinrichtungen der Zauberer-Jackl-Bandenmitglieder, schoss es ihm wieder durch den Kopf. „Vielleicht, weil gerade unter der hiesigen Bevölkerung besonders viele bösartige Denunzianten gewesen sind?“, murmelte Wotan, während er „Zauberer-Jackl“ durch verschiedene Internet-Suchmaschinen jagte.

Trotz der Grausamkeit der Ereignisse zwischen 1675 und 1683 las sich Wotan in Kürze fest – die Mischung aus Angst durch Unwissenheit, Aberglauben, unmenschlichen Rechtshierarchien und primitiven Ritualen hatte etwas Faszinierendes. Nach mehreren Stunden zwang sich Wotan, endlich mit dem Surfen aufzuhören. Aber es hatte sich gelohnt – trotz seiner überanstrengten Augen sah Wotan nun um einiges klarer.

Die Vermutung, die ihn zum Internetstöbern animiert hatte, war falsch. Nicht die Bevölkerung hatte die Hexenjagd vorangetrieben. Manche hatten sogar für die Angeklagten gesprochen ... eine mutige Tat. Es war die Obrigkeit gewesen, diese Mischung aus fürsterzbischöflichem Klerus und hexenhysterischer Justizbeamtenschaft, die ein besonders scharfes Exempel hatte statuieren wollen. Über hundertdreißig Hinrichtungen!

Und etliche der Opfer dieser geistigen Seuche waren jünger als fünfzehn gewesen. Sogar Zehnjährige hatte man hingerichtet.

Wotan wurde übel. Er beschloss, dass das eine Situation war, die ihn zu außerordentlichen Maßnahmen berechtigte ... wie zum Beispiel dem Genuss einer Schokolade!

Er gab sich dieser Versuchung äußerst selten hin, weil sie ungesund für seine Zähne war, schlecht für die Figur ... und weil seine drei Schwestern meistens jede Schokolade verputzt hatten, bevor er sie überhaupt entdecken konnte.

Aber jetzt ... Schokolade! Nur ... woher nehmen? ... wieder einmal hatte er aufs Besorgen einer solchen psychischen Notration vergessen. Vielleicht aber hatte ja seine Tante eine hier auf der Alm versteckt ... selbstverständlich nur für absolute Ausnahmesituationen?

Wotan befand, dass er in einer solchen war – und begann, diverse Laden zu durchstöbern.

Nichts!

Nicht ein einziges Halswehzuckerl lächelte ihm entgegen, nichts Kariesförderndes, nichts ... Wotan musste plötzlich von einem Ohr zum anderen grinsen, denn die Zeitschrift, die er unter einem Haufen älterer Zeitungen gefunden hatte, war an Adalbert Furmaier adressiert. Spätestens jetzt wäre auch dem blindesten Scheinmoralapostel klar gewesen, wie es um „die Apothekerin und den Restaurantbesitzer" stand. „Eigentlich ein guter Titel für einen Liebesfilm", murmelte Wotan, als er die „Zeitschrift für Beherbergungs- und Restaurationsbetriebe" näher betrachtete. Vom Cover strahlte niemand Geringerer als Harald Willi, der vor einem großen Hotelkomplex stehend das blühende Tourismusleben darzustellen schien. Im krassen Gegensatz dazu stand allerdings die Überschrift der Coverstory: „Ausgelacht?"

Mehr war da nicht zu lesen!

Wotan blätterte sofort zur angegebenen Ziffer ... und musste feststellen, dass der Artikel achtzehn Seiten lang war. Zwar gab es auch viele Hochglanzfotos, aber der Text war eindeutig zu lang und zu interessant, um zu so später Stunde und im Stehen überflogen zu werden.

Auf seinen vorherigen Intensivwunsch nach einer Süßigkeit hatte Wotan wieder vergessen, als er die Treppe zu seinem Schlafzimmer hinaufstieg. Beim Anblick des Badezimmers, seines Pyjamas und – vor allem – seines Bettes merkte er erst, wie müde er war.

Als er nach einer muskelentspannenden Dusche vorsichtig seine Beule auf den Polster platzierte, wäre er beinahe gleich eingeschlafen. Aber er wollte unbedingt noch wissen, warum Harald Willi nichts mehr zu lachen haben würde.

Wotan überflog die Seiten. Die Kernaussage des Artikels war, dass sich Willi schon mit dem Bau und erst recht mit dem Ausbau seines „Matsch, Moor & much more“ übernommen hatte. Willi selbst sah das natürlich anders, gab aber doch zu, dass sein Wellnessresort besser laufen würde, wenn ihm nicht die Engstirnigkeit mancher Behördenvertreter so viele „Bürokratie-Knüppel zwischen die Unternehmer-Beine“ werfen würde. Vor allem die – laut Willi – „völlig unbegründet flächendeckend unter Naturschutz gestellten und damit einer sinnvollen Nutzung entzogenen Moore“ würden ihm das Leben schwer machen, da er „den kostbaren Rohstoff für das Wohlbefinden meiner Gäste um teures Geld einkaufen und von weither transportieren“ müsse. Die rhetorische Frage, ob „diese hunderten Kilometer, die das Moor, das unseren Gästen wieder zu Beweglichkeit und Schmerzfreiheit verhilft, auf den Autobahnen herumkutschiert wird, nicht genauso oder sogar noch umweltschädigender“ seien als ein leergestochenes lokales Moor, las Wotan nur mehr mit „halben Augen“ – er konnte sich gerade noch dazu aufraffen, die Zeitschrift auf das Nachtkästchen zu legen und die Lampe abzudrehen.

Einen Moment lang war er für die Existenz der Made-in-Taiwan-Plastik-Kuckucksuhr an der Wand sehr dankbar, sein auf ihr ruhender Blick ließ ihn rasch wieder in die Jetztzeit zurückkehren und die nötige Distanz zu den damaligen Unmenschlichkeiten gewinnen ...

... und ihn überraschenderweise ruhig und friedlich bis weit in den nächsten Tag hinein schlafen!

Ja, er sei sich sicher, dass er den Jackl nicht falsch verstanden hatte. Natürlich sei dieser überall gewesen ... überall, wo er eben sein wollte. Das sei ihm ja möglich gewesen, weil er die Gestalt jedes Lebewesens annehmen konnte ... jedes Lebewesens, von dem er ein Haar hatte. Und dann sei da noch sein schwarzes Käppl gewesen. Nein, damit habe er sich nicht in jemand anderen verwandeln können, damit habe er sich nur unsichtbar machen können. Der ehrenwerte Herr möge ihm nicht so böse sein, aber ... ja, er wisse schon, dass ihn der ehrenwerte Herr Richter mehrmals ermahnt hat, keine erfundenen Malefizbuben-Geschichten zu erzählen. Aber das sei nicht erfunden! Der Zauberer-Jackl sei nicht zu sehen gewesen, wenn er sein schwarzes Käppl aufgesetzt hatte. Das habe sehr lustig ausgesehen! Wie er denn das wissen könne, wo doch der Jackl unsichtbar gewesen sei? Das wisse er, weil ... weil er ja auch das Unsichtbarsein gelernt habe. Ja, vom Jackl! Und wenn beide unsichtbar waren, so konnten sie natürlich einander sehen. Nein, sein Käppl sei nicht schwarz gewesen, seins sei weiß gewesen ... das schwarze habe nur der Jackl tragen dürfen. Wo schwarz doch die Farbe des ... aber ja, er wisse wohl, dass er den Gottseibeiuns nicht mit einem seiner Namen aussprechen dürfe, da dieser sonst gleich zur Stelle sein könnte. Aber jetzt müsse er den hohen Herren etwas gestehen ... jawohl! Er glaube nicht an diesen Satz! Also, dass der Teu... der Gottseibeiuns erscheinen würde, wenn man seinen Namen rufe. Denn dann müssten sie ja auch den Jackl sehen ... jedes Mal, wenn sie seinen Namen sagen würden. Wieso? Nun, weil der Jackl doch so oft unter ihnen sei! Jaja, wenn er unsichtbar sei, sei der Jackl besonders gerne hier, bei Hof, bei den Verhören, mitten unter den hohen Herren!

Es war einer der letzten Momente, über die Christian Fleiß herzhaft lachen konnte ... der Moment, als die hohen Herren sich plötzlich duckten und ängstlich um sich blickten, ob nicht gerade über ... oder hinter ... oder neben ihnen der böse, unsichtbare Zauberer-Jackl zu fühlen wäre.

Ab dann gab es nichts mehr zu lachen.

Samstag, 12. Juli 2008, 11 Uhr

Nein, er hatte sich nicht geirrt!

Nachdem er beinahe den ganzen gestrigen Tag verschlafen hatte, hatte er sich heute schon um 6 Uhr früh an den Computer gesetzt und zahlreiche Quellen durchforstet.

Die Barbara Koller des 17. Jahrhunderts war gleich zu Beginn des ersten der – nach ihrem verschwundenen Sohn benannten – Zauberer-Jackl-Prozesse 1675 hingerichtet worden. Dieser Feuersturm des Hexenwahns hatte zwar über hundertdreißig Menschen das Leben gekostet, sogar zehnjährige Kinder waren ermordet worden ...

Aber! Mit dem Lungau hatten diese Prozesse anfänglich nichts zu tun gehabt, erst die anschließende Malefikanten-Säuberungswelle mit „nur“ neunundzwanzig Toten hatte die Region hier zum neuen Hexen-Hotspot gemacht.

Hexen-Hotspot?

Wotan seufzte tief und schämte sich ebenso – musste er denn immer im unpassendsten Zusammenhang diesen hippen „Megasprech“ verwenden? Angesichts lodernder Scheiterhaufen von einem „Hotspot“ zu sprechen, war nicht gerade glücklich.

Na gut, hier war ein ... ein Kristallisationspunkt unmenschlichen Hasses und menschlichen Versagens gewesen! – ja, mit der Wortwahl konnte Wotan zufrieden sein.

Ob das auch die neunundzwanzig Opfer von 1682 und 1683 gewesen wären, bezweifelte Wotan sogleich, um nicht allzu sehr in Eigenlob zu versinken.

Aber ... ja, das „Aber“ von vorhin blieb!

Selbst wenn man sich auf das blödsinnig-aggressive Geschwafel der Wirtshauslemuren einließe – selbst dann wäre es völlig unlogisch, dass der Teufel eine heutige Barbara Koller hier im Lungau umbringen sollte, wo doch 1675 die damalige Kollerin im Lungau weder festgenommen noch hingerichtet worden war. Außerdem ... der Zauberer-Jackl-Prozess, der mit dem Ende dieser armen Bettlerin begonnen hatte, hatte auf die Gegend hier kaum Auswirkungen gehabt. Erst der zweite Prozess war wie ein Feuersturm über den Lungau hinweggebraust, aber dieser hatte wiederum keine Barbara Koller zum Opfer gehabt! Es passte einfach nicht zusammen.

Noch etwas – Wotan hatte einen seiner Meinung nach genialen Gedankenblitz –, wenn sich der Teufel für die damaligen Hinrichtungen seiner „Mitarbeiter“ rächen wollte, könnte er das doch mühelos machen, da alle einstigen Beteiligten inzwischen in der Hölle schmorten ... natürlich unter der Voraussetzung, dass man an das Himmel-Hölle-Konstrukt überhaupt glaubt! Wotan war mit diesem Gedanken sehr zufrieden, jedoch ...

„Ein Gegenargument, werter Herr Perkowitz! Vielleicht sind dem Teufel die Qualen, die er denen in der Hölle bereitet, nicht mehr genug? Daher sinnt er auf neue Qualen – und da böte es sich doch an, die lebenden Nachfahren quasi vor den Augen der ewig Verdammten zu töten.“ – Wotan zuckte nur kurz zusammen. Er hatte in den letzten Tagen zu viel erlebt, als dass er sich vor so einer Verdichtung seiner Gedanken fürchtete. Deshalb hielt er sich auch jetzt nicht für ganz verrückt, als seine bisherigen jesuitischen Gedanken in der Gestalt eines real-imaginären Paters vor seinem geistigen Auge standen.

Und wie es sich für solche Hochgelehrten gehörte, hatte dieser eine Schneise in Wotans, als Abschluss gedachte, Argumentation geschlagen.

Das konnte Wotan nicht auf sich sitzen lassen. Sein katholisch geschulter Ehrgeiz rumorte in ihm.

„Ja, werter Bruder, Ihr mögt schon recht haben, aber dass eine weitere Barbara Koller ermordet wurde, entbehrt gerade nach Eurer Entgegnung jeder Logik, weil sie wäre ja vermutlich die geliebte Nachfahrin des Zauberer-Jackl. Na, und den würde der Teufel wohl kaum quälen wollen?!“

Noch bevor sein Fantasie-Jesuit etwas erwidern konnte, setzte Wotan nach nur ganz kurzem Luftholen fort. „Summa summarum bleibt ein einziges Argument, das, wenn überhaupt, dafür spräche, dass der Teufel dieser Tage die Barbara Koller des 21. Jahrhunderts geholt hat – und zwar, dass das Böse nicht immer logisch agiert. Dem ist aber meiner Erfahrung nach nicht so. Des Bösen Logik ist böse, aber logisch! Nein, es ist das Gute, das des Öfteren unlogisch handelt, was wohl auf dem Grundgedanken fußt, dass Gottes Wege unergründlich seien.

Nein, es bietet sich ein einziger logischer Schluss an. Es kann gar nicht der Teufel gewesen sein, der Barbara Koller … also die heutige … ermordet hat!“

Die beiden letzten Worte hatte Wotan laut in den leeren Raum gesprochen, damit ihn sein jesuitisches Trugbild endlich in Ruhe ließ. Das wollte er allein schon deshalb, weil er sich zu einem weiteren logischen Schluss aufraffen musste, der ihm nicht leichtfiel. Denn wenn nicht der Teufel hinter dem aktuellen Mord steckte, wäre es auch unlogisch, davon auszugehen, dass ihn vorgestern Nacht der Gehörnte überfallen und zu seinem Ausführungsorgan hatte machen wollen. Mit anderen Worten ... Wotan musste sich eingestehen, eine stinknormale Panikattacke erlitten zu haben. Er wand sich noch kurz, denn als Ursache für sein Ausrasten klang „Panikattacke" natürlich weit weniger gut als „Kampf gegen das Böse", aber letztlich siegte doch der angehende Psychologe in ihm und er akzeptierte die nicht ganz so spektakuläre Realität.

Er hatte eine Panikattacke gehabt.

Gut, warum auch nicht!

... warum aber auch nicht nicht?

Dafür gab es nur eine vernünftige Erklärung: Die letzten Tage hatten seine Nerven offenbar sehr in Mitleidenschaft gezogen.

Daraus konnte Wotan wiederum nur einen Schluss ziehen: Er war leider doch nicht aus dem Granit geschnitzt, den er anderen gegenüber gerne durchblitzen ließ. Er war keine megacoole Heldenseele, er war ein Seelchen!

„Auch gut, der weiche Mann soll ja bei manch jungen Damen sehr gefragt sein", seufzte Wotan sich selber Trost zu.

Da war sie wieder!

Amelie!

Sofort hörte er sein Herz wie wild klopfen – es war tatsächlich so laut, dass er sich zu fürchten beginnen wollte, als ...

„Herr Perkowitz, bitte machen Sie die Tür auf! Alles andere hat doch keinen Sinn, wir sind ja zu dritt hier und ...“

Wotan riss die Tür so unvermittelt auf, dass Magister Baldur vor Schreck sprungartig zurückwich.

„Ach, Sie sind's! Mein Herz ...“

„Wie bitte?“

„... mein Herz hat gerade wie wild ... ach, nicht so wichtig. Was kann ich für Sie tun?“

„Mitkommen! Bitte packen Sie etwas für die Nacht ein und ...“

„Für die Nacht? Ja, was packt man denn da am besten ein? Laue Lüfte, Mondenschein, sanfte Gefühle ... oder in Ihrem Fall am besten eine Leiche?“

„Herr Perkowitz, bitte keine blöden Witze! Wir nehmen Sie jetzt zu einer ausführlichen Vernehmung mit auf die Inspektion. Daher packen Sie was für die Nacht ein und machen S' bitte keine G'schichten!“

„Aber, Herr Mordkommissionsspezialist, ich habe doch schon das Recht, meinen Anwalt anzurufen. Und einen Priester hätte ich auch noch gerne an meiner Seite ... in dieser schweren Stunde.“

„Jetzt hören S' aber auf! Wenn Sie so weitermachen, lass ich extra für Sie einen neuen Paragraphen erfinden – wegen Nicht-ernst-Nehmens einer ernsten Situation! Als Strafandrohung schlage ich zweihundert Stunden Homeshopping-Fernsehen vor.“

Wotan grinste – mit etwas Widerwillen musste er zugeben, dass diese seltsame Mischung aus österreichischem Beamten und Ordnungshüter durchaus zu Humor fähig war.

„No, schlafen wir noch oder was? Sie wollen doch nicht, dass ich meine Beamten anweise, Ihnen beim Packen zu helfen, oder?“

Da erst sah Wotan die zwei Uniformierten hinter Magister Baldur. Mit einem „Nein, nein!“ eilte er in den ersten Stock, um das Zeug zusammenzuklauben, das er aus diversen amerikanischen Fernsehkrimis als „textile Notration“ für frisch Verhaftete kannte.

Samstag, 12. Juli 2008, 14.30 Uhr

„Warum soll ich Ihnen das glauben?“

„Warum nicht?“

„Weil Sie’s erfunden haben!“

„Warum sollte ich?“

„Um von sich abzulenken.“

„Wovon? Weshalb?“

„Weil Sie der Mörder von Barbara Koller sind! Also lenken Sie von sich ab, also müssen Sie irgendeine blöde Geschichte erfinden! Also erzählen Sie mir, im Traum habe sich Ihnen offenbart, dass Sie um die Tatzeit herum im Halbschlaf ein seltsames Motorengeräusch gehört hätten und es dann nach Diesel gestunken habe. Also ...“

„Also jetzt hören Sie bitte mit dem Blödsinn auf! Ich, ein Mörder? Selten lächerlich!“

Die Sympathie für Baldur, die Wotan kurz und ohnedies nur in einer homöopathischen Dosis verspürt hatte, war schlagartig verschwunden, als er merkte, dass ihn dieser Tölpel wirklich für den Mörder von Barbara Koller hielt. Wobei ... sehr rasch war Wotan klar geworden, dass er sich in guter Gesellschaft befand – da Baldur bei seinen Ermittlungen offensichtlich keinen Schritt weitergekommen war, verdächtigte er prophylaktisch den halben Lungau. Und da Wotan im Moment so etwas wie ein Beute-Lungauer war, in der Nähe des Leichenfundortes lebte und das Opfer einige

Stunden vor seinem Tod kennengelernt hatte, war es für Baldur wohl offensichtlich, dass nur er der Mörder sein konnte. Noch einmal versuchte es Wotan in Güte.

„Ich schwöre Ihnen, dass ich das wirklich so geträumt habe. Und ich bin mir inzwischen auch sicher, dass ich mir das Geräusch und den Dieselgestank nicht nur retrospektiv eingebildet beziehungsweise das nicht nur im Traum erlebt habe!"

„Und Sie wollen mir wirklich erzählen, dass Sie mir wirklich erzählen wollen ... ich meine, dass Sie mir ernsthaft mitteilen wollen ..."

– die Rage, in die sich Baldur geredet hatte, ließ ihn immer mehr in eine seltsame Mischung aus Amtsdeutsch und Dialektphrasen verfallen, weshalb er um verständliche Worte zu ringen begann –

„... dass die Kollerin, also die Frau Koller, vom Teufel ermordet worden sei, weil hier vor ein paar hundert Jahren eine Hexe gleichen Namens ... das wollen Sie mir wirklich erzählen?"

Wotan sah ein, dass er jetzt nicht so heftig, wie er es gerne getan hätte, entgegnen durfte – er hätte unter Umständen einen Baldur'schen Herzinfarkt verursacht. Also wandte er den Tonfall an, den er bei einem seiner Praktika auf einer psychiatrischen Abteilung gelernt hatte – den „Versteher-Tonfall".

„Aber nein, Herr Magister, da haben Sie mich wirklich missverstanden. Was ich sagen wollte, war, dass ich bei einem Besuch im Gasthaus Mohinger einige ... nun ja, hiesige Bauern kennengelernt habe, die eben genau das glauben. Und die sich interessanterweise auch recht sicher sind, dass ich ..." – Wotan merkte, zu was für einem Satz er gerade angesetzt hatte. Er biss sich auf die Zunge, aber das ließ den Satz auch nicht wieder in seinen Mund zurückschlüpfen.

„Jaaaa?“ – die „As“ in Baldurs Frage nahmen teils aus Ironie, teils aus Ermittlerinteresse nahezu kein Ende.

„Also, was sind die sich sicher, dass Sie sind?“

„... dass ich irgendwie eine Art – ja, wie soll ich sagen ...“

„Nur immer g’rad heraus!“

„... also, dass ich mit den armen Geschöpfen, die damals im Zuge der geradezu mittelalterlichen Kollektivhysterie ein entsetzliches Ende fanden, in einer Art parapsychologisch-telepathischer Weise verbunden sein könnte.“

„In verständlicheren Worten heißt das, dass die Sie für einen neuen Zauberer-Jackl halten, der wieder Unheil über die Gegend bringt!“

Wotan war zu verblüfft über Baldurs unerwartete Auffassungsgabe, um mehr als ein „Mmhm“ herauszubringen. Einem langen bohrenden Blick Baldurs folgte völlig überraschend ein tiefer Seufzer.

„Das Pech ist, dass ich das auch für einen besoffenen Blödsinn dieser alten Idioten halte. Und gegen Sie habe ich nichts in der Hand ... noch dazu, da wir davon ausgehen, dass der Fundort nicht der Tatort war. Und damit ist es noch unwahrscheinlicher, dass Sie der Täter sind.“

„Wieso? Ich könnte doch Frau Koller in der Almhütte ermordet und dann ...“ – zum zweiten Mal innerhalb einer Minute verfluchte Wotan seine Art, seine Denkfähigkeit nur dem Inhalt seiner Worte und nicht deren Folgen für sein Wohl zu widmen. Aber diesmal hatte er Glück!

„Herr Perkowitz, glauben S’ wirklich, dass wir die Alm nicht schon längst auf Spuren hin untersucht haben? ... als Sie Ihren Kollaps hatten. Halten Sie uns für so blöd?“

„Nein, aber ja – ich meine nein, aber hätten Sie da nicht meine Einwilligung gebraucht?"

„Erstens – nein, ganz sicher nicht! Und zweitens, Ihre schon gar nicht! Wenn, dann wohl die Ihrer Tante. Aber das ist ja jetzt egal. Also, bitte, Sie können gehen."

Wotan war so erleichtert, dass ihm etwas in den Sinn kam, was er noch vor zehn Minuten für unmöglich gehalten hätte – er wollte Baldur helfen.

„Herr Magister, was Sie vielleicht noch interessieren könnte: Die beiden beim Mohinger, der Herr Simberger und der Herr Fischlacher, ja, und eigentlich auch der Herr Mohinger selber, die haben über die Tote dermaßen unflätig geschimpft, dass ich mir schon vorstellen könnte, dass die ... also, vielleicht wären die drei für Sie irgendwie von Belang. Und am Stammtisch im Gasthaus zur Post, da habe ich auch ein paar vielleicht nicht ganz uninteressante Persönlichkeiten kennengelernt. Einen Herrn Valentin Obertruber und einen Herrn Siegbert Enterbauer."

Wotan entging nicht das Aufflackern in Baldurs Augen, ehe wieder der grantig-graue Vorhang vor seinem Gesicht heruntergelassen wurde.

„Sie meinen die Idioten mit dem Flugblatt? Na ja, vielleicht schau ich mir die Herrschaften einmal genauer an. Auf jeden Fall ... Sie können gehen, Herr Perkowitz."

Samstag, 12. Juli 2008, Abend

Die Flugblätter! Dass er daran nicht mehr gedacht hatte.

„Da!" – kaum hatte Wotan vor Begeisterung darüber, endlich Flug- und Gegenflugblatt im Internet gefunden zu haben, laut aufgeschrien, kam der nach wie vor auf stumm geschaltete Kuckuck aus seinem „Plastikgehäuschen“, um Mitternacht zu melden. Die stille Hin-und-her-Bewegung hatte so etwas Verängstigtes an sich, dass sich Wotan bemüßigt fühlte, ein schnelles „Tschuldigung, wollt dich nicht erschrecken!“ in Richtung des schon wieder verschwundenen Vögleins zu werfen.

Schon am Stammtisch in der Post hatten ihn nicht nur das Flugblatt und der gehässige Vortrag Obertrubers gestört. Da war noch irgendein Detail, das in Wotans Kopf einen Widerhaken ausfahren ließ, nur war daran bis jetzt noch nichts hängen geblieben. Langsam und voller von Abscheu getragener Andacht las Wotan den Text Wort für Wort.

„An alle aufrechten Bürgerinnen und Bürger, an alle gottesgläubigen Christinnen und Christen! Die Hexe Barbara Koller ist tot! Gerichtet am selben Ort wie alle anderen mit dem Bösen besudelten Weiber, auf dem Richtstein der Schädelstätte am Lindbühel.

Die einen sind über die gewaltsamen Umstände ihres Ablebens entsetzt, aber andere sehen es als gerechte Strafe Gottes! Denn schon im Lukasevangelium steht geschrieben: ‚Richtet nicht, auf daß ihr nicht gerichtet werdet!‘ Wir sagen: Wer so gottlos Menschen verflucht hat, hat alles Recht verwirkt, als Mitglied unserer Gemeinschaft betrachtet und behandelt zu werden und wird daher gerichtet! Ein Freund der Christenheit.“

Lukasevangelium? „Richtet nicht, auf daß ihr nicht gerichtet werdet.“ Das war doch die Bergpredigt! Ja, natürlich, dieses Bibelzitat stammte aus der Bergpredigt ... wie ging das doch gleich noch weiter? „Verdammet nicht, auf daß ihr nicht verdammet werdet.“ Nein, so ging das nicht. Noch einmal von vorne ... „Richtet nicht, so werdet ihr auch nicht gerichtet. Verdammet nicht, so werdet ihr nicht verdammt. Vergebet, so wird euch vergeben." ... ja, genau, so ging das Zitat. Wotan lehnte sich mit leisem Stolz zurück. Genüsslich verknotete er seine Finger hinter seinem Kopf und begann auf dem Stuhl zu schaukeln. Diese Körperhaltung war schon in der Schule seine Lieblingsposition gewesen, damals, als sie in Religion die Bergpredigt durchgearbeitet hatten. Ja, sein Gedächtnis funktionierte noch ganz gut ... „Richtet nicht, so werdet ihr auch nicht gerichtet. Verdammet nicht, so ..."

Wie von einer Feder geschnellt schoss Wotan aus seiner bequemen Schaukelstellung nach vorne zum Computerschirm.

Natürlich! Das war's!

Das hatte ihn gestört! „Richtet nicht, auf daß ihr nicht gerichtet werdet" stammte nicht aus dem Lukasevangelium, es war aus dem ... dem ... na, komm schon, du hast dreiunddreißig Prozent Zufallstrefferwahrscheinlichkeit, wenn du jetzt rätst! Johannes, Markus oder Matthäus? J, M oder M? Was nimmst du?

Wotan kam sich wie in einer dieser Gameshows vor, in denen der Kandidat sichtbar keine Ahnung hatte, welches Feld er jetzt öffnen sollte. Joha... nein, es war doch ... ja, ziemlich sicher – es war aus dem Matthäusevangelium. Wotans Finger sausten über die Tastatur. „Richtet nicht, auf daß ihr nicht gerichtet werdet" – Matthäusevangelium Kapitel 7, Vers 1. Das war es, was Wotan an dieser schriftlichen Niveaulosigkeit zusätzlich gestört hatte – die Stellenangabe war schlicht und einfach falsch! Was wiederum die logische Schlussfolgerung zuließ, dass der Schmierfink nicht im Geringsten „ein Freund der Christenheit" sein konnte, denn ein wahrer katholischer Fundamentalist hätte nie und nimmer einen solchen Fehler begangen. Der scheinbare Schmierblatt-Schwachsinn war gar keiner, da steckte ein brutales Kalkül dahinter!

Wotan schauderte schon wieder ... aber nur kurz, wie er mit Erleichterung feststellte. Über all diesen Gedanken hatte er ganz auf das Gegenflugblatt vergessen, das recht prominent im Internet vertreten war. „Wenigstens etwas", murmelte Wotan beim Anklicken.

Dessen Verfasser nannte sich „Ein freier Mann, der Gutes tut" ... und er schleuderte dem anonymen „Freund der Christenheit" deutlich seine Meinung zu dessen Pamphlet entgegen:

„Allen Feiglingen, die sich hinter überholten religiösen Sturheitsparolen verschanzen, sei gesagt, dass in den zentralen Sätzen der Schriften unseres Herrn von Liebe und Vergebung die Rede ist! Gerade in diesem Zusammenhang kann ich Anonymus nur ausrichten: Du solltest dich schämen! Schämen, dass du gerade ein so eindeutiges Zitat wie ‚Richtet nicht, auf daß ihr nicht gerichtet werdet!' als Dreh- und Angelpunkt für deine gehässige Schlussfolgerung nimmst. Ich maße mir zwar nicht an, so genau zu wissen, was Gott als ‚gerechte Strafe' empfindet (wobei ich überzeugt bin, dass unser barmherziger Vater im Himmel ganz sicher nicht einen grausamen Mord als adäquate Strafe ansieht, sondern als Zuwiderhandlung gegen seinen göttlichen Plan), aber ich bin mir sicher, dass das Matthäusevangelium nicht herangezogen werden darf, um eine feige und brutale Tat zu rechtfertigen. Diese Art einer Pseudoexegese ist nur abzulehnen! Anonymus und die Deinen, schämt euch!"

Wotan lehnte sich beeindruckt zurück. Eines war klar – wer diese Zeilen geschrieben hatte, kannte sich in der Materie aus. Quasi im Vorübergehen hatte er das falsche Bibelzitat richtiggestellt, und Formulierungen wie „Zuwiderhandlung gegen seinen göttlichen Plan" und „Pseudoexegese" ließen auf einen Fachmann oder eine Fachfrau schließen.

Da war es wieder!

Das sanfte Jucken in Wotans Hirn, dieses gleichzeitige Nichtwissen und Wissen – ein Gedanke, von dem er wusste, dass er ihn hatte und dass dieser ihn weiterbringen würde, der aber nicht an die Oberfläche steigen wollte. Wotan versuchte, sich sein Gehirn bildlich vorzustellen und darin ein wenig spazieren zu gehen, um den Gedanken zu finden. Diesmal hatte es mit dem Gegenflugblatt zu tun. Er ging den Text, wie schon zuvor beim Anonymus-Geschmiere, Wort für Wort durch. Gleich am Anfang hatte er dieses „Da-war-doch-was"-Gefühl – „Ein freier Mann, der Gutes tut". Wotan wälzte die Worte hin und her, aber außer Kopfweh brachte das nichts. Mit leisem Seufzen begann er, auf eine leere Teilfläche des Tisches, an dem er saß, zu starren. Das gehörte zu einer Technik, die er im Laufe der letzten Gymnasialklassen entwickelt hatte. Er stellte sich vor, diese leere Fläche wäre ein Arbeitstisch, auf den er nun Stück für Stück alle seine Denkwerkzeuge legte. Dann würde er die Utensilien in verschiedenen Kombinationen verwenden, um das Flugblatt zu untersuchen ... so lange, bis er draufkommen würde, was für ein Gedanke sich unter der Oberfläche versteckt hatte.

Oder bis er wieder einmal am Tisch einschlafen würde.

Ganz links auf die freie Fläche legte Wotan in Gedanken seine Allgemeinbildung ... üblicherweise stellte er sich diese als wuchtige Enzyklopädie vor. Gleich daneben kam sein Wissen über die konkrete

Situation – Pedant, der er war, richtete er das Symbol dafür, einen Karteikasten, möglichst parallel am Nachbarlexikon aus. In der Mitte lag breit und behäbig eine Schachtel mit einem Spiel, das er schon in seiner Kindheit geliebt hatte. Aus verschieden geformten, geometrisch anmutenden Spielsteinen musste man komplexe Figuren bauen. Rechts davon fand sein geliebter Zirkel Platz. Mit ihm konnte er vom Zentrum des Wissens und der Information ausgehend gedankliche Kreise ziehen, die ihn zu völlig neuen Blickwinkeln führten. Und am Rand seiner Hirn-Arbeitsfläche kam eine kleine Bürste zu liegen, mit der er die Ergebnisse säubern und damit deutlicher zutage treten lassen konnte. Die Genauigkeit war zweifelsohne eine seiner Schwächen, weshalb die Bürste auch recht klein ausfiel.

Mit diesem Instrumentarium gerüstet, untersuchte er nun den Text, wobei sein Blick zwischen der Arbeitsfläche und dem Bildschirm hin- und hersprang.

„Ein freier Mann, der Gutes tut."

Der Karteikasten musste her. Wotan hatte ja bereits kombiniert, dass der Schreiber oder die Schreiberin dieser Zeilen mit theologischer Terminologie vertraut war. Gab es noch weiteres „Situationswissen", das er zu neuen Erkenntnissen zusammenfügen konnte?

Ja!

Natürlich!

Das Selbstverständlichste hatte er beinahe übersehen – der oder die musste aus der Gegend stammen, wer sonst sollte sich mit dem Tod der Kollerin und dem Hetzblatt so gut auskennen?

Wotan legte die beiden Detailkärtchen im Geiste oberhalb der Reihe mit den Denkgeräten ab. Jetzt hatte er Lust, die schwere Enzyklopädie zu Rate zu ziehen. Was könnte „ein freier Mann" wohl bedeuten? „Frei" – das war keine

Eigenschaft, die sich jemand aus einem Wunschdenken heraus gab. „Ein toller Mann“, „ein großer Mann“, „ein edler Mann“, ja, sogar so hehre Selbstbeschreibungen wie „ein gerechter Mann“ hätten erahnen lassen, dass sich hier jemand präsentierte, wie er gerne wäre ... eine Art Faschingskostüm der Persönlichkeit. Aber „frei“?

„Ein freier Mann“ – Wotan zögerte und schloss seine imaginäre Enzyklopädie wieder. Das war einer der Vorteile an seinem „Hirntisch“: Wenn er mit einem der Instrumente nicht weiterkam, nahm er das nächste.

Die Bürste! Wotan polierte in Gedanken die Worte „ein“ und „freier“ und „Mann“, bis sie vor ihm glänzten und ...

Natürlich! Er nahm sofort noch ein Karteikärtchen zur Hand ... und merkte, dass er die anderen Gedanken auch schon auf tatsächliches Papier gebannt hatte. Auf den nächsten Schmierzettel, der auf dem realen Tisch lag, schrieb er nur ein Wort: „Mann?“ Natürlich musste die Bezeichnung „ein freier Mann“ nicht unbedingt bedeuten, dass auch tatsächlich ein Mann dahintersteckte, aber gerade heutzutage war es naheliegend, dass eine Autorin sich auch als solche geoutet hätte.

Es sei denn ... vielleicht fürchtete sie, aufgrund ihres Berufs als Verfasserin dieses Plädoyers gegen die Gehässigkeit erkannt und angegriffen zu werden. Das wäre wohl am ehesten bei einer Religionslehrerin der Fall gewesen, aber soweit Wotan wusste, gab es hier in der unmittelbaren Umgebung keine Schule.

Und da es hier im Ort keine Pastorin gibt ... – Wotan schmunzelte über seine Schlussfolgerung und ...

Er machte eine derart abrupte Bewegung nach vorne, dass er mit der Stirn gegen den Bildschirm seines Computers stieß.

„Ich Rindvieh! Ich Rhinozeros!“

Wotan ließ seine Finger wieder über die Tasten sausen ... und grinste ungemein selbstzufrieden. Der Gedankenblitz, der ihn soeben durchzuckt hatte, stimmte – der Vorname „Karl“ wurde aus dem Althochdeutschen abgeleitet und bedeutete unter anderem „der freie Mann“. Der zweite Teil der anonymen Selbstbezeichnung, „der Gutes tut“, war es gewesen, der für das leise Rumoren in seinem Hinterkopf gesorgt hatte. Diese Worte hatte er erst vor kurzem gehört ... und zwar am Stammtisch im Gasthaus zur Post, als ihm Pfarrer Wobien erklärt hatte, dass sein Name von seinen napoleonischen Vorfahren stammte, die noch „Vautbien“ geheißen hatten – was „wert sein“ oder „gut sein“ bedeutete. „... der Gutes tut“ – diese Übersetzung aus dem Französischen von „Vautbien“ konnte man auch noch gelten lassen.

„Ein freier Mann, der Gutes tut“ war niemand anderer als Karl Wobien, der Pfarrer des Ortes! Wotan lächelte seinen Computer an, der in diesem Moment als Wobien-Ersatz herhalten musste. „Keine Angst, von mir erfährt niemand, wer ‚ein freier Mann, der Gutes tut‘ ist! Und, Herr Pfarrer ... noch etwas: Danke für Ihren Mut zum Gegenflugblatt!“ Die Zufriedenheit, dieses Rätsel gelöst zu haben, durchflutete Wotan bis in seine Zehenspitzen. Allerdings nur kurz, denn ihm war klar, dass das viel gefährlichere Geheimnis weiterhin bestehen blieb. Wer sich hinter dem auf den ersten Blick nur gehässigen, auf den zweiten Blick jedoch bedrohlichen Zeilen des Hetzflugblattes verbarg, war noch zu klären. Aber das würde Wotan wohl vertagen – sein Gähnen und ein Blick auf die Uhr zeigten ihm, dass es 1.27 Uhr war.

Mühsam kroch Wotan die Treppe zu seinem Schlafzimmer hinauf. Er gähnte so ausgiebig, dass er ein seltsames Knacksen hörte. „Hoffentlich machen nicht gerade jetzt meine Kiefergelenke Probleme, hier, weit weg von meinem Zahnarzt", jammerte Wotan. Es war bei ihm ein typisches Zeichen heftiger Übermüdung, von vornherein das Schlimmste anzunehmen. Daher musste das Knacksen mindestens in eine schwere Kieferoperation münden. Wotan malte sich im Halbschlaf aus, wie er nur mehr Suppe ...

Da, schon wieder dieses Geräusch! Jetzt hatte er aber nicht gegähnt, es musste daher die Holzstufe gewesen sein, die wohl auch nicht mehr lange halten würde.

Hätte Wotan sich, bevor er ins Bett gefallen war, noch einmal umgedreht und hinuntergesehen, so wäre ihm aufgefallen, dass seine Kiefergelenke und die lockere Stufe im Moment seine geringsten Probleme waren. Aber da er nur das Bett vor Augen hatte und in Sekunden eingeschlafen war, bemerkte er nicht die schwarzen Gestalten, die durch das gekippte Fenster eingestiegen waren und nun den unteren Raum systematisch durchsuchten.

Sonntag, 13. Juli 2008, 9.45 Uhr

Langsam begann Wotan wirklich an Wunder zu glauben, denn anders schien es ihm nicht erklärbar, dass er an einem Sonntagvormittag in unmittelbarer Nähe der Kirche auf Anhieb einen großen und sogar legalen Parkplatz fand.

„Guten Morgen, Wotan. Hast du dich wieder etwas erholt?"

„Jaja, Tante Agathe. Danke der Nachfrage. Und grüß Gott, lieber Herr Furm... oh, entschuldigen Sie vielmals, ich hab Sie mit jemandem verwechselt."

„Macht nix! Trotzdem auch grüß Gott."

„Ja, danke, ebenfalls."

Wotan wandte sich verdattert seiner Tante zu.

„Tante Agathe, ich hätte gedacht, dass ..."

„Wotan, ich bitte dich! Erstens würde der Bertl hier auf der wöchentlichen Dorftratschbörse mich – und auch sich – nie so in Verlegenheit bringen und demonstrativ neben mir stehen. Und zweitens dient der Bertl an einem Sonntagvormittag im Juli in seiner Küche und nicht dem Herrn in der Kirche, wobei manche Feinschmecker durchaus die Meinung vertreten, dass er in der Küche dem Herrn viel mehr dienen würde, so gut, wie er kocht! Aber das war jetzt blasphemisch! Entschuldige, mein lieber Neffe."

„Gerne, Tante Agathe. Und jetzt verrate mir noch, warum du wolltest, dass wir einander schon um 10 Uhr hier treffen, obwohl die Messe doch erst um 11 Uhr beginnt? Noch dazu sind so viele Leute hier, da können wir uns doch gar nicht miteinander ..."

„Eben deshalb, Wotan, eben deshalb! Wie schon gesagt, du siehst hier die örtliche Kommunikationszentrale – Sonntagvormittag, Kirchenplatz. Und nach der Messe geht's beim Frühschoppen in der Post weiter, aber für dich als befristeten Neo-Einheimischen reicht die Kirchenplatz-Einheit vollkommen. Also, wirf dich ins pralle Sankt Nepomuker Leben ... noch dazu, wo doch eh jeder auf dich neugierig ist. Ach übrigens, noch etwas ... ein Schulfreund von dir, ein gewisser Schurli, hat angerufen. So genau habe ich seinen Bericht nicht verstanden, aber er kommt dich auf jeden Fall besuchen. So, und jetzt ... ab mit dir in das Sankt Nepomuker Gesellschaftsleben!"

Auf den Schurli freute er sich, vielleicht würde der ihn wirklich besuchen. „Man wird sehen! – sprach der

Blinde zum Tauben" ... das war einer ihrer Lieblingssprüche gewesen. Vor allem bei Professor Meyerer hatten sie ihn oft laut durch die Klasse gezischt, denn der Herr Professor hatte nicht nur zwölf Dioptrien, er konnte infolge einer Explosion, die ein blödsinniger Schüler im Chemielabor der Schule verursacht hatte, auch nur mehr sehr schlecht hören.

Aber lange hielt die Schurli-Vorfreude nicht an. „Da wär ich jetzt lieber beim Furmaier – dem Herrn, der mir Gerichte macht, als hier bei der Gerüchteschlacht", reimte Wotan mürrisch vor sich hin. Seine Laune sank mit jedem Schritt mehr in die Niederungen beginnender Depressionen, da er, kaum dass er sich von seiner Tante abgewandt hatte, von mehreren Seiten mit geflüsterten und mitten in der Formulierung abgebrochenen Bosheiten misshandelt wurde.

Doch plötzlich ... Ruhe!

Er musste lächeln. Offenbar war seine katholische Erziehung so tief in ihm verankert, dass er automatisch in das Innere der Kirche geflohen war. Und ganz falsch lag er mit diesem Fluchtreflex ja nicht, denn als sich seine Augen an die Dunkelheit gewöhnt hatten, sah er ... niemanden.

Himmlische Stille.

„Herr Perkowitz."

Wotan zuckte so erschrocken zusammen, dass sein Gegenüber ebenfalls unkontrolliert zurückwich.

„Na, des hab i jo net woll'n, Sie erschrecken! Na, wirklich net ... tuat ma lad! I wollt jo nur ... oiso ... griaß Gott sog'n."

„Aber nein, Sie haben mich nicht erschreckt ..." – Wotan blickte in ein zutiefst skeptisches Gesicht, „also, ja, gut, doch, ich geb's ja zu, ich bin halt sehr schreckhaft. Aber Sie können wirklich nichts dafür, Herr ..."

„I bin's do, der Kindsbauer! Vom Mohinger! Sie wer'n mi nimma kennan woll'n, wäu i wor ... oiso, mir wor'n jo wirklich net sehr ..."

„Nein, nein, Herr ... Kindsbauer, ich erinnere mich noch sehr gut an Sie."

„Jo, des fürcht i a. Übrigens, Fischlacher, Gott zum Gruße."

„Ja, natürlich, Herr ... Fischlacher. Es tut mir leid wegen grad eben, ich hab Sie nicht bemerkt. Ich hab nur die leere Kirche gesehen und ..."

„Do is sie am schönsten, wann s' so leer is. Nur der liebe Gott und ma söba."

„Ja, da haben Sie recht. Und, sind Sie hier, weil Ihnen auch der Trubel draußen so auf die Nerven geht?"

„Jo, a. Owa vor allem derf i dem Herrn Pforra höfn."

„Aha, womit?"

„I verteil die Zettel mit de Liedtexte, die wo in der Mess g'sungn wer'n."

„Ah so, die druckt der Herr Pfarrer aus und Sie legen sie dann in die Bänke?"

„Aber wo! Vü besser! I ... jo, i söba schreib die Texte aus'n Gesangsbuch in Schönschrift ab und die Zettel, die vervielfältigt der Herr Pfarrer dann. Des san dann de Zettel, die i eben immer vor der Messe verteil."

„Und der Herr Pfarrer, der ruft Sie jede Woche an und sagt Ihnen, welche Texte Sie aus dem ‚Gotteslob' abschreiben sollen? Oder ruft er beim Mohinger an?"

„Na, Herr Perkowitz, noch vü schener! Zum Besprechen von den Liedern, die wo i dann von denen die Texte schön schreib, da lad't mich der Herr Pfarrer zum Nachtmahl ins Pfarrhaus ein. Einmal in der Woche! Nur mich! Und wissen S' was, Herr Perkowitz?"

„Nein?"

„Durt sauf i kan Alkohol! Oiso, durten trink i immer nur an ganz an feinen Tee, den der Herr Pfarrer extra für uns beide macht! Wissen S', wia sche des is! Durt derf i a a Mensch sei, durt trink i nix!"

Wotan konnte sich nicht erinnern, je in ein so strahlendes Gesicht geblickt zu haben. Diese runzlige, ungepflegte Haut, diese aufgedunsene Röte eines schweren Alkoholikers – in dem Moment war das alles verschwunden, in dem Moment sah Wotan reiner Freude ins Gesicht. Seine Achtung vor Pfarrer Wobien stieg sprunghaft an. Zuerst das Gegenflugblatt und jetzt das!

„Darf ich Ihnen beim Verteilen helfen? Es wäre mir ein Vergnügen."

„Na ja, Herr Perkowitz ... oiso, jo, gern."

Wotan nahm ein Päckchen der zahlreichen Zettel, auf denen in einer etwas altmodischen, aber gut lesbaren Handschrift unter den Texten der Zusatz „Lobet den Herrn! Kindsbauer" geschrieben stand. Wotan konnte es kaum glauben, ja, er schämte sich dafür, aber – er war tatsächlich zu Tränen gerührt. Und hier in der Stille und Einsamkeit erlaubte er sich ein Taschentuch-Wischen pro Wange.

Gleich nach der textilen Rührungsbeseitigung stellte Wotan erleichtert fest, wieder der alte Skeptiker zu sein, denn irgendetwas an den prallen Emotionen der letzten fünf Minuten störte ihn.

„Lobet den Herrn! Kindsbauer" – Wotan starrte auf die ebenso schlichten wie bedeutungsschweren Worte. Ihm war klar, dass es für Herrn Fischlacher eine zusätzliche Freude sein musste, jede Woche seine Unterschrift neben diese Worte zu setzen. Er, der von allen verachtete Kindsbauer, er schrieb am

Ende der Liedtexte diese religiöse Formel, die allen zeigte, dass auch er Gott preisen durfte und konnte. Er schrieb sie ...

Mein Gott, das war es!

Vor Schreck über seine Erkenntnis hatte Wotan die Kärtchen fallen lassen.

„Herr Perkowitz, is was?“

Fischlacher kam auf Wotan entsetzt zugehumpelt, was diesem wiederum diplomatisches Geplänkel ersparte.

„Herr Fischlacher, ganz ehrlich, wer schreibt Ihnen diesen Zettel Woche für Woche?“

Ohne es zu wollen, war Wotan in Wortwahl, Tonfall wie Körperhaltung zu einem Vertreter der spanischen Inquisition mutiert. Fischlachers Gesicht nahm die Farbe der frisch geweißten Kirchenmauer an.

„Was? Wieso? Wos ... oiso ... i natürlich ... warum ... i versteh Sie net?“

„Herr Fischlacher, beim Mohinger haben Sie selber zugegeben, dass Sie in Ihren Händen so starke Schmerzen vom Rheuma haben, dass Sie nicht einmal mehr ein Schnapsglas g'scheit halten können! Und da wollen Sie mir erzählen, dass Sie Woche für Woche diesen Zettel hier vollschreiben? Herr Fischlacher, es geht zwar um nix, aber bitte – erzählen Sie mir keine Märchen! Wer schreibt Ihnen das?“

Im selben Augenblick tat ihm sein harscher Tonfall auch schon wieder leid, denn Fischlacher sank stöhnend in sich zusammen, als ob sein gesamter Lebensatem auf einmal aus ihm gewichen wäre.

„Bitte, Herr Perkowitz! Bitte! Ich fleh Sie an!“

„Is ja gut, Herr Fischlacher. So hab ich das ja gar nicht gemeint. Ich mag's halt nur nicht, wenn man mich für dumm verkauft.“

„Owa des hob i jo gor net! Sie san jo der Erste, der wos mi … oiso … wia soi i sog'n, entlarvt hot!"

Wotan schwankte zwischen Verlegenheit und Stolz.

„Tatsächlich? Na ja, dann … also, ich versprech Ihnen hoch und heilig, dass ich niemandem die Wahrheit erzählen werd! Also, wessen Handschrift ist das?"

„Herr Perkowitz, schwören Sie's mir auch bei der Jungfrau Maria?"

Wotan musste beinahe auflachen. Eigentlich hätte er die Worte „ich versprech Ihnen hoch und heilig" für schwerwiegender als einen Schwur bei der Mutter Jesu Christi erachtet, aber offenbar kannte er sich in diesen Hierarchien nicht sehr gut aus.

„Ja, wenn es Sie beruhigt. Auch bei ihr … ich schwör's." – eine Bewegung in Richtung eines Marienstandbildes ließ zum zweiten Mal innerhalb weniger Minuten eine derartige Erleichterung über das Kindsbauer-Gesicht gleiten, dass Wotan nur mehr Mitleid mit ihm hatte.

„Die Schrift … Sie wer'n lachen, die schaut wirklich genauso aus wie meine. Also, so wie meine früher hoit ausg'schaut hot." Fischlacher warf Wotan einen seltsamen Blick zu – so, als ob er die Spannung noch hinauszögern wollte, als ob er um Beifall bitten wollte, weil er doch gleich den wahren Urheber der Kirchenliedertext-Zettel bekannt geben würde.

„Es is scho erstaunlich, was fia Begabungen manche Leit hob'n! Finden Sie des net a, Herr Perkowitz?"

„Ja, durchaus, aber … Herr Fischlacher! Wer?"

Mit einem theatralischen Seufzen, das aus dem Wiener Burgtheater des 19. Jahrhunderts hätte stammen können, hob der Kindsbauer an, um das für seine Selbstachtung und damit für sein Leben so wichtige Geheimnis zu lüften.

„Der Mohinger …“ – Wotan glaubte, seinen Ohren nicht zu trauen, „der Mohinger is zwoar mei Lieblingsgasthaus, owa manchmoi bin i a … owa Sie wer'n ma des net glaub'n!“

„Herr Fischlacher, noch so ein Verzögerungsmanöver, und ich geh da hinaus und schreie in die Menge, dass diese Zettel nicht …“

„Na! Bitte net! I sog's hoit jetzt.“

Wieder ein großes Theaterseufzen!

„Manchmoi geh i a in die Post. Und bei so einem Glaserl vur an Jahr … na, so lang ist des no gor net her, des wor erst … na, oder des a net, owa vielleicht wor des …“

„Herr Fischlacher, ich steh gleich auf!“

„Oiso, bei so an Glaserl in der Post, do setzt sie do glatt der Herr Willi söba neben mich und fangt ganz freindlich an zu plaudern. Und dabei san ma drauf'kumman, dass der Willi … jo, i glaub, so muaß i des sog'n, a Genie is!“

„Harald Willi? Sie reden vom Besitzer vom Gasthof Post? Und vom ‚Matsch, Moor & much more'? Von dem sprechen Sie gerade?“

„Jo, genau! Der is a Genie! Der konn jede Schrift so kopieren, dass Sie des Original net vom … oiso, von der Kopie mehr unterscheiden kennan. Und er war damois so nett, dass er auf die Idee kumman is, dass i wieda a bissel mehr Achtung von de Leit kriag, indem i – zumindest glaub'n die des eben – Woche für Woche die Liedtexte aus dem ‚Gotteslob' abschreib. Und dass dann der Herr Pfarrer so besonders nett a no dazua war, oiso, des hob i jo gor net zu hoffen gewagt! Na ja, und jetzt schreibt mir der Herr Willi jeden Donnerstag am Nachmittag die Zeilen auf, die wo i mit dem Herrn Pfarrer am Vorabend besprochen hab. Und seit damals, seit damals bleibt mir wenigstens des letzte bisserl, net nur da depperte Kindsbauer zu sein, sondern amal in der Woch'n wos fia unsern Herrn tuan z'kennan! Und wissen S' wos, Herr Perkowitz?" – Wotan schüttelte nur andeutungsweise seinen Kopf – „Der Herr Willi hot sogar von sich aus vurg'schlog'n, dass er a mit mein Hofnam'n unterschreibt! Wos soll i sog'n? Jetzt bin i glücklich ... amol in der Woch'n!"

Ob der schonungslos offenen Beichte hatten beide ganz übersehen, dass die Messe in wenigen Minuten beginnen würde.

Mit einem „Jessas na, jetzt owa no schnö die restlichen Zettel verteil'n!" wollte Fischlacher davonstürzen. Allerdings taumelte er mitten in seiner fortstrebenden Bewegung noch einmal zu Wotan herum. „Bei der Jungfrau Maria ... Sie homma's versproch'n!"

Mehr als ein Mittelding zwischen tröstendem Lächeln und angedeutetem Nicken brachte Wotan nicht zustande, zu viele Gedanken rasten in seinem Kopf herum.

Rückblickend konnte er sich bei bestem Willen an keine heilige Messe in seinem Leben erinnern, bei der er geistig so abwesend gewesen war. Zum einen musste er immer wieder an die Gutmütigkeit Willis denken, die ihm allerdings für diesen geschniegelt-oberflächlichen Großkapitalisten völlig unpassend erschien. Zum anderen war er von der Macht des Kirchenraumes und dessen, was die Religion durch Menschen wie Pfarrer Wobien für manche an Trost bedeuten konnte, vollkommen gefesselt. Wotan begriff in dieser Stunde höchst widerwillig, dass er es selbst hier in seinem – nach wie vor eher ungeliebten – Bakkalaureatsexil nicht nur mit dem Bösen und Schwachsinnigen, sondern auch mit dem Herrlichen und Strahlenden zu tun hatte ... man musste es nur freilegen.

Diesmal wunderte sich Wotan nicht im Geringsten, dass der Parkplatz vor Furmaiers Lokal leer war ... um 15.30 Uhr gab es eben keine Ausflugsmittagsgäste mehr.

„Mahlzeit!“

„Oh, der noble Herr aus dem fernen Wien! Bitte durchzuschreiten, der Herr des Hauses widmet sich der Einhaltung hehrer Sauberkeitsprinzipien in der Manufaktur kulinarischer Genüsse.“

Normalerweise wäre Wotan auf Maronis Versuch eingestiegen, die „geschraubte“ Ausdrucksweise der Altwiener Hautevolee nachzuahmen, aber mit diesem krachenden Magen war er dazu nicht in der Lage.

„Wie bitte?“

„Gehen Sie nach hinten, Furmaier putzt grad die Küche!“

„Ah ja, danke!“

Wotan enteilte der leicht vergrämten Kunsthistorikerin in spe. „Küche“ klang in seinen Ohren schon sehr verheißungsvoll. Die letzten Meter rannte er fast, so sehr trieben ihn innere Bilder von Schweinsbraten, Schnitzeln, Grammelknödeln oder Schinkenfleckerln.

„Ah, unser unbeugsamer Jungakademiker.“

„... noch nicht.“

„Na ja, also in Bälde eben. Was führt Sie zu uns ... oder gar zu mir?“

Wotan grüßte alle drei Anwesenden unterwürfig. Angesichts seines Hungers hielt er es nicht nur für wohlerzogen, sondern ebenso für vernünftig, auch Furmaiers Hilfskräfte freundlich zu stimmen.

„Lieber Herr Furmaier, ich hätte da viel zu erzählen.“

„Und so, wie Sie aussehen, hätten Sie nichts gegen einen kleinen Imbiss einzuwenden, oder?“

Wotan behielt nur mühsam seine Fassung, an einen „kleinen Imbiss" hatte er eigentlich nicht gedacht.

„Kasnocken vielleicht?"

Wotan wäre Furmaier beinahe um den Hals gefallen, als er die herrliche Masse aus Teigwaren und Fäden ziehendem Käse in der heißen Pfanne erblickte.

„Ja, danke", gurgelte er vor lauter Wasser, das ihm im Munde zusammenlief.

Schon beim Dankesagen stand ein riesiger Teller voller dampfender Köstlichkeit vor Wotan, der jetzt nur mehr ein Problem hatte. Natürlich wusste er, dass man beim Essen nicht sprechen dürfe. Nun sollte er aber reden! Aber er hatte auch Hunger ... enormen Hunger. Was tun? Es war wieder Furmaier, der ihn erlöste.

„Jetzt essen S' erst einmal ein paar Bissen, und wenn dann der erste Hunger quasi gegessen ist, dann erzählen Sie uns in genüsslicher Ruhe."

Wotan aß und aß ... und schwieg und schwieg. Bevor allerdings die plötzliche Küchenstille peinliche Ausmaße hätte annehmen können, war von draußen Maronis Stimme zu hören: „Geschlossen! Wir haben erst wieder morgen ab 11 Uhr geöffnet!"

„Nein ... das heißt, ja. Also, was ich meine, ist, dass ich kein Gast bin. Das heißt schon, aber keiner, der etwas zu essen wollen würde. Ich hätte nur eine Frage ..."

Und schon war Wotan aus der Küche gelaufen, die verblüfften Blicke im Rücken.

„Es war ein Mensch, der manchmal wirr die Worte wählte. Doch war ein Fremder er, der nur die Sprache quälte."

„Hier steh am Grab des Freundes ich. Gar traurig, spür im Herz an Stich!"

Wotan und sein Gegenüber schüttelten sich stürmisch die Hände und lachten scheinbar grundlos so laut, dass Maroni ihre Stimme deutlich erheben musste, um bei dem Geräuschpegel überhaupt wahrgenommen zu werden.

„Was wird das? Der internationale Wettbewerb im peinlichen Dichten?"

Da unterbrach Wotan die freundschaftlichen Begrüßungsrituale, nahm eine fast militärische Haltung ein und drehte sich zu Maroni.

„Verehrtes Fräulein Zillerberg, verehrte Anwesende" – längst waren auch Furmaier und seine beiden Küchengehilfen in die Gaststube gekommen – „ich darf Ihnen einen ehemals schlechten Schüler und wunderbaren Freund, einen dann geradezu peinlich glänzenden Studenten und trotzdem weiterhin wunderbaren Freund und letztlich einen ... ja, was bist du eigentlich für ein Arzt? ... also einen wunderbaren Arzt und nach wie vor wunderbaren Freund vorstellen. Doktor Georg Darner."

Darner deutete eine Verbeugung an und gab seltsame Worte von sich, wobei er auf Wotan zeigte.

„Er ruhe nicht im Norden, nicht im Süden! Am besten ist, er lebt noch ... und ruhe nicht in Frieden." Wotan lachte schallend – so sehr, dass er gar nicht die verstörten Gesichter neben sich bemerkte.

„Gell, du hast ihnen noch nichts von unserer kleinen Marotte erzählt?"

„Was meinst du?"

„Na, schau sie dir doch an. Die halten zumindest mich für vollkommen übergeschnappt."

„Du, mich auch, mich auch."

„Also, heute bin ich hier der Favorit auf den ersten Platz im Wettbewerb ‚Irrsein im 21. Jahrhundert'."

Wotan brach von neuem in brachiale Zwerchfellzuckungen aus, denn Darner setzte in extrem übertriebenem Tonfall fort.

„Hoffentlich passt die Farbe der Zwangsjacke zu meinem Teint. Ich seh sonst immer so blass aus im gefesselten Zustand."

Trotz seines Lachanfalls schaffte es Wotan, wie auf Kommando zu antworten.

„Sind wir am Ende ein bisschen eitel?"

„Was heißt am Ende, mein lieber Nihil! Wann denn dann, wenn nicht am Ende?"

„Wunderbar, mein lieber Nisi! Wie ich immer sage: Ende gut, Sargdeckel drauf!"

Furmaier, Maroni und die beiden anderen Zuschauerinnen begannen sich zu sorgen, dass die zwei jungen Männer verrückt geworden waren und hier und jetzt am eigenem Lachen ersticken würden. Aber die krampfartigen Zuckungen hörten sehr rasch auf, sodass Wotan, der sich heftigst die Augen wischte, mit halbwegs verständlicher Stimme zur Aufklärung des Mini-Publikums anhob.

„Also, dass der Schurli, also der Doktor Darner und ich, Klassenkollegen waren und immer noch enge Freunde sind, war noch halbwegs zu verstehen. Aber jetzt muss ich wohl unseren Spleen erklären. Wir haben eine Art Geheimsprache entwickelt. Und zwar haben wir in der Oberstufe damit begonnen, uns in Form von Versen, die auf unseren eigenen Grabsteinen beziehungsweise Partezetteln stehen könnten, miteinander zu unterhalten. In der Maturaklasse war uns das dann nicht mehr seltsam genug, also haben wir angefangen, dazu noch den pseudoaristokratischen nasalen Tonfall vom Rudi und dem Graf Bobby – diesen legendären Wiener Witzfiguren – nachzumachen."

Und schon verfiel Wotan in denselben.

„Und deshalb, meine lieben Freunde ..."

– Darner übernahm im kongenial geschraubten Tonfall –

„... bedauern wir natürlich zutiefst ...“

„Wie tief?“

„... na, ich tät sagen, drei Bronzesärge tief ...“

„Geh schau!“

„... zutiefst, Sie ein wenig inkommodiert zu haben.“

Es war Furmaier, der das folgende Schweigen brach und abschätzig zu seinen verdatterten Hilfskräften meinte: „Wos er sog'n wü ... es tuat denen leid, dass sie so deppert wor'n.“

Durch Furmaiers „Übersetzung“ ermutigt, traute sich eine der beiden Küchenfeen, nach einem Detail zu fragen, das sie überhaupt nicht verstanden hatte.

„Und, wer bitte ist der Herr Nihil? Und wieso heißt der andere Nisi?“

Noch bevor einer der beiden Verursacher dieser Ratlosigkeit antworten konnte, zeigte Furmaier erneut, dass sich hinter seinem zumeist bäuerlich-bodenständigen Auftreten ein ebenso wacher wie allgemein gebildeter Geist verbarg.

„Da gibt's an berühmten lateinischen Satz ... de mortuis nihil nisi bene. Das heißt, dass man über die Toten nichts als nur Gutes reden soll. Na, und weil die“ – er zögerte vielsagend – „jungen Herren Humoristen da sich gerne in Phrasen, die mit dem Sterben zu tun haben, unterhalten, haben sie sich diese ... na ja ... Kosenamen verpasst. Kann man doch so sagen, nicht wahr?“

Die beiden „jungen Herren“ nickten ein einmütiges „Mhm“.

Diesmal war es Maroni, die die Situation rettete. „Herr Doktor, Sie kommen also aus Wien und sind

Arzt ... aber warum sind Sie hier? Nur, um den Herrn Perkowitz zu treffen?“

„Nein, nein, das mit dem Wotan, das ist nur ein angenehmer Nebeneffekt. Ich bin hier, weil ich eigentlich noch kein ganzer Arzt bin ... ich habe meinen Turnus in Ihrem Krankenhaus vor ein paar Tagen begonnen. Ich hätte in Wien ewig lang warten müssen, um endlich einen Platz zu ergattern. Hier konnte ich sofort einsteigen. Und weil es doch ein eher kleines Krankenhaus ist, darf man auch gleich von Anfang an fast überall mittun, also, in allen Abteilungen, mein ich.“

Furmaiers Blick hatte sich während dieses Satzes schlagartig verdüstert.

„Ich hätte geglaubt, dass hier in Salzburg nur Salzburger Jungärzte ihren Turnus absolvieren dürfen? Weil, diese Ausbildungsplätze sind doch ein kostbares Gut, oder?“

„Na ja, Herr ...“ – Wotan wollte blitzschnell in die Erde versinken, er hatte in all dem Begrüßungstrubel vergessen, Darner auch Herrn Furmaier vorzustellen. Doch Darner hatte offenbar das kleine Schild über der Eingangstür gelesen.

„... Furmaier, zum einen ist die Situation heute so, dass wir in Wien massenweise Jung-Medizinerinnen und Jung-Medizinern aus allen Bundesländern, ja, aller Herren Länder, Ausbildungsplätze bieten.“

Furmaiers Gesicht sprach Bände, nach einem kurzen Moment des Aufbegehrens machte sich diese Mischung aus Abneigung vor der Bundeshauptstadt und zufriedener Resignation breit.

„Und zum anderen ...“ – jetzt war es an Darner, sein eigenes Gesicht in ein zartes Rot zu tauchen, „na ja, also, meine Eltern haben hier schon seit Jahrzehnten ein Haus und dort war ich seit meiner Matura gemeldet, sodass ich vor dem Gesetz durchaus als Bewohner Ihres, also unseres wunderschönen Bundeslandes gelte.“

Wotan war so verblüfft über die Fähigkeit seines Freundes, solche durchaus legalen Schlupflöcher zu kennen und für sich zu verwenden, dass er den nächsten Satz erst bei dessen Wiederholung wirklich hörte.

„Wotan, du glaubst ja gar nicht, wie sehr ich im Krankenhaus damit angeben konnte, dich zu kennen. Manche der Patienten wollten restlos alles über dich wissen. Und erst die paar, die mit Herzproblemen bei uns liegen – komischerweise sind das die, die von den Horrorstories, die da jetzt kursieren, gar nicht genug kriegen können. Der neue Zauberer-Jackl ... und ich bin mit ihm befreundet! Geil!“

Erfreulicherweise zuckte nicht nur Wotan zusammen, auch die übrigen Anwesenden machten schlagartig ein verärgertes Gesicht.

„Oh, welche Ehre. Danke dir, mein werter Freund!“ Wotan legte alle Ironie, zu der er fähig war, in seine Antwort. Das half! Darner begriff seinen furchtbaren Fauxpas ebenso blitzartig, wie er in dieses Fettnäpfchen der Schuhgröße 57 gestiegen war.

„Wotan, das habe ich nicht so gemeint ... also, das sind ja nur die anderen, die das sagen. Ich würd doch nie ...! Aber eigentlich, das kannst du mir doch gar nicht übelnehmen, weil ... also, eine so brutal Ermordete mit über 50 Knochenbrüchen, die ist natürlich schon etwas, was die Fantasie der Leut’ anregt. Und dass du, der du die ...“

„Wieso wissen Sie das überhaupt, das mit den über 50 Knochenbrüchen?“ – wandte Furmaier sich an Darner, was diesen gleich wieder erröten ließ.

„Das darf ich eigentlich gar nicht sagen.“

„Sie dürfen!“ – Furmaier konnte sehr gebieterisch klingen.

„Ja ... also, die Frau Koller wurde ermordet. Und dabei wurden ihr viele Knochen gebrochen. Und weil sie außerdem auf der einstigen Richtstätte umgebracht worden ist, und du, lieber Wotan, sie als Letzter gesehen hast, meinen jetzt eben alle, dass du ... na ja, du weißt schon ... dieser Blödsinn eben mit dem ‚neuen Zauberer-Jackl‘. Im Übrigen, Wotan, dass ich nicht darauf vergesse, du musst mir unbedingt den Moor-Mordort zeigen – am besten um Mitternacht bei Neumond ... wobei, Vollmond ist auch gut, glaube ich zumindest.“

„Lieber Georg, da muss ich dich enttäuschen. Denn ich bin nicht der neue Zauberer-Jackl ... definitiv nicht!“ Wotan konnte sich bei diesen Worten dank seiner Selbst- und Halb-Selbstgespräche mit seinem imaginären Mönch ganz sicher sein.

„Und, im Übrigen! Der schaurige Moor-Mordort mag ja schaurig sein, aber der Mordort war er nicht.“

„Ah, geh, woher weißt du denn das?“

„Das hat mir dasselbe Vöglein gezwitschert, das dir das mit den über 50 Knochenbrüchen verraten hat. Und da du mir nicht sagst, woher du das weißt, kann ich dir mein Geheimnis leider auch nicht offenbaren, ätsch!“

„Schluss jetzt! Aber sofort!“

Es war erstaunlich, zu welcher Lautstärke Furmaier fähig war, wenn er sich aufregte.

„Nein, so geht das nicht! Keiner erzählt freiwillig von dem, was er weiß, aber von den anderen wollen alle alles brühwarm erzählt haben. Nein, so nicht! Entweder haben wir alle denselben Informationsstand, also alle berichten allen alles, oder wir lassen es lieber gleich bleiben und unterhalten uns erst gar nicht über den Koller-Mord! Also, wie tun wir?“

Fast gleichzeitig begann es aus Wotan und Georg herauszusprudeln. Das liege nicht an ihnen, sie würden ja gerne alles verraten, aber sie dürften es eben nicht und deshalb ...

Wie siebenjährige Lausbuben, die bei einem Streich erwischt worden waren und die nun mit dieser typischen Mischung aus Trotz, Scham und der Angst vor der drohenden Strafe dem Herrn Lehrer nicht in die Augen blicken konnten, verstummten die beiden jungen Herren. Furmaier spielte mit. Sein Gesicht glich dem gestrengen Antlitz des Herrn Volksschuldirektors, der gleich ein Exempel statuieren würde.

Darner war der Erste, der wieder in ein – seinem Alter entsprechendes – Kommunikationsmuster fand.

„Also gut", seufzte er. „Wo soll ich beginnen?"

„Am Anfang!", schallte es ihm wie aus einem Mund entgegen.

„Ja gut, okay. Also, kaum fang ich in dem Spital an zu arbeiten, schon war der Mord ... was natürlich gleich mega-aufregend war!"

„Wie rührend!" – von Maronis drei Silben tropfte literweise Ironie.

„Ärzte sind eben sehr gefühlsbetonte Menschen!" Furmaier stand ihr in puncto Zynismus kaum nach.

„Jaja, immer sind wir schuld! Aber keiner bedenkt, dass auch wir massenhaft Frustrationen erleben. Und dass wir die auch einmal ganz gerne abbauen."

„Frustrationen abbauen? Mit einem Mordopfer?"

„Ja, gerade mit einer ... also so einer Leiche!"

Darner blickte in fünf gleichgeschaltete Gesichter – es war das absolute Unverständnis, das ihn anstarrte.

„Mein Gott, ist das so schwer zu begreifen?"

Fünffaches Kopfnicken.

„Üblicherweise zeigen uns unsere Leichen, die vor dem Abtransport durch die Bestattung bei uns im Krankenhauskeller landen, die lange Nase."

Noch mehr Unverständnis.

„Was ich sagen will – die normalen Leichen machen uns schmerzhaft bewusst, dass wir nichts mehr für sie tun konnten ... also, als sie noch gelebt haben. Sie machen sich dadurch, dass sie eben Leichen sind, quasi über unser ärztliches Unvermögen lustig."

„Ihr Armen!" – diesmal hatte Wotan allen verfügbaren Zynismus in drei Silben gelegt.

„Ja, mein Lieber, das ist nicht lustig! Und jetzt, jetzt haben wir einmal eine Leiche, die uns suggeriert, dass wir dank ihr Schlimmeres verhindern können. Sie schenkt uns vielleicht die Möglichkeit, der Polizei wesentliche Hinweise auf den Mörder zu geben und somit weitere Verbrechen zu vereiteln."

„Sehr raffiniert, Herr Doktor. Sie sind sehr elegant ausgewichen!"

„Bitte, was meinen Sie denn?"

„Sie haben uns nach wie vor nicht erzählt, was Sie über den Koller-Mord wissen beziehungsweise was Sie sich zusammengereimt haben. Wobei, zugegeben, wir haben Sie ein wenig abgelenkt, aber jetzt sind wir ganz still."

Alle verstummten.

„Und hören Ihnen gespannt zu. Also, bitte."

„Tja, also, verehrtes Publikum" – Darners Versuch, eine ironische Gegenoffensive zu starten, scheiterte an der einstimmigen Konzentration seiner Zuhörerinnen und Zuhörer – „wie gesagt, der Mord an der Frau Koller und die Tatsache, dass ihr Leichnam bei uns im Krankenhaus und nicht gleich auf der Salzburger Gerichtsmedizin gelandet ist, hat uns ... also war ja nicht alltäglich. Natürlich haben wir sie, soweit wir das durften, nach allen Regeln der uns zur Verfügung stehenden Kunst untersucht. Über ein – leider sehr wichtiges – Detail sind wir uns noch nicht im Klaren. Was wir schon wissen, ist, dass dem Opfer über 50 Knochenbrüche zugefügt wurden, und dass Frau Koller erwürgt wurde. Worüber wir allerdings noch nichts sagen können, ist die Reihenfolge dieser Grausamkeiten. Wurde sie zuerst erschlagen und dann erwürgt, oder wurde sie zuerst erwürgt und dann wurden ihr die Knochen gebrochen? Wobei wir uns gefragt haben, warum irgendwer jemanden erst erwürgen und dann zertrümmern sollte?"

„Das ist klar – um es so aussehen zu lassen, als ob sie der Teufel ermordet hätte."

„Und die andere Variante – zuerst halb tot geprügelt und dann erwürgt – spräche dafür, dass Frau Koller gefoltert wurde. Da stellt sich dann allerdings wieder die Frage, was sie hätte verraten können?"

„... und ob sie das dann getan hat oder ob sie das Geheimnis, für das sie sterben musste, ins Grab mitgenommen hat?"

„Natürlich unter der Annahme, dass wirklich sie – und nur sie – sterben sollte. Es hätte aber auch wen anderen treffen können."

„Das verstehe ich jetzt nicht?" – es war Maroni, die das verbale Pingpong zwischen Wotan und Furmaier unterbrach.

„Schau, was wir meinen, ist ..."

„... wollte der oder wollten die Täter ganz konkret Barbara Koller ermorden, weil sie etwas wusste oder hatte, was der Täter wollte ..."

„... beziehungsweise von dem er nicht wollte, dass es an die Öffentlichkeit dringt ..."

„... oder wollte er – so brutal das klingt – nur irgendjemanden so grausam ermorden, um das Gerücht zu lancieren, dass ...“

„... der Teufel in neuer Gestalt nach 333 Jahren wieder in den Lungau zurückgekehrt sei ...“

„... und die Kollerin sich als Opfer zwar angeboten hat, aber es hätte auch wer anderer sein können.“

Furmaier und Wotan holten tief Luft.

„Da wäre noch etwas, was ich euch jetzt nur unter dem Siegel der alleralleraллerstrengsten Vertraulichkeit erzähle ... das darf bitte niemand – wirklich niemand! – irgendjemandem weitererzählen! Versprechen das alle?“

Ein ebenso ergriffenes wie neugierig angespanntes „Mhmmm!“ ließ Darner fortfahren.

„Die ganze Leiche, vom Hals bis unter die zertrümmerten Kniescheiben, ist ein einziger Bluterguss.“

„Ist das nicht normal bei so vielen Brüchen?“

„Jein! Ja – natürlich ist das Gewebe um multiple Frakturen herum ...“

„Serienbrüche“, übersetzte Furmaier seinen Küchenhilfen.

„Wiss’ ma doch – wir schauen doch immer den ‚Tatort‘!“, kam die überraschende und ungeduldige Antwort.

„... also, um multiple Frakturen herum ist das Gewebe natürlich immer voller Blutergüsse, aber so gleichmäßig über den ganzen Körper verteilt, das ist schon ungewöhnlich. Und außerdem dürfte der Leichnam nicht nur entsetzlich viele Frakturen aufweisen, es dürften auch unzählige innere Verletzungen vorhanden sein – es schaut von außen so aus.“

„Wieso von außen? Ich mein, ihr habt doch die Leiche noch nicht aufgemacht, wieso wisst ihr das mit den vielen Brüchen?“

„Röntgen, mein lieber Wotan, Röntgen."

„Und wieso haben Sie die Leiche noch nicht obduziert?"

„Liebes Fräulein ... Fräulein ..."

„Zillerberg."

„... ja, Fräulein Zillerberg, wir müssen die Leiche – so böse das klingen mag – unversehrt der Gerichtsmedizin übergeben. Und daher können wir das Ausmaß der inneren Verletzungen noch nicht ganz bestimmen. Aber soviel lässt sich schon sagen – so etwas habe ich zumindest noch nie, auch nicht im Studium gesehen. Das Innere des Leichnams wirkt, als ob die Frau Koller von der Pranke eines Monsters richtiggehend zerquetscht wor..."

„... und Sie haben vielleicht auf der Haut ovale Abdrücke erkennen können? Also, trotz der grässlichen Blutergüsse, solche Abdrücke, circa so" – Furmaier zeichnete hastig eine größere Null auf einen Schmierzettel, den er aus der Tasche gezogen hatte.

Darner sog mit einem Pfeifen die Luft ein. „Woher wissen Sie das? Denn das ... also man hat uns aufs Allerstrengste eingeschärft, das dürfen wir wirklich nie-nie-niemandem erzählen. Das weiß keiner ... außer dem harten Kern der Polizei und ganz wenigen Ärzten. Und ... ja, Ihnen! Woher wissen Sie's?"

Furmaier war während der letzten Sekunden regelrecht verfallen – wie ein uralter Mann setzte er sich auf den nächsten Sessel und starrte mit einem Ausdruck der Verzweiflung in die Leere. Alles an ihm schien vor Entsetzen erstarrt zu sein. Nur ein rhythmisches Kopfschütteln unterbrach die gespenstische Bewegungslosigkeit ... und dann riss er plötzlich die Hände vor sein Gesicht und begann zu stöhnen.

„Sie haben sie geroatlt! Diese Schweine, diese elenden Kreaturen ... geroatlt!“

Die drei Jungen verständigten sich automatisch mit Blicken – keiner hatte das Wort, das Furmaier hinter seinen Handflächen herausgepresst hatte, verstanden. Nur eine der beiden Hilfskräfte erbleichte ebenfalls schlagartig, allerdings brachte sie nicht mehr als ein „Na, net des!“ heraus. Nach einigen Augenblicken nahm Furmaier endlich wieder die Hände vom Gesicht. Er sah jetzt so aus, als ob er stundenlang in der Maske eines Hollywoodstudios gesessen wäre, um als Zombie vor die Kamera zu treten. Darner reagierte als Erster – er hatte die sekundenschnellen Abläufe akuter medizinischer Interventionen schon gut verinnerlicht.

„Herr Furmaier, was ist los? Nehmen Sie Medikamente? Welche? Haben Sie Herzprobleme?“

„Nein, nein, es geht schon wieder. Es ist nur ...“

Furmaier holte tief Luft. „Roatln ist eine der grausamsten Hinrichtungsarten, die es je gegeben hat ... und dabei ist die Geschichte voll von solchen Perversionen. Die hier im Lungau als Hexer und Hexen verurteilten armen Hunde ... die wurden geroatlt!“ Furmaier stierte wieder ins Leere – offenbar blickte er Jahrhunderte zurück. Zuerst folgten alle Augenpaare seinem Blick, doch gleich hefteten sie sich wieder auf ihn. Als ob er das spürte, fuhr er unvermittelt fort.

„Da wird um diese ärmste geschundene Kreatur eine Kette geschlungen. Der oder die wird richtig in die Kette eingewickelt – vom Hals bis zu den Knien. Hinter dem Körper wird durch zwei der Kettenglieder, jedes an einem der beiden Enden der Ketten, ein dicker Stock gesteckt. Und dann wird dieser Stock langsam gedreht ... und gedreht ... und gedreht.“

Wotan erfasste als Erster die Bedeutung dieser Schilderung, allerdings konnte er vor Entsetzen nur mehr flüstern.

„Eine Ganzkörper-Garrotte!“

„Genau. Wenn man den Holzprügel oft genug herumdreht, verkürzt sich logischerweise der Teil der Kette, der um den Körper geschlungen ist ... wie einer dieser Gummizüge, mit denen man früher bei selbst gebastelten Flugzeugen den Propeller ein paar Sekunden antreiben konnte, so verdrehen sich die beiden Ketten spiralförmig ineinander. Zuerst bekamen die Delinquenten keine Luft mehr, dann brachen die Rippen, dann die Arme, dann andere Knochen, und wenn es ganz ganz schlimm war, dann lebte die arme Kreatur bis zu einem Ende, an dem unter Umständen ...“

„Aufhören!“ – es war Wotan, der es nicht mehr ertrug, das zu hören, was ihn bereits in seiner Vorstellung überfallen hatte.

„Wotan! Versuch gleichmäßig zu atmen! Ein ... aus ... ein ... aus ... ja, sehr gut!“

„Herr Perkowitz, so schrecklich das war, es ist vorbei!“

„Nein! Eben nicht!“ – Wotan brüllte Furmaier mit aller Kraft seines Entsetzens an. Erst durch dessen ruckartiges Zurückweichen kehrte Wotan wieder aus seinem Alp-Tagtraum in die Realität zurück.

„Entschuldigung! Ich wollte ... ich meine, es ist ja offenbar nicht vorbei. Die Kollerin wurde ja anscheinend auf diese bestialische Art ermordet.“

„Nein, Wotan, es kann durchaus sein, dass ihr zwei vorhin recht gehabt habt.“

„Recht gehabt? Womit?“

„Mit der Annahme, der Mord habe nur deshalb stattgefunden, weil der oder die Täter die Menschen glauben machen wollten, dass nach 333 Jahren der Teufel zurückgekehrt sei. Das würde aber nahelegen, dass die arme Seele rasch getötet wurde, und das Ganze ... wie heißt das?“

„Roatln.“

„... das ganze Roatl-Getue quasi nur nachträgliches Brimborium ist, um den gewünschten Effekt zu erzielen.“

„... was auch den Vorteil ... also, für die Mörder, hätte, dass sie damit möglichst viele Spuren verwischen konnten.“ – Wotan war froh, dass er wieder in der Lage war, Schurlis Gedanken logisch weiterzuführen.

„Wollen wir hoffen, dass es so war.“ Furmaier sprach allen aus der Seele. „Ja, dann ...“ – der Gastgeber war es auch, der sich erhob und damit ein Ende der geselligen Runde ankündigte. Das übliche Abschiedsgemurmel entstand, alle wandten sich zur Tür.

Alle ... bis auf Maroni.

„Verzeihung, wenn ich noch einmal stören muss, aber Sie, lieber Herr Perkowitz, Sie haben uns offensichtlich noch nicht alles erzählt, was Sie über den Mord wissen. Einstweilen war es ein Solo für Doktor Darner ... und nun, Bühne frei für Sie.“

Wotan zuckte leicht irritiert zusammen. „Also gut. Wenn ich jetzt in die Runde frage, wo ich beginnen soll, werden wohl alle nach alter Tradition ‚am Anfang‘ schreien.“ Am eisigen Schweigen merkte er, dass er sich aus dieser Situation nicht mehr „herausscherzen“ konnte. Es blieb ihm also nur die Wahrheit. Er erzählte von seinem Treffen mit Frau Koller, vom Gasthof Mohinger und der „Post“ und beendete den verkürzten Bericht mit dem Geräusch und dem Dieselgestank in der Mordnacht. Von seiner Panikattacke, seinen Überlegungen zum Teufel als Urheber des

Koller-Mordes und zum Autor des Gegenflugblattes erwähnte er nichts – teils aus Scham, teils aus Bequemlichkeit und teils aus Zweifel an der Verschwiegenheit des Grüppchens vor ihm.

„Das war alles?" – Wotan hatte kurz den Eindruck, dass in Furmaiers Stimme nicht nur ein fragend-mahnender Tonfall lag, sondern dass auch Wissen um Wotans Auslassungen mitschwang. Trotz dieses flüchtigen Gefühls brachte Wotan ein überzeugendes „Ja, selbstverständlich!" als Antwort heraus.

Zum zweiten Mal hob sich nun der Aufbruchsgeräuschpegel, als ...

„Ich habe jetzt zwar alles berichtet, was ich weiß" – Wotan warf bei diesen Worten Furmaier einen möglichst harten, klaren Blick zu, den dieser irritierenderweise mit einem Schmunzeln quittierte – „aber jetzt hätte ich noch eine Frage an alle" – wieder der Clint-Eastwood-Blick zu Furmaier, wieder ein leises Antwort-Grinsen – „eine Frage, die mir jetzt entscheidend erscheint. Diese Ketten, mit denen Frau Koller – hoffentlich erst nach ihrem Tod – zerquetscht worden ist, hat man die eigentlich gefunden? Weil, wenn das zum Beispiel ganz moderne Ketten, so Schneeketten oder so ..."

„Eher Zurrketten oder Ketten aus der Forstarbeit."

„... oder die halt, also jedenfalls moderne Ketten wären, dann würde das doch sehr dafür sprechen, dass nicht der Teufel höchstpersönlich hinter dieser grauenhaften Tat steht, weil der würde ja wohl kaum in einen Baumarkt gehen und eben so Ketten, so ..."

„Zurrketten, Forstketten."

„... Zurrketten oder Forstketten kaufen. Und mit dem Gedanken könnte man ja wohl sogar die Abergläubischsten davon überzeugen, dass den Mord schlicht und einfach extrem brutale, aber ansonsten stinknormale Menschen begangen haben. Also, weiß wer was wegen der Ketten?“

„Jein!“

„Schurli, ja oder nein?“

„Jein eben! Bezüglich der Ketten weiß ich nichts, aber was ich berichten kann, ist, dass von der Polizei kleine Proben aus den Vertiefungen, die die Kettenglieder auf der Leiche hinterlassen haben, entnommen und dann zur Analyse nach Salzburg geschickt wurden. Die haben mir erzählt, dass sie anhand der chemischen Zusammensetzung erkennen können, von wann die Ketten sind, mit denen die Koller ... also werden die Ergebnisse vermutlich bestätigen, was du gesagt hast. Nämlich, dass diese Ketten vor ein paar Wochen im Baumarkt XY gekauft worden sind.“

„Na, dann wollen wir doch hoffen, dass die Polizei bald nagelneue Ketten mit den entsprechenden DNA-Spuren in irgendeinem Straßengraben findet, damit dann alle wissen, dass sicher nicht der Gehörnte der Mörder gewesen ist.“

Als ob die zwei Mal „Aufbrechen-wollen-und-dann-doch-nicht-Aufbrechen“ alle diesbezüglichen Aktivitäten ab nun auf ewig unterbinden würden, zeigten alle Anwesenden außer Furmaier keinerlei Anstalten, den schaurig-heimeligen Informationsbasar zu verlassen.

„Wollt ihr jetzt alle hier übernachten? Na bitte, in der Küche hätten wir schon Platz für ein paar Schlafsäcke, und zu essen gibt’s bei mir ja immer was Gutes!“ – der Wechsel in Furmaiers Tonfall von gekünstelt-fröhlich zu authentisch-verärgert blieb den anderen nicht verborgen.

„Nein, verehrter Gastgeber, es ist nur so, dass ...“

„Irgendwie sind wir zwar jetzt alle schlauer geworden, aber ...“

„Das Ganze war doch dramaturgisch gut aufgebaut, die Spannung wurde kontinuierlich erhöht, aber jetzt, am Schluss ... nix! Nur pffff“ – mit diesem Laut und der entsprechenden Bewegung imitierte Maroni einen Luftballon, der anstatt lautstark zu zerplatzen, immer langsamer durch die Luft flog und dabei von einem Geräusch begleitet wurde, dass an Babys nach dem Genuss von Kohlgemüse erinnerte.

„War euch der Mord an der Kollerin nicht spannend genug? Und dass sie vielleicht zu Tode gequetscht worden ist, das ist auch zu wenig an Dramaturgie?“ Furmaier war jetzt richtig übel gelaunt.

„Jaja, ich habe schon verstanden. Die heutige Jugend braucht eben einen Knaller, da genügt nicht mehr die Realität. Da genügt nicht mehr eine grässlich zugerichtete Leiche, die in einem Metallkastel in einem Krankenhauskeller liegt, da muss ...“

„Chef, du bist ein Genie!“ – es war die jüngere der beiden „Küchenfeen“, die Furmaier mit hochrotem Gesicht unterbrach.

„Das ist es! Na genau!“ Voller Begeisterung wandte sie sich an Darner. „Sagen S’, Herr Doktor, glauben S’ ... aber Sie dürfen jetzt nicht gleich ganz fürchterlich böse auf mich sein, gell!“

„Aber nein, werd ich schon nicht sein. Worum geht’s denn?“ An den plötzlich erstrahlten Gesichtern Wotans und Maronis war zu erkennen, dass sie das „angestotterte“ Anliegen begriffen hatten. In Wotans Zügen war ein eindeutiges „Oh ja!“ zu lesen, in Maronis Mimik spiegelte sich die zurückhaltende Begeisterung der jungen Dame aus gutem Hause. Allmählich war auch am ungläubigen Ausdruck der beiden anderen abzulesen, dass sie verstanden hatten, was jetzt gleich kommen würde.

„Nein!“ – Furmaier grollte geradezu dieses Wort aus den Tiefen seiner Entgeisterung.

„Doch!“ – wie in einem perfekt geprobten Chor jubelten Wotan und Maroni gleichzeitig.

„Was?“ – Darners freundlich-ermutigendes Schauen zeugte von kompletter Ahnungslosigkeit.

„Also, i mein, Sie könnten uns doch ... also ...“ – der Satz blieb zuerst im Hals der Wagemutigen stecken, um dann sturzbachartig aus ihr herauszubrechen – „Sie könnten uns doch die Leich zeigen, weil Sie kommen ja dort hinein ... und wir, wir hätten dann unseren spannungsvollen Höhepunkt, also einen Grund, mit Begeisterung von hier wegzugehen.“

Atemlose Stille.

Eine halbe Minute darauf erklang ein Rasseln, das von einem schweren Kettenraucher hätte stammen können. Es war aber nur Darner, der seit 40 Sekunden keinen Atemzug mehr getan hatte und jetzt, da er etwas sagen wollte, notgedrungen wieder mit der Atemtätigkeit beginnen musste.

Aber mehr als ein „Sind Sie wahnsinnig?“ brachte er nicht heraus.

„Schurli, schau ...“

„Biiiitte!“

„Na ja, wenn ich es mir recht überlege ...“ – es war eine Kakophonie der Überredungsversuche, die auf Darner einprasselte. Als ob er wieder zu atmen aufgehört und die Stimme verloren hätte, ruderte er hilflos mit den Armen. Dabei versuchte er, mit seiner Körpersprache eine klare Ablehnung auszudrücken, aber es sah eher nach einer modernen Choreografie von Strawinskys „Feuervogel“ aus ... allerdings mit verbrannten Flügeln. „Nein ... das ... geht ... wirklich ... nicht" – stoßartig kamen die Worte, die allerdings keinerlei Wirkung zeigten.

„Georg! Schurli! Ich bitte dich! Wir alle wären auch ganz leise und würden überhaupt nicht auffallen. Außerdem würden wir wirklich nur einen ganz kurzen Blick auf die Leiche werfen und dann gleich wieder verschwinden. Wir schwören!" – bei den letzten beiden Worten vollzog Wotan automatisch ein Ritual, das sie als elfjährige Buben sehr beeindruckt hatte. Er fuhr mit den Kuppen seines rechten Zeige- und Mittelfingers über die Zungenspitze und hielt die beiden abgeleckten durchgestreckten Finger seinem Freund entgegen.

„Herr Doktor, Sie müssen die anderen Jungen" – Furmaier machte eine großzügige Geste über die Häupter der Anwesenden – „wie auch meine bescheidene Neugier schon verstehen! Wir haben uns doch mit beinahe wissenschaftlicher Akribie mit allen uns zur Verfügung stehenden Informationen beschäftigt. Und gerade Sie als ausgebildeter Arzt müssten es doch ganz besonders gut verstehen, dass wir jetzt, quasi zur Abrundung aller Gedanken und Gespräche, diesen abschließenden Blick auf ..."

„Ist ja gut! Ja, okay, es wird mich zwar meinen Kopf kosten, aber wenn ich jetzt bei meinem Nein bleibe, überlebe ich das auch nicht. Also, wer will in meinem Auto mitfahren?"

Nicht einmal bei Geburtstagsfeiern hatten die Wände des ehrwürdigen „See- und Ausflugslokals Hiafalm am Lacknsee" solche Jubelstürme erlebt, wie sie jetzt ausbrachen. Nach dem ersten Sturm der Begeisterung zeigte Wotan auf.

„Nimmst mich mit?" Maroni stieg in Furmaiers Nobelschlitten ein, und die beiden Küchenhilfen ...

So mutig die eine mit ihrem Wunsch vorgeprescht war, so sehr zierte sie sich jetzt, als es zum „Kollerin-Schauen“ ging. Ob dieser Sinneswandel auf die ängstlichen „Tu's nicht!“-Beschwörungen ihrer Kollegin zurückzuführen war, konnte Wotan nicht erkennen. Auf jeden Fall entschuldigten sich beide mit hochroten Köpfen, dass sie ganz auf Mann und Kind daheim vergessen hätten ... und überhaupt ...

Sonntag, 13. Juli 2008, später Nachmittag

„Hier, bitte schön. Da oben ... Moment, ich hole sie nur auf den Tisch.“ Obwohl er seinen Turnus erst vor kurzem im hiesigen Krankenhaus begonnen hatte, hantierte Darner schon erstaunlich routiniert mit der Hebebühne, die die Leiche aus einer der oberen Kühlboxen auf den Stahltisch in der Mitte des Raumes hievte. Der Weg in den in einem grässlichen Grünton gehaltenen, neu erbauten Kellertrakt hatte sie durch „sonntagsleere“ Flure geführt. Natürlich hatte sich Darner auch bemüht, eventuell belebtere Abschnitte zu vermeiden. Er schleuste die kleine Truppe an verschiedenen Ambulanzen vorbei, die einige Stunden später wieder voller Patienten sein würden. Wotan stellte wieder einmal fest, wie sehr er Krankenhäuser hasste. Nicht einmal die liebliche Berghüttenatmosphäre, die man hier durch ein Geflecht von Holzbalken an den Decken und Almgipfel-Sonnenschein-Fotos an den Wänden erzeugen wollte, konnte ihn auch nur eine Sekunde vergessen lassen, wo er sich befand. So gesehen war der Raum, in dem sie sich nun aufhielten, ein Genuss – er war als Leichenkammer geplant und gebaut worden und sah auch so aus. Drei glatte Wände in kühlem und unwahrscheinlich hässlichem Grün, ein ebensolcher Plafond, an dem man schon die Neonröhren als ästhetische Auflockerung empfand. Eine Wand in elegantem Stahl, in der zwanzig fast quadratische kleine Türen eingelassen waren, die es so auch in einer Großküche geben könnte – dort wären in den Kühlboxen allerdings Lebensmittel gelagert gewesen. Lediglich die Tür in einer der Wände und der Fußboden waren in einem undefinierbaren Braun gehalten, vermutlich um eventuelle Schmutzspuren nicht allzu sichtbar werden zu lassen.

Aus all dieser Trostlosigkeit stachen der stählerne Tischkoloss in der Mitte des Raumes und die spinnenartige Hebebühne, deren Scherengitterbeine sich je nach Lage der Kühlbox zusammenfalten oder auseinanderspreizen konnten, ganz deutlich heraus.

Als Darner mit Schwung die sterblichen Überreste Barbara Kollers auf den Tisch befördert hatte, hielten Furmaier, Maroni und Wotan wie auf Kommando die Luft an. Der Anblick war zu grausam. Natürlich hatten sie nach den konkreten Schilderungen Darners und den theoretischen „Roatln"-Erörterungen Furmaiers Schreckliches erwartet, aber dieses blau-schwarze unförmige Bündel, das nur mehr am – ebenfalls dunkelblau schillernden – Gesicht überhaupt als Mensch zu identifizieren war, hatte die drei Besucher erstarren lassen. Fast gleichzeitig durchbrachen sie ihren Panzer des Entsetzens und begannen unkontrolliert loszureden.

„Nein, nein, das darf nicht wahr sein, das kann man einem Menschen nicht antun. Diese arme Frau Koller, dieses ... sie ..."

„Ja, das ist ein furchtbares Beispiel dafür, was man früher als adäquate Bestrafung angesehen hat. Wenigstens regen wir uns heute darüber auf – das ist ja schon ein Fortschritt."

„Wie können Menschen einen anderen Menschen so quälen? Ich verstehe das nicht. Ich meine, daneben stehen, die Schreie hören, das schmerzverzerrte Gesicht sehen, und dann trotzdem zuschlagen und die Ketten zudrehen. Nein! Ich verstehe das nicht, ich werde das nie verstehen!"

Darner sah plötzlich viel älter aus, richtiggehend weise. Er blickte der Reihe nach Maroni, Furmaier und seinen Schulfreund an.

„Versteht ihr ... also, verstehen Sie jetzt, warum wir so sehr darauf aus sind, noch vor der Gerichtsmedizin der Polizei einen Hinweis auf den oder die Mörder zu geben?"

Maroni, die vorhin noch den Tränen nahe gewesen war, kippte plötzlich ins Gegenteil. „Und wenn sie diese Bestien dann gefasst haben, dann muss man die vor allen Leuten ... die sollen nur merken, was Schmerzen sind, die gehören dann ..."

„Maroni, aber ich bitte Sie, bedenken Sie doch, wenn Sie für ... also für so etwas eintreten, wie Sie gerade gemeint haben, dann wären Sie, dann wäre die Gesellschaft um keinen Deut besser als die, die ebensolche grausamen Taten vollbringen. Wer jemanden tötet, der wen getötet hat, ist selbst ein Mörder!" – Wotan hatte angesichts der emotionalen Intensität seines humanistischen Plädoyers automatisch Fräulein Zillerbergs Kosenamen verwendet. Er überlegte kurz, ob er sich dafür entschuldigen sollte, bemerkte aber, dass es niemandem aufgefallen war.

„Mein lieber Wotan, das sehen aber die Amerikaner zum Beispiel ganz anders."

„Schurli, nur mehr ein Teil von denen – ein anderer Teil ist inzwischen massiv gegen die Todesstra...!"

„Genug! Wir werden hier nicht in eine sinnlose Diskussion über verschiedene Gerechtigkeitsmodelle ausbrechen!“

Furmaier sog die Luft ein, als ob er den Raum in ein Vakuum verwandeln wollte. „Und was ich grad vorhin g’sagt hab. Ich weiß, dass das zynisch geklungen haben muss ... und ich bitte auch um Entschuldigung dafür“ – ein entsprechender Blick traf Maroni, die versöhnlich mit den Schultern zuckte – „aber es ist gerade für jemanden wie mich schon ein sehr erfreuliches Zeichen, dass wir hier in einer Zeit leben, die auch extreme Quälgeister nicht mehr so selbstverständlich umbringen lässt.“

„Aber das ...“

„Nix aber, Maroni! Ich bin dir schon oft genug mit meinen Vorlesungen, wie du das immer nennst, über die Rechtsgeschichte unserer schönen Gegend auf die Nerven gegangen! Ich bin nämlich einer der Gründerväter des hiesigen Heimatmuseums und daher fast so etwas wie ein Spezialist für die Grausamkeiten, die die diversen Obrigkeiten quer durch die Jahrhunderte in unserer malerischen Gegend verbrochen haben.“ Der letzte Satz hatte Wotan und Darner gegolten, die sich bemühten, möglichst interessiert auszusehen. Offenbar gelang ihnen das so gut, dass Furmaier sofort weiterdozierte. „Und eines muss man schon sagen ... auch wenn das dir, liebe Maroni, sauer aufstößt. Die Kollerin war an diesem ...“ – Furmaier zeigte zögerlich in Richtung des Leichnams, als ob er ihn durch eine hastige Bewegung irrtümlich hätte wecken können – „... an diesem grässlichen Ende vielleicht nicht ganz unschuldig, weil wer sich gerne als Hexe gibt, als Hexe verkleidet, das eigene Hexenimage mit Wahrsagereien in einer einsamen Waldhütte kultiviert, darf sich halt nicht wundern, wenn ihm eines Tages wirklich der Teufel begegnet – und das ist dann nicht der Gehörnte, der schon meterweit nach Schwefel stinkt und an seinen unförmigen Füßen zu erkennen ist. Nein! Das ist dann jemand, der nach edlem Rasierwasser riecht und in wohlgeformten Maßschuhen seines Weges geht!"

„Haben Sie am Ende schon einen Verdacht? Wer?"

„Ja, schon, Herr Doktor. Aber ich will noch mit niemandem darüber reden, das könnte einstweilen noch zu gefährlich sein."

„Aber das müssen Sie der Polizei mitteilen ... also, wenn Sie einen berechtigten Verdacht hegen."

„Lieber Herr Perkowitz, gerade dann, wenn mein Verdacht berechtigt ist, brächte ich einige Personen in schrecklich große Gefahr, wenn ich schon jetzt zur Polizei ginge. Nein, da muss ich noch einiges ... wie soll ich sagen ... erledigen, bevor ich offiziell Anzeige erstatten kann. Und ... noch etwas ... ganz wichtig! Gerade weil ich glaube, dass die Situation derzeit viel gefährlicher ist, als es die meisten glauben wollen, bitte ich dich, Maroni, und Sie beide inständigst, niemandem ... ich betone, nie-man-dem irgendetwas von meinem Verdacht zu erzählen!"

„... was keine Kunst ist, da wir ja nicht wissen, wen sie in Verdacht haben."

„Herr Perkowitz, glauben Sie mir bitte, allein die Tatsache, dass ich einen Verdacht habe, könnte, wenn er davon erfahren würde, zu Überreaktionen des ... also, eben von ihm führen."

„Das heißt, es ist ein Mann?"

„Jein, Herr Doktor. Der Kopf hinter allem – ja, ich glaube, das ist ein Mann. Aber ich bin mir sicher, dass er nicht alleine agiert. Und wer sonst noch mit von der mörderischen Partie ist ... ich weiß es wirklich nicht."

Es war nicht nur die starke Klimaanlage im Raum, die die drei Jungen kurz frösteln ließ. Man konnte ihnen ansehen, dass jeder von ihnen im Geiste die jeweiligen „Lieblingsverdächtigen" durchging.

Es war Wotan, den wieder einmal ein Detail interessierte, das Furmaier nur nebenbei erwähnt hatte.

„Bitte, welche Hütte?"

„Was meinen Sie?" – Furmaier war sichtlich ahnungslos, was Wotan meinen könnte.

„Sie sprachen vorhin von einer Hütte, in der die Frau Koller ihrer Wahrsagerinnentätigkeit nachgegangen ist. Wo ist die?"

„Ah so – ja, die Hütte ist nur 100 Meter von unserer ... also, ich meine, der Alm Ihrer Tante entfernt. Wenn Sie über den Parkplatz hinaus auf dem Traktorweg gehen, kommen Sie direkt an ihr vorbei. Allerdings sieht man sie kaum. Sie liegt geduckt schon halb im Wald drin. Richtig unheimlich ... oder eben ideal für die Kollerin in ihrer Hexenrolle."

„Und wenn man dort weitergeht, über die Straße einfach drüber, dann kommt man ..."

Furmaiers stummes Nicken beantwortete Wotans Vermutung hinreichend.

„Wohin?" – da Darner noch nichts von der unmittelbaren Nähe von Wotans derzeitigem Wohnort zum alten Richtstein, auf dem man die Leiche gefunden hatte, wusste, war sein naiv-fragender Tonfall zwar nicht verwunderlich, aber deshalb nicht minder unpassend.

„Das sag ich dir nachher." – Wotan kam sich wie ein Vater vor, dem es peinlich war, vor Fremden seinem Kind „das mit den Blumen und den Bienen" zu erklären.

„Na gut, dann ... sie war jetzt eh schon zu lange heraußen." Mit Schwung beförderte Darner die Leiche wieder in ihr kaltes stählernes „Zwischengrab" zurück. Maroni,

Furmaier und Wotan folgten ihr mit ihren Blicken. In den weit geöffneten Augenpaaren hätte auch ein nicht Eingeweihter deutlich tiefe Trauer, angstvolle Ahnungen und nachdenkliche Verständnislosigkeit erkennen können.

Sonntag, 13. Juli 2008, Abend

Kaum hatten sie das kollektive Händeschütteln hinter sich gebracht, überraschte Georg seinen Schulfreund gehörig.

„Wo?"

„Was wo?

„Wo wurde die Leiche gefunden?"

Wotan sah ein, dass er Georg nicht einfach nur abwimmeln konnte – nicht, nachdem er ihre doch obskure und unverschämte Bitte so ausführlich erfüllt hatte.

„Auf einem uralten Richtstein."

„Den will ich sehen!"

„Wieso willst du den schaurigen Mordort sehen? Um diese Zeit?"

„Wotan, eigentlich hast du recht mit diesem Einwand."

„Sag ich doch."

„... es ist noch zu früh! Um Mitternacht wär's viel passender."

„Schurli!"

„Was hast' denn? Gib doch zu, dass es dich auch reizen würde, zur Geisterstunde eine ehemalige Richtstätte, die erst vor kurzem wieder mit Blut geweiht wurde und nun grausam, aber unaufhaltsam nach neuen Opfern verlangt und daher ..."

„Schaust du immer noch so gerne Horrorfilme?"

„... und daher – Wotan, du kannst einem wirklich die Freude am Schrecklichen nehmen! Schäme dich! Und nein, ich komme kaum mehr dazu. Aber dafür hab ich doch jetzt etwas viel Besseres ... zeigst' mir die Richtstätte? Oder ... oder fürchtest du dich am Ende?"

„Nein, natürlich nicht!"

„Na dann ... dann zeig mir den Ort, an dem angeblich der Teufel zu bestimmten Zeiten sein grausames Werk verrichtet."

„Doch, Schurli, du siehst immer noch zu viele Horrorfilme, eindeutig!"

„Du machst es? Du zeigst mir die Stätte des Grauens? Super! Wotan, du bist und bleibst ein wunderbarer Freund ... egal, was die andern sagen von wegen neuer Zauberer-Jackl."

„Vorsicht! Vielleicht bin ich's doch ... und wenn du dann mit mir zu dunkler Stunde am Richtstein stehst, dann ..."

„Komm, steig ein. Sonst fahr ich allein und du musst die ganze Strecke bis zum Furmaier-Lokal zu Fuß gehen. Also, hopp!"

Wotan stieg ohne Kommentar ein, um sich von Georgs 105 Pferdestärken weit komfortabler als zu Fuß zu seinem Auto bringen zu lassen.

Sonntag, 13. Juli 2008, zu Beginn der Nacht

Wotan warf den x-ten Blick in den Rückspiegel, um zu sehen, ob Schurlis Wagen noch hinter ihm war. Es gab zwar beim besten Willen keine Möglichkeit, sich zu verfahren, aber Wotan war nervös.

Er zog geräuschvoll die Handbremse an, als Georg neben ihm parkte. Beide stiegen aus ihren Wägen aus, ihre Mimik hätte dabei kaum unterschiedlicher sein können. Georg sah aus wie ein Kind ... wie ein Kind am Nachmittag des 24. Dezember. Dass die Bescherung aus dem Anblick eines Mordschauplatzes bestehen sollte, tat Georgs kindlicher Begeisterung keinen Abbruch. Wotan hingegen hatte fast so etwas wie Sorgenfalten um sein sonst eher weiches Kinn ... natürlich stieg in ihm die Erinnerung an seine Panikattacke hoch. Als Gegenstrategie versuchte er, die damaligen Eindrücke noch einmal in sich ablaufen zu lassen, nur mit dem wesentlichen Unterschied, dass er bereits wusste, dass es nur Geräusche gewesen waren und dass ihm letztlich nichts passiert war. Er durchlebte jeden einzelnen Eindruck im Zeitraffertempo, er hörte in sich wieder das Geräusch, das er für ein teuflisches Gelächter und Kettenrasseln gehalten hatte, das Aufheulen, das damals in Richtu...

„Wotan! Was ist das?"

Georg hatte ihn so grob bei den Schultern gepackt, dass Wotan einen Moment an die brutalen Griffe von Willis Rausschmeißern dachte.

„Wieso, Schurli? Was soll was sein?"

„Na ... das!"

Georgs Gesicht hatte die Farbe eines reifen Camemberts angenommen, als er mit vor Angst geweiteten Augen seinen Freund anstarrte. Wotan überlegte, woher Georg von seiner Panikattacke wissen könnte. Egal, das war wirklich nicht nett, sich so über ihn lustig zu machen!

„Schurli, wenn du mich – mit Verlaub – verar..."

Der Rest des Satzes blieb in Wotans Kehle stecken, weil er plötzlich auch hörte, was Georgs Blick sogleich noch panischer werden ließ.

Da war es wieder.

Das Gelächter der wilden Jagd!

Das höhnische Rasseln der Ketten!

Des Teufels Kennmelodie!

Alles war wieder wie ...

Nein!

Eben nicht!

Ebenso rasch, wie die Panik Wotan zu überrollen drohte, durchflutete ihn eine seltsame Mischung aus Denken und Fühlen. Er hatte alle beruhigenden Gedanken, die er sich nach seiner Panikattacke gemacht hatte, plötzlich in komprimierter Form präsent. Davon ging ein wohliges Gefühl des Trostes aus, das seine Muskeln sofort entspannte und ihn wieder handlungsfähig machte. Nun drehte er ganz bewusst seinen Kopf in Richtung des Lärms und sah ... natürlich nichts, da es gegen den Wald hin stockdunkel war. Er merkte an den Zuckungen von Georgs Händen, die nach wie vor seine Schultern gepackt hielten, dass sein Freund am Rande eines hysterischen Anfalls stand. Also wandte er sich wieder Georg zu und ...

„Wotan, ich schwör's, nie wieder werd ich so eine blöde Idee ..."

„Schurli, reiß dich zusammen, sonst muss ich dir noch eine herunterhauen!"

Wotan hatte gehofft, dass diese – für sie beide – äußerst ungewöhnliche Grobheit seinen Schulfreund aus dessen Panik reißen würde, aber sie nützte nichts.

Ein anderes Gegenmittel musste her.

„Er war ein guter Mensch, der hier verreckt! Schon schad', dass er zu Tod sich hat erschreckt!"

Es wirkte! Die Rückbesinnung auf ihren Schulspleen löste augenblicklich den Krampf in Georgs Händen. Seine Suppentelleraugen hatten wieder Desserttellergröße. Wie ein Kind, das bei einer verbotenen Tätigkeit erwischt worden war, nahm Georg seine Hände von Wotans Schultern und versuchte, sie möglichst natürlich wieder rechts und links seines Körpers herunterbaumeln zu lassen. Sein verlegenes Lächeln wurde langsam zu einem Grinsen, das Wotan in einem Anflug der Boshaftigkeit mit seinem „Und, geht's wieder?"-Kummerblick beantwortete. Allerdings hielt er das nicht lange durch ... und schon begannen beide schallend zu lachen. Doch blieb ihnen das Gelächter sogleich in den Hälsen stecken, denn selbst dessen übertriebene Lautstärke konnte das Geräusch nicht überdecken.

Ein Blick genügte.

„Das schauen wir uns an!" – nachdem er zwei Taschenlampen aus seinem Kofferraum geholt hatte, zog Wotan seinen wieder etwas vorsichtiger gewordenen Schulfreund in Richtung der Dunkelheit.

Sonntag, 13. Juli 2008, Nacht

Die Hütte wirkte wie ein armer, gepeinigter Mensch, der sich seiner Unansehnlichkeit dermaßen schmerzhaft bewusst war, dass er verzweifelt versuchte, sich wegzuducken, damit keiner seinen bedauernswerten Zustand zu Gesicht bekäme. Wie solche unglückseligen Kreaturen vermittelte die fast völlig verfallene Holzkonstruktion aber auch eine gewisse Aggression, nun, da sie gezwungen wurde, im grellen Licht der Taschenlampen ihr ganzes Elend zu präsentieren.

Wotan war fasziniert von diesem hölzernen Symbol aller Vergänglichkeit. Wieder ergänzte er das Puzzle, das irgendwann ein halbwegs vollständiges Bild von Barbara Koller ergeben würde, um einige wichtige

Teile – er war voller Bewunderung, wie subtil und irgendwie elegant diese Frau an ihrem Hexenimage gearbeitet hatte.

Aus den Augenwinkeln heraus sah er, dass sein Freund einige Meter hinter ihm stehen geblieben war. Kurz durchzuckte ihn ein Bild, das ihn selbst zwischen einem festen Ufer – dort, wo Georg stand – und einem mörderischen Meeresstrudel – die Hütte – zeigte. Aber auch das hielt ihn nicht auf. Er stapfte tapfer auf die Hütte zu. Jedoch rebellierte jetzt das Angstzentrum in seinem Stammhirn gegen jeden Schritt, seine Beine aber wurden von seiner Hirnrinde aus dirigiert, die ihnen immer vorsagte, dass es keinen Teufel mit Hörnern und sonstigen altmodischen Attributen gebe. Das sei aus verschiedensten Gründen – der Epoche der Aufklärung sei Dank – undenkbar. Der Strahl seiner Lampe verschreckte einige Tiere, die panisch aus dem Lichtkegel stoben. Aber sie konnten nicht die Verursacher der vorherigen Geräusche gewesen sein. Wotan wusste, dass da noch etwas anderes sein musste. Jetzt stand er direkt vor der schief in den Angeln hängenden Tür – ein erhellter Blick in die Hütte zeigte ihm ein wüstes Chaos. Es war, als ob die „wilde Jagd" durch die dürftige Einrichtung gefegt wäre.

„Nein, das war keine wilde Jagd ... nein ... nix Teuflisches, das waren ..." – ob wohl größere Tiere in der Lage wären, die spärlichen Möbel derart zu zerlegen? Vielleicht Diabolina? Aus Trauer um ihre Hexenherrin? Katzenkenner müsste man sein.

In der Sekunde kam Wotan auf eine glänzende Idee. Er griff nach seinem Handy – wozu hatte es schließlich eine Acht-Megapixel-Kamera mit eingebautem Blitz, wenn nicht für eine Situation wie diese? Da er jetzt zwei Hände benötigte, um brauchbare Fotos zu schießen, drehte er die Taschenlampe ab und stellte sie neben sich auf den Boden.

Ein erstes Foto, ein zweites ... Wotan übernahm die Funktion des fehlenden Weitwinkelobjektivs, da er sich nach jeder Aufnahme um circa 60 Grad drehte. Ein viertes, ein fünftes ... Wotan nahm das Handy herunter, um wieder im Dunklen auf das Fenster zu starren, das der Blitz soeben erhellt hatte. Da war doch was ... nein, er musste sich irren. Er konnte nicht wirklich das gesehen haben, was er glaubte, gesehen zu haben ... da hatte sein teufelsgläubiges Stammhirn wohl in seine Wahrnehmung hineingepfuscht. Da war keine verzerrte Fratze am Fenster zu sehen gewesen.

Nein!

Oder doch?

Wotan atmete tief durch, denn der Gedanke war nicht im Geringsten angenehm.

Wenn da tatsächlich etwas gewesen war, dann musste er das ja wohl auf dem Foto am Handydisplay erkennen können. Und wenn dort nichts zu sehen war, dann ...

Jetzt zitterten seine Finger so sehr, dass er kaum die Taste zu drücken vermochte. Endlich schaffte er es und ...

„Wotan! Wotan! Komm, Alter, das kannst du mir nicht antun, was um Gottes willen soll ich deinen Eltern ... auch deiner Tante ... und deinen Schwestern ... dieser Maroni ... unseren Klassenkollegen ... du kannst jetzt hier nicht sterben ... und dem Herrn Furmüller ..."

„Furmaier!"

Wotan blickte in das gleichermaßen entsetzte wie verblüffte Gesicht seines Freundes.

„Wotan, Gott sei Dank ... na, dann eben Furmaier! Du hast wirklich einen begnadeten Sturschädel, dein Kopf muss aus Eisen sein, dass du ..."

Georgs Stimme versank wieder in einem Nebel aus Kopfweh und seltsamen Geräuschen. Wotan hatte noch auf das Handydisplay geschaut, als es plötzlich um ihn herum völlig dunkel geworden war.

Als Wotan wieder zu sich kam, lag er auf dem grob gewebten Teppich gleich hinter der Eingangstür der Hütte. Als Erstes registrierte er den schmerzenden Hinterkopf, aber auch seine Wangen taten ihm weh, als ob ihm jemand mehrfach ins Gesicht geschlagen hätte.

Hätte?

Hatte!

Er hob rasch seine Hände, um seinen Freund daran zu hindern, ihn weiterhin rechts und links abzuwatschen. Später würde Georg entrüstet entgegnen, er habe ihn durch regelmäßiges, sanftes Berühren seiner beiden Wangen aus der Ohnmacht holen wollen ... was ihm ja auch gelungen sei.

In der akuten Situation hatte Wotan allerdings den Eindruck gehabt, er sei die letzten Monate, wenn nicht sogar Jahrzehnte, nur verprügelt worden. Vor allem sein Kopf schien zerspringen zu wollen – von ihm ging in Wellen ein Schmerz bis in die Zehennägel aus. Ganz langsam kehrte die Erinnerung zurück ... die Hütte, die Fotos, das Han...

„Schurli! Wo ist mein Handy?“

„Hier.“ – Darner griff in seine Hosentasche und reichte seinem Freund, der versucht hatte sich aufzusetzen und mit schmerzverzerrtem Gesicht gleich wieder zurückgesunken war, dessen Handy.

„Gott sei Dank! Wo hast du es gefunden?“

„Es lag auf dem Boden der Hütte, gleich neben dir.“

„Und du hast es aufgehoben und mitgenommen? Das war sehr ... ach Gott!“

Bei den letzten beiden Worten hatte Wotan so laut aufgeschrien, dass Georg vor Schreck aus seiner – neben Wotan knienden – Position nach hinten kippte und sich schmerzhaft seines Steißbeins bewusst wurde.

„Was habe ich denn jetzt schon wieder falsch gemacht?“

Darner begann sich ernsthaft zu sorgen, dass sein Freund doch eine schwerere Schädelverletzung erlitten hatte, da dieser nicht nur nicht antwortete, sondern mit fiebrig-glänzenden Augen auf den Tasten des Telefons wie wild herumtippte. Nicht minder erschreckend war Wotans Reaktion, die gleich darauf folgte – das „Jaaa!“, das aus den Tiefen seiner Lungen herausexplodierte, war von einer derartigen Begeisterung getragen, dass es eher zum Siegestorschützen des Fußballweltmeisterschaftsfinalspiels als zu einem vor fünf Minuten von einem Schlag auf den Hinterkopf niedergestreckten Psychologiestudenten gepasst hätte.

„Jaaa“! – noch so ein Urlaut, der aber bereits als Überleitung zum normalen Wotan-Tonfall diente.

„Schurli, was ist passiert? Das Letzte, woran ich mich erinnern kann, ist, dass ich das Ausmaß der Zerstörung in der Hütte fotografieren wollte. Dann habe ich die Taschenlampe ab- und auf den Boden gestellt. Dann habe ich zu knipsen begonnen ... von ganz links hab ich angefangen, und nach dem fünften Foto ...“ – dabei schwenkte er das Handy wie eine kostbare Trophäe – „... ja, ab dem ist es in meinem Hirn finster.“

„Also, ich ... ich“ – Wotan war sofort klar, dass sein Freund sich schwertat, über die Ereignisse der letzten – ja, wie viele eigentlich? – Minuten zu berichten. Ob ihm Angst oder Scham oder die Anstrengung,

Wotan von der Kollerhütte bis ins Almhaus getragen zu haben, sein Sprachvermögen trübte, konnte Wotan nicht erkennen. Also ließ er Georg vorsichtshalber erst einmal vor sich hinstottern, obwohl ihm nach einem „Jetzt red schon!“ zumute gewesen wäre.

„... ich ... na ja, es war halt ... also ...“

„Jetzt red schon!“

Georg holte tief Luft und ...

„Ich stand ja ... also, etwas entfernt von der Hütte und hab dir im Dunklen nachgeschaut, wie du zuerst auf sie zu und dann nach links um sie herum und dann hineingegangen bist. Und dann habe ich durch die – im Übrigen unheimlich dreckigen – Fensterscheiben gesehen, wie du plötzlich das Licht ausgemacht hast. Dann hab ich es fünfmal blitzen sehen ... und dann ... dann ... du wirst es nicht glauben, aber ...“

„Doch! Ich glaub’s dir!“

„Aber geh, du machst dich über mich lustig.“

„Nein, im Ernst, was hast du gesehen?“

„Ich glaube, zuerst habe ich zwei Gestalten von hinter der Hütte zur Tür und hineinhuschen gesehen. Und dann war dein Schrei ... und ein Krachen, als ob du zu Boden gegangen wärst. ... was du ja auch bist. Na ja, nach einer Schrecksekunde ... vielleicht waren es auch ein paar davon ... hab ich nach dir gerufen und meine Lampe auf die Hütte gerichtet. Und da hab ich gesehen, dass wieder zwei Schatten nach hinten gesaust sind und dass ich dich ... ja ... eben nicht mehr gesehen habe. Und dann war da gleich wieder dieses grässliche Geräusch, ganz in der Nähe. Aber ich ... also da bin ich dann trotzdem sofort zu dir gelaufen. Und selbst wenn ich wirklich dem Teufel persönlich begegnet wäre ... na ja, und dann, in der Hütte, da bist du auf der Erde gelegen, mitten in der Hütte. Und dann ...“

„Dann hast du dich dankenswerterweise um mich gekümmert und mein Handy so nebenbei aufgehoben und in deine Hosentasche gesteckt, stimmt's?"

„Ja. Na und?"

„Ich weiß schon, du hast es ja lieb gemeint. Aber dabei hast du mit großer Wahrscheinlichkeit die Fingerabdrücke von denen, die mich niedergeschlagen haben, überdeckt."

„Wieso Fingerabdrücke ... ich versteh nur Bahnhof."

„Schau, Schurli. Ich weiß noch nicht, warum die Kollerhütte durchsucht wurde, aber alles andere erscheint mir logisch. Wir zwei ... und ganz besonders ich ... haben wen auch immer dabei gestört. Und auf meinen Fotos habe ich wohl irgendetwas aufgenommen, was ich nicht hätte sehen dürfen. Deshalb sind die rasch wieder in die Hütte hinein und haben mich von hinten niedergeschlagen. Und wie sie die Fotos vom Handy löschen wollten, hast du dich bemerkbar gemacht und hast das verhindert ... und vielleicht noch Schlimmeres, wofür ich dir herzlich danke."

„Ich versteh nicht ganz?"

„Na, wenn du nicht geleuchtet und gerufen hättest, hätten die mich vermutlich umgebracht. Und hätten vielleicht Feuer gelegt und es wieder so aussehen lassen, als ob mich – wortwörtlich – der Teufel geholt hätte. Aber dazu ist es eben dank deines beherzten Eingreifens nicht gekommen!"

Sonntag, 13. Juli 2008, tiefe Nacht

„Siehst du, deshalb habe ich vorhin so aufgejault. Die Fotos ... ich hab gefürchtet, dass dieses Gesindel sie noch löschen konnte, bevor du ... aber nein, Gott sei

Dank hast du das verhindert! So, und jetzt überspielen wir sie auf den Computer und schauen sie uns am Bildschirm an. Ich bilde mir ein, dass ich – und jetzt, bitte, Schurli, erschrick mir nicht wieder zu Tode – eine richtig teuflische Fratze gesehen habe. Nur ganz kurz, aber ich glaube, sie war hinter dem Fenster, wie ich mit dem Blitz ... ah ja, da sind sie ja."

Beide starrten hochkonzentriert auf die Bilder, die nacheinander auf dem Computerschirm aufleuchteten.

„Verdammt noch einmal, ich bin doch nicht ganz verblödet, ich habe doch dieses Gesicht gesehen! Aber hier ... eine einzige dunkle Fläche!"

„Wotan, vermutlich hat sich der Mensch so schnell weggeduckt, dass du ihn im Blitzlicht zwar gesehen hast, es aber für die kurze Verschlusszeit von deinem Fotohandy eben nicht gereicht hat. Kannst du dich noch erinnern, bei welchem der Fotos du ..."

„Na, natürlich beim letzten, bei dem da!"

„Schau, Wotan, diese Teilfläche eines Kreises hier links beim Fenster könnte doch zum Beispiel ..."

Weiter kam Darner nicht, da ihn Wotan begeistert umarmte, um gleich wieder vor Schmerzen zurückzuzucken.

„Aua! Sch...Schädel, schiacher! Aber trotzdem, Schurli, du bist ein Genie!"

„Ah ja? ... das heißt, das hab ich immer schon gewusst."

„Jaja, natürlich. Aber diesmal bist du's wirklich! Was fällt dir auf diesem Bild auf?"

„Na ja, man sieht genau dasselbe wie auch auf den anderen Bildern – das erstaunliche Ausmaß der Zerstörung der Inneneinri..."

„Schurli, das Fenster!"

„Das Fenster? Ah so, ja, na ja, da sieht man eben diese spiegelnde Kreis-Teilfläche ... und dahinter ... also, da ist doch nur dunkler Wald."

Während Darner sich bemüht hatte, den Grund von Wotans Begeisterung in dem winzigen quadratischen Ausschnitt zu erkennen, hatte dieser das Foto in einem Bildbearbeitungsprogramm geöffnet und massiv vergrößert.

„Na, was siehst du?" – Wotan schien vor Stolz zu platzen, doch sein strahlendes Lächeln verwirrte Darner nur noch mehr.

„Ein schlechtes Foto, weil es jetzt so grob-pixelig ist, dass ..."

„Da!" Wotans rechter Zeigefinger schoss vor und zeigte auf einen kleinen bunten Fleck weiter hinten im dunklen Wald.

„Und jetzt erklär mir bitte, was zwei Motocross-Maschinen um diese Uhrzeit in diesem Wald zu suchen haben! Schurli, das teuflische Geräusch von vorhin, das ist das Heulen der Motoren dieser Motorräder gewesen!"

Montag, 14. Juli 2008, 15.30 Uhr

Er wollte sich von seiner Tante zum heutigen Nachtmahl einladen lassen, nichts weiter ... als Wotan aber durch die Scheiben ins Innere der Apotheke zu sehen versuchte, konnte er nichts erkennen. Das strahlende Sonnenlicht reflektierte so stark, dass alles hinter den Fenstern in ein geheimnisvolles Dunkel getaucht war.

Nichts Böses ahnend, durchschritt er die automatisch öffnende Türschleuse. Sein „Grüß Gott!" hallte gerade so lange nach, wie seine Augen brauchten, um sich an die Dunkelheit anzupassen.

Plötzlich war es vollkommen still.

Als Wotan wieder klar sehen konnte, hatte er kurz den Eindruck, in einem „falschen Film“ zu sein. Er wähnte sich in einem Heimatepos, das allerdings deutliche Anleihen bei diversen „Gladiatoren-Schinken“ genommen hatte. Genauer gesagt schien er mitten in der Arena des „Circus Minimus Apothecicus“ gelandet zu sein, nur dass statt brutaler Gladiatoren wilde Bestien um ihn herumstanden. Diese trugen großteils Trachtenkleidung, bleckten ihre Gebisse zu gemeingefährlichen Lächel-Gesichtern und fuhren ihre manikürten Krallen in seine Richtung aus. Statt des Gebrülls wilder Löwen, Tiger und sonstiger Raubtiere drangen nicht minder bedrohliche Laute auf ihn ein.

„Iser das?“

„Schaut goar net so oarg aus.“

„Ja, doch, scho ... na ja ...“

„Man weiß nie, welche Gestalt der Teifi ...“

„So jung, und find’t scho a Leich!“

Instinktiv wollte Wotan seinen – ohnehin ausgebeulten – Kopf schützen, doch bevor er noch seine Arme vor sein Gesicht reißen konnte, hörte er die in diesem Moment engelsgleiche Stimme seiner Tante.

„Ja, meine Damen, wie Sie alle schon erkannt haben ... er war ja auch am Titelblatt einer unserer Lokalzeitungen – also, das ist mein Neffe, der Herr Perkowitz.“

Stille.

Wotan sah aus ungläubigen Augen hinter den zahlreichen älteren weiblichen Wesen, die ihn sofort nach seinem Eintritt umringt und mit fordernder Neugier in Beschlag genommen hatten, seine Tante hinter der Apothekentheke stehen. Sie schnitt ein Gesicht, das gleich mehrere Aussagen – „Was soll ich machen?“ bis „Selber schuld!“ – in sich vereinte. Wotan überlegte, wie er einen geordneten Rückzug aus dem Kreise der „Neuigkeitskundinnen“, die offenbar des „neuen Zauberer-Jackls“ wegen die Apotheke seiner Tante gestürmt hatten, antreten könnte, als ihn eine männliche Stimme erlöste.

„Sie sind der junge Herr aus Wien, der über den Sommer auf der Alm Ihrer verehrten Frau Tante lebt, um in Ruhe am ersten akademischen Grad arbeiten zu können?“

Wotan sah nur verschwommen, woher dieser verbale Rettungsring gekommen war. Er kam von ... nein, besser noch, er kam auf ihn zu. Mit einem „Erlauben, bitte!“ durchbrach er die Belagerung rund um Wotan.

„Freut mich sehr, Herr Perkowitz. Maladini, Hofrat Doktor Paul Maladini. Ich bin ... aber, ich glaub, das kann ich Ihnen besser draußen erzählen. Es sei denn, Sie brauchen noch etwas von Ihrer Tante?“

Selten hatte Wotan so rasch geantwortet.

„Nein, nein, Herr Hofrat, bitte, gern!“

„Na, dann ...“ – mit der natürlichen Autorität des höheren Beamten schob Doktor Maladini Wotan durch ein Spalier enttäuschter „Gerüchtevermittlerinnen“ aus der Apotheke. Wotan konnte gerade noch ein „Auf bald, Tante Agathe!“ über seine Schulter werfen. Aus ihrem „Jaja, schon recht“ glaubte er ein unterdrücktes Lachen zu hören, aber es hätte auch ein Erleichterungsseufzer sein können.

Montag, 14. Juli 2008, 15.35 Uhr

„So, Herr Perkowitz, jetzt kann ich mich Ihnen in etwas mehr Ruhe vorstellen, aber vielleicht hat mich schon Ihre Tante ...“

„Nein, Verzeihung, Herr Hofrat, aber die letzten Tage waren auch zu …“

„Aufregend. Natürlich, ja, das versteh ich. Also dann, ich bin eigentlich nur mehr ein einfacher Pensionist …“

„Aber Herr Hofrat, das kann ich jetzt wirklich nicht glauben.“

„Doch schon, aber … na ja, so ganz einfach …“ – Wotan wusste, dass laut ungeschriebenem Ritual solcher Gespräche noch ein, zwei Untertreibungen kämen, denen er heftig widersprechen würde.

„… wobei, wie ich in der Pension hierher in diese wunderschöne Gegend gezogen bin, hab ich meiner Frau versprechen müssen, mich nicht mehr breitschlagen zu lassen, aber …“

„Das bringt man dann halt auch nicht übers Herz, nicht wahr, Herr Hofrat?“

„Wem sagen Sie das, Herr Perkowitz! Na, und darum hab ich dann nachgegeben, wie man mich g’fragt hat …“

Wotan war sich sicher, dass Hofrat Doktor Maladini über „gute Freunde“ dezent lanciert hatte, dass man ihn doch fragen möge, ob er nicht die Funktion eines Was-auch-immer übernehmen würde, nur um dann nach monatelangem Sich-Zierens mit dem ebenso berühmten wie formelhaften „Na, wenn’s denn sein muss … in Gott’s Namen“-Seufzer selbstverständlich zuzusagen.

„… na, und deshalb bin ich jetzt so eine Art ‚Kultur-Aufpasser‘ für unser berühmtes und wunderschönes Schloss Moosham. Natürlich ist das mehr eine Ehrenposition, aber es ist schon erstaunlich, wie viel Arbeit man sich dann doch wieder …“

Schloss Moosham? Das war doch der Ort, in dem früher die Blutgerichtsbarkeit im Lungau ausgeübt worden war, der Ort, an dem die Angeklagten des zweiten, des „kleinen", eben des Lungauer Zauberer-Jackl-Prozesses gefoltert und verurteilt worden waren.

„... Herr Perkowitz, jetzt sagen S' bloß, dass Sie die Apotheken-Meute da vorhin so geschreckt hat, dass Sie gar nicht g'scheit zuhören können."

„Nein, nein, pardon, ich war nur in Gedanken ... wie sagten Sie? Schloss Moosham?"

„Ja, ich bin seit meiner Pensionierung dort ... also, mein offizieller Titel lautet ‚Koordinator spezieller Bildungs-, Forschungs- und Tourismusprojekte Schloss Moosham'. Und daher hab ich Ihnen soeben eine Schlossführung angeboten. Aber natürlich nur, wenn Sie wollen."

Die leise Gekränktheit Doktor Maladinis über Wotans Unaufmerksamkeit verflog, als dieser mit echter Begeisterung ausrief: „Herr Hofrat, das wäre toll! Sie wissen gar nicht, was für eine Freud' Sie mir damit machen!"

„Na dann, bitte gerne. Sie sind mit Ihrem Auto da? Ah ja, da drüben ... und ich steh gleich hier. Am besten, Sie fahren mir einfach nach."

Montag, 14. Juli 2008, 15.45 Uhr

Wotan hatte keine Probleme, dem noblen Geländewagen zu folgen. Nur einige Minuten später stieg er am Parkplatz der imposanten, nach wie vor einschüchternden Burganlage aus und betrat die Museumsräumlichkeiten gemeinsam mit Doktor Maladini durch eine kleine Nebentür. Natürlich waren alle Exponate sehr imposant, aber Wotan konnte es kaum erwarten, die Folterkammer zu besichtigen.

„Na, und hier haben wir die prächtige Gerichtsstube. Wie der Name schon sagt, wurde hier Gericht gehalten ... und das war in früheren Zeiten kein sehr erbauliches Kapitel. Aber über so häßliche Begriffe wie Blutgerichtsbarkeit werden Sie sicher nix hören wollen, da will ich Sie gar nicht erst langweilen ...“

„Herr Hofrat, bitte, langweilen Sie mich!“

„Ah so? Hat Ihnen die Entdeckung der Leiche ... also, ich mein, was Ihnen da Entsetzliches widerfahren ist, nicht gereicht?“

„Im Gegenteil, ich ...“ – Wotan sah am verblüfften Hofratsgesicht, dass er nun elegant die Kurve kratzen musste – „ich ... also ich habe im Zuge dieser grässlichen Geschichte mich ganz besonders für die damaligen Rechtsfindungsmechanismen zu interessieren begonnen – gerade aus psychologischer Sicht natürlich.“

„Rechtsfindungsmechanismen? Ein hübsches Wort für Folter! Na gut, dann zeig ich Ihnen gerne auch unsere Folterkammer ... schrecklich, dass gerade solche Räume immer die größte Begeisterung ...“

„Herr Hofrat, ich hab gelesen, dass beim Lungauer Zauberer-Jackl-Prozess 1682 und 1683 unter anderem die berühmte Staudinger-Hex hingerichtet wurde. Und nicht nur sie hat es in die Sagenliteratur geschafft, auch der Schörgen-Toni ...“

„Ja, das war einer der Gerichtsdiener hier. Anton Heilmayer hat der Scherge geheißen, und laut den Überlieferungen war er ... wie soll ich sagen ...“

„... er hatte als Folterknecht so richtig Spaß an seiner Arbeit.“

„Ja, so ... so ähnlich könnte man das wohl formulieren. So, hier entlang geht’s zur Folterkammer. Und, so entsetzlich der Ort auch ist, aber wir sind ...“

Wotan hörte Doktor Maladini nur mehr aus der Ferne. Das Blut rauschte ihm in den Ohren, er spürte sein Herz irgendwo in seinem Hals ... es war eine ähnliche Erfahrung wie bei der Panikattacke. Allerdings waren seine Muskeln nicht gelähmt, sodass er sich gerade noch hinsetzen konnte, bevor ihn die rabenschwarze Atmosphäre kollabieren ließ. Er hatte den Eindruck, als ob ihn aus jeder rauen Steinritze ein gequältes Stöhnen anspräche, als ob jedes in diesem Raum einst zertrümmerte Handgelenk ihm auffordernd zuwinken würde, als ob das Knarren der Streckbank ihn ...

Die Streckbank!

Wotan schnellte wie von einem Riesentrampolin hoch.

„Ja, Herr Perkowitz, da haben Sie sich ein schönes Platzerl zum Hinsetzen ausgesucht. Mitten auf der Streckbank. Ich wollt nix sagen, aber Sie schauen ein bisserl bleich aus. Geht's Ihnen nicht gut?"

Wotan genierte sich fürchterlich – nicht, weil ihm schlecht geworden war, sondern weil er sich mitten auf dieses Symbol aller Hexenqualen gesetzt hatte.

Er versuchte mit seinem Taschentuch die Spuren seines Allerwertesten zu beseitigen, indem er den fingerdick vorhandenen Staub wieder über die von ihm blank geputzte Stelle verteilte.

„Herr Hofrat, ich hoffe, dass ich jetzt nichts ruiniert hab! Diese Exponate sind ja sicher sehr filigrane Nachbauten und ..."

„Aber wo denken S' denn hin? Nein! Erstens ist da gar nix kaputt gegangen, denn diese Geräte waren auf enorme Belastungen ausgelegt. Und zweitens ... ja, eben, manche von den Dingern hier sind Originale, diese Streckbank zum Beispiel ist jahrhundertealt."

„Sie meinen, es waren diese ... genau diese Horrorwerkzeuge, mit denen man damals ...?“

„Ja, genau! Und wissen Sie was, wir sind in gewisser Weise sogar stolz darauf. Der Großteil von dem, was Sie hier sehen können, ist uns original erhalten geblieben. Und damit können wir natürlich auch im touristischen Bereich einigen Eindruck schinden ... Pardon, ‚schinden‘ hätt ich hier wohl lieber nicht sagen sollen.“

Wotan war zu fasziniert und abgestoßen zugleich, um Doktor Maladinis Formulierungsfehltritt bemerkt zu haben. Er starrte jedes der Exponate an, als ob er ihm dadurch die Wahrheit über Barbara Kollers Tod entlocken könnte. Sein Blick schweifte über die einst glühenden Zangen zu den Daumenschrauben, glitt über die Eisengewichte zu den Videokameras, bevor er ...

„Herr Hofrat, das da oben, das wird aber nicht original sein. Oder hat man damals schon die Folterungen live ins Internet übertragen?“

„Was meinen Sie? Ah so, die Überwachungskameras. Nein, die stammen nicht aus dem 17. Jahrhundert ... nicht einmal aus dem 20. Jahrhundert, nicht einmal aus dem vergangenen Monat. Die sind gerade einmal sechs Tage alt.“

„Dienstag? Das war ja ganz knapp vor dem Mord! Na ja, jetzt müssen Sie wenigstens nicht mehr fürchten, dass der Geist der Frau Koller hier einsteigen könnte, um endgültig alles zu zerstören.“

„Vor dem Mord? Ah so ... nein ... natürlich nicht. Also, das heißt ja. Ich mein, wo Sie das grad erwähnen ... das ist uns gar nicht aufgefallen. Nein, der Grund ist ... ja, eh klar – ein anderer. In der Nacht von Samstag auf Sonntag, also, vorletzter Woche, ist hier was Seltsames passiert.“

„... also vier Nächte vor dem Mord?“

„Wenn Sie's so sehen, ja. Aber ich glaube nicht, dass ein Lausbubenstreich und ein Mord was Gemeinsames haben. Und was anderes als ein Lausbubenstreich war's wohl nicht, weil ... ja, das war das Seltsame, es ist nichts gestohlen worden, nicht einmal was verändert worden. Ein Einbruch ... ohne jegliche Folgen. Also, wir vermuten ja, dass es eine blöde Wette von ein paar Jugendlichen war ... wer von ihnen hält es um Mitternacht in einer Folterkammer aus? So eine Mutprobe halt. Und ein paar von denen sind dann eben hier eingebrochen ... vielleicht waren sie auch betrunken und ..."

„Gab es Fingerabdrücke?"

„Na ja, also, das war nicht sehr professionell von uns, aber wir haben nicht gleich die Polizei verständigt – und bis die da war ..."

„... hatten schon x Neugierige die Klinke angegriffen. Und sonst ist wirklich nichts verändert worden? Gar nichts?"

„Nein, nichts! Nur die Tür war aufgebrochen."

Wotan ließ seinen Blick noch einmal konzentriert über all die grausamen Gerätschaften gleiten. Der Pedant in ihm war versucht, sich sofort ins Chaos zu stürzen und all die durcheinanderliegenden Zangen, Hämmer, Ketten, Gewichte und größeren Geräte in Reih und Glied aufzulegen beziehungsweise hinzustellen. Man hätte das ganze Zeug zum Beispiel nach der Größe ordnen können ... von links – die kleinen Nägel und Zangen – bis rechts – die große Folterbank. Und auf jeden Fall müsste man alles einmal putzen – historische Patina hin oder her! So schmutzig ... nein, so konnte das nicht bleiben! Wobei, manche der Teile waren ohnehin sauber – die Ketten zum Beispiel, die glänzten viel heller als die anderen Eisentrümmer.

„Vielleicht waren die Einbrecher ja Sauberkeitsfanatiker und wollten nur putzen, aber dann wurden sie gestört und deshalb schaut's hier drin immer noch so aus."

„Wie meinen, Herr Perkowitz?"

Wotan schaute in das verwunderte Gesicht Hofrat Maladinis. Der Blick genügte, um ihm klarzumachen, dass diese Idee eher ins Reich der Perkowitz-Skurrilitäten gehörte.

„Na ja, ich meinte nur ... als Scherz natürlich. Vielleicht wollten die Einbrecher die Folterkammer nur auf Hochglanz polieren und herrichten, so wie Heinzelmännchen halt."

„Um Gottes willen, da hätten uns diese Heinzelmännchen aber keinen Gefallen getan! Ein Teil der Attraktion dieser Folterkammer ist ja, dass beispielsweise die Flecken hier" – dabei zeigte Doktor Maladini auf kleine Kreise in einem unappetitlichen Braunton auf einer der Zangen – „tatsächlich noch von einem der bedauernswerten Opfer des 17. Jahrhunderts stammen könnten. Nein, also moderne Sauberkeit können wir hier wirklich als Letztes brauchen."

Wotan wandte sich angewidert ab.

„Kommen Sie, Herr Perkowitz, gehen wir wieder in die Sonne, weg aus dieser grauslichen Finsternis."

Montag, 14. Juli 2008, 16.30 Uhr

Am Parkplatz bedankte sich Wotan nicht nur höflich, sondern beinahe herzlich. Nein, nein, er sei dem Herrn Hofrat für die Folterkammer-Führung sehr dankbar – das gehöre auch dazu. Erst recht, wenn man bedenke, wie viele Menschen sich heute noch gar nicht so sicher seien, ob es nicht doch noch Hexen gebe. Ja, grässlich, dieser Mord, nicht wahr? Also dann ... ja, ganz sicher sehe man sich bald wieder.

Empfehlungen!

Kompliment!

Auf der Heimfahrt versuchte Wotan seine Aufmerksamkeit zu teilen. Die eine Hälfte widmete er dem hektischen Verkehr, mit der anderen versuchte er zu rekapitulieren, was er erfahren hatte.

„Seltsamer Einbruch kurz vor Koller-Mord, aber ein Zusammenhang ist – zumindest nach Doktor Maladini – höchst unwahrscheinlich", murmelte er in sein Lenkrad, um dann in ein monotones „Aber da war noch was ... was war denn da noch ... irgendwas war da noch ... aber was?" abzugleiten. Plötzlich sah er sich einem Kleinbus gegenüber – der Idiot hatte vor einer unübersichtlichen Kurve zum Überholen angesetzt und noch nicht wieder auf seine Spur zurückgelenkt. Und jetzt würde Wotan in der nächsten Sekunde sein junges Leben aushauchen, „... ohne Bakkalaureat, ohne Koller-Mord-Klärung, ohne ..." – weiter kam er nicht mit seiner Selbstbemitleidung, denn er hatte seinen Wagen intuitiv nach rechts verrissen. Ähnlich hatte die Lenkerin des Fahrzeugs, das der Wahnsinnige überholen hatte wollen, reagiert, sodass der Kleinbus-Rowdy millimetergenau zwischen den beiden verschreckten Verdrängten hindurchrasen konnte. Obwohl seine Schenhajt bedrohlich schleuderte, brachte Wotan sie dank einiger geschickter Gegenlenkmanöver wieder auf Kurs. Mit einem herausgebrüllten „Vollidiot, blöder!" schaffte Wotan es, seinen Adrenalinspiegel auf einen normalen Level zu bringen. Als er plötzlich einige Martinshörner hörte, konnte er sich ein bösartiges Grinsen nicht verkneifen. Hoffentlich ein Baum!, dachte er sich – denn er hoffte, dass sich der Wahnsinnige „nur" um einen Baum geringelt und nicht andere Verkehrsteilnehmer „beunfallt" hatte.

Aber eines ließ Wotan seinen unfrommen Wunsch gleich wieder vergessen. Die Feuerwehren rasten in seine Richtung, in Richtung Ortsmitte, in Richtung Krankenhaus. Der Rowdy war aber in die andere Richtung gefahren. Wotan gab unwillkürlich Gas. Weit kam er aber nicht mehr – die Polizei hatte zwei Kreuzungen vor dem Krankenhaus bereits alles abgesperrt. Wotan sah hinter den Häuserblöcken Rauch aufsteigen, und zwar von dem Ort, an dem seiner Orientierung nach das Krankenhaus lag. Er ließ sein Auto vor einem „Einfahrt freihalten"-Schild stehen und jagte wie von den sprichwörtlichen Furien gehetzt in Richtung der Rauchsäule. Die diversen Zurufe der Feuerwehrleute hörte er nicht, bis er mitten in die massigen Arme eines Polizisten rannte.

„Do kennan S' jetzt net durch."

„Aber ich muss, da hinten ..."

„... brennt's! Wiss ma'. Aber ich kann Ihnen versichern, dass alle Patienten – also die, die wo in Gefahr sein könnten, inzwischen evakuiert sind. Also, selbst wenn Ihre Freundin grad a Baby kriagt hot, dann braucherten Sie sich nicht ..."

„Also, erstens wäre eine Frau, die ein Kind von mir bekäme, inzwischen ganz sicher meine Frau und nicht meine Freundin ..." – Wotans katholisch-bürgerliches Erbe hatte sich in ihm binnen Sekunden erzürnt gemeldet – „und zweitens fürcht ich mich nicht um eine Patientin ..."

„Na, meinetwegen um einen Patienten!"

„... auch nicht – ich fürchte mich wegen eines Arztes!"

Mit Entsetzen hatte Wotan festgestellt, dass genau von dort, wo die „Koller-Katakomben" lagen, der meiste Rauch aufstieg.

„Wotan!" – Wotan hatte den Eindruck, selber schon rauchgasbedingte Halluzinationen zu erleiden, da hatte doch von irgendwoher ein dünnes Stimmchen seinen Namen gerufen.

„Wotan ... hier bin ich." Diesmal reichte die Lautstärke aus, um die Stimme zu lokalisieren. Gleich hinter der Absperrung an einem der improvisierten Evakuierungspunkte saß ein nasses und verrußtes Häufchen Elend, das sich, wenn es die Sauerstoffmaske, die ihm freundliche Sanitäter auf Mund und Nase drückten, herunternahm, als Doktor Georg Darner entpuppte.

„Wotan, ich schwör's, da waren jetzt aber wirklich böse Kräfte am Werk. Anders kann ich mir das nicht ..." – das letzte Wort, das wohl „erklären" heißen sollte, hatte infolge einer weiteren Sauerstoffinhalation wie „urlurn" geklungen.

Wotan versuchte, nach außen hin geduldig zu wirken. Es war ihm klar, dass er mit seiner üblichen Hektik alles nur verschlimmern würde, aber es fiel ihm unendlich schwer, Georg nicht sofort mit Dutzenden Fragen zu attackieren. Also wandte er sich an die Sanitäter.

„Entschuldigen Sie, aber wenn es meinem Freund wieder besser geht, könnte ich ihn dann mitnehmen? Wir sind nämlich in zwei Stunden zu einem furiosen Nachtmahl eingeladen ... na ja, das würden wir nur ungern verpassen, nicht wahr, Schurli?"

Bei diesen Worten waren Georgs Augen so aufgeblitzt, dass Wotan nicht mehr um die Gesundheit seines Freundes fürchtete.

„Na ja, also, ich weiß nicht ..." – weiter kam der Sanitäter nicht mehr.

„Ich danke Ihnen vielmals, aber ich entlasse mich jetzt aus Ihrer Obhut. Ich bin mir sicher, dass ich keine ... au!“ – beim zu rasanten Aufstehen hatte Georgs Kopf offenbar gegen seine eigene Diagnose heftigst protestiert. Aber auch das schien Georg nicht vom Ziel eines wunderbaren mehrgängigen Diners abbringen zu können.

„Sie sehen, Doktor Darner scheint wieder ganz der Alte! Und offenbar ein hungriger Alter, so, wie er auf das furiose Nachtmahl angesprungen ist. Kann ich ihn jetzt mitnehmen?“

Es war unschwer zu erkennen, dass die Rettungskräfte heilfroh waren, den renitenten Jungarzt und seinen verschrobenen Kompagnon los zu sein. Wotan half seinem völlig durchnässten Freund auf die Beine und zu seinem Auto, wobei er darauf achtete, nicht auch noch seine eigene Kleidung mit dem fettigen Ruß zu ruinieren.

Montag, 14. Juli 2008, 17.15 Uhr

„Jetzt red schon! Was ist passiert?“

„Was für ein furioses Nachtmahl?“

„Später! Wieso bist du nass und verrußt? Ich meine, wie passt das zusammen? Du bist doch hoffentlich nicht so blö..., ich meine, so mutig gewesen, mitten in ein ausgebrochenes Feuer hineinzulaufen, nur um die Kollerin-Leiche zu retten ... oder?“

„Hältst du mich für ganz blöd?“

„... also ... nein, das eben nicht.“

„Darum möchte ich auch gebeten haben! Nein, natürlich bin ich nicht in das Feuer hineingelaufen. Es ist um mich herum ausgebrochen! So einfach war das!“

„Um dich herum ausgebrochen?"

„Ja! Also, ich bin gerade ins Leichenkammerl gegangen. Und dann, dann habe ich die Alarmglocke losgehen gehört, ich bin auf den Gang hinausgelaufen ... und dann weiß ich nichts mehr. Da muss mich einer der Balken getroffen haben, die wegen dem Feuer von der Decke heruntergefallen sind. Aufgewacht bin ich von dem Schwall Wasser, den mir die Feuerwehr durch das Fenster drübergespritzt hat. Dann hab ich versucht, mich aufzurappeln ... was mir auch zuerst gelungen ist. Aber dann ist noch so ein Wasserschwall über mich hereingebrochen, prompt bin ich gestürzt und habe mir das Knie ziemlich heftig verdreht. Und das tut jetzt mehr weh als der Kopf ... aua."

„Wotan! Und ..." – Tante Agathe stürzte in heller Aufregung quer über die Straße auf sie zu. „Was habt ihr denn schon wieder angestellt?"

„Wir? Also, meine liebe Tante, in dem Fall bin ich aber wirklich unschuldig!"

„Wotan, das bist du nie! Und ... um Gottes willen, was ist denn mit Ihnen passiert? Sie brauchen doch ärztliche Hilfe! Warten Sie, ich ruf gleich einen ..."

„Danke vielmals, gnädige Frau, aber das ist nicht nötig. Der Arzt – also, der steht schon vor Ihnen. Ich darf mich vorstellen ... Doktor Georg Darner."

„Ah, Sie sind der Schurli? Na ja, wenn ich jetzt ‚sehr erfreut' sagen würde, würde ich wohl lügen. Also nicht Ihretwegen, sondern wegen der Umstände, verstehen S'?"

„Ja, natürlich. Ich bedaure auch die Umstände unseres Kennenlernens. Erst recht meinen Zustand – ich bin ja wirklich nicht sehr präsentabel. Aber es ist mir trotzdem eine Ehre, Ihre Bekanntschaft ..."

„Jaja, schon gut! Wo bringen wir Sie hin, damit Sie sich baden und umziehen können?"

„Ich … ich …“

„Jetzt ‚ich-en‘ Sie nicht herum! Sie werden mir doch keinen Schock bekommen haben, der Ihnen die Sinne vernebelt. Also, wo ist der nächste Ort, wo Sie … also, duschen könnten Sie gleich hier drüben, bei mir in der Apotheke. Aber wegen Ihrer Kleidung …“

„Danke vielmals, Frau Magistra. Das Haus meiner Eltern ist auch nicht weit von hier.“

„Umso besser, dann bringe ich Sie eben dorthin.“

„Tante Agathe, das ist sehr lieb von dir, aber eigentlich wollte ich dem Schurli helfen und ihn nach Hause bringen. Weißt du, deshalb gehen wir gerade zu meinem Auto … das steht da gleich hinter dir.“

„Auch gut. Und da ich natürlich von euch erwarte, dass ich mir nichts von euch erwarten kann … also, keinerlei ehrlichen Bericht über die Tragödie, die sich da vorhin …“

„Es war keine Tragödie, liebe Tante, es war keine.“

„… über die Tragödie von vorhin, die beinahe tragisch geendet hätte. Deshalb versuche ich es mit Bestechung. Wenn es bei Ihnen geht, Herr Doktor, dann würde ich mich freuen, Sie und meinen verschwiegenen Neffen zu einem Nachtmahl in der ‚Steilen Steinstufe‘ zu sehen. Jetzt ist es halb sieben … geht sich halb neun aus? Ah ja, Sie wären … na ja, und gezwungenermaßen auch mein Neffe … also, meine Gäste.“

Wotan jubelte innerlich, versuchte aber sich die Freude über das ganz unerwartete Nachtmahl nicht anmerken zu lassen. Was ihm aber nicht sehr gut gelang!

… doch fiel es nicht auf, da auch Georg wie ein erleuchteter Christbaum zu strahlen begann.

„Meinen Sie das Restaurant ‚Zur steilen Steinstufe‘?“

„Ja, wieso, kennen Sie das?“

„Ich bitte Sie, das ist doch die erste Adresse für ... Wotan, das musst du doch auch kennen!“

„Nein, im Gegensatz zu dir bin ich hier erst seit einer Woche zu Gast und ...“

„Mein lieber Neffe, du warst etliche Male in deinen Sommerferien auf Besuch hier!“

„Ja, schon, aber da hast du uns nie in ein Restaurant mit irgendeiner steilen Stufe eingeladen. Wir waren bestenfalls in einer Pizzeria ... und natürlich bei dir, wo es ohnehin am besten schmeckt.“

„Wotan, du bist ein elender Lügner. Aber zugegeben, ich wäre nie auf die Idee gekommen, euch jugendliche Sommerfrischler in die ‚Steile Steinstufe‘ einzuladen. Wobei, damals hatte es noch keinen Michelin-Stern. Aber trotzdem ...“

„Um halb neun dort?“

„Ja, natürlich, wie ich gesagt hab. Aber so, wie Sie hinken, wer’n Sie wohl kaum fahren können. Wotan, du wirst euch beide chauffieren. Weißt du eh, wo das ist?“

„Nein, aber der Schurli hat sich ja nur das Knie verletzt, reden kann er noch ... und wie! Also wird er mir auch den Weg weisen können. Hab ich recht, edler Überlebender der Feuersbrunst?“

„Wotan, weißt du, was du bist? Du bist wirklich ein ...“

„Jetzt seid’s brave Buben und vertragt’s euch! Wir sehen einander um halb neun. Und dann erwarte ich mir einen lückenlosen Bericht!“

Da Wotan mit seinem rechten Arm Georg stützte, konnte er nicht ganz korrekt auf Tante Agathes Tonfall reagieren und nur mit links salutieren: „Jawoll, Frau Oberfeldtante Agathe! Melde gehorsamst, wir werden!“

Mit einem tiefen Seufzer, aus dem so etwas wie „Deppenbuamseidsihr“ herauszuhören war, verschwand seine Tante wieder in ihrer Apotheke, erst recht, da die einzige hinter der Theke verbliebene Angestellte die aus Neugier auf neue Gerüchte hereingeströmten Massen kaum mehr bedienen konnte.

Montag, 14. Juli 2008, 18.30 Uhr

Die Fahrt war lang und mühsam. Georg jammerte in einem fort – Knieschmerz hin, Kopfweh her. Wotan hatte seine Ohren nach fünf Minuten auf Durchzug gestellt, bis ...

„Dabei wäre ich so knapp dran gewesen, den Kasten mit den Kleidern der Toten vor dem Feuer zu retten. Beinahe hätte ich es geschafft, aber wegen dieses blöden Balkens ...“

Wotan stieg so heftig auf die Bremse, dass er beinahe einen Auffahrunfall verursachte ... wütendes Hupen inklusive.

„Was, bitte? Du hast was?“

„Reg dich doch nicht auf, die Koller-Leiche ist sowieso nicht verbrannt, nicht so wie ihr tragisches Vorbild.“

„Ja, aber ihre Kleider schon?“

„Sagte ich doch eben!“

„Schurli, jetzt sei nicht gleich beleidigt, verstehst du nicht, was das heißt? Rein zufällig bricht gerade dann ein Brand im Krankenhaus aus, und das an einer Stelle, an der weder viele Personen sind noch besondere Gefahrenquellen lagern noch irgendein anderer Grund vorhanden ist, der einen Brand wahrscheinlich sein lässt ... wo war ich?“

„... rein zufällig gerade dann ...“

„Ja, danke – rein zufällig gerade dann, wenn dort die Kleidung eines Mordopfers liegt? Da stimmt doch was nicht! Der Brand war doch kein Zufall ...“

Die schwungvolle Bewegung, mit der sich Georg am Beifahrersitz zu Wotan drehen wollte, um seiner harschen Antwort Nachdruck zu verleihen, blieb mitten im Ablauf stecken. Hätte man nicht an seinem Gesicht den akuten Schmerz abgelesen, hätte er glatt als Schaufensterpuppe mit Anzug durchgehen können.

„Schurli, alles in Ordnung? Du hättest vielleicht doch länger in der heißen Badewanne mit dem Muskelöl liegen bleiben sollen."

Georg quetschte ein „Nein, es geht schon wieder" zwischen seinen Zähnen durch, schaffte es aber immerhin, sich in seinem Autositz wieder vorsichtig nach vorne zu drehen.

„Wotan, da ist noch etwas bei der Koller-Leiche, was ich dir noch nicht erzählt habe. Aber ich schwöre dir, ich hab's nur vergessen, ich wollte es wirklich nicht verschweigen."

„Und zwar?"

„Da war etwas Komisches. Ich habe nämlich auf der Haut von Frau Koller auch Spuren einer chlorhaltigen Verbindung gefunden. Aber das, Wotan, ich bitte dich, das darfst du ..."

„... lass mich raten, ich darf das nienieniemandem je weitererzählen! Stimmt's?"

Zuerst versuchte Georg nur stumm zu nicken, aber da ihn offenbar auch diese Bewegung zu sehr schmerzte, gab er doch lieber eine nicht-körpersprachliche Antwort.

„Ja! Wirklich, Wotan, das musst du mir ausnahmsweise hoch und heilig versprechen! Ganz ohne ironischen Unterton. Das ist so geheim, das weiß einstweilen wirklich nur ich. Na ja, und jetzt eben auch du. Natürlich werde ich den Kollegen der Salzburger Gerichtsmedizin von meiner Entdeckung berichten, aber die nächsten Tage ... bitte, Wotan, ganz im Ernst ...“

„Schurli, ich hab’s ausnahmsweise verstanden! Und ich verspreche dir, es bleibt versiegelt in meinem Hirn. Ich schwör’s bei ... ja, wobei eigentlich? Ich hab’s – erinnerst du dich an unsere erste Klasse? Du Winnetou, ich Old Shatterhand. Ich schwöre es dir bei unserer Blutsbrüderschaft, die uns auf ewig ... also, Schurli, mit anderen Worten: ich versprech’s!“

Offensichtlich war Georg ein großer Winnetou-Fan – seine trotzige Miene signalisierte eine neuerliche Gekränktheit, weshalb Wotan vorsichtshalber in seinem unbeschwertesten Tonfall fortsetzte.

„Sag, und du bist dir sicher, dass in diesem Nobelrestaurantschuppen kein Krawattenzwang herrscht? Du hast dich ja jetzt ordentlich in Schale geworfen, aber ich ... ich komm daher wie ein Reservesandler. Lassen die mich überhaupt rein? Oder muss sich meine Tante meinetwegen schämen?“

Da zog Georg mit strahlend-überlegenem Lächeln eine Extrakrawatte aus seiner rechten Sakkotasche, die gar nicht einmal so schlecht zu Wotans „Freizeitlook“ passte.

„Chapeau, mein Lieber! Du denkst wirklich an alles!“

... außer an vernünftige Begründungen für ach so überraschend ausgebrochene Feuer. Aber den Nebensatz verkniff sich Wotan lieber, denn er wollte den restlichen Weg in Ruhe und Frieden zurücklegen, zumal sich die Straße in abenteuerlichen Haarnadelkurven in Richtung eines Hochplateaus hinaufschraubte.

Montag, 14. Juli 2008, 19.15 Uhr

Als sie endlich oben angekommen waren, stand Wotan ein dünnes Schweißrinnsal auf der Stirn. Er hatte ja schon so manche Bergstraße erfolgreich hinter sich gebracht, aber auf einer so schmalen und gewundenen Holperpiste war er noch nie unterwegs gewesen. Und wie er die zwei Autobusse, die natürlich an den engsten Stellen wie von Zauberhand vor seiner Kühlerhaube aufgetaucht waren, lebend umrundet hatte, war ihm rückblickend ein Rätsel.

Das „Zur steilen Steinstufe" musste wirklich ein hervorragendes Restaurant sein ... zumindest ließ das der volle Parkplatz, der fast ausschließlich mit Sportwägen und anderen „rollenden Wertpapierdepots" zugepflastert war, vermuten. Mit Müh und Not quetschte sich Wotan neben eine protzige Limousine mit Salzburger Kennzeichen, die beinahe zwei Plätze in Anspruch nahm. In Georgs Gesicht spiegelte sich eine interessante Mischung aus Freude über das bevorstehende kulinarische Ereignis und Schmerz angesichts des noch verbleibenden Fußweges bis zu ebendiesem, denn das Lokal trug seinen Namen nicht zu Unrecht. Zwar gab es eine stufenlose Zugangsmöglichkeit für Menschen, die ihrer Mobilität beraubt waren, aber da diese einen deutlichen Umweg erforderte, zog sich Georg lieber mit Heldenmiene am Geländer der Steinstufen in Richtung der Gaststube hoch.

Wobei, „Gaststube" wurde dem Ensemble aus verschiedenen Speisesälen wahrlich nicht gerecht. Zuerst betraten sie den Empfangsraum, um dann einen modernen Anbau zu durchwandern, von dessen Tischen man dank der Panoramascheiben einen wunderbaren Blick über das Hochplateau und die mächtigen Gipfel im Hintergrund hatte. Am anderen Ende dieses kalorienreichen Wintergartens ging es in den ältesten Teil des Restaurants. Die Stube aus dem 16. Jahrhundert war auf den ersten Blick das absolute Gegenteil des vorigen Raums – mit ihren kleinen Fenstern, die in dicken Steinmauern eingelassen kaum einen Blick in die Natur freigaben, war sie aber dank der rauen Wände, der urtümlichen Holztisch-Ungetüme und eines prasselnden Kaminfeuers nicht minder attraktiv. Nur eine Besonderheit, die gerade deswegen, weil sie so wunderbar in dieses Ambiente vergangener Zeiten passte, so leicht übersehen wurde, verleidete manchem Besucher den Abend. Denn der Türrahmen, durch den man die Stube betrat, stammte natürlich ebenso aus fernen Zeiten, in denen die Menschen noch viel kleiner gewachsen waren. Vom Boden bis zum massiven Holzbalken, der den Durchgang oben begrenzte, waren es knapp 150 Zentimeter ... und das führte zu so manch schmerzhafter Erfahrung unvorsichtiger Gäste. Zwar standen in großen Buchstaben die warnenden Worte „Vorsicht aufs Hirn – vom Anhau'n wird's net mehr!“ über dem Türstock, dennoch zogen viele zu spät den Kopf ein oder streckten ihn zu früh wieder hoch, sodass der auf vornehmer Plauderlautstärke angesiedelte Geräuschpegel des Öfteren durch ein lautes „Au!“ durchbrochen wurde.

Aber sowohl Wotan als auch Georg passten auf ihre ohnehin malträtierten Hinterköpfe auf und begrüßten Tante Agathe, die bereits am reservierten Tisch saß, mit einem breiten Lächeln.

„Wo dürfen wir Platz nehmen?“ – einen Moment lang zögerten die beiden Schulfreunde, da der Tisch für vier Personen gedeckt war.

„Herr Doktor, an meine grüne Seite. Und du, Wotan, du sitzt mir gegenüber. Da kann ich dir am besten direkt in die Augen sehen und merke sofort, wenn du ... na ja, dich vielleicht nicht mehr so ganz erinnern kannst, was du mir noch berichten – oder sollte ich lieber beichten sagen? – wolltest. Und neben dir sitzt dann, quasi als dein erweitertes Erinnerungsvermögen ... ah, da kommst du ja, Bertl."

Im selben Maße, wie man den beiden Freunden ansehen konnte, dass ihnen gerade derselbe Gedanke durch den Kopf ging – „Hätt ich mir eigentlich denken können!" –, konnte man auch in den Gesichtern von Magistra Agathe Gattermüller und Adalbert Furmaier erkennen, dass ihre Gedanken in dieser Sekunde synchron verliefen. Allerdings gebot es der Anstand, über den Inhalt ebendieser mit einem „Mein Gott, bin ich aber hungrig, ich könnte die halbe Speisekarte leeressen!" elegant hinwegzutänzeln.

Mit einem leisen Lächeln riss Tante Agathe die Konversation wieder an sich. „Noch einmal, ihr seid alle meine Gäste. Und wenn euch nach der ganzen Speisekarte zumute ist ... aber vergesst nicht, es ist ein Bestechungsessen. Ich erwarte mir dafür einen lückenlosen Bericht vom allem, was du, mein lieber Neffe, seit deinem bisher einzigen Besuch bei mir in der Apotheke erlebt hast."

Wotan war der spitze Ton bei den Worten „bisher einzigen Besuch" nicht entgangen. Allerdings hatte es ihm seine Tante leicht gemacht, ihr Kontra zu geben.

„Meine liebe Tante, jetzt tust du mir allerdings ganz fürchterlich unrecht! Denn ich war nach meinem – beinahe sofortigen – Antrittsbesuch noch zwei Mal bei dir ... vom gemeinsamen Kirchenbesuch ganz zu schweigen. Bei dir war ich nämlich noch am ... ja, stimmt schon, zwei Mal. Zum einen habe ich deine Gastfreundschaft nach meinem Mordnacht-Kollaps genossen – ich gebe zu, daran denke auch ich nicht unbedingt gerne. Und zum anderen – du scheinst vergessen zu haben, dass ich erst vor wenigen Stunden bei dir in der Apotheke war!“

„Wotan, stell mich bitte nicht als Depp hin! Natürlich warst du heute Nachmittag in der Apotheke, aber – jetzt korrigiere mich bitte, falls ich mich irren sollte – waren das fünf oder sieben Sekunden?“

„Tante Agathe, das ist unfair! Ich konnte dir beim besten Willen nichts erzählen! Angesichts der Meute von ... wie soll ich sagen ...“

„Dorftratschen?“

„Also wirklich, Herr Furmaier! So würde ich diese Damen doch nie nennen. Nein, angesichts der ... also, der Kundinnen eben.“

„Eins zu null für dich, mein lieber Neffe. Aber hier stört uns ja keine dieser wandelnden Informationsbörsen. Daher kannst du mir nach dem Essen in aller Ruhe alles berichten ... und Sie auch, Herr Doktor!“

Georg wollte etwas erwidern, verschluckte sich aber vor Schreck über die militärischen Qualitäten Tante Agathes dermaßen, dass er nur mehr hustend ein Nicken andeuten konnte.

„Au!“ – wieder hatte ein Gast die Türrahmen-Warnung ignoriert.

Montag, 14. Juli 2008, 20 Uhr

Als alle Teller abgeräumt waren, lagen seine Tante, Herr Furmaier, Schurli und er selber mehr auf ihren Stühlen, als dass sie auf ihnen gesessen wären. Kaum ein Ächzen war zu hören, höchstens ein wohliges tiefes Atmen. Aber Wotans Hoffnung, dass seine Tante auf ihre Forderung vergessen würde, machte sie inmitten der Verdauungsruhe mit einem „Aber jetzt, mein lieber Wotan …“ zunichte.

„Aber jetzt, mein lieber Wotan, jetzt entkommst du mir nicht mehr. Ich will hören, was du alles erlebt hast, seit du vor sechs Tagen hier angekommen bist. Wirklich alles, hörst du!“

Wotan wollte schon folgsam mit dem Sprüchlein, das er sich zurechtgelegt hatte, beginnen, als ihn seine Tante wieder einmal völlig durcheinanderbrachte.

„Zum Beispiel, wie es dir auf der Alm gefällt? Und ich will jetzt keine Komplimente hören! Nur die Wahrheit … also, wie gefällt es dir dort?“

„Ja, danke, wirklich sehr sehr gut. Das liegt natürlich an der wunderbaren Nachbarschaft“ – diese peinliche Übertreibung verband Wotan mit einem allzu freundlichen Lächeln in Richtung seines Sitznachbarn Furmaier, „aber auch am Haus selber. Das ist ja keine Alm mehr, das ist ein Luxusschuppen. Mir fällt grad nur ein blödes Beispiel ein, aber mir ist aufgefallen, dass von den fünf Messern im Messerblock offenbar eines fehlt. Und bezeichnenderweise hast du eines dazugekauft, das fast so aussieht wie die anderen. Für einen Pedanten wie mich ist das natürlich großartig … und es zeigt eben, wie sehr du dieses Almchalet pflegst und hegst.“

Noch während er die als Kompliment gedachten Sätze ausgesprochen hatte, sah Wotan an der Finsternis im Tantengesicht, dass er gerade dieses Beispiel besser nicht hätte erwähnen sollen.

„Ach ja? Es sieht deiner Meinung nach nur fast so aus wie die anderen? Wotan, es ist immer wieder verblüffend, wie sehr du den Perkowitz-Blick für die unwesentlichsten Details behalten hast! Den hast du ja schon als Kind gehabt, aber wir haben immer gehofft, dass er dir in erwachsenen Jahren abhanden kommen würde – offensichtlich haben wir uns getäuscht! Und wenn es dich so stört, sag ich dir gerne, wo du einen komplett neuen Messerblock kaufen kannst!"

„Tante Agathe, ich wollte wirklich nicht ..."

„Jaja, schon gut. Ihr Perkowitz-Männer könnt einem meisterhaft mit einem kleinen Nebensatz die ganze Freude verderben. Glaubst du denn wirklich, dass die Almhütte immer wie frisch aus dem Schmuckkasterl ausgeschaut hat?"

„Was Ihre Tante sagen will, ist, dass sie sich viel Mühe gegeben hat – und auch viel Geld ausgegeben hat, um die Hütte für Ihren Besuch auf diesen Standard zu bringen."

Beinahe hätte Wotan ein Stoßgebet gen Himmel geschickt – „Herr, lass die Erde sich auftun und mich verschlingen". Er genierte sich entsetzlich, aber er hatte tatsächlich einfach angenommen, dass das Almrefugium immer so modern und komfortabel gewesen war. Jetzt begriff er auch, wieso sein Vater schadenfroh gegrinst hatte, als die Idee von den einsamen Alm-Bakkalaureats-Monaten aufgekommen war.

„Tante, ich ... was soll ich sagen, ich kann nur um Entschuldigung ..."

„So, bitte sehr, die Dessertkarten" – Wotan nahm sich ernsthaft vor, dem Oberkellner beim Hinausgehen ein Extratrinkgeld zuzustecken, dessen Nachspeiseninitiative ihn vor Schlimmerem bewahrt hatte.

Nach der Bestellung gelang es Furmaier, das Gespräch wieder in friedlichere Bahnen zu lenken, indem er sich demonstrativ Georg zuwandte.

„Sagen Sie, Herr Doktor, das war ja heute ein schöner Schreck, was Ihnen da im Krankenhaus passiert ist. Jetzt erzählen Sie doch, was ist denn eigentlich passiert?"

Mehr brauchte er nicht zu sagen, um jegliche Gefahr eines wieder aufflackernden Tante Agathe-Wotan-Dialogs zu bannen, denn Georg legte mit einer Leidenschaft los, die den Darner-Kenner Wotan überraschte.

„Ja, also, ich glaube ja, dass Folgendes passiert ist." – Wotan war sofort klar, dass er nun statt von seiner Tante von seinem Schulfreund verbale Ohrfeigen verabreicht bekommen würde. Und er hatte recht! Georg erging sich ausführlich im Erzählen der Geschichte, wie er sich sicher war, dass sie sich zugetragen hatte. Es möge ja andere geben, die da anderer Meinung seien, aber er könne da wirklich ...

Ob es das viele Essen, die Wärme des Kaminfeuers, die gerade überwundene Anspannung nach seinem Fauxpas oder eine Kombination dieser Faktoren war, die ihn in eine Art Tagtraum abgleiten ließ, konnte Wotan nicht genau sagen. Er war jedenfalls wieder in einem Zustand angelangt, in dem er zwar alles um sich herum wahrnahm, aber die Zeitachsen der ihn umgebenden Ereignisse waren in sich verschoben. Das Feuer prasselte zwar, aber die Flammen schienen vollkommen stillzustehen. Schurli bewegte zwar gut sichtbar seinen Mund, aber die herausquellenden Worte passten nicht dazu. Und es war zwar zu hören, wie entsetzt Tante Agathe Schurlis Schilderung kommentierte, aber ihre Züge schienen dabei vollkommen erstarrt. Gerade aufgrund dieser verlangsamten Wahrnehmung hatte Wotan das unangenehme Gefühl, dass irgendetwas an der Schilderung seines Freundes nicht stimmte, ja, nicht stimmen konnte. Und dass dieses Detail sehr wichtig war, begriff Wotan dank seiner inneren Verschiebung ganz deutlich.

„Au!" – wieder hatte ein Gast beim Verlassen der Stube den Balken übersehen.

... und gleich noch einmal. Dieses „Türopfer“ hatte allerdings beim Hereinkommen seinen Kopf nicht tief genug eingezogen.

Wotan starrte fasziniert auf die Öffnung. Dieser Querbalken, irgendwie schien er Wotan etwas mitteilen zu wollen. Jedes „Au!“ schien ihm etwas zuzuflüstern, schien eine Brücke zu einer in seinem Hirn verschütteten Wahrheit bauen zu wollen, um sie endlich ins Rampenlicht seines Bewusstseins zu rücken. Die Botschaft klang aber einstweilen noch nach einer fremden Sprache, sodass Wotan beim besten Willen nicht erkennen konnte, was dieser Holzbalken ihm mitzuteilen hatte.

„Au!“ – diesmal war ein älterer Herr das ...

Da war es!

Endlich war der Gedanke, der sich über die letzten Stunden in seinen tieferen Hirnschichten verhakt hatte, ganz nach außen durchgerutscht. Nun konnte er ihn ansprechen und damit unschädlich machen!

„Georg, du sagst die ganze Zeit, du wärest von einem Balken am Kopf getroffen und k.o. geschlagen worden?“

„Na, endlich siehst du es ein!“

„Im Gegenteil – in der Pathologie gibt es keine Balken an der Decke!“ Wotans Stimme stand unter Strom. Erst als Furmaier ihm beruhigend die Hand auf seinen Unterarm legte, merkte er, dass sich die anderen Gäste bereits nach ihm umzudrehen begonnen hatten.

„Schurli, wie du uns die Leiche gezeigt hast, ist mir aufgefallen, wie sehr der, na ja, Einrichtungsstil zusätzlich zur naturgemäß scheußlichen Ausstrahlung eines solchen Raumes die Wirkung verschlimmern kann. Die Wände und die Decke sind alle in demselben kotzgrünen Ton gestrichen.“

„Wäre dir weiß lieber?“

„Ja, aber das spielt in diesem Zusammenhang keine Rolle. Es gibt Decken mit Balken im gesamten Krankenhaus, aber nicht im Keller! Dort war oben nur grüne Fläche und sonst nichts! Keine Erhebung, keine Absenkung, keine Gliederung, nur hässliche grüne Fläche ... kein Balken!“

„Herr Doktor, es stimmt, was Ihr Freund sagt. Mir ist das auch aufgefallen, wie wir zu dritt bei Ihnen waren. In diesem Trakt ... nein, da waren keine Balken an der Decke.“

„Herr Furmaier, vielleicht haben Sie und Wotan sogar recht. Na und? Dann ist eben wegen der Hitzeentwicklung ein Stück aus der Decke gebrochen und auf mich heruntergefallen. Das ist doch genauso gut möglich.“

Es war klar, dass Georg vernünftigen Argumenten im Moment nicht zugänglich war. Wotan zuckte resigniert die Schultern. Nein, bei diesem Sturschädel war „Argumentations-Hopfen und Fakten-Malz“ verloren.

Interessanterweise war es Furmaier, der nicht bereit war, Georgs uneinsichtiges Verhalten einfach so in Kauf zu nehmen.

„Na ja, das kann ich ja mühelos überprüfen ... also, ob sich aufgrund der Hitzeentwicklung Platten aus der Deckenverkleidung gelöst haben.“ – sprach’s, griff zum Handy und verließ – gebückt – die Stube, um durch sein Telefonat die anderen Gäste nicht zu stören.

Die Anspannung am Tisch war deutlich zu bemerken, nicht einmal Tante Agathe versuchte, das Gespräch durch einen Monolog ins Laufen zu bringen.

„Die Decke ist ganz geblieben!“ – Furmaiers Satz platzte aus ihm heraus wie eine Bombe. „Ich hab grad den Finkner Hannes angerufen, den Kommandeur der Feuerwehr, der hat mir das gesagt. Und wenn’s der Hannes sagt, dann kann man sich drauf verlassen, glaubt's mir das. Und Sie auch, Herr Doktor, wirklich, bitte glauben Sie mir das."

„Ja, aber wieso habe ich dann bei dem Brand eine Beule davongetragen?"

„Schurli, weil ich leider recht habe! Weil dich jemand von hinten niedergeschlagen hat."

„Aber das hieße ja, dass ..."

„... dass jemand gerade im Leichentrakt war und die Kleidung der Kollerin gesucht hat. Dann, als er sie gefunden hatte, hat er den Kasten angezündet. Und in dem Moment bist du auf der Bildfläche erschienen und hast denjenigen bei der Vollendung seines Werkes gestört. Na, und dann hat sich der Bösewicht vor dir beziehungsweise eigentlich hinter dir versteckt. Und dann hat er dich niedergeschlagen. So einfach ist das."

„Das hieße aber auch ..."

„... dass der Brand gelegt war, ja! Aber die wichtigere Frage lautet: Warum wollte der Täter die Koller-Kleider verbrennen?"

„Vielleicht war er ein Verfechter des guten Geschmacks?"

„Schurli, sei doch bitte kein Depp! Im Ernst, warum will man die Kleidungsstücke eines Mordopfers verbrennen?"

Furmaier hatte dem Dialog so konzentriert und still zugehört, dass Wotan und Georg deutlich zusammenzuckten, als er jetzt den Faden aufnahm und sehr klug weiterspann. „Weil man fürchtet, dass sie etwas über einen verraten."

„Daraus ergibt sich logischerweise, dass der Brandstifter auch etwas mit dem Mord zu tun gehabt hat und dass er eben fürchtete, es würden doch noch Reste von Blut oder Fingerabdrücke auf der Kleidung ..."

„Wotan, das kannst du vergessen, weder noch ... auf das hin haben wir und die Polizei die Kleidung auch schon untersucht, da war nix, absolut gar nix."

„Ja, aber warum dann der Aufwand mit den Fetzen? Wenn sie keine Spuren aufgewiesen haben?"

„Ich hab immer geglaubt, ihr Männer seid die logisch Begabteren ... also, wenn es auf der Kleidung nichts gab, was den oder die Täter hätte verraten können, konnte es nur etwas sein, was es eben nicht gab."

„Tante Agathe, du sprichst in Rätseln!"

„Nein, eigentlich nicht, ihr denkt nur zu ‚einschienig'. Wir sind uns einig, dass es Brandstiftung war, um die Kleidungsstücke der Ermordeten zu vernichten?"

Wotan und Herr Furmaier bejahten die Frage so überzeugt, dass auch Georg nichts anderes übrig blieb, als leise schmollend ein Nicken anzudeuten.

„Wenn nun die Kleidungsstücke bereits untersucht und keinerlei verräterische Spuren entdeckt worden sind, gäbe es theoretisch noch eine Möglichkeit – nämlich, dass der Täter das nicht wusste. Wenn er befürchten musste, Spuren hinterlassen zu haben ..."

„Verzeih, Agathe, aber dein Schluss ist nicht logisch. Der Täter muss doch damit gerechnet haben, dass die Kleidung sofort nach dem Mord untersucht worden ist."

„Ja, auch wieder wahr! Also, dann bleibt erst recht nur mein Schluss von vorhin über ... wenn der oder die Täter nichts vernichten wollten, was hätte da sein können, wollten sie sozusagen etwas vernichten, das nicht da war."

„Tante Agathe, du wirst immer mehr zur Rätseltante! Wie kann man etwas vernichten, das nicht da ist?"

„Na ja, so darfst du das nicht sehen. Du vernichtest etwas, bevor jemand draufkommen könnte, dass bei dem, was du vernichtest ... also ... dass bei dem eben Vernichteten etwas fehlt. Mit anderen Worten: Du vernichtest die Kleidung der Kollerin nicht, weil Spuren drauf sind, sondern weil etwas an ihr fehlt, was ein Kenner der Kollerin sofort vermissen würde. Und das könnte ihm, also dem Kollerin-Kenner ... oder der Kollerin-Kennerin, eben ermöglichen, Rückschlüsse auf den oder die Mörder zu ziehen."

„Und warum soll etwas an der Kleidung des Mordopfers fehlen?"

„Weil vielleicht genau dieses fehlende Teil der Grund für den Mord war!"

„Agathe, jetzt mach's doch nicht so spannend! Was, zum Himmeldonnerwetter noch einmal, hätte an dieser Fetzenkleidung der Grund für einen Mord sein können?"

„Lieber Bertl, das weiß ich auch nicht, aber es muss wohl so gewesen sein."

„Ah, ich verstehe. Tante Agathe, du wandelst auf Sherlock Holmes' Spuren. Um ihn zu zitieren: Wenn alle Möglichkeiten logisch eliminiert wurden, ist das, was übrig bleibt, die Wahrheit, auch wenn sie noch so unwahrscheinlich sein mag. Hast du das so gemeint?"

„Also, Sir Arthur Conan Doyle wollte ich nicht gleich zitieren, aber ... ja, so habe ich das gemeint."

„Dann bleibt die Frage: Was an dieser Kleidung könnte für den oder die Mörder so wichtig gewesen sein?"

„Jetzt müssten wir halt wissen, ob die Kleidung wirklich restlos verbrannt ist. Wartet's, ich ruf noch einmal den Finkner Hannes an. Ich bin gleich wieder da."

Was jetzt kam, glich der Situation von vor ein paar Minuten aufs Haar. Furmaier ging hinaus, das Schweigen wurde beinahe unerträglich, Furmaier kam mit besorgtem Gesicht zurück und konnte mit dem Satz kaum an sich halten, bis er den Tisch erreicht hatte.

„Alles verbrannt! Restlos! Die Feuerwehr meint inzwischen, dass da ein Brandbeschleuniger verwendet worden ist. Ganz normales Benzin. Einfach, aber wirkungsvoll."

Und genau in diesem Moment kam das Dessert.

Mit einem „Na, da kann man halt nix machen! Lasst es euch schmecken!" durchbrach Tante Agathe den Panzer der Enttäuschung, sodass die Palatschinken den Abend noch in versöhnlicher Süße ausklingen ließen.

Dienstag, 15. Juli 2008, 7 Uhr

Der Wald war wunderbar!

Die Luft war kühl und es duftete verführerisch nach Tannennadeln, Heidelbeeren und frischer Grießnockerlsuppe. Begleitet vom typischen Waldesrauschen beugte sich Wotan zu einem der Nadelbäume, riss einen der Tannenzapfen ab und begann an ihm herumzukauen. Er stellte fest, dass er sich geirrt hatte – der Zapfen schmeckte gar nicht nach Grießnockerlsuppe, es war eindeutig ein Leberknödel-Tannenzapfen. Während er kaute, wechselte das Geräusch des Windes vom Wipfelrauschen zu einem durchdringenden Klingeln ... und da wachte Wotan endlich auf.

Als er nach seinem Handy, das irgendwo auf dem Nachtkastel lag, fischte, blickte er verschlafen-ungläubig auf seinen Wecker. Wer um Gottes willen sollte ihn um sieben Uhr früh anrufen?

„Wotan!" – die Stimme war kaum als die seiner Tante zu erkennen.

„Wotan, es ist so schrecklich. Das darf doch nicht wahr sein. Wobei, dieser Magister Baldur, das muss doch ein Vollidiot sein!“

Zwischen den Sätzen lagen deutliche Pausen, die von einer Luft-holen-Nase-putzen-Geräuschkulisse erfüllt waren.

„Tante Agathe, jetzt beruhige dich bitte. Was ist denn passiert?“

„Verhaftet hab'n sie ihn, den Bertl. Wegen eines ‚alten Hasses, der sich jetzt seinen Weg gebahnt‘ hat ... sagt dieser Idiot, dieser Baldur.“

„Langsam, damit ich das auch richtig verstehe. Der Herr Furmaier wurde wegen des Verdachts, die Frau Koller ermordet zu haben, verhaftet?“

„Ja.“

„Und das Motiv ist ... was hast du da grad gesagt?“

„Ein alter Hass, der sich jetzt seinen Weg gebahnt haben soll ... laut diesem Vollidioten, diesem ...“

„Was meint denn der Polizist damit?“

„Da gibt's eine alte Geschichte. Wie der Bertl vor neun Jahren sein Restaurant eröffnet hat, wollte die Kollerin unbedingt eine eigene Eckvitrine zur Präsentation ihrer Gesundheitsprodukte haben. Verkaufen sollte sie natürlich der Bertl. Aber das sollte er für Gottes Lohn tun, sie wollte ihm partout keinen Anteil geben. Also hat er sich geweigert ... weniger wegen dem Geld, sondern weil er sich geärgert hat, dass die Kollerin so gierig, so neidig und so aufbrausend-arrogant war. ... das konnte sie nämlich schon sein, die gute Barbara. Na, und wie er sich dann geweigert hat, hat sie ihn aus Rache angezeigt, weil durch das Restaurant angeblich die letzten Brutgebiete einer vom Aussterben bedrohten Vogelart gefährdet gewesen wären. Natürlich war das nur Blödsinn, aber das hat den Bauprozess massiv verzögert und den Bertl viel Geld gekostet. Letztlich wurde das Restaurant gebaut, und die Kollerin hat keine Ecke für ihre Moorproduktpräsentation bekommen. Deshalb hing damals der Haussegen zwischen den beiden mächtig schief. Aber auch das hat sich gegeben, und vor vier Jahren haben sie dann ganz offiziell Frieden geschlossen, aber ..."

„Ja, aber dann hat doch der Herr von der Mordkommission gar nichts in der Hand gegen ihn!"

„Ja, also nein, aber offenbar darf er ihn auf jeden Fall erst einmal verhaften, so ein Depp, so ein blöder!"

Wotan bemerkte mit Erheiterung, wie sich der Tonfall seiner Tante im Verlauf der paar Sätze vom schluchzenden Häufchen Elend zu einer Johanna von Orléans geändert hatte.

„Na ja, dann scheint es akut auf die Frage hinauszulaufen, ob der Herr Furmaier ein Alibi für die Tatnacht hat. Und diesbezüglich dürfte es doch kein ..."

„Ein Problem, lieber Wotan, ein Problem geben! Der Bertl hat ... hat nicht ... also, das ist hier bei uns nicht so einfach, das mit dem Alibi. Also, mit so einem Alibi halt."

„Tante Agathe, du willst mir doch nicht allen Ernstes erzählen wollen, dass es hier noch eine Rolle spielt, ob zwei erwachsene Menschen ..."

„Auf jeden Fall hat der Bertl kein Alibi für die Nacht, in der die Frau Koller ermordet wurde. Keines, das er angeben könnte."

Wotan seufzte tief. Anscheinend hatten sich hier manche Sitten seit der Zeit der Hexenverfolgungen kaum verändert.

„Und was können wir sonst tun?"

„Ich lauf auf jeden Fall jetzt einmal zum Gericht. Und du ..."

„Ich komme natürlich auch gleich hin! Wobei, sei mir jetzt bitte nicht böse, aber der Herr Furmaier bräuchte jetzt weniger deinen Zuspruch als einen guten Anwalt. Du hast doch sicher einen Familienanwalt, der euch hier alles ...“

„Nein, Wotan, für eine so ernste Situation nehm ich nicht unseren lieben Wald- und Wiesenanwalt, da besorg ich mir gleich die Beste, die ich kriegen kann ... also, das ist eine junge Salzburger Staranwältin, so eine wie aus den amerikanischen Anwaltsserien, knallhart und tough und unheimlich selbstsicher und richtig arrogant und sehr, sehr teuer ... aber für den Bertl ist mir ja wohl das Beste gerade noch ...“

„Ja, Tante Agathe, die rufst du sofort an. Mach das – und jetzt beruhige dich und saus zum Gericht. Aber vorsichtig und langsam sausen, gell! Nicht, dass du mir auf dem Weg noch ...“

„... und diese Anwältin wird ...“

Plötzlich Stille! Wotan dachte schon, dass Tante Agathe in ihrer Hektik vom Telefon weggestürzt sei, ohne die „Auflegen“-Taste gedrückt zu haben, da ...

„Wotan!“

„Ja?“

„Danke für deine Hilfe ... aber du irrst dich!“

„Gerne ... wie meinst du das?“

„Der Bertl braucht jetzt natürlich einen großartigen Rechtsverdreher ... oder eben -verdreherin, aber er braucht am allermeisten schon mich ... und Leute wie dich! Bis gleich!“

In diesem Augenblick war Wotan froh, dass ihn keine seiner Schwestern sehen und damit automatisch loslästern konnte, denn diese Überdosis an Gefühl, die ihm seine sonst eher herb-zynische Tante soeben injiziert hatte, ließ ihn doch die ein oder andere Träne in seinem Hals wegräuspern.

Das hinderte ihn aber nicht daran, die morgendliche Trias aus Zähneputzen, Duschen und Anziehen in einem Rekordtempo hinter sich zu bringen. Als er in seinen Wagen sprang, gab er sich noch kurz der Hoffnung hin, dass es am Tamsweger Gericht einen brauchbaren Frühstücksautomaten oder gar eine Kantine geben könnte, in der auch Nicht-Juristen über einen zu frühen und erst recht zu dramatischen Tagesanfang hinweggeholfen werden würde.

Dienstag, 15. Juli 2008, 8.30 Uhr

„... und wegen dieses alten Hasses, der sich eben jetzt ...“

„... seinen Weg gebahnt hat! Amen!“ – trotz der angespannten Situation mussten Wotan und Maroni unisono grinsen. Ohne es je geprobt zu haben, war ihnen beiden völlig synchron dieses „Amen“ herausgerutscht, nachdem Magister Baldur erneut seine an den Haaren herbeigezogene Begründung gebetsmühlenartig vor Herrn Furmaier, Magistra Gattermüller, Wotan und Maroni heruntergeleiert hatte. Am gelassensten war eindeutig jene Person im Zimmer, die den meisten Grund gehabt hätte, sich wie wild zu gebärden. Aber Adalbert Furmaier saß ruhig auf dem Stuhl, hinter dem ein Polizist jederzeitige Einsatzfähigkeit darzustellen versuchte.

„Herr Magister Baldur, ich sag Ihnen klar und deutlich, wenn es dem Herrn Furmaier hier an irgendetwas mangelt, was ihm aufgrund der Genfer Konvention und der österreichischen Verfassung zustünde, dann werde ich höchstpersönlich dafür sorgen, dass Sie ...“

„Agathe! Jetzt reg di do net so auf! Mir geht's hier wirklich gut. Der außerordentlich nette junge Mann da hinter mir" – dem Polizisten schoss die Röte ob des Furmaier'schen Lobes ins Gesicht – „ist einer der beiden Enkel vom Mohinger. Und er ist so gar nicht wie sein Großvater, bei dem bin ich als Gefangener ..."

„Herr Furmaier, Sie sind einstweilen kein Gefangener, Sie sind ..."

„... was auch immer, Herr Magister. Auf jeden Fall ... Agathe, mir geht's hier gemessen an der Situation richtig gut. Ich unterhalte mich mit dem jungen Mohinger über allerlei ... hast du zum Beispiel gewusst, dass er und sein Bruder richtige Motorradkenner und -könner sind? Nicht so bequeme Geländewagen-Verwöhnte wie ich! Die haben sogar schon an einer Rallye teilgenommen und sind ... wievielte seid's ihr damals geworden?"

„Na ja, achte."

„Na bitte, das ist doch was ... das Teilnehmerfeld war nämlich riesengroß ... über 70 Teams. Auf jeden Fall, Agathe, mir geht es hier richtig gut! Und das Allerwichtigste ist doch ... ich weiß, wo ich in der Mordnacht war und dass ich ganz sicher nicht die Kollerin um'bracht hab! Und du weißt, wo ich in der Mordnacht war und dass ich ganz sicher nicht die Kollerin um'bracht hab! Und wer anderer, der muss das derzeit noch nicht wissen!"

Jetzt war es an Tante Agathe, wie ein junges Bauernmädchen, das einem Heimatroman des 19. Jahrhunderts entstiegen war, zu erröten. Wotan und Maroni konnten ihre Lachkrämpfe kaum hinter überraschenden Hustenanfällen verbergen, und selbst Magister Baldur schien nur mit äußerster Willenskraft seine Mundwinkel beherrschen zu können. Nach einer gerade richtig getimten dramatischen Pause setzte Furmaier fort.

„Maroni, Herr Perkowitz, ich hätt noch zwei Bitten. Könnt's ihr die Jung Maria informieren, sie möge doch so lieb sein und einstweilen das Lokal weiterführen. Und dann, Herr Perkowitz, sind S' so nett und fahren S' zum Wiesner Rupert, er möge meine Museumsdienste übernehmen. Danke! Ja ... dann ... geh ma halt wieder in die Zelle. Auf geht's, Mohinger! Und ... danke, gell! Und ... Agathe ... in ein paar Monaten lach ma drüber ... wirst sehen. Vielleicht tu ma das dann sogar dort, wo du immer schon hin wolltest ... im Negresco."

„Nobel, Herr Furmaier, nobel. Hotel Negresco in Cannes. Gleich bei den Filmfestspielen auf der Croisette."

„Herr Magister, Sie sollten einmal ein Praktikum bei der französischen ‚Gendarmerie nationale' absolvieren. Die Croisette ist in Cannes ... und da liegt das berühmte Hotel Carlton. Das Hotel Negresco hingegen ist in Nizza an der nicht minder berühmten ‚Promenade des Anglais'. So, aber jetzt, Mohinger, gehen wir ins hiesige Fünf-Sterne-Hotel ... auf in die Zelle. Wiederschau'n!"

Mit unnachahmlicher Eleganz und Nonchalance drehte sich Furmaier um und verließ den Raum in Richtung seiner derzeitigen spartanischen Behausung.

Als Baldur Furmaier ein „So so, Negresco – in Nizza, sagen Sie" nachknurrte, konnten die anderen beinahe seine Kiefer vor Zorn knirschen hören.

Dienstag, 15. Juli 2008, 9 Uhr

„Ja dann, lebt wohl, ihr Lieben! Ich muss mich jetzt um die Anwältin kümmern."

„Auf Wiedersehen, Frau Magistra. Und Kopf hoch, dieser Mist ... diese Misere wird bald vorbei sein. Ganz sicher!“

„Ja, Tante Agathe, da pflichte ich Fräulein Zillerberg zur Gänze bei. Ganz sicher ... ja. Also dann, küss die Hand!“

An der Gestelztheit ihrer Abschiedssätze konnte jeder erkennen, wie angestrengt alle drei ihren Pseudooptimismus zur Schau trugen.

„Fräulein Zillerberg – ich darf mir erlauben, Sie wieder zum Furmaier'schen Restaurant zu fahren?“

„Gerne, sehr geehrter Herr Perkowitz. Aber – Wotan, jetzt, da wir uns zwecks Vorspiegelung falscher Hoffnungen nicht mehr hinter der schützenden Mauer übertriebener Manieren verschanzen müssen, würde ich Sie höflichst ersuchen, mit mir ganz normal zu reden! Oder sind Sie dazu gar nicht mehr in der Lage?“

Wotan war über die soziale Intelligenz und große Offenheit Maronis zu verblüfft, um mehr als ein „Doch, schon. Glaub ich zumindest. Also, dann fahr ma!“ herauszubringen.

„Maroni, ich hab nicht ganz verstanden, welche Aufgabe ich übernehmen soll. Wer bitte ist der Herr Rupert Wieser?“

„Wiesner, nicht Wieser! Der Rupert ist der Co vom Herrn Furmaier im ‚Die Welt und wir – Museum Mondalm‘.“

„Ich versteh nicht.“

„Sie kennen das Mondalm nicht?“

„DAS Alm?“

„Na, eben das Museum ‚Mondalm‘. Jetzt sind Sie schon so lange hier und ...“

„Bitte, heute ist es genau eine Woche.“

„Was? Wirklich? Ich hätt geschworen, dass Sie schon ...“

„Das macht der Mord.“

„Der Mord?“

„Ja, weil so ein Mord, der schweißt zusammen. Es sind die gemeinsam erlebten Emotionen, die in einer eng umgrenzten Gruppe rasch ein Gefühl der ...“

„Ah ja, Sie studieren ja Psychologie.“

„Und? Stört Sie das?“

„Nein, ich meine nur, dass Sie natürlich sofort erkennen, wie die Zusammenhänge ... ja, und so halt. Erst eine Woche? Ja, Sie haben recht, es war eine ungemein intensive Woche.“

„Mondalm?“

„Mondalm?“

„Mondalm! Sie wollten mir ...“

„Ja, das wunderbare Museum. Nein, echt, es ist ein wirklich witziges und informatives Museum. Quasi erfunden haben es eben der Herr Furmaier und der Herr Wiesner. Vor ein paar Jahren wurde eines der ältesten Gehöfte hier im Tal frei, der letzte Besitzer war gestorben. Und daraufhin haben die beiden einen Verein gegründet und Spenden gesammelt. Und dann haben sie irgendeinem Erben den Hof abgekauft und im Lauf eines Jahres renoviert ... und dort eben eines der witzigsten Museen eingerichtet, das ich kenne. ‚Die Welt und wir‘ – der höchst originelle Ansatz dieses Museums ist, dass sich die Welt aus dem Lungau heraus entwickelt hätte. ‚Im Anfang war das Wort ... und der Lungau‘ – das steht gleich beim Eingang auf einer Tafel.“

„Mit Verlaub, ist das nicht ein bisschen größenwahnsinnig?“

„Nein, das ist nicht ein bisschen, das ist vollkommen größenwahnsinnig! Aber es funktioniert – das Museum ist ein höchst originelles Heimatmuseum."

„Ah, jetzt verstehe ich erst die Bemerkungen, die Herr Furmaier von wegen, er sei ja ein Experte für alle Grausamkeiten der Obrigkeit, gemacht hat."

„Ja, genau, die Geschichte des Lungau im Allgemeinen und die Rechtsgeschichte im Speziellen sind seine Steckenpferde. Während der Herr Wiesner ein Kenner der Landwirtschaft und der Jagd ist. Das ist vielleicht eines der Erfolgsgeheimnisse von ‚Die Welt und wir', die zwei sind ein wunderbares Team."

„Gut, also, dem Herrn Wiesner soll ich jetzt was sagen?"

„Dass er bis auf Weiteres die Museumsdienstzeiten von Herrn Furmaier übernehmen möge – oder einen anderen Freiwilligen darum bitten möge. Wobei, hätten Sie nicht Lust?"

„Was zu tun?"

„Zu bestimmten Zeiten – Dienstagvormittag, Mittwoch und Donnerstag von 16 bis 19 Uhr zum Beispiel – dort zu sein ... also, etwas früher dort zu sein, aufzusperren und dann halt aufzupassen, falls Besucher kommen."

„Verstehe. Na ja, ich ..."

„Na, vielleicht haben Sie später einmal Lust dazu ... wenn Sie dann zu einem waschechten Lungauer herangewachsen sind – zum Beispiel nächste Woche."

Die Kombination von Maronis Unverfrorenheit und ihrem treuherzigen Blick machte es Wotan nicht leicht, auch weiterhin wie ein ernsthafter, freizeitloser Jungwissenschaftler dreinzuschauen.

„Also, zuerst einmal ... wo finde ich die Mondalm?"

„Das ist ganz in der Nähe vom Gasthof Post. 300 Meter davor biegt eine kleine Straße ab – es ist sogar beschildert. Ja, und vor der Mondalm haben Sie Parkplätze in Hülle und Fülle."

„Gut, ich werd's schon finden. Ah ja, noch zwei Fragen. Welcher jungen Maria sollen Sie ausrichten, dass sie ..."

„Die Jung Maria ist die ältere der beiden Hilfen im Furmaier-Lokal, die Sie schon kennengelernt haben. Die Feigere von den beiden ... na die, die die Jüngere dann davon abgehalten hat, mit uns die Leiche von der Frau Koller anzusehen. Das ist die Jung Maria ... die heißt so – Maria Jung."

„Aha. Na dann ..."

„Und zweitens?"

„Zweitens?"

„Sie haben was von zwei Fragen gesagt."

„Zwei ... ja, natürlich! Zum Herrn Wiesner – wieso können wir denn das nicht telefonisch mitteilen, das mit dem Herrn Furmaier und den Zusatzdiensten?"

„Ich glaube, der Herr Furmaier hat das gedacht, was ich vorhin so jugendlich-frisch angesprochen habe. Er hat gemeint, dass Sie, Wotan, wenn Sie das Museum sehen und den Herrn Wiesner kennenlernen, Lust kriegen könnten, dort selber ..."

„Ich verstehe. Na ja, aufgeschoben ist ja bekanntlich nicht ... und so weiter."

Ebenso behände, wie sie ihr Fahrrad im ausladenden Kofferraum von Wotans Schenhajt verstaut hatte, wuchtete Maroni es jetzt auch wieder heraus. In diesem Moment bog ein blauer Kleinwagen auf den Parkplatz vor Furmaiers Lokal ein.

„Sehen Sie, das ist die Frau Jung."

„Aha! Bringen Sie es ihr halt schonend bei. Und rufen Sie mich bitte sofort an, wenn Sie was Neues erfahren. Meine Telefonnummer ... Moment – hier, meine Karte."

„Danke! Und mich erreichen Sie den ganzen Tag hier im Lokal. Grüß dich, Maria, du ..."

„Es ist entsetzlich! Maroni, wir ..."

Wotan begriff, dass die Buschtrommeln die Nachricht von Furmaiers Verhaftung bereits verbreitet hatten. Bevor er sich Frau Jungs Tränenstrom aussetzen musste, sprang Wotan in sein Auto und fuhr mit einem hektischen „Also, ich muss dann" davon.

Dienstag, 15. Juli 2008, 9.30 Uhr

„Mein Gott, der Salzburger Kriminaler, der muaß scho wirklich ein ... – is des jetzt scho a Beamtenbeleidigung, wann i sog, dass des ein Depp sei muaß?"

„Ich glaube, ein Richter würde Ihnen aufgrund Ihrer momentanen emotionalen Verfassung zugestehen, dass ..."

„Dann sog i's a so! Ein Depp is er, dieser Salzburger Kriminaler! Den Bertl verhaften, so a Bledsinn!"

Die heftige Reaktion Wiesners tat Wotan gut. Er hatte das umfunktionierte alte Bauernhaus irrtümlich durch eine Seitentür betreten und war gleich im hintersten Zimmer des Museums gelandet. Erst einige Minuten später bemerkte er, dass über diesem letzten Ausstellungsraum eine ausführliche Warnung hing: Kinder und zartbesaitete Personen sollten an dieser Stelle ihren Besuch lieber beschließen, da die nun folgenden Exponate eines der grausamsten Kapitel der Lungauer Geschichte behandeln würden. Wotan sah sich also mit grässlichen Bildern von Hexenfolterungen und Hinrichtungen konfrontiert, was ihn trotz Vorwissen seinen Magen im Hals spüren ließ. Noch bevor sich sein Blick hätte weiter vertiefen und sein Magen erhöhen können, wurde er von einem „Bei uns sind S' richtig, selbst bei der falschen Tür!" begrüßt.

Wotan stellte sich nur in einem Nebensatz vor und erzählte Herrn Wiesner sogleich von Furmaiers Festnahme. Und jetzt – erstaunlich, wie erfrischend so eine Beamtenbeleidigung sein konnte.

„Ja, gell, nicht schön, was da war." – Wiesner deutete auf einige der Bilder und der Foltergeräte, die in den Vitrinen lagen.

„Entsetzlich!"

„Und wieder da."

„Wie meinen Sie das?"

„Das Böse ist wieder unter uns."

„Herr Wiesner, Sie wollen mir aber jetzt nicht erzählen, dass Sie auch glauben, der Teufel hätte die Frau Koller ..."

„Ja und nein!"

„Sie sollten Politiker werden."

„Gott behüt'! Nein! Wobei ... schon auch irgendwie ja – hätt sich die Kollerin nicht ihr Leben lang mit ihrem Hexengetue derart aufg'führt, wär sie nicht von irgendeinem Teufel ... vor ein paar Tagen ... also, so eben hab ich das gemeint. Und ja – wir haben hier den Teufel – seit Jahrhunderten sucht er sich Wirrköpfe, die ihm dann hier ..."

„Also sind Sie zumindest nicht der Meinung, dass der echte Leibhaftige wieder im Lungau wütet und die Frau Koller höchstpersönlich ermordet hat."

„Das war vorhin das ‚nein'. Ich hab ja ‚ja' und ‚nein' gesagt."

„Ja."

„Also, ich hab mir nicht mein Hirn weggesoffen, wie manche von denen, die jetzt wirklich drauf warten, dass morgen Nachmittag am Supermarktparkplatz aus dem Auto neben ihnen ein echter Krampusverschnitt steigt und sie fragt, ob sie nicht mit ihm die Welt ins Chaos stürzen wollen. Bös sein müssten s' halt und ihm ihre Seele verschreiben – was immer das heißen soll."

So lange Sätze war Wiesner offenbar nicht gewöhnt. Er stierte kurz vor sich hin, bevor er Wotan am Arm packte und in den Nachbarraum zog.

„Ich zeig Ihnen was. Na?" – dem stolz-fordernden Unterton dieser zwei Buchstaben konnte Wotan entnehmen, dass die schon leicht vergilbten Fotografien vor ihm irgendeine besondere Bedeutung haben mussten.

„Was sehen Sie da?"

„Also, zuerst einmal Schwarz-weiß-Fotos. Auf dem da seh ich ein ... da in der Mitte einen Felsblock. Und hier ein wunderschönes Nachtfoto. Vollmond, Almwiesen und so ein paar größere Steine im Kreis. Und hier, das ist offenbar die Luftaufnahme einer Feldmesse. Viele Menschen, in der Mitte ein Pfarrer. Ah ja, der Altar, das ist wieder so ein Felsblock. Das ist ... Moment!"

Wotan starrte verblüfft auf die drei Fotos. Er versuchte, jedes der drei Motive aus dem Blickwinkel des anderen Bildes zu betrachten. Auf einmal hatte er den Eindruck, als ob in seinem Gehirn eine Kamera eingebaut wäre ... und prompt machte es auch „Klick".

„Aber das ist ja immer dieselbe Wiese mit demselben Felsblock!"

Wiesner strahlte wie ein Kind vor dem Christbaum.

„Eben! Verstehen Sie jetzt?"

„Was bitte? Ich versteh nicht einmal, was ich nicht versteh."

„Ja, aber – das ist doch der Lindbühelstein! Jetzt sagen S' bloß, trotz der Aufregung der letzten Tage haben Sie sich noch nie den Platz ang'schaut, wo die arme Kollerin ..."

„Ach so, der ist das! Ja. Natürlich!" – Wotan war es seltsamerweise peinlich, zugeben zu müssen, dass er nicht zu jenen gehörte, die sofort an so einen heimeligen Horrorort gestürzt wären. Ihm war schon klar, dass viele viel dafür gegeben hätten, mit wohligem Schauer ihre Hand in eine Kuhle dieses Steins legen zu dürfen und das Blut der einst dort Hingerichteten wie durch Geisterhand zu spüren.

Aber er hasste solche Rituale!

Mehr noch – er verachtete sie. Wobei, vorgestern in der Nacht, in der er niedergeschlagen worden war, da hätte er sich beinahe den Richtstein in natura angesehen. Aber nur, weil ihn Schurli darum gebeten hatte! Von allein wäre er nie auf die Idee gekommen, so einer billigen Pseudoattraktion ...

„Und ? Also?" – Wiesner riss ihn aus seinen Gedanken. „Also, die drei Fotos, was sagen die Ihnen?"

„Na ja, diese drei Fotos, die ..." – Wotan versuchte Zeit zu gewinnen, um die Kamera in seinem Hirn zu reaktivieren. Vielleicht könnte er dank ihr einen neuen Blick auf die Fotos werfen und Wiesners fordernde Frage beantworten?

„Klick!" – es war der Blitz dieser Kopfbildkamera, der ihm wortwörtlich eine Erleuchtung bescherte.

„Das Licht ... und damit der Eindruck. Obwohl das immer derselbe Ort ist, wirkt er völlig verschieden."

„Genau!" – Wiesner schien richtig erleichtert zu sein. „Das Bild, das wir uns von einem Ort machen, hängt zum Großteil davon ab, was wir hineininterpretieren. Und genau das ist auch mit dem Lindbühel passiert."

„Jaja, natürlich.“ – in Wirklichkeit hatte Wotan wieder nicht verstanden, worauf Wiesner hinauswollte, aber er freute sich, dass er offenbar genau das vermittelt und damit Wiesner bestärkt hatte, so vielen Worten wie offenbar schon lange nicht mehr freien Lauf zu lassen.

„Dreimal Lindbühel. So wie auf dem Nachtfoto haben ihn die Menschen vor Jahrtausenden erlebt, die haben dort möglicherweise ihre kultischen Zeremonien gefeiert ... man hat da nämlich alte Steinwerkzeuge gefunden, die das vermuten lassen. Und so wie auf dem Landschaftsbild hier nehmen wohl die Wanderer den Lindbühelstein wahr – ein Ort zum Rasten und Kraftschöpfen. Zuletzt die Luftaufnahme von der Feldmesse, so sehen die Menschen, die hier vor allem ihre Seele stärken wollen, den Stein: als Altar ihrer Hoffnungen und Wünsche. Dreimal derselbe Stein ... was die chemische Zusammensetzung dieses Kolosses anbelangt. Aber drei vollkommen verschiedene Steine bezüglich der Tauglichkeit als Fundament für die Lebens- und Gedankengebäude der verschiedensten Menschen. Und so habe ich das vorhin auch mit dem ‚nein‘ und dem ‚ja‘ gemeint. Ob es der echte Teufel war, der die arme Kollerin umgebracht hat ... nein. Oder ob es nicht der Teufel, sondern ...“

„Aber ein Foto fehlt doch hier!“

„Wieso?“

„Na, das, welches die grausame Vergangenheit dieses Steinblocks illustriert.“

„Welche grausame Vergangenheit?“

Jetzt war es an Wotan, sein offenbar begriffsstutziges Gegenüber mit einer Mischung aus leichter Arroganz und Ungeduld zu messen.

„Na, die Zeit, in der dieser Stein als Richtstein gedient hat! Deshalb hat doch der Teufel auch jetzt wieder gerade hier sein jüngstes Opfer hingerichtet ... sagen zumindest die Leute, die das halt glauben. Glauben wollen."

„... und die es damit schaffen, sich in nur einem Satz gleich zwei Mal zu irren. Auch eine Leistung."

„Ich versteh nicht ganz."

„Schauen Sie! Der erste Irrtum wäre, es dem Teufel in die Schuhe zu schieben. Er kann es ja beim besten Willen nicht gewesen sein, der die Kollerin ermor... wobei – na ja, nein, so gesehen steckt doch nur ein Irrtum in dem Satz."

„Ich ..."

„Was ich mein, Herr Perkowitz, ist Folgendes. Dass es den Teufel nicht gibt, kann ich streng genommen nicht mit absoluter Sicherheit sagen. Sehr wohl aber, dass der Stein am Lindbühel nie als Richtstein in Verwendung war! Er galt als der Ort, an dem sich die Hexen mit dem Teufel getroffen und mit ihm Unzucht getrieben haben. Das ja! So gesehen haben Sie recht – hier könnte noch ein Foto mit fliegenden Hexenbesen rund um den Stein herum hängen. Aber Richtstein ... nie! Hier gab es nie eine Richtstätte ... zumindest nicht in den letzten 900 Jahren, denn so weit reichen unsere Quellen zurück."

„Aber dann ..." – in Wotans Kopf spielten sich ganze Gedankengewitter ab. Einzelne Ideen zuckten blitzartig durch sein Hirn und gaben gerade so viel Licht, um ihn klar sehen zu lassen, dass seine Theorien zum Tod von Frau Koller dann nicht mehr zutreffen konnten.

Oder gerade doch!

„Ja? Aber dann ... was aber dann?"

„Aber ... Herr Wiesner – dann wäre es doch erst recht völlig unlogisch, dass der Teufel Barbara Koller ermordet hat!"

„Wieso?"

„Na ja, zuerst einmal – es ist doch komisch, dass der Teufel eine Barbara Koller des Jahres 2008 gerade im Lungau umbringen sollte, wo doch die tragischberühmte Namensvetterin hier weder gefangen genommen noch gerichtet worden ist. Also kann auf keinen Fall das stimmen, was die hiesigen Teufelsgläubigen derzeit lautstark verkünden – der Teufel sei extra hierher zurückgekehrt, um schon wieder im Lungau schon wieder eine Barbara Koller zu töten ... von einem doppelten ‚schon wieder' kann also keine Rede sein!"

„Da haben Sie recht, Herr Perkowitz. Aber das heißt nicht, dass nicht der Teufel trotzdem ... vielleicht wollte er ein bisserl was Neues ausprobieren – eine neue Kombination. Dem wird halt im Laufe der Ewigkeit auch langweilig. Könnt man schon verstehen, oder?"

„Herr Wiesner, Sie sind ja noch zynischer als ich!"

„Nein? Wirklich? ... Ihr Wiener macht halt doch immer die nettesten Komplimente."

„Charmeur! Aber das nützt Ihnen bei mir nichts, weil ich sage Ihnen trotzdem klipp und klar: Sie irren sich! Denn wenn Sie recht haben ... woran ich nicht eine Sekunde zweifle, also, wenn Sie damit recht haben, dass der Stein am Lindbühel nie als Hinrichtungsstätte gedient hat, aber der Ort gewesen sein soll, an dem sich einst die Hexen mit dem Teufel getroffen und dort herumgevögelt haben – dann würde der Teufel den Mord doch erst recht nicht gerade dorthin verlegen. Ich meine – für den Teufel muss dieser Treffpunkt ja fast wie seine Wohnung gewesen sein. Und wer bitte will schon in seinem Schlafzimmer eine – noch dazu so grausam zugerichtete – Leiche haben? Also, ich tät das nicht wollen!"

„Ja, aber, Herr Perkowitz, Sie sind halt auch nicht der Teufel ... glaub ich zumindest."

„Nein, der bin ich nicht! Aber ich denk mir trotzdem – eine Leiche quasi im gemeinsamen Bett ... nein, das wär sogar dem Teufel zu unromantisch."

„Vielleicht wollte der Teufel damit ein besonderes Exempel statuieren?"

„Weshalb?"

„Na, vielleicht wollte er anderen zeigen, was geschieht, wenn man sich von ihm abwendet."

„Wem? Oder gibt es hier tatsächlich noch Teufelsanbeterinnen und -anbeter? ... weil wen anderen müsste der Leibhaftige ja wohl kaum davor warnen, von ihm abzufallen. Und – gibt es die ... heute? Hier?"

„Vermutlich mehr, als wir glauben. Aber zugegebenermaßen nur Selbsternannte ... keine von ganz oben – oder, besser gesagt – von ganz unten Auserkorene."

„Na bitte! Also, egal, wie man es dreht und wendet, der Teufel hätte – rein der Logik nach – keinen Grund gehabt, gerade an seinem Rendezvousort eine aktive Dienerin, die ihm lebendig viel mehr bringt, zu malträtieren und als schaurige Mahnung zurückzulassen. Nein!"

Wiesner applaudierte mit einem Gesichtsausdruck, der nur so triefte vor Ironie.

„Bravo, Herr Perkowitz! Also das hätten Sie jetzt mit der Logik eines brillant geschulten Denkers der frühen Neuzeit bewiesen. Mit der Art zu kombinieren hätten Sie vor 300 Jahren Karriere machen können – als Hexenrichter! Aber heute ... na ja ... was nützen Ihre Überlegungen?"

„Mehr, als Sie jetzt anzudeuten geruhen, verehrter Herr Wiesner" – auch Wotan hatte einen hämischen Ton angeschlagen – „denn wenn man all das weiterdenkt, dann ... im Übrigen, wenn der Lindbühel nicht Richtstätte war, wo war sie denn dann?"

„Beim Rapfaller."

„Rapfaller? Komisch, den Namen hat noch niemand erwähnt. Wo ist das?"

„Ja, den Platz will kein Mensch mehr kennen, obwohl alle noch genau wissen, wo hier einst die Scheiterhaufen loderten. Kennen Sie das Moor knapp nach dem Ortsende von Sankt Nepomuk? ... dann gleich auf der linken Seite."

„Ja, doch, ich glaub, ich weiß, wo Sie meinen."

„Ganz in der Nähe ist diese Senke – und dahinter das kleine Hügerl, das ist der Rapfaller. Der Ort war für eine Hinrichtungsstätte wie geschaffen. Denn zum einen mussten alle, die das Tal hier von Norden nach Süden durchqueren wollten, dort vorüberziehen. Und so eine grausame Richtstätte mitten am Weg war durchaus im Interesse der Bevölkerung – da hat ein Fremder sofort gesehen, dass mit den Hiesigen nicht zu spaßen ist. Und zum anderen ... na ja, gerade, weil die Hauptroute an ihm vorbeiführte, war dieser Ort besonders gut zu erreichen. Und da die Obrigkeit wollte, dass möglichst viele Menschen bei diesen grausamen Schauspielen – und eine Hinrichtung war immer auch ein solches – zuschauen, hat man eben in grauer Vorzeit den Rapfaller-Hügel als Hinrichtungsstätte bestimmt. Dort befindet sich übrigens noch heute eine sehenswerte Gedenkstätte. Sie liegt zwar inzwischen etwas versteckt, aber ..."

„Sehen Sie, werter Herr Wiesner, auch dieses Detail passt ganz wunderbar in mein Gedankenbild, mit dem ich sehr wohl ein Scherflein zur Aufklärung des Koller-Mordes beitragen kann."

„Herr Perkowitz, ich nehm alles zurück, was ich über Sie g'sagt hab ... also nein, das mit dem brillant geschulten Denker natürlich nicht. Also bitte, überraschen Sie mich mit Ihren Erkenntnissen."

„Die entscheidende Frage lautet doch: Warum wurde die Leiche von Frau Koller just am Lindbühelstein so dramatisch drapiert?"

„Weil – ja, weil es eben nicht der Teufel gewesen sein kann und weil ... keine Ahnung!"

„Weil jemand die Menschen glauben machen wollte, der Teufel habe eben tatsächlich 333 Jahre nach dem ersten Jackl-Prozess wieder sein Unwesen getrieben. Und was böte sich da besser an als der Platz, der unter den Leuten als ehemalige Richtstätte verrufen ist?"

„Aber das war der Lindbühel doch nie!"

„Eben! Herr Wiesner, verstehen Sie denn nicht? Wer immer das getan hat, war klug genug, die Reaktion der Leute vorauszuahnen, aber ihm fehlte das Wissen, wo der wahre Hinrichtungsplatz gelegen ist. Was die Einheimischen aber sehr wohl wüssten, auch wenn sie nicht mehr davon reden wollen ... das haben Sie gerade gesagt."

„Jaja, das ist auch so."

„Also ..."

„... also war der Täter kein ‚echter' Einheimischer, denn der hätte die beiden Orte nie verwechselt!"

Wiesner starrte vor sich hin. Dann warf er Wotan einen Blick zu, den dieser als deftig-anerkennenden Schlag auf seiner Schulter zu spüren glaubte.

„Bei allem Respekt, Herr Perkowitz – nur noch ein Gedanke ... nur noch ein Zweifel. Was wäre, wenn der Mörder sogar vorhergesehen hätte, dass jemand wie Sie auf genau diesen Gedanken kommen würde?"

„Sie meinen, dass der Mörder damit den Verdacht auf einen Ortsfremden lenken wollte, obwohl er ein Einheimischer ist?"

Wiesner nickte wortlos.

„Nein, Herr Wiesner, das halte ich für sehr unwahrscheinlich!"

„Warum?"

„Weil das voraussetzen würde, dass der Täter damit gerechnet hat, dass ein so ... und jetzt entschuldigen Sie bitte meine scheinbare Arroganz ... ein so – wie haben Sie vorhin so treffend formuliert? –, ein so ‚brillant geschulter Denker der frühen Neuzeit' wie ich gerade jetzt hier auftauchen würde."

„Na ja, es hätte ja auch jemand anders auf diesen Gedanken kommen können."

„Mit Verlaub, nein! Da braucht es schon einen so verschrobenen Hirnathleten wie mich, um so verquer zu denken. Und – noch einmal mit Verlaub – die Tatsache, dass keiner der Hiesigen auf diese Spur gekommen ist, zeigt ja, dass eben nur ich ... also, dass nur jemand wie ich ... eben so ein ..."

„Ja, Herr Perkowitz, ist schon gut! Sie werden schon recht haben, der Mörder ist ein Nicht-Einheimischer, der sehr klug handelt – wenn er auch etwas zu überheblich agiert, weil er eben nicht alle Details gewissenhaft recherchiert hat. Wobei, wenn ich so nachdenk – bis auf ein Detail kämen dann auch Sie als Mörder in Frage."

„Hätte ich Sie dann auf die Idee gebracht, dass der Mörder kein Einheimischer ..."

„Ich sagte ja, bis auf ein Detail!"

„Herr Wiesner, ich muss schon sagen ..."

„Jetzt seien Sie doch nicht gleich so beleidigt! Ich hab's ja als Kompliment gemeint."

„Ich muss schon sagen, Ihre Art, Komplimente zu machen, die ist ..."

„Gewöhnungsbedürftig? Ja, das sagt der Bertl auch immer. Im Übrigen, wissen Sie, wann man ihn besuchen darf?“

„Ich glaube, er ist so was wie ein First-class-Häftling – es sollte kein Problem sein, ihn jederzeit zu besuchen ... na ja, zumindest fast jederzeit.“

„Gut, dann werde ich das morgen tun.“

„Da wird er sich sicher freuen. Vielleicht können Sie bei der Gelegenheit auch gleich besprechen, wer seine freiwilligen Dienstzeiten hier im Museum übernehmen könnte.“

„Na ja, vielleicht hätten wir da schon einen anderen Freiwilligen, der ...“

Wotan erkannte ausnahmsweise sofort, dass ihn dieser Satz in Argumentationsnotstand führen könnte. Er war selber überrascht, wie rasch er reagierte.

„Ja, da bin ich mir sicher. Ihr Museum ist ja in der Bevölkerung gut verankert, es ist sehr beliebt, wie mir scheint.“

„Ich fürchte, da trügt Sie der Schein.“

„Apropos Schein! Sie haben doch sicher beim Ausgang vorne einen Spenden-Erlagschein liegen? Was geben denn die Leute so im Schnitt?“

„30 Silberlinge.“

„Wie bitte?“

„30 Silberlinge ... ich meine natürlich Euro. Wobei, die Erlagscheine sind schon etwas vergilbt, weil die meisten spenden kein Geld, sondern geben lieber etwas von ihrer Zeit. Wir brauchen nämlich immer helfende Hände, die ...“

„Ja, also, ich darf Ihnen die 30 Euro gleich morgen überweisen. Jetzt muss ich aber sausen! Es hat mich sehr gefreut. Auf Wiedersehen, Herr Wiesner!“

Wie eine Waffe schoss Wotans rechte Hand nach vor – eine Waffe, die dazu diente, einen Gegner auf Distanz zu halten. Doch so leicht ließ sich Wiesner nicht überlisten. Mit einem gnadenlos offenen Lächeln schüttelte er die ihm dargebotene Hand und überreichte Wotan einen Folder des Museums.

„Auf Wiedersehen, Herr Perkowitz. Wann immer Sie Zeit und Lust haben, vorbeizukommen oder anzurufen ... ich freu mich sehr, wenn ich Ihnen irgendwie helfen kann."

Wotan spürte, wie ihm die Röte ins Gesicht schoss. Nicht nur, dass er den üblichen, deshalb nicht minder peinlichen Versuch unternommen hatte, sich mit einer Geldspende vor einer persönlichen Hilfsleistung, zu der ihn schon Furmaier und Maroni animieren wollten, zu drücken – er war damit auch noch furios gescheitert, denn sein Gegenüber schien nicht im Geringsten an Geld interessiert zu sein. Und jetzt war dieser vollkommen unzeitgemäße Zeitgenosse auch noch ganz besonders freundlich zu ihm!

Wotan schüttelte vor Verblüffung innerlich seinen Kopf ... und seufzte dabei nach außen hin.

„Aber Herr Perkowitz, Sie brauchen sich doch nicht zu fürchten! Ich bin mir sicher, das mit dem Bertl klärt sich in Kürze auf."

Was klärt sich bitte?, konnte Wotan gerade noch hinunterschlucken, da er rechtzeitig das Missverständnis Wiesners begriffen hatte und sofort auszunutzen begann.

„Ja, sicher. Es ist halt nur ... mein Gott! Also dann ..." – dank der angedeuteten Sorgen erreichte Wotan nun letztlich unbehelligt seine Schenhajt. Im Auto begann er leise mit sich zu streiten, ob er sich zu einem freiwilligen Zeitopfer hätte verpflichten lassen müssen oder nicht. Sein innerlicher Disput endete abrupt, als Wotan beinahe in einen Baum gefahren wäre. Daraufhin beschloss er, sich zu konzentrieren und dafür bei anderer Gelegenheit etwas Lebenszeit zu opfern, anstatt sich auf geopferte Lebenszeit zu konzentrieren und sein Leben zu beschließen.

Mittwoch, 16. Juli 2008, Vormittag

„Hoch soll er leben! Hoch soll er leben! Dreimal hoch!“ – aus Ermangelung eines geeigneteren Liedes sangen sie eben dieses Geburtstagsständchen. Der „Chor“ war gut besetzt. Tante Agathe, Wotan, Maroni, Rupert Wiesner, Maria Jung wie auch Pfarrer Wobien waren eigentlich gekommen, um den Gefangenen zu besuchen und aufzumuntern ... was aber nicht nötig war, da just im Moment ihres Eintreffens ein strahlender Adalbert Furmaier überraschend das Gericht verlassen durfte. Wotan überlegte kurz, ob sie nicht lieber den „Gefangenenchor“ aus der Oper „Nabucco“ anstimmen sollten, beschloss aber dann, auch aus Achtung vor dem Genie Verdis, es lieber beim „Hoch soll er leben“ zu belassen.

So cool sich Furmaier während des gestrigen Haftbesuchs gegeben hatte, so gefühlsbetont zeigte er sich jetzt. Eine Sekunde lang starrten alle wie auf Kommando aus den Fenstern, als Furmaier seine Tränen mit einer verstohlenen Taschentuchbewegung wegwischte.

„Mein Gott, so schön kann Freiheit klingen! Und so gut kann sie riechen!“

Dank eines tiefen Atemzuges gelang es Furmaier, den zweiten Tränenschub von den Wangen fernzuhalten.

„Schon erstaunlich, wie rasch so eine Zelle auch geruchsmäßig auf einen abfärbt. Dabei habe ich gestern Abend und heute in der Früh duschen dürfen, und trotzdem“ – Furmaier vollführte das Kunststück, beinahe zeitgleich seinen Pulloverärmel hinaufzuschieben, daran zu riechen und sein Gesicht angewidert zu verziehen – „und trotzdem stinke ich schon. Diese seltsame Mischung aus Kernseife und Chlor – ja, jetzt rieche ich fast wie die Kollerin ... sie ruhe in Frieden.“

„Bertl, es ist wunderschön, dass du endlich wieder ...“

„Agathe, es war nur eine Nacht!“

„Aber trotzdem, es ist so hinreißend, dass du nach bangen Stunden ...“ – dem grausamen Schauspiel, in dessen Verlauf sich die ansonsten so lebensgestählte Apothekerin Agathe Gattermüller durch mädchenhaftes Den-Geliebten-Anschmachten lächerlich zu machen drohte, bereitete Rupert Wiesner mit natürlicher Diplomatie ein Ende. ... und mit einem krachenden Freundschaftsschlag auf Furmaiers Schulter, der ihn Tante Agathes übermäßiger Aufmerksamkeit entzog.

„Bertl! Schön, dass d' wieder a freier Mann bist! Und schön, dass d' wieder net nur die andern die Arbeit machen lasst!“

„Weil du sooo viel Arbeit hast übernehmen müssen! Rupert, wenn i Zeit hab, werd i di bedauern, aber die hab i jetzt scho gar net, weil ...“ – er blickte mit schelmisch-blitzenden Augen in die Feierrunde – „weil jetzt muaß i jo die ganze Arbeit, die während der ewig langen Haft liegen 'blieben is, erst wieder erledigen.“

Unter schallendem Gelächter hatten alle ein Spalier gebildet, das Furmaier nun abwechselnd rechts und links Hände schüttelnd wie ein römischer Triumphator durchschritt. Als er gerade in die wohlduftende

Freiheit hinaustreten wollte, öffnete sich die Tür und Magister Baldur kam herein, sodass er beinahe mit seinem gestrigen Mordverdächtigen zusammengestoßen wäre. Beide bremsten scharf. Neugier mit einem Schuss Angst – diese Mischung flackerte in den Blicken aller auf, als sie das mühsam unterdrückte Entsetzen in Baldurs Augen sahen.

„Ja, Herr Furmaier, ich gratuliere! Es hat sich ja sehr rasch gezeigt, dass Sie nicht ..."

„Warum sagt er nicht gleich, dass ihm die Salzburger Staranwältin gestern noch die Hölle heißgemacht hat?", raunte Tante Agathe Wotan in einem gehässigen Theaterflüsterton zu, sodass es alle Anwesenden deutlich verstehen konnten.

Alle ... außer Baldur!

Der setzte seine Pseudoansprache unbeirrt fort, tat dies aber mit längeren Unterbrechungen, als ob er sich gerade in einem Paralleluniversum befinden würde.

„... dass Sie nicht ... der Täter sein können. Und jetzt ... wissen wir ja, dass ..." – Baldur hob unter Anstrengung ein Blatt in die Höhe, das in seiner rechten Hand zu Blei geworden zu sein schien.

„Herr Magister, raus mit der Sprache! Was steht da so Entsetzliches, dass Sie plötzlich wie ein Zombie daherwanken?"

Noch vor einigen Minuten hätte Baldur aufs Schärfste entgegnet – der Herr Furmaier sei zwar dank seiner äußerst unangenehmen, aber offenbar einflussreichen Anwältin frei, aber das würde ihm noch lange nicht das Recht geben, ihn „Zombie" zu nennen!

Aber jetzt ... Schweigen, Starren, Kopfschütteln.

Nach lähmenden Sekunden reichte Baldur Furmaier das Papier so vorsichtig, als würde er ihm mindestens eine missgelaunte Kobra übergeben.

Und tatsächlich schien dieser Zettel hochtoxisch zu sein. Denn obwohl ihn Furmaier weit von sich hielt – wie immer fand er seine Lesebrille genau dann nicht, wenn er sie brauchte –, erbleichte auch er sofort. Allerdings hatte er sich fünf Sekunden später schon so weit gefasst, dass er zu einem eröffnenden Räuspern ansetzte.

... was wiederum ein allgemeines Hüsteln der Kategorie „Theaterpremiere vor Heben des Vorhangs“ zur Folge hatte.

Als alle Halsverstimmungen beseitigt waren, war die Spannung kaum mehr zu ertragen.

Zu Recht!

„Bei der gerichtsmedizinischen Untersuchung des Leichnams von Frau Barbara Koller, ermordet in der Nacht vom ... bla, bla, bla ... konnte unter Berücksichtigung von ... bla, bla, bla ... und der Anwendung der Verfahren ... bla, bla, bla ... anhand der Rostspuren eindeutig festgestellt werden, dass die Partikel in den O-förmigen Vertiefungen, die über den ganzen Körper Frau Kollers verteilt sind, zu 99,9 Prozent von Eisenteilen aus dem 17. Jahrhundert stammen. Es wird noch darauf hingewiesen, dass aufgrund des unerwarteten Ergebnisses die Proben auch von anderen auf solche Untersuchungen spezialisierten Einrichtungen analysiert wurden. Deren Ergebnisse lassen ebenso keinen anderen Schluss zu, als dass die großflächigen Quetschungen, die sich bis in das Innerste der Leiche ausgewirkt haben, durch grobgliedrige Eisenketten aus dem 17. Jahrhundert (hergestellt vermutlich im Salzburger Raum) verursacht wurden. Wir hoffen, mit diesen Informationen ... bla, bla, bla ... und zeichnen ... bla, bla“ – das letzte „Bla“ war Furmaier wohl in der Kehle stecken geblieben.

„Apocalypse ... let's do it!" – dieser Titel schoss Wotan durch den Kopf, als er in der atemlosen Stille seinen Blick über die Gesichter schweifen ließ. Die der beiden Uniformierten sowie von Frau Jung und Magister Baldur ähnelten den steinernen Fratzen, die auf mittelalterlichen Kathedralen meist aus schwindelnder Höhe auf die sündigen Menschen herabschauten – ihre Gesichtsmuskeln waren im Entsetzen erstarrt. Furmaier war einfach nur vollkommene Verblüffung anzusehen, wohingegen in Tante Agathes und in Maronis Zügen eine hochinteressante Mischung aus Furcht und Ungläubigkeit zu erkennen war. Pfarrer Wobiens Ausdruck bot die geringste Überraschung – sein ganzer Körper schien in diesem Moment um Gottes Gnade zu flehen, was in einem rasch dahingeworfenen Kreuzzeichen seinen würdigen Abschluss fand.

Und Wotan? Er überlegte kurz, wie er wohl soeben auf einen fremden Betrachter gewirkt hätte?

Zutiefst zweifelnd?

Arrogant argwöhnend?

Denn ... selbst wenn – gegen alle logischen Bedenken, die er schon mit seinem imaginären Jesuiten, mit Schurli, mit Herrn Wiesner und der halben Welt diskutiert hatte ... selbst wenn es doch tatsächlich der Teufel des 17. Jahrhunderts gewesen sein sollte, der die arme Barbara Koller der Jetztzeit ermordet hatte, warum sollte er das dann mit Geräten getan haben, die wahrlich nicht mehr „State of the Art" waren? Ketten von vor 300 Jahren? Immerhin war das Böse zeitlos und daher jederzeit äußerst modern ... und damit doch wohl auch seine Werkzeuge! „Kreative Steuersparmodelle" oder „Extremismus im Internet" – das waren zeitgemäße Werkzeuge des Teufels, aber doch keine Ketten!

„Eines ist klar, und ich muss jeden der hier Anwesenden bitten, alle heiligen Eide zu schwören, dass er ... und natürlich auch sie, dass also ... ich meine ... also das von wegen der alten Ketten und so ... kein Sterbenswörtchen darf nach außen ...! Gut, ‚Sterbenswörtchen' hätte ich jetzt vielleicht besser nicht ...“ – Wotan war erleichtert! Am Gestammel Magister Baldurs konnte er erkennen, dass er sich um ihn keine Sorgen mehr machen musste. Gesichtsfarbe und unvollendete Sätze zeigten, dass sich der Kriminalist vom Schrecken der „Kettennachricht“ erholt hatte und intuitiv die Kontrolle über die Situation an sich zu reißen versuchte. Was ihm allerdings kaum gelingen würde – das wilde Durcheinanderreden der anderen ließ seine Worte und seine Autorität vollkommen untergehen.

„Silentium!“

Furmaier? Wiesner? Baldur?

Nein!

Die Verblüffung war in allen Gesichtern gleichermaßen zu erkennen, denn das donnergrollengleiche Kommando war aus keinem der dafür geeigneten männlich-breiten Brustkörbe gekommen. Pfarrer Wobiens schmale Oberweite verbarg eine Bassstimme, die dieser offenbar nur in besonderen Situationen, nicht aber während der heiligen Messe, erdröhnen ließ.

„Ich bitte alle, die sehr vernünftigen Worte“ – leises Kichern von Maroni, strafender Blick von Wobien – „unseres geschätzten Herrn Kriminals“ – prophylaktisch strenger Blick Wobiens, kein Kichern – „auf das Intensivste zu beherzigen. Also, wirklich ... kein Wort von dem, was wir hier gerade gehört haben, darf nach außen dringen. Bitte! Erzählt's niemandem von den Kettenspuren! Sagt's ja keinem einzigen Menschen irgendetwas von dieser Analyse! Weil, wenn das Dorf ...

was sag ich, das Tal davon erfährt, dass die arme Frau Koller – der Herr sei ihrer Seele gnädig – mit Ketten aus der Zeit vom Zauberer-Jackl um'bracht worden ist ... also, wenn das die Runde macht, dann haben wir hier bei uns eine Massenhysterie, die vermutlich an die der damaligen Hexenprozesse heranreicht. Kein Wort darüber, was wir hier erfahren haben! Zu niemandem!"

Wobien hatte so nachdrücklich gesprochen, dass nicht einmal so eingefleischten Zynikern wie Wotan ein „Amen" herausgerutscht wäre. Das kollektive Nicken kam einer feierlichen Handlung gleich. In dem Moment schien es völlig klar zu sein, dass die Anwesenden kein Sterbenswörtchen je verlieren würden.

... in dem Moment.

Mittwoch, 16. Juli 2008, 13 Uhr

Furmaier warf nur einen kurzen Blick in seine Restaurantküche, bevor er lospolterte.

„Bitte, wie soll das möglich sein? ... ich versteh das nicht. Also, Ihrer Meinung nach ist die arme Frau Koller mit den Ketten aus der Folterkammer von Schloss Moosham getötet worden? Hab ich das so weit richtig verstanden?"

Wotan nickte verzagt. Er hatte nicht damit gerechnet, dass seine spontane Idee einerseits so logisch und andererseits so emotionell beantwortet werden würde.

„Und ... ja, wie? Weil, also, die Ketten sind ja nach wie vor in der Mooshamer Folterkammer vorhanden – quasi angekettet. Wie bitte soll da Frau Koller am Lindbühelstein mit ebendiesen Ketten ermordet worden sein? Gut, wenn wir wirklich vom Teufel ausgingen, wäre das vielleicht möglich ... der könnte ja durch die

Mauern hindurch aus- und einspazieren. Aber der würde wiederum keine Mooshamer Ketten brauchen, der brächte vermutlich eigenes Werkzeug mit."

Der Ironie Furmaiers musste Wotan etwas entgegensetzen, weshalb er trotzig „zurückbiss".

„Der Auffindungsort der Leiche von Frau Koller ist nicht der Tatort!"

„Aha? Und woher wissen Sie das?"

„Das ... ach, das hat mir Magister Baldur erzählt." Wotan genoss die Verärgerung in Furmaiers Blick. Unabhängig davon musste er zugeben, dass er in der Begeisterung über seinen ersten Gedanken seine Theorie nicht einen Millimeter weitergedacht hatte. Er versuchte verzweifelt, seine Argumentation zu retten.

„Vielleicht haben die Mörder mit der schon betäubten Frau Koller im Schlepptau dort eingebrochen, um sie dann zu ermorden und die Ketten liegen zu lassen?"

„Nein, das ist auch nicht möglich, da nach diesem seltsamen Einbruch, diesem Lausbubenstreich in der Nacht von Samstag auf Sonntag – ja, das muss zwischen 5. und 6. Juli gewesen sein –, gleich die Überwachungskameras angebracht wurden. Das muss am Montag ... nein, am Dienstag war's. Also ab dem 8. Juli, ab da gab es die Überwachungskameras. Und der Mord war erst in der Nacht vom 9. auf den 10. Juli. Ergo müsste er, wenn er tatsächlich in der Folterkammer stattgefunden hätte, auch auf den Bändern zu sehen sein. Aber da war nix! Gar nix! ... glaub ich zumindest. Weil, also, wenn dem doch so gewesen wäre, dann wäre es doch wohl unlogisch, dass die Polizei die ganze Zeit so tut, als ob sie den oder die Mörder nicht kennen würde, oder?"

Wotan kam sich wie ein kleiner dummer Schüler vor, der von einem – zugegebenermaßen heute sehr schlecht aufgelegten – Herrn Oberlehrer nach Strich und Faden geistig verprügelt worden war. Ein letztes Mal versuchte Wotan, das Gesprächssteuer herum- und an sich zu reißen.

„Wo bitte kann man denn hier überhaupt Ketten kaufen?“

„Na ja, da böte sich die Kette von Geschäften von der Frau Hangerer an. Das sind so kleine Baumärkte, die sind hier in der Gegend recht bekannt und können sich daher gegen die großen Ketten behaupten.“

„Ja, schon gut, Herr Furmaier. Ich hab schon verstanden. Ich verspreche, das Wort ‚Kette‘ zumindest für heute nicht mehr in den Mund zu nehmen. Aber jetzt sagen Sie mir bitte noch, wer denn Frau Hangerer ist? Hat die irgendetwas mit dem hiesigen Bürgermeister zu tun?“

„Also, böse Zungen behaupten, eher weniger. Aber offiziell ist sie immer noch dessen Ehefrau – also, so gesehen, doch, ja.“

„Tja dann, vielen Dank für die Auskünfte. Und es tut mir leid, dass meine Ideen doch etwas unausgegoren ...“

„Ja, ist schon gut, Herr Perkowitz. Ich war wohl jetzt etwas zu scharf, aber mir geht das Wort ‚Kette‘ seit Stunden derart auf die Nerven, ich kann Ihnen gar nicht sagen, wie sehr. Weil seit ich wieder aus der Haft draußen bin, kommt unentwegt irgendein unterbelichteter Vollidiot herein, der – natürlich unter dem Vorwand, mir zu meiner Freilassung zu gratulieren ... als ob das so unerwartet gewesen wäre, als ob ich wirklich so quer durch den Gemüsegarten herumgemordet hätte und nur dank einer sensationellen Fügung aus dem Gefängnis entlassen worden wäre! Also, unter diesem schwachsinnigen Vorwand kommt jede Minute irgendein Depp hier herein und fragt mich direkt nach diesem schaurigen Kettendetail, das irgendwie durchgesickert sein muss. Und damit wäre doch klar, dass jetzt endgültig der Teufel zurückgekehrt sei. Und damit wäre doch klar, dass Sie, lieber Herr Perkowitz, das Böse in moderner Gestalt seien. Und damit wäre doch klar, dass die Frau Magistra Gattermüller ... man will natürlich grad in meiner Gegenwart nix sagen, aber man meint ja nur ... also dass gerade sie daran schuld sei, weil sie Sie hier, in unserem ach so idyllischen, ach so trauten Tal wohnen lassen würde."

„Bitte, dabei wohn ich ja gar nicht im Tal, ich wohn eh oben, ein bisserl in den Bergen."

„Herr Perkowitz, noch schlimmer! Denn dann könnten Sie ja das Unheil von oben über uns arme unschuldige Menschen bringen. Und jetzt wundern Sie sich vielleicht nicht mehr, warum ich so allergisch reagiert habe. Mir stinkt die Blödheit und die Neugier und diese dauernde Quatschsucht mancher ach so reizender ..."

„Herr Furmaier, nicht aufregen!"

„Ja, Sie haben ja recht! Aber mich kotzt das einfach an. Diese Leute stinken derart nach Moralinsäure, da war mir der Geruch in der Haft noch lieber. Da hat's wenigstens nach Kernseife und Chlor gerochen, irgendwie chemisch sauber ... und das hat mich dann auch noch an die selige Kollerin erinnert. Ja ... aber das nützt alles nichts, diese Blödheit meiner Mitmenschen, da muss ich halt durch. Und ... tja, also, Herr Perkowitz, entschuldigen Sie vielmals, ich hätte vorhin zu Ihnen nicht so grob sein dürfen, nur weil andere mir dermaßen auf die Nerven gehen."

„Ist schon gut, hab ich schon vergessen. Jetzt stellt sich allerdings die Frage, wer aus unserer Runde von heute in der Früh getratscht hat?"

„Ich glaube nicht, dass das einer oder eine aus der heutigen Morgenrunde gewesen sein muss. Ich bin mir sicher, dass das Ergebnis, noch bevor es dieser Magister Baldur in der Hand gehalten hat, an zig neugierigen Augen vorbeigezogen ist. Da wird sich schon der eine oder die andere gefunden haben, der oder die nichts Besseres zu tun hatte, als ... ach Gott, da kommt schon wieder so wer."

Das Geräusch der sich öffnenden Restauranttür bot Wotan die Chance auf eine rasche Flucht. Er teilte zwar im Großen und Ganzen Herrn Furmaiers Meinung, aber er fand, dass er jetzt genug psychotherapeutische Hilfe geleistet hatte.

Mittwoch, 16. Juli 2008, früher Nachmittag

Es war ärger als Zahnschmerzen! Ärger als ... Wotan fiel kein adäquater Vergleich mehr ein. Halt! Doch! Moment! ... es war wie ein Hirntumor!

Er wusste natürlich, dass ein Hirntumor im naturwissenschaftlichen Sinne ein rein körperliches Gebilde war. Aber es gab offenbar auch einen geistigen Hirntumor ... und das war ein quälender Verdacht! So ein geistiger Hirntumor entstand, wenn eine böse Idee als einzelne Zelle andere anzustecken begann und dadurch immer größer wurde. Und wie bei einem echten Tumor hatte der Befallene auch keine Chance, diesem „Ideentumor" alleine Einhalt zu gebieten.

Woher wusste Herr Furmaier, dass Frau Koller nach Chlor gerochen hatte?

Er musste Schurli unbedingt jetzt sofort anrufen!

„Servus! Bitte hör mir nur einen ganz kleinen Moment zu, es ist wirklich überlebenswichtig. Du hast mir doch gesagt, dass du auf der Haut der Koller-Leiche Spuren von einer chlorhaltigen Verbindung gefunden hast. Und dass das noch ein paar Tage lang kein Mensch wissen darf. Jetzt, entschuldige meine Frage, aber ... könnte es theoretisch sein, dass du doch – also, vielleicht rein zufällig – dieses Detail noch wem anderen erzählt hast?“

„Wotan! Ist das am Ende eine verkappte Entschuldigung deinerseits, dass du deinen Mund nicht halten konntest?“

„Nein, Schurli ... aber so was von nein! Von mir hat niemand absolut gar nichts erfahren! Und von dir?“

„Detto! Nichts! Absolut nichts! Nein, mein lieber Wotan, das wissen nur wir zwei ... und so soll es einstweilen auch bleiben! Hast du mich verstanden?“

„Ja, natürlich. Indianerehrenwort! Servus.“

Wotan war am Boden zerstört, denn jetzt blieb eigentlich nur ein Schluss über. Nur der Mörder konnte die militante Ökoaktivistin mit dieser extrem giftigen Substanz verunreinigt haben, vermutlich, um seine biologischen Spuren zu verwischen. Daher konnte nur der Mörder wissen, dass die Haut von Frau Koller Spuren von Chlor aufgewiesen hatte. Und Adalbert Furmaier hatte es gewusst!

Hatte er sie allein umgebracht? Oder mit einer Komplizin?

Das heulende Elend überfiel Wotan im Bruchteil einer Sekunde. Gott sei Dank war er allein, so musste er wenigstens niemandem den Grund für seine Tränenströme erklären.

Er wusste nicht, was ärger war – die Tatsache, dass die Menschen, die ihm hier binnen kürzester Zeit lieb geworden waren, Mörder zu sein schienen, oder die Tatsache, dass dieser idiotische Polizeibeamte mit seiner vertrottelten Annahme, Furmaier habe tatsächlich „wegen dieses alten Hasses, der sich eben jetzt seinen

Weg gebahnt hatte“ Barbara Koller ermordet, recht gehabt haben sollte.

Egal, die Situation war, um es mit seiner kleinen Schwester Laili zu sagen, „weltuntergangig“!

Mittwoch, 16. Juli 2008, später Nachmittag

Wotan döste vor sich hin. Es war aber keiner dieser entspannten Halbschlaf-Zustände, sondern eher eine durch das warme Wasser hervorgerufene Bewusstseinstrübung.

Sein emotionell-intellektueller Ausnahmezustand hatte auch zu einer körperlichen Not geführt, denn seine Muskeln waren dermaßen verspannt, dass er den Eindruck hatte, nicht einmal mehr geradeaus gehen zu können. Kurzerhand hatte er sich in sein Auto geschleppt und war hierher in Harald Willis Wellnessresort gefahren.

Das Schwimmbecken, in dem er träge vor sich hin trieb, erschien ihm in diesem Moment des überstrapazierten Selbstmitleids wie ein Sinnbild seiner Seelenverfassung – ein unendlicher Ozean, dessen Salzgehalt aus seinen Tränen gespeist wurde.

In dem Moment verschluckte sich Wotan und begann fürchterlich zu husten. Von Salzgehalt konnte bei diesem Ersatz-Ozean wahrlich nicht die Rede sein – das Wasser schmeckte derart nach Chlor und anderen aggressiven Zusätzen, dass einem beinahe die Eingeweide hochkamen. Und obwohl garantiert nicht einmal mehr die kleinste Mikrobe in dieser Chemiebrühe hätte überleben können, schütteten zwei grobe Gestalten am anderen Ende des Beckens sicht- und riechbar noch Desinfektionsmittel ins Wasser. Wotan blinzelte, um seine gereizten Augen wenigstens so weit wieder klar zu kriegen, dass er die übereifrigen Wasserqualitätszerstörer erkennen konnte. Es waren die beiden kaugummikauenden „menschlichen Kleiderschränke“, die bei dem Vorfall mit dem Betrunkenen im Gasthof Post auf ebenso effektive wie brutale Weise für sofortige Ruhe gesorgt hatten.

Als sich seine Lungen halbwegs an diese Zumutung gewöhnt hatten, durchzuckte Wotan ein heller Gedanke.

Eines war klar – es war eindeutig nicht Furmaier gewesen, der mit noch einem zweiten auf Motocross-Motorrädern in den Wald bei der Kollerhütte gefahren war und ihn niedergeschlagen hatte. Das konnte nicht Furmaier gewesen sein! Aber er konnte sich natürlich irgendwelche Schläger gekauft haben.

Er musste Wiesner anrufen.

Der könnte ihm sicher die Frage beantworten, ob Furmaier Kontakt zu starken jungen Männern mit Motorrädern gehabt hatte. ... und wer das sein könnte?

Ja, das war eine gute Idee! ... oder auch nicht. Denn was sollte Wotan als Grund für seine seltsame Frage vorschieben? „Wissen Sie, lieber Herr Wiesner, ich halte Herrn Furmaier für den Mörder von Frau Koller. Könnten Sie mir bitte sagen, ob ...“ – nein, so würde das ganz bestimmt nicht gehen.

Aber er könnte doch behaupten, dass er sich eine Motocross-Maschine ausborgen wolle, ob Wiesner nicht jemanden kennen würde, der ihm da helfen könnte? Vielleicht der Herr Furmaier?

Wotan fror auf dem Weg zur Garderobe, wo sein Handy lag, nicht nur aus Temperaturgründen, sondern auch, weil er die Antwort Wiesners bereits zu kennen glaubte und sich davor fürchtete. Irgendwie hoffte er noch, Wiesners Museumsprospekt im Chaos seiner Jackentaschen nicht zu finden, doch erstaunlicherweise hatte er sie gut sichtbar in seinem Geldbörse-mit-Kugelschreiberhalterung-Monstrum verstaut.

„Ja, Herr Wiesner, entschuldigen Sie die Störung, aber Sie sind eh grad im Museum, gell? Haben Sie gerade viele Besucher oder darf ich Ihnen einige Minuten ...? Ah so, ist niemand da ... ja, dann darf ich Sie fragen, ob – also, es klingt jetzt ein bisserl komisch, aber ich besitze ja einen Motorradführerschein und habe hier jetzt so richtig Lust bekommen, mir eine Motocross-Maschine auszuborgen. Wüssten Sie jemanden, der mir da eine leihen könnte? Oder wüsste vielleicht der Herr Furmaier jemanden? Jaja, das habe ich schon befürchtet ... also, ich wollte sagen, das habe ich mir schon gedacht, dass er die beiden Brüder Mohinger ganz gut kennt. Ja, ich weiß, das sind Motorradkenner und -könner. Ja, also die beiden könnte ich über den Herrn Furmaier kontaktieren. Ja ... ja dann, also, danke, ja, danke vielmals. Und auf Wiederhören."

Wotan ließ seinen Telefonarm mit dem vollendeten Zögern eines akut depressiven Patienten sinken. Jetzt hatte er die Qual der Wahl – waren die Mohinger-Söhne in Furmaiers Auftrag in Kollers Wald-Wahrsagerinnen-Hütte gewesen? Oder gar in Furmaiers und Tante Agathes Auftrag?

Bevor er hier noch gefrorene Wurzeln schlagen würde, zwang sich Wotan in seine Kleidung. Wenn er schon an seinem Leid zugrunde ging, würde er nur ungern hier in der erstaunlich leeren Herrengarderobe eines Wellnessresorts halbnackt gefunden werden wollen. Da war es ihm schon lieber, wenn man ihn – korrekt gekleidet – halbwegs friedlich ausgestreckt an seinem Almschreibtisch inmitten seiner Lehrbücher entdeckte.

Am Weg zum Parkplatz kam er am Prunkstück des „Matsch, Moor & much more“ vorbei. Immerhin war noch ein Funke Neugier in ihm – er wollte einen Blick in die „MM & mm“-Moorlandschaft werfen. Aber so fest er auch gegen die Tür drückte, sie ließ sich keinen Zentimeter bewegen.

„Nix, nix, heute zu! Nix Moor, nix offen!“ – für gewöhnlich wäre Wotan fürchterlich erschrocken, so plötzlich fielen ihn die Worte von hinten an. Doch in seiner momentanen Lethargie drehte er nur langsam den Kopf und starrte wortlos in das Gesicht, das zur gebrochen-aggressiven Stimme gehörte. Aus der Nähe sah dieses eine Exemplar von Harald Willis „Kettenhunden“ noch primitiver aus, als es vor einigen Tagen im Gasthaus zur Post oder gerade vorhin am Schwimmbeckenrand gewirkt hatte. Aber auch der abstoßende Anblick störte Wotan nicht im Geringsten.

Wochen später konnte er sich kaum mehr erinnern, wie er an diesem Abend in all seinem Elend ohne schweren Unfall zurück auf die Alm gekommen war. Seltsamerweise wusste er aber noch ganz genau, wie unerwartet gut ihm die Pizza Hawaii geschmeckt hatte, mit der er diesen grässlichen Tag beschlossen hatte.

Donnerstag, 17. Juli 2008, früher Nachmittag

Die Melodie war zwar kaum zu erkennen, aber es war tatsächlich die Marseillaise, die Wotan vor sich hin pfiff. Warum er gerade auf die französische Nationalhymne kam, wäre einem Außenstehenden vermutlich rätselhaft erschienen, versierte Kenner und Kennerinnen seines etwas komplexen Seelenlebens hätten aber daraus geschlossen, dass er sich in Hochstimmung befand.

Ihm war während des morgendlichen Dösens ein Detail eingefallen, das massiv gegen die Schuld Adalbert Furmaiers sprach.

Als dieser nämlich anhand von Georgs Leichenschilderung begriffen hatte, dass Barbara Koller nach alter bestialischer Art mit Ketten geroatlt worden war, war er derart vom Grauen erfasst, dass das aus Wotans gut gelaunter Sicht nur zweierlei bedeuten konnte. Entweder war an Furmaier ein Hollywoodstar von Graden und Gnaden verloren gegangen, oder aber er war über diese unglaubliche Brutalität tatsächlich entsetzt gewesen. Und da es für eine große schauspielerische Begabung Furmaiers keinerlei weitere Anhaltspunkte gab, war zweiteres sehr wahrscheinlich.

Nein, Furmaier war vermutlich doch nicht der Teufel von Sankt Nepomuk ... und seine Tante Agathe daher wohl auch keine Teufelin!

„Allons enfants de la Patrie: Le jour de gloire est arrivé!"

Der nicht so leicht zu treffende Ton bei „gloi...re est" hatte so falsch geklungen, dass es sogar Wotan auffiel, der sich sonst nicht gerade durch ein perfektes musikalisches Gehör auszeichnete. Er unterbrach seinen Gesang und wollte den Sextsprung von „Le jour de gloire est ..." noch einmal üben, als dieser falsche Ton ganz ohne sein Zutun mehrfach hintereinander erklang. Mit einer gewissen Erleichterung stellte er fest, dass es nicht seine Stimme, sondern sein Handy gewesen war, das seine Version der Marseillaise so malträtiert hatte.

Ein rascher Blick auf das Display ... „Küss die Hand, Tante Agathe. Was für eine Freude, an einem so wunderschönen Tag deine liebe Stimme zu hören."

„Wotan, bist du betrunken?"

„Nein, meine liebe Tante, ich finde nur, dass das Universum mit Tagen wie dem heutigen den Glauben an eine höhere Gottheit rechtfertigt, denn wie sonst sollten so wunderbare …"

„Hör zu! Wenn du weder betrunken bist noch irgendeine sonstige Droge beabsichtigt oder unbeabsichtigt zu dir genommen hast, dann müsste ich jetzt den Schluss ziehen, dass du dringendst zu einem Psychiater …"

„Aber nein, Tante Agathe. So gut gelaunt bin ich auch wieder nicht. Was verschafft mir die Freude, deine Stimme zu hör… also, ich meine, warum rufst du an?"

„Na ja, ich wollte mich eigentlich noch einmal für deinen wirklich lieben Beistand während dieser ekelhaften Verhaftungsgeschichte bedanken. Und natürlich wollte ich dich fragen, wie es dir denn so geht?"

„Danke der Nachfrage … und bitte, das habe ich doch sehr gerne getan. Darf ich gleich die Gelegenheit nützen, dir auch zu danken, und mich gleichzeitig bei dir für meine grässliche Unhöflichkeit entschuldigen?"

„Ehrlich gesagt, ich habe keine Ahnung, wovon du sprichst."

„Bei deiner Nachtmahleinladung in der ‚Steilen Steinstufe', da bin ich doch voll ins Fettnäpfchen getreten. Na, mit meiner Bemerkung wegen des einen Messers aus dem Messerblock, das einen anderen Griff hat. Ich hab das ja eigentlich als Kompliment gemeint, aber du warst daraufhin sofort furchtbar beleidigt. Du hast mir vorgeworfen, ich hätte ‚… den Perkowitz-Blick für die unwesentlichsten Details behalten', ja, die Formulierung habe ich mir wörtlich gemerkt. Ich hab gar nicht begriffen, warum du so wütend warst. Aber das war halt, weil … na ja, ich hab das eben nicht begriffen, das mit der Alm. Erst, wie mir der Herr Furmaier erklärt hat, dass du das Haus hier extra für mein Bakkalaureatsexil so toll herrichten lassen hast, habe ich mich in Grund und Boden geniert. Und dafür möchte ich dich um Entschuldigung bitten! ... also, nicht jetzt für's Mich-Genieren, sondern für meine Elefant-im-Porzellanladen-Art."

„Jaja, ist schon längst vergessen. Du hast das ja nicht wissen können, also, das neueste Geheimnis von deiner Mama und mir."

„Geheimnis?"

„Ja, weil ... es war ja klar, dass die Idee deines Vaters, dich hierherzuschicken, nicht nur ... ja, wie soll ich sagen, pädagogische Gründe hatte. Nein, er wollte dich auch – quasi als angenehmer Nebeneffekt – so richtig schön bestrafen, weil du seiner Meinung nach viel zu verweichlicht und zu undiszipliniert geworden bist. Daher meine Almhütte! Denn, aber das wussten nur deine Eltern, du aber nicht – die Almhütte hatte nicht nur keinen Strom, sie hatte auch keine Heizung und kein Wasser ... von warmem Wasser ganz zu schweigen. Vor dem Haus gab's einen Brunnen, und dahinter ... tja, und eben diese Senkgrube hab ich dann ganz neu machen lassen, habe den Flügel, in dem du heute Bad und Klo findest, dazubauen lassen, habe mittels einer Solaranlage für Strom gesorgt ... und dann so nebenbei auch gleich die restliche Hütte umgebaut."

„Tante Agathe, ich versinke ob meiner undiplomat..."

„Jaja, schon gut. Weißt du, am mühsamsten war nicht einmal, dass das alles ein Heidengeld gekostet hat, sondern diese ganzen Genehmigungen für den Umbau. Das war wirklich eine Plage, die zu bekommen. Denn da ist unsere Gesetzgebung sehr streng geworden ... irgendwie muss man ja auch dankbar dafür sein, aber wenn es einen halt selber trifft, dann ..."

„Ich danke dir tausendmal, aber, entschuldige, was war jetzt das Geheimnis zwischen der Mama und dir?“

„Dein Vater weiß bis heute nicht, dass du derzeit nicht in einer kalten Berghütte ohne Strom und ohne Fließwasser lebst! Der sieht dich immer noch am ... also, wenn du ... na, du weißt schon, eben in dieser kleinen zugigen Holzhütte mit der Tür mit dem geschnitzten Herzerl drin. Der glaubt immer noch, dass du an deiner Arbeit quasi eingezwickt zwischen Plumpsklo und eiskaltem Brunnenwasser schreibst! Schau, ich habe mir halt gedacht, dass du als mein einziger Neffe ...“

„Und als dein Lieblingsneffe!“

„Ja, gezwungenermaßen! Also, ich hab mir halt gedacht, wenn schon Moses nicht zum Berg kommt, dann muss der Berg eben zu Moses ... na, und so weiter. Was ich meine ... wenn du schon nicht in echte Sommerferien fahren darfst, dann sollen die Sommerferien eben zu dir kommen! Deshalb der Riesenaufwand ...“

„Tante Agathe, ich kann dir nur sagen ... danke! Danke, danke und ... und ja, es sind die schönsten Sommerferien, die ich mir vorstellen kann!“

„Du sollst nicht lügen! Aber ... eben deshalb der Riesenaufwand, damit's wenigstens beinahe perfekt wird. Wenn du willst, kannst du mir den besagten Messerblock ... wo das eine Messer hinverschwunden ist, weiß ich wirklich nicht mehr ... also, wenn du willst, kannst du ihn mir geben und ich kaufe dir doch glatt einen ganz neuen mit fünf gleichen Messergriffen. Damit ja kein dunkler Fleck auf deiner – hoffentlich hell strahlenden – Erinnerung an die Bakkalaureatswochen bleiben möge! Obwohl, das mit dem Mord, das habe ich ja wirklich nicht vorhersehen können. Es tut mir schrecklich leid, dass du da so brutal hineingezogen worden bist. Aber wenigstens bleibt dir eine gute Erinnerung an deine Bleibe, weil ..."

Wotan hatte seiner Tante seit einigen Sätzen nicht mehr genau zugehört. Da war etwas gewesen ... etwas in ihren Worten, das ihn wieder einmal in Gedanken abheben ließ.

„Entschuldige bitte, aber was hast du gerade gesagt?"

„Wie? Ah so, ja ... dass es mir bei dieser grässlichen Mordgeschichte natürlich am meisten um die Barbara leidtut, aber dass ich auch dich ..."

„Nein, Tante Agathe! Davor?"

„Davor? Na, das mit dem Moses-zu-Berg-Berg-zu-Moses-Vergleich ... von wegen deiner Sommerferien und ..."

„Ja, das war auch sehr wichtig! Aber danach, da war noch etwas ... das entscheidende Detail. Aber ich hab's leider irgendwo in meinem Hirn verlegt."

„Also, danach, das weiß ich jetzt nicht mehr so genau. Was für ein entscheidendes Detail?"

„Bitte, ich kann dir das jetzt nicht erklären, aber es ist wirklich extrem wichtig ... glaube ich zumindest. Du hast gesagt, dass du mir noch einen neuen Messerblock kaufen würdest, wenn das meinen Aufenthalt hier perfekt machen wür... nein, du hast das anders formuliert."

„... dass kein dunkler Fleck auf deiner Erinnerung an diesen Sommer hier ..."

„Hell strahlende Erinnerung! Du hast ‚dunkler Fleck auf der hell strahlenden Erinnerung' gesagt!"

„Ja, schon möglich. Und? Wotan, mach mir bitte keine Angst! Warum ist denn das jetzt so entsetzlich wichtig?"

„Weil ich vielleicht genau jetzt, am Donnerstag, dem 17. Juli 2008, um 14.38 Uhr das entscheidende Rätsel gelöst habe ... glaub ich zumindest. Tante Agathe, du bist nicht nur meine Lieblingstante, du bist ...“

„... auch deine einzige Tante.“

„Ja, das auch, aber vor allem bist du meine Juliette Maigret, meine Doktorin Joan Watson, meine Herculine Poirot, meine Jane Marple, meine ...“

„Wotan, ich hab schon verstanden, danke. Und was wirst du jetzt tun? Bitte, um Himmels willen, auf keinen Fall was Gefährliches, ich flehe dich an!“

„Ist hinsetzen und nachdenken was Gefährliches?“

„Na ja, eigentlich nicht, aber ...“

„Dann kann ich dich beruhigen, dann bin ich jetzt nicht in Gefahr! Bussi baba, ich rühr mich dann bei dir.“

Mit minimal schlechtem Gewissen setzte sich Wotan sofort an seinen Computer. Er hatte seine Tante mit diesen letzten Worten nicht wirklich belogen – er hatte ihr bloß verschwiegen, dass er sich nur so lange hinsetzen würde, bis er die Telefonnummer des Pfarrhauses von Sankt Nepomuk eruiert hätte.

Denn endlich hatte er begriffen, wie Barbara Koller mit Ketten aus dem 17. Jahrhundert, die scheinbar nie ihren angestammten Ort verlassen hatten, Kilometer entfernt – ganz ohne teuflischen Hokuspokus – ermordet worden war!

Zumindest glaubte er das.

Donnerstag, 17. Juli 2008, 14.45 Uhr

„Herr Pfarrer? Ja, hier Wotan Perkowitz. Entschuldigen Sie die Störung, aber ich muss Sie dringend um etwas bitten. Ich weiß, das klingt jetzt seltsam, aber ... könnten Sie sich mit mir in Schloss Moosham treffen? Und zwar jetzt gleich? Ja, ich weiß, das klingt, als ob ich betrunken wäre, aber ich schwöre Ihnen ... ah, das ist lieb, dass Sie das sagen. Ja, es duldet wirklich keinen Aufschub. Und, noch etwas, ich sag's lieber gleich – ich werde Sie bitten, mit mir in die Folterkammer zu gehen, denn dort ... ja, genau. Genau das ist der Punkt, ich glaube, ich habe das Kettengeheimnis gelöst! Und deshalb ... ja, gerne, in einer halben Stunde bin ich dort. Wiedersehen!"

Als er auf den Schlossparkplatz einbog, erwartete ihn nicht nur Pfarrer Wobien, auch Hofrat Maladini sah ihm mit angespannter Neugier entgegen.

„Herr Perkowitz, das klingt ja sehr geheimnisvoll und fürchterlich spannend, was mir der Herr Pfarrer erzählt hat. Ich bin deshalb mitten in unserem Jägercercle aufgestanden und hinausgestürzt ... wir wollten nämlich noch einige Details unserer nächsten Jagd besprechen. Ich bin ein leidenschaftlicher Jäger, müssen Sie wissen. Aber jetzt spannen S' uns nicht länger auf die Folter, was ist denn das Kettengeheimnis?"

„Grüß Gott, Herr Perkowitz! Ich bin zwar auch sehr begierig, Ihre Erkenntnisse zu hören, aber ... ich tät halt hier nicht von Auf-die-Folter-Spannen sprechen, gerade hier."

„Ja, tut mir leid, das war wirklich nicht sehr sensibel von mir."

„Grüß Gott, Herr Hofrat, grüß Gott, Herr Pfarrer. Entschuldigen S' schon, Herr Hofrat, aber darf ich Ihnen den Herrn Pfarrer kurz entführen?"

Ohne Maladinis verblüffte Antwort abzuwarten, nahm Wotan den Priester am Arm und zog ihn zu seinem Auto.

„Ich weiß jetzt nicht, was ich dem Herrn Hofrat erzählen darf. Ich mein, wegen der Sache mit den Kettenspuren auf der Koller-Leiche. Sie selber haben uns ja gemahnt, auf keinen Fall auch nur ein Sterbenswörtchen zu jemandem zu sagen."

„Ah so! Nein, das gilt hier jetzt nicht mehr, ich hab dem Herrn Hofrat eine Kurzfassung von gestern gegeben. Falls Sie sich wundern, warum er überhaupt da ist ... ich bin ihm zufällig in die Arme gelaufen, gleich nachdem ich aus meinem Auto ausgestiegen bin. Und ... na ja, auf seine Frage, warum ich hier bin, konnte ich ihn ja nicht anlügen. Weil, das mit dem Lügen, das erlerne ich wohl nicht mehr – das ist so eine Art Berufskrankheit, das Ehrlichsein. Und daher habe ich ihm auch kurz von den unheimlichen Kettenspuren berichten müssen. Aber ich glaube nicht, dass er das weitertratschen wird. Ich denke, er ist durchaus vertrauenswürdig und kann wirklich schweigen wie ein ... na ja, Sie wissen schon."

„Na gut, dann werde ich Sie also beide in meine sensationellen Gedanken einweihen."

Als Pfarrer Wobien und Wotan sich aus ihrer Verschwörerhaltung aufrichteten, um sich wieder dem „Schlosshausherrn" zuzuwenden, stellten sie mit Erheiterung fest, dass sich dieser – rein zufällig – ihnen bereits bis auf Hörweite angenähert hatte.

„Also, Herr Hofrat, wie ich gerade gehört habe, wissen Sie ja schon Bescheid über die ominösen Rostspuren aus dem 17. Jahrhundert auf der Leiche von Frau Koller. Und das hat mich natürlich nicht in Ruhe gelassen, wie kamen die Partikel auf die Leiche, wie hat diese Spurenübertragung funktioniert? Also, zuerst hatte ich die – zugegebenermaßen unausgegorene – Vermutung, dass Frau Koller mit den Ketten aus der Folterkammer getötet worden ist, dann hatte ich die – noch unüberlegtere – Idee, dass Frau Koller extra in die Folterkammer gebracht worden ist, um mit den Ketten getötet zu werden. Auf jeden Fall sind diese beiden Gedanken schlicht und einfach schwachsinnig, denn sie passen beim besten Willen nicht mit dem Zeitablauf des Einbruchs und der Überwachungskameras zusammen. Herr Hofrat, bitte korrigieren Sie mich, falls ich was Falsches sage ... es ist nämlich sehr wichtig, dass ich das jetzt richtig wiedergebe. In der Nacht von Samstag auf Sonntag, vom 5. auf den 6. Juli, wurde hier in die Folterkammer eingebrochen, dabei wurde seltsamerweise nichts gestohlen. Stimmt das so?"

„Jaja, durchaus, Sie wissen doch, wir haben das alle für einen Lausbuben..."

„Ja, Herr Hofrat, das war Ihre Vermutung. Also, 5. auf 6. Juli – Einbruch. Am Dienstag, dem 8. Juli, wurden die Überwachungskameras installiert, die unter anderem auf den einzigen Eingang zur Folterkammer gerichtet sind. Stimmt das auch?"

„Ja ... und vergessen Sie nicht die Kamera, die direkt in der Folterkammer montiert ist."

„Ah ja. Also, man kann sagen, dass es unmöglich war, nach der Montage dieser Kameras, also ab dem 8. Juli, unbemerkt in die oder aus der Folterkammer zu kommen. Stimmt das?"

„Jaja, stimmt."

„Gut. Nur noch eine Frage. Ist es denkbar, dass irgendwer die Kameras so manipuliert hat, dass sie zwar eine leere Folterkammer aufgezeichnet haben, aber in Wirklichkeit hätte jemand sehr wohl drinnen fuhrwerken können?"

„Also, ich bin natürlich kein Sicherheitsspezialist, aber das kann ich mir allein schon deshalb nicht vorstellen, weil die mit den Kameras verbundenen Aufnahmegeräte originellerweise in einem der Kerker versteckt wurden ... das ist ein Verlies, von dem kaum einer was weiß und das mit schweren Eisentüren gesichert ist. Und soviel ich gehört habe, war zwar der zuständige Mitarbeiter vergangenen Sonntag unten, um – wie jetzt jede Woche – die Aufnahmebänder auszutauschen, aber da war an den Türen alles in Ordnung. Nein, ich kann eigentlich zu 100 Prozent ausschließen, dass die Dinger manipuliert worden sind."

„Sehr gut! Also ... Idee Nummer eins, Frau Koller wäre in der Nacht vom 9. auf den 10. Juli mit den Ketten aus der Folterkammer getötet worden – diese Idee von mir war ein Schwachsinn, denn dann hätten ja spätestens bei diesem Einbruch die Ketten gestohlen werden müssen. Idee Nummer zwei, Frau Koller wäre in der Nacht vom 9. auf den 10. Juli extra in die Folterkammer gebracht worden, um sie hier mit den Ketten zu töten – diese Idee war leider auch hirnrissig, da ja, wie Sie gerade bestätigt haben, in dieser Nacht bereits durchgehend die Kameras auf das Geschehen in der Folterkammer gerichtet waren. Und ich nehme jetzt einmal an, dass auf diesen Bändern nicht zu sehen ist, welche bösen Mörder die Frau Koller in die Folterkammer gezerrt und dort mit den Ketten ermordet haben. Wenn das aufgezeichnet worden wäre, dann könnten wir und die Polizei uns vermutlich die ganze Sucherei nach dem oder den Wahnsinnigen sparen, oder?"

„Ja, schon eher, also, ich mein, nein, das nicht. Es gibt keine solchen Aufzeichnungen ... und ja, das glaub ich auch, dass wenn wir solche Aufzeichnungen hätten, die Polizei längst den oder die Mörder gefasst hätte."

„Genau! Und das hat mich letztlich zu meinem heutigen Gedanken geführt ... auf das ‚wie' will ich jetzt gar nicht eingehen, auf jeden Fall lautet der Schlüsselsatz: Wenn Moses nicht zum Berg kommt, dann ..."

„Ja, aber Sie selber haben uns doch gerade erklärt, dass die Ketten nicht ..."

„Herr Pfarrer, nicht die Ketten! Der Rost! Es ging nur um die Rostpartikel! Der Einbruch war kein Streich, keine Mutprobe von Halbwüchsigen, der war eiskalt geplant und die Voraussetzung, um den Mord an Frau Koller wie eine Tat des Teufels aus vergangenen Jahrhunderten aussehen zu lassen."

Wotan hatte etwas geschafft, was nur wenigen Menschen gelungen war – er hatte Hofrat Maladini zum Schweigen gebracht. Wobien war Wotans ungewöhnliche Enthüllung allerdings noch zu unpräzise.

„Herr Perkowitz, Sie meinen also, dass bei dem Einbruch der oder die Täter kleine Rostablagerungen von den Ketten entfernt haben, um diese dann ein paar Tage später auf die Wunden von Frau Koller aufzutragen?"

„Ja, genau so."

„Aber mit welchen Ketten ist sie dann ermordet worden? Es waren doch ganz sicher Ketten, oder ... also, die Mordwaffe?"

„Ja schon, aber ... mein Gott, was weiß ich. Mit irgendwelchen Ketten halt. Ketten, die man in jedem Geschäft für Metallwaren kaufen kann."

„Ich tät vorschlagen, wir gehen erst einmal an den Ort des Doch-auch-irgendwie-Geschehens. Ich darf vorausgehen." Hofrat Maladinis nachdenkliches Schweigen hatte nur kurz angehalten, jetzt war er umso mehr bedacht, die Kontrolle über die Situation wieder an sich zu reißen.

In der hell erleuchteten Folterkammer – die neue Beleuchtung war ebenfalls ein Teil der Antieinbruchsmaßnahmen – richteten alle drei ihre Blicke auf die Ketten, die, scheinbar seit Jahrhunderten in Ruhe gelassen, nach wie vor gelangweilt an der Wand hingen.

„Herr Perkowitz, aber jetzt müssen S' uns schon noch verraten, wie Sie auf diese außergewöhnliche Idee gekommen sind."

„Meine Tante hat mir vorgeworfen, dass mein Vater und ich prinzipiell nur das Unwichtige sehen würden. Und heute beim Telefonieren hat sie genau denselben Gedanken wiederholt ... ich hätte einen Adlerblick fürs Unwesentliche. Und dann hat sie etwas gesagt von wegen ‚dunkler Fleck auf hell strahlender Erinnerung', und genau in dem Moment hat's bei mir Klick gemacht. Denn bei Ihrer hochinteressanten Führung" – Wotan verneigte sich leicht in Richtung Hofrat Maladinis – „war mir aufgefallen, dass einige der Kettenglieder sehr viel heller glänzten als die anderen. Dieses Detail war mir aber quasi nur subkutan aufgefallen ... eben nicht deutlich genug, um zu einem eigenen Gedanken heranzureifen."

„Ihr Unbewusstsein hat es registriert, nicht aber ..."

„Herr Pfarrer, ich bevorzuge Unterbewusstsein, nicht Unbewusstsein. Aber ja, Sie haben recht, irgendwo in meines Hirnes Tiefen ist dieser Eindruck herumgeschwommen ... und heute hat er die Oberfläche erreicht. Und in Verbindung mit den höchst ungewöhnlichen Analyseergebnissen von gestern habe ich mir eben gedacht, dass nicht die Ketten, sondern die Rostpartikel entscheidend sind. Und so ... tatarata!"

Die Zirkusfanfare, die Wotan anzudeuten versucht hatte, ließ seine beiden Gegenüber kurz zusammenzucken, aber selbst dieser Missklang schmälerte ihre Bewunderung für seine detektivischen Fähigkeiten nicht.

„Jetzt stellt sich nur noch eine Frage." Am langsamen Tempo seiner Worte konnten sowohl Maladini als auch Wotan sofort erkennen, dass die von Wobien angesprochene Frage noch keineswegs in passende Worte gekleidet war. Offensichtlich kämpfte der Pfarrer um die richtige Formulierung seiner nur vage vorhandenen Bedenken – ein Zustand, für den Wotan viel Verständnis hatte, weshalb er den Priester freundlich-aufmunternd ansah, ohne ihn auch nur im Geringsten zu drängen.

Ganz im Gegenteil dazu konnte Hofrat Maladini seine angespannte Ungeduld nicht eine Sekunde länger im Zaum halten. „Herr Pfarrer, was? Welche Frage? Was für Bedenken? Hat der Herr Perkowitz jetzt recht oder nicht?“

„Doch, ja, prinzipiell schon. Ich meinte ja nur ... also, wir müssten doch jetzt noch von einem Fachmann oder einer Fachfrau klären lassen, ob es bei der Analyse der Rostspuren nicht aufgefallen wäre, dass die Partikel von Ketten abgekratzt worden sind. Ich mein, da hätten sich vielleicht auch DNA-Spuren von denen finden lassen müssen, die das eben abgekratzt haben. Oder irgendwelche andere Spuren ... zum Beispiel von dem Messer, mit dem man diese Partikel abgeschabt hat.“

„Herr Pfarrer, jetzt muss ich Ihnen aber sagen ... ich glaub, Sie sehen zu viele Krimis!“

„Nein, Herr Hofrat, ich fürchte, da hat der Herr Pfarrer schon recht. Und das hieße, dass auch diese Idee von mir wieder ein Blödsinn wäre ... schade!“

„Herr Perkowitz, jetzt lassen S’ den Kopf nicht hängen. Der Herr Pfarrer hat ja zu Recht gesagt, dass man das erst noch einen Fachmann fragen muss. Und ich wüsste da wen.“

„Ah, Sie meinen den Hofrat Kihrbrein?“

„Ja, genau ... ah ja, da hab ich ihn ja schon.“ Noch während dieser Worte hatte Doktor Maladini hektisch an seinem Handy herumgedrückt. Auf Wotans fragenden Blick hin flüsterte ihm Wobien rasch zu: „Hofrat Diplomingenieur Doktor Kihrbrein, auch ein ehemaliger Hofrat der Landesregierung. Hat irgendwas in der Bauabteilung geleitet. Jetzt, in der Pension, hat er die ehrenamtliche Leitung eines Museums hier ganz in der Nähe übernommen. Ein ehemaliger Hochofen, dort ist heute ein Montanmuseum untergebracht. Na ja, und er gilt als Experte für so Eisensachen ... und deshalb ..."

„Ja, servus, mein lieber Herr Hofrat. Maladini hier. Du, ich kann dich leider nicht persönlich erreichen, was sehr schade ist, weil wir bräuchten dringend ... ich wiederhole, dringendst, deinen fachlichen Rat. Wenn du diese Nachricht abhörst, geh bitte, sei so lieb und ruf mich zurück. Grüß dich!"

„Mailbox, Herr Hofrat?"

„Mailbox!"

„Na ja, dann werden wohl meine Fragen von vorhin noch unbeantwortet bleiben. Aber das heißt ja nicht, dass ich mit meinem Zweifel recht haben muss. Vermutlich nicht sogar ... also, ich meine, vermutlich sind Sie, lieber Herr Perkowitz, wirklich ein junger Sherlock Holmes und haben hier wesentlich zur Enttarnung von Professor Moriarty ..."

„Griaß Gott beinand. Derf i einekemma? Oder stör i sehr?"

„Ja, der Herr Ratschinger. Aber nein, Sie stören doch nie. Bitte, kommen S' nur herein."

„Danke, Herr Hofrat. Griaß Gott, Herr Pfarrer. Und – griaß Gott schön, i bin der Bauer Ratschinger."

Noch bevor Wotan „Perkowitz, sehr erfreut" sagen und die alte, schwielige Hand schütteln konnte, schlug sich Hofrat Maladini mit routiniert gespielter Verzweiflung seine linke Hand gegen die Stirn. „Mein Gott, wo hab ich denn nur meine Manieren gelassen? Lieber Herr Ratschinger, darf ich Ihnen den jungen Herrn Perkowitz vorstellen. Er ist der Neffe von der Magistra Gattermüller, Sie haben vielleicht schon von ihm gehört?"

„Uhjeh, Sie san der, den wo die Leut so am Zeug flicken? Owa nur die depperten ... i zum Beispü glaub net, dass Sie der Nachfahre von dem Zauberer-Jackl san. Owa i bin hoit a net ana von de ... na ja, eben ana von denen."

„Sehr erfreut, Herr Ratschinger. Und danke, dass Sie mich nicht für ..."

„Und no dazua ham Sie Armer glei die Leich von der ermordeten Kollerin finden müssen."

„Nein, eigentlich nicht. Genau genommen ..."

„Des muaß ja schrecklich g'wesen sein. Ja, schrecklich."

„Ja, ganz schrecklich war das ... Herr Perkowitz, jetzt darf ich Ihnen noch kurz erzählen, dass der Herr Ratschinger der erste Fremdenführer hier auf Schloss Moosham war. Gleich, wie der Tourismus so ein bisserl angefangen hat, in den fünfziger Jahren, da hat man damals eine witzig-schlagfertige Persönlichkeit gesucht, die sich hier gut auskennt und die Touristen mit ein bisschen einem ... wie soll ich sagen? ... einem einheimisch-unheimlichen Humor durch die Gemäuer führen konnte. Na, und da fiel die Wahl auf den Herrn Ratschinger. Und er wurde eine Institution ... was sag ich, eine Legende sind S' geworden! Nicht wahr, Herr Ratschinger?"

„Na ja, Legende ... oiso, i weiß net. Owa, berühmt war'n meine Führungen schon. Doch, des derf i voller Stolz so sog'n. Vor allem, wissen S', Herr ..."

„Perkowitz."

„Ja, genau, also ... meine Führungen durch die Folterkammer, die war'n ... oiso guat, doch. Jetzt sog i's a ... legendär."

„Zu Recht, Herr Ratschinger. Der Herr Ratschinger ist übrigens nicht nur ein Kenner der Mythen und Sagen unserer wunderschönen Gegend hier, er ist auch – was mich natürlich sehr freut – ein besonders treues Mitglied unserer Kirchengemeinde."

„Herr Pfarrer, jetzt machen S' mich aber verlegen. Aber, wann i frag'n derf, was tuan Sie eigentlich da alle?"

„Es ist Folgendes ..." – „Wir sind hier, weil ..." – „Na ja, ich hatte da so eine komische Idee, die ..." – den dreistimmigen Chor, der den alten Herrn unbeabsichtigt synchron überrollte, unterbrach dieser dank der natürlichen Autorität seiner 86 Jahre mit nur einer ganz kleinen Bewegung seines erhobenen Zeigefingers. „Immer nur einer ... Herr Pfarrer, bitte."

„Zuerst ... zuerst müssen Sie schwören, dass Sie nichts von dem, was ich ... ich meine, wir Ihnen jetzt erzählen, irgendwem verraten. Ich bitte um Ihr Wort."

„Das klingt ja sehr geheimnisvoll, jetzt ham S' mich aber erst recht neugierig gemacht. Na gut, ich erzähl niemandem von irgendwas, was er net eh scho weiß."

„Gut. Also, dass die Frau Koller ermordet wor'n is, weiß hier inzwischen jeder. Aber, dass sie auf entsetzlich urtümlich-grausame Art geradezu hingerichtet worden ist, das ..."

„Sie meinen des mit den Ketten? Und dass man Rostspuren aus der Zeit vom Zauberer-Jackl auf ihrer Leich g'fund'n hat und dass deshalb jetzt der ganze Blödsinn von wegen der Teifi is z'ruckkummen und hat si den jungen Herr da ois sein Spießgesellen mit'bracht von a paar Idioten hochg'spielt wird – des alles wollen

Sie mir jetzt als Neuigkeit verkaufen? Aber geh'n S', des weiß doch inzwischen hier a jeder, die Leit reden doch über nix anderes."

Erst Tage später war Wotan eingefallen, dass er sich von genau diesem Moment ein Bild gewünscht hätte. Auf der einen Seite drei in grenzenlosem Erstaunen erstarrte Masken, auf der anderen Seite das Gesicht eines Mannes, der voller Zufriedenheit und mit der glücklichen Weisheit des Alters seinen Blick über Wände schweifen ließ, die ihn an große Leistungen und wunderschöne Momente seines Berufslebens erinnerten ... nur, dass es eben die Wände einer Folterkammer waren.

Plötzlich blieben seine Augen mitten in der Bewegung hängen.

„Was is denn des?" – Ratschingers knorriger Zeigefinger wies auf eine der Überwachungskameras.

„Das?" – Maladini war endlich aus den Tiefen seiner „Das darf doch nicht wahr sein!"-Lähmung aufgetaucht. „Na, das ist eine der neuen Kameras ... zur Überwachung ... na, wegen des Einbruchs."

„Wos fia a Einbruch?"

„Ja aber, Herr Ratschinger, dieser mysteriöse Einbruch von vor ... na ja, jetzt sind's schon fast zwei Wochen. Der war doch tagelang das einzige Gesprächsthema ... zumindest bis zum Mord!"

„Ah, da war was?"

Der Hofrat drohte von vollkommener Verwunderung in Verständnislosigkeit zu fallen. Im Gegensatz dazu schien Pfarrer Wobien ein – in diesem Fall weltliches – Licht aufgegangen zu sein.

„Ich glaub, ich versteh langsam."

„Herr Pfarrer, jetzt reden Sie nicht auch noch mir völlig unverständliches Zeug!"

„Nein, nein, Herr Hofrat, ich mein nur, ich glaube, des Rätsels Lösung ist ... Herr Ratschinger, Sie waren ja auch schon einige Wochen nicht in der Sonntagsmesse. Sie waren weg, gell?“

„Ja, eh ... aber i hab halt noch nie davon erzählt.“

„Wovon?“

„... und warum?“ – wie immer interessierte Wotan das Motiv viel mehr als die Tat.

„Ja, mei, die meisten Leut’ hier im Dorf täten sich halt das Maul zerreißen, wenn sie wüssten, dass i mi unsterblich verliebt hab.“

Die Blicke von Maladini, Wobien und Wotan schwankten zwischen Bewunderung, leisem Spott und dunklen Ahnungen.

„Jo, scho als junger Mann, da hab i mi verliebt. Damals war’s halt nur ein Bildband. Der war zwar sehr schön ... der hat sogar damals schon Farbfotos g’habt. Aber es war eben nur ein Bildband! Aber wie ich mir das dann endlich hab leisten können, bin ich zu ihr rüberg’flogen.“

„Zu ihr? Und Sie haben sie ... in einem Bildband mit Farbfotos kennengelernt?“ – man hörte Wobien deutlich an, wie er nur mühsam seine Abscheu unterdrückte.

„Wenn i’s do sag! Aber dann, Herr Pfarrer, Sie können sich gar net vorstellen, was des für a G’fühl war, sie endlich ganz in echt zu erleben. Und dann bin i mitten in ihr g’wesen, hab die Hitze und die Feuchtigkeit g’spürt ...“ – ein Seitenblick Wotans genügte ... es war klar, dass Wobien jetzt gleich in Ohnmacht fallen würde.

„... mitten in der schönsten Sumpflandschaft, die man sich vorstellen kann! Dann bin i mitten in Florida in den Everglades g’stand’n! Herr Pfarrer, Sie können sich gar nicht vorstellen, wie herrlich! Herr Pfarrer ... aber mein Gott, was ham S' denn?"

Es war Maladini, der im Gegensatz zu Wotan nicht vor Lachen zu zerplatzen drohte, sodass er dem völlig verstörten Pfarrer zu Hilfe eilen konnte.

„Ah so, die Everglades! Ja, das ist sicher sehr beeindruckend ... nicht wahr, das meinen Sie doch auch, Herr Pfarrer?"

Ein seliges Lächeln der Erleichterung glitt über Wobiens Züge.

„Und da waren Sie also jetzt? Die letzten paar Wochen?"

„Ja, zum zehnten Mal. Wäu, g'rad im Hochsommer, i sog's euch, die Tierwelt is a Wahnsinn! Alligatoren ... sooo groß!" – dabei versuchte Ratschinger mit seinen Händen, die schiere Größe dieser Bestien zu unterstreichen ... was ihm naturgemäß nicht gelang, da nach seiner Armspanne die Riesenechsen höchstens ein Meter fünfzig groß gewesen wären – „... sooo groß, dabei san die Viecher nur zehn Meter neben dir und deinem Guide!"

Erschöpft von der Erinnerung und der Schultergymnastik zur Alligatoren-Verdeutlichung ließ Ratschinger seine Arme sinken und fügte nur mehr lapidar hinzu: „Drum war i net da! Und was war des mit dem Einbruch?"

Endlich durfte Hofrat Maladini wieder den „Gesprächsvorsitz" übernehmen. Lang und breit erzählte er vom Einbruch, von seiner Lausbubenstreich-Mutproben-Hypothese und von den Folgen – der verstärkten Beleuchtung in der Folterkammer und der neuen Überwachungsanlage.

„Und gestern dann die entsetzliche Überraschung mit dem Analyseresultat." Wobien hatte die biologische

Schwäche Maladinis – selbst er musste irgendwann Luft holen – gnadenlos ausgenützt, um nicht auch noch die nächsten Stunden an diesem eher wenig lauschigen Platz verbringen zu müssen. „Eigentlich wollten wir das mit den Rostpartikeln streng geheim halten, aber das scheint uns ja kläglich misslungen zu sein. Inzwischen weiß offenbar das ganze Dorf davon ... und selbst Sie, frisch aus dem Urlaub zurück!"

„Und genau diese Mischung aus schwachsinnig-rückständigem Teufelsglauben und modern-naturwissenschaftlichen Erkenntnissen hat mich zu zwei falschen und einer vielleicht richtigen Idee geführt."

Wotan sah nicht mehr ein, warum er das verbale Schlachtfeld zur Gänze den drei anderen überlassen sollte. Wenn das so weiterginge, würde dieser gewitzte Alt-Bauer und Everglades-Bummler spätestens morgen Abend an seinem Stammtisch allen berichten, wie langweilig und maulfaul dieser angebliche Teufelslehrling doch wäre ... und das konnte und wollte Wotan nicht auf sich sitzen lassen. Schließlich hatte er inzwischen eine soziale Verpflichtung gegenüber den Gerüchten!

„Idee Nummer eins" – systematisch zählte er noch einmal seine Kettengedanken auf. Nur auf das berechtigte Werkzeugspuren-Argument Wobiens ging Wotan in diesem Moment des Triumphs nicht näher ein. Vermutlich hätte es Herrn Ratschinger nur verwirrt, und er hätte dann nicht so klar und deutlich seine Bewunderung für Wotans fulminanten Gedankengang zum Ausdruck bringen können.

„Na, was sagen Sie jetzt?" – ungeduldig wiederholte Wotan diesen Satz. Er war sich sicher, dass damit das Stichwort für das Aufbrausen von Ratschingers Begeisterung gefallen sei.

Doch ... nichts!

Der alte Herr starrte nur konzentriert auf die Ketten.

Und dann ...

„Nein, Herr ... Herr Wotan. Diese Idee mit den Roststückerln ist falsch! Aber das, was Sie vorher g'sagt haben, dass es falsch ist ... das ist falsch, weil das ist richtig."

Keiner hatte den letzten Satz verstanden, aber Ratschingers entrückter Blick auf die hintere Wand der Folterkammer erlaubte keine Fragen.

„I glaub, das war Ihre Idee Nummer eins, dass die da ein'brochen sind, um die Ketten zu stehlen. Aber – das ham Sie selber g'sagt – diese Idee wär ein richtiger Blödsinn g'wes'n, weil ja nach wie vor die Ketten da hängen ... nicht wahr?"

Wotan traute sich kaum zu nicken, denn Ratschingers hypnotischer Tonfall tauchte die ganze Szenerie in ein mystisch-unbarmherziges Licht.

„Aber das is falsch, weil's die falschen sind – und deshalb ham Sie recht g'habt!"

„Herr Ratschinger ..."

„Ihre erste Idee war scho richtig ... die Frau Koller ist mit den alten Ketten aus dem 17. Jahrhundert geroatlt wor'n. Und Sie ham a recht g'habt, dass die Ketten hier viel zu sehr glänzen, weil ..."

Das Räuspern des alten Herrn glich einem Kanonenschuss, so still war es geworden.

„... weil die Ketten, die hier hängen, die sind nicht die originalen! Die hier sind Duplikate. Also, bei dem Einbruch ist doch was g'stohl'n wor'n – und zwar die echten, die alten Ketten. Und damit niemand was merkt, ham die dann die falschen Ketten herg'hängt. So einfach ist das."

Stille!

Maladini, Wobien und Wotan drohten beinahe zu ersticken, denn selbst ein einziger Atemzug wäre schon zu laut gewesen.

Doch dann schien Hofrat Maladinis Oberkörper zu explodieren, so tief holte er Luft.

„Aber, Herr Ratschinger, wieso hat denn das niemand bemerkt? Ich mein, wir haben doch seit dieser Nacht mehrere Führungen, auch durch die Folterkammer, gehabt. Wieso ist denn niemandem dieser Austausch aufgefallen?“

„Ja, schaun S’, Herr Hofrat. Die Leut, die Sie heut als Fremdenführer beschäftigen – die sind sicher alle sehr gebildet, was die Geschichte des Schlosses und der Zeit ... und des alles halt angeht, aber sich wirklich hier auskennen tun die sich nicht. Zumindest nicht so wie wir damals, die wir die Fremdenführer der Stunde Null waren. Und, eines muaß i jetzt scho a no sag’n – die Ketten da, die sind wirklich ganz ausgezeichnete Kopien ... die hat ein Fachmann g’macht. Es dürfte ganz wenige geben, die den Unterschied beim Nur-so-Hinschauen bemerken täten. Kompliment, Herr Wotan, Sie sind offenbar einer von den wenigen ... weil Ihnen das mit den zu hellen Kettengliedern aufg’fallen ist! Na ja, und mein jugendlich-scharfes Auge täuscht halt immer noch nichts und niemand.“

Das spitzbübische Grinsen, mit dem sich der „Doyen der Folterkammer“, wie ihn Wotan inzwischen insgeheim getauft hatte, zu Maladini und Wobien drehte, gefror ihm allerdings sofort im Gesicht.

„Ja, was ham S’ denn? Sie schau’n ja drein wie beim jüngsten Gericht.“

„Wundert Sie das, Herr Ratschinger?“

„Wieso?“

„Diese Neuigkeit bedeutet doch, dass wir es hier wirklich mit dem Teufel zu tun haben!“

„Also, Herr Pfarrer, grad von Ihnen hätt i so an Bledsinn net erwartet. A anderer Pfarrer vielleicht, ja, der tät vom Teufel reden. Aber Sie?“

„Aber ich mein doch nicht den schwarzen Gesellen mit den Hörndln und den Hufen an den Haxen! Den würden wir vermutlich viel leichter erkennen können. Nein, da gibt's offenbar einen Teufel, der so wie Sie und ich angezogen ist. Also, vielleicht nicht so wie ich grad, aber ...“ – Wobien sah von seinem Stehkragen über seinen schwarzen Pullover und seine schwarzen Hosen auf seine schwarzen Schuhe herunter.

„Ah so, jetzt versteh i! Ja, da ham S' recht. Der, der das alles geplant hat ... den Einbruch, den Diebstahl und Austausch der Ketten, den Mord mit den alten Ketten, damit's ja so ausschaut, als ob der „Gottseibeiuns“ aus der Jackl-Zeit wiedergekehrt wäre ... ja, und sich sogar einen sehr fähigen Gehilfen mitgebracht hätt“ – Wotan konnte nicht anders, als selbst bei diesem etwas zweifelhaften Kompliment rot zu werden – „der macht dem, dem er quasi den Mord in die Schuhe oder, besser gesagt, in die Hufe schieben will, wirklich alle Ehre.“

Bevor sich noch betretenes Schweigen breitmachen konnte, riss Maladini mit einem ungewöhnlich metallisch-rauen Auflachen die kleine Gruppe aus ihrer stillen Beklemmung.

„Und die bitterste Ironie ist ... die Person, die schon von weitem an ihren Haxen mit Hufen dran zu erkennen wäre, die ist ganz eindeutig nicht der Teufel, den wir suchen ... denn sie war das Opfer. An ihren Huf-Haxen konnten wir sie erkennen, die arme Frau Koller! Übrigens, meine Herren, weiß zufällig jemand von

Ihnen, ob die Polizei irgendwas im allgemein bekannten Geheimversteck von der Frau Koller gefunden hat?"

„Herr Hofrat, wie denn, i bin do eben erst seit ein paar Tagen wieder da!"

„Na ja, Herr Ratschinger, immerhin haben Sie gleich den Tratsch von den Ketten und alten Rostpartikeln mitgekriegt. Da könnt's doch sein, dass Sie ..."

„Ja, stimmt schon, aber, nein – von an Fund im Haxen-Versteck von der Kollerin hab i nix g'hört."

„Entschuldigen' schon, die Herren, aber wovon reden Sie da?" Wotan wusste nicht, ob er sich ärgern oder stolz sein sollte. Einerseits hatte ihn das Triumvirat der einheimischen Eingeweihten gerade eben „dumm sterben" lassen – er hatte keine Ahnung, von welchem allgemein bekannten Haxen-Geheimversteck die Rede war. Andererseits zeigte diese Ignoranz ihm gegenüber, dass sie ihn bereits als einen der Ihren ansahen und ganz selbstverständlich als Mitwisser behandelten.

„Ah so, ja ... also, Herr Perkowitz, wir müssen Sie um Entschuldigung bitten, weil wir automatisch angenommen haben, dass Sie ..."

„Ist schon gut, Herr Pfarrer. Welches Haxen-Versteck?"

„Ich weiß nicht, ob Sie die Frau Koller je in ihrer ... wie soll ich sagen? ... Marken-und-Erkennungszeichen-Spezialkleidung gesehen haben?" – die soziale Hierarchie war wiederhergestellt, ganz automatisch hatte Hofrat Maladini den Dialog an sich gerissen.

„Meinen Sie das Kostüm, das sie sich aus den Kuhfellen der ‚Mädchen', wie sie ihre toten Kühe genannt hat, genäht hat? Ja, das kenn ich ... also, kannte ich."

„Dann haben Sie auch diese angenähten Kuhhaxen erlebt, die sich fast wie ein Windrad um sie herum ..."

„Ja, ich erinnere mich. Gleich beim Kennenlernen“ – selbst einem Zyniker wie Wotan blieb kurz die Stimme im Hals stecken, das Kennenlernen war ja ihr einziges Treffen gewesen … zumindest im lebenden Zustand – „da hat sie sich gleich einmal rundherumgedreht, um mir die fliegenden Kuhhaxen zu zeigen. Denen hat sie ja ihren Spitznamen … ja, und letztlich den Namen ihrer Firma zu verdanken. Kuhhaxen-Hex. Jetzt, wo Sie's sagen … hat sie nicht behauptet, dass diese Bewegung …“ – es war Wotan ein seltsames Bedürfnis, gerade hier an diesem Ort ihre Drehbewegung zu imitieren. Er wusste natürlich, dass er lächerlich aussah, aber er hatte das Gefühl, genau in dem Moment Frau Koller diese Pseudo-Pirouette schuldig zu sein – „… ihr dabei helfen würde, die bösen Geister zu vertreiben?“

Es war erstaunlich, wie deutlich man am akuten Schweigen der vier hören konnte, wie jeder von ihnen mit seinen ganz persönlichen Tränen kämpfte. Pfarrer Wobien hatte offenbar – wohl berufs- und berufungsbedingt – das geringste Problem damit, seine brüchige Stimme einzugestehen.

„Das … das scheint wohl nichts genützt zu haben.“

Wotans Bewunderung für Wobien wuchs noch mehr! Von einem katholischen Priester hätte er angesichts des offensichtlichen Misslingens eines seltsamen Rituals mit toten Tierbeinen zur Vertreibung böser Geister bestenfalls milden Spott, eher aber beißende Ironie erwartet. Doch – nichts dergleichen. Pfarrer Wobien war nur Trauer anzuhören, sonst nichts.

„Und eben einer dieser Kuhhaxen, der war am Fell mit Druckknöpfen befestigt und innen hohl. Und da hat Frau Koller des Öfteren Wertsachen wie größere Geldbeträge oder irgendwelche wichtigen Dokumente versteckt. Oder, besser gesagt, zu verstecken geglaubt, denn dieser hohle Haxen ist fast schon sprichwörtlich verwendet worden."

„Ja, stimmt, Herr Hofrat. ‚Aber des derf niemand wissen, des is so geheim wie der Kuhhaxen-Hex-Haxen!' – den Satz hab i scho oft am Stammtisch g'hört. Vor allem dann, wenn's um was 'gangen is, was eh scho a jeder g'wusst hat!"

„Jaja. Genau das habe ich vorhin gemeint. ... also mit meiner Frage, ob die Polizei irgendwas in diesem Haxen-Versteck gefunden hat? Herr Pfarrer? Herr Perkowitz? Nein? Na, dann schlage ich vor, dass Sie alle meine Gäste in der Schlossschenke sind. Auf den Schreck hin haben wir uns wahrlich eine Stärkung verdient."

„Aber Herr Hofrat, von wegen Polizei – sollten wir nicht den Kettendiebstahl melden?"

„Schon, aber das hat ja wohl Zeit bis nach dem Essen. Da entlang, bitte."

Donnerstag, 17. Juli 2008, 18 Uhr

„Also, Herr Perkowitz, meinen Respekt! Man sieht Ihnen gar nicht an, dass Sie so ein leidenschaftlicher Esser sind."

Wotan versuchte erst gar nicht, der sanften Spitze des Herrn Hofrat Kontra zu geben. Zum einen hatte er gerade den Mund voll, und zum anderen überlegte er blitzschnell, ob er den wahren Grund für seine dreigängige Bestellung nennen sollte. Er entschied sich für eine typisch österreichische Lösung – er würde zwar seine momentane Fresssucht begründen, aber beim Motiv lügen.

„Herr Hofrat, es tut mir leid, wenn ich Ihre großzügige Einladung missbrauche, aber ...“

„Nein, nein, Herr Perkowitz, da haben Sie mich vollkommen falsch verstanden! Ich freue mich sehr, wenn es meinen Gästen schmeckt. ... und mir auch – wieder!“

„Ja, Herr Hofrat, die neuen Zähne, die haben Ihnen aber lange ganz schön zu schaffen gemacht. So ein neues ‚Klavier‘ im Mund ... das kann sehr unangenehm sein.“

„Wem sagen Sie das, Herr Pfarrer, wem sagen Sie das! Wochenlang habe ich mich damit herumgeärgert, seit Mai habe ich immer wieder so komische Geräusche von mir gegeben – immer, wenn ich das Gefühl gehabt habe, dass ... bitt schön um Verzeihung, aber ich sag's halt so ... der Speichel zu viel wird und die Zähne zu groß sind, dann hab ich so ein schmatzendes Geräusch gemacht. Das war vom Schlucken! Na, und wie dann vor zwei Wochen endlich meine Beißerln so an meine Kiefer angepasst werden konnten, dass ich keine Probleme mehr hatte, da hab ich mir dieses Dauerschluckgeräusch richtiggehend wieder abgewöhnen müssen. Grässlich, sag ich Ihnen! Aber umso mehr freut's mich, wenn's allen am Tisch schmeckt!“

„Danke, Herr Hofrat, und wie! Und die Kaspressknödelsuppe war hervorragend, die Grammelknödel – und nicht zu vergessen das Sauerkraut – sind hervorragend, na, und der Grießschmarrn mit Zwetschkenkompott wird sicher hervorragend sein. Allein schon deshalb nütze ich die Möglichkeit, die Speisen und natürlich Ihre Gesellschaft ausgiebig zu genießen. Außerdem“ – wie ein Verschwörer beugte sich Wotan quer über den Tisch und verfehlte die Grammelknödel mit seinem Pullover nur um einige Millimeter – „ich gestehe, ich will heute über die Schnur hauen und mich richtig anfre...“ – im letzten Moment fiel Wotan ein, dass er drauf und dran war, seinen Ruf als wohlerzogener höherer Sohn aufs Spiel zu setzen. Er schluckte kurz, entschied sich aber dann für das zum Essen passende deftige Vokabel und damit wohl auch für einen Prestigeverlust – „... anfressen! Und dazu noch ansau...“ – nein, was zu viel war, war zu viel! „Ansaufen“ konnte er nicht über seine Lippen bringen. Es sei denn ... „... ansaufen – wie ein Schwamm, mit all den positiven Erfahrungen jetzt hier beim Essen. Denn ich brauche heute eine ziemliche Bettschwere, um überhaupt an Schlaf denken zu können. Nach all den Neuigkeiten!“ Dass das mit der Bettschwere zwar stimmte, es aber wenig mit den – zugegebenermaßen sensationellen – Novitäten der letzten Stunde zu tun hatte, musste Wotan weder seinem großzügigen Gastgeber noch dem Herrn Pfarrer noch Herrn Ratschinger auf die Nase binden. Seine rabenschwarzen Gedanken, die er ja noch nicht ganz entkräftet hatte, sollten ihn nicht schon wieder an einem möglichst alptraumlosen Schlaf hindern. Daher diese Orgie!

Plötzlich rührte sich sein Autofahrergewissen.

„Herr Pfarrer, entschuldigen Sie, aber ich hätte eine große Bitte.“

„Was immer ich für Sie tun kann.“

„Wie gesagt, ich will endlich wieder ruhig schlafen, und deshalb würde ich mir jetzt ein zweites großes Bier bestellen. Dann aber könnte ich es endgültig nicht mehr verantworten, mich hinter’s Lenkrad zu setzen und würde mein Auto hier auf dem Parkplatz stehen lassen. Aber dann ...“

„Also i find des zwar toll, Herr ... Herr Wotan. Aber da merkt man schon, dass Sie aus der Stadt kommen, weil bei uns wär ein zweites Bier wirklich kein Grund, nicht ins Auto ...“

„Lassen S' nur, Herr Ratschinger. Es ist wirklich schön, dass es noch so verantwortungsbewusste junge Menschen gibt, die ..."

„Das sehe ich genauso, Herr Hofrat! Und deshalb – Herr Perkowitz, natürlich fahr ich Sie gerne zu Ihnen auf die Alm heim. ... wenn es das ist, worum Sie mich bitten wollten?"

„Danke, Herr Pfarrer." – mit breitem Lächeln prostete Wotan mit seinem fast leeren Bierkrug dem Apfelsaftglas Wobiens zu.

Freitag, 18. Juli 2008, 10 Uhr

„Allons enfants de la Patrie: Le jour de gloire est arrivé" – wieder musste die Marseillaise herhalten, um Wotans gute Laune auch musikalisch zu verdeutlichen. Aber nicht lange, denn schon nach den ersten Zeilen verfiel er in eine andere Melodie, die für seine momentane Hochstimmung leiden musste. Vermutlich hätte nicht einmal Georges Bizet persönlich die Arie aus seiner Oper „Carmen" wiedererkannt, aber die falschen Töne störten Wotan nicht, er pfiff weiter fröhlich vor sich hin.

„Guten Morgen!" – der Herr, der ihn flotten Schrittes überholte, hatte einen seltsamen Kasten bei sich. Länglich, wie ein Mittelding zwischen einer Sporttasche und einem zu lang geratenen Geigenkasten.

„Guten Morgen!" – vorsichtshalber grüßte Wotan zurück, obwohl er keine Ahnung hatte, wer der etwas grimmig Aussehende sein könnte. Allerdings wusste er genau, dass er diese Person schon gesehen, ja sogar mit ihr gesprochen hatte ... natürlich! Der flotte Geher war Fritz Stieger, mit dem er am Stammtisch in der Post ...

nein, geplaudert hatten sie nicht, sie hatten nicht mehr als die nötigsten Höflichkeitsfloskeln ausgetauscht. „Spitze-Fritze“ hatte ihn einer der anderen genannt, weil er früher bei irgendeiner Polizeisondereinheit irgendein Spezialist gewesen war.

Was auch immer – heute war Herr Stieger auf jeden Fall ein rasender Fußgänger.

Aber ganz unrecht hatte er mit seinem Tempo ja nicht, denn so ein flottes Gehen tat auch Wotan gut.

Er musste all den Fitnessmagazinen und sonstigen „Besser leben“-Postillen, die Gehen auch als eine Möglichkeit priesen, „offenere Augen“ für die wunderbaren Kleinigkeiten in der Welt rundum zu haben, widerwillig recht geben. Im Vorüberfahren hätte er mit Sicherheit den skurrilen Fehlwuchs der Fichte da rechts übersehen – die knollenartigen Auswüchse könnten einem bei Dunkelheit schon wie ein am Wegesrand drohender Waldgeist erscheinen. Oder da vorne, am Parkplatz vor dem Gasthof Mohinger – den massigen, und doch eleganten Geländewagen hätte er wohl nicht bemerkt, wenn er hinter dem Lenkrad seiner Schenhajt ...

Moment!

Wie war das?

Ein Range Rover vor dem Gasthof Mohinger?

Vor dieser dreckigen Almspelunke?

Und noch dazu stand diese britische Stilikone inmitten uralter und abgewrackter Traktoren!

Zwei Seelen, ach, in seiner Brust – sollte Wotan, wie geplant, möglichst rasch sein Auto holen, um dann zum „Mörder oder doch nicht“-Gespräch zu Furmaier zu fahren, oder sollte er seiner Neugier folgen und ...

Die Neugier siegte.

Das Gasthaus war gerammelt voll mit Gestalten, die jeder Science-Fiction-Komödie Hollywoods zur

Ehre gereicht hätten. Gemessen an diesen Mienen, die Wotan verblüfft entgegenstarrten, nahmen sich Mohingers, Simbergers und Fischlachers Gesichter wie Kunstwerke Michelangelos aus. Aber die größte Überraschung war die Person, die hinter der Theke stand und ein Bier nach dem anderen über dieselbe reichte, ohne auch nur einen Cent zu kassieren.

Es war ... nein! Doch? Ja!

Es war zwar aller Logik nach schier unmöglich, aber es handelte sich um Harald Willi, der Schulter an Schulter mit Mohinger den ebenso einfachen wie großzügigen Wirt markierte.

Und Mohinger – auch er schien auf geheimnisvolle Art wie ausgewechselt zu sein, denn er lächelte in einem fort, obwohl er ebenso wenig Geld an diesem Massenbesäufnis zu verdienen schien.

Wotans Blick blieb an einem Schild hängen, das eher provisorisch an der Wand hinter den beiden Freibierspendern befestigt war. In großen Buchstaben, die offenbar eine Portion Patriotismus vermitteln wollten, da sie in rot-weiß-rot gehalten waren, stand zu lesen: „Wirt schaf(f)t ... unser Sankt Nepomuk". Noch bevor Wotan die – zumindest ihm verborgen gebliebene – Botschaft zu enträtseln beginnen konnte, spürte er ein Zupfen an seinem rechten Ärmel. Als er sich dem Verursacher dieser sanften Empfindung zuwandte, drohte er kurz ohnmächtig zu werden. Die Duftwolke, die ihm entgegenschlug, schien aus einer Mischung von 97 Prozent Alkohol und drei Prozent alkoholresistenten und absolut tödlichen Fäulnisbakterien zu bestehen.

„Herr Perkowitz! Schon schön, dass Sie da sind!"

„Grüß Gott, Herr Fischlacher! Na ja, also, ob das gerade schön ist, also, für mich schön ist, weiß ich nicht, aber ... ja, trotzdem vielen Dank."

„Nein, nein, das ist schon schön, dass Sie grad an einem so wunderschönen Tag wie heute hier sind."

„Sagen Sie, Herr Fischlacher, was wird denn hier eigentlich gefeiert?"

„Na, das da" – die von den Arthrosen völlig zerstörte Hand wies auf das Schild – „das da ist ... warten S', wie hat das der Herr Willi so schön gesagt? Das ist ‚... der Anfang einer wunderbaren Initiative, zu der er auch den Herrn Mohinger einlädt'! Ja, so hat er's g'sagt. Na ja, der Mohinger wär ja schön blöd, wenn er da nicht mitmachen tät!"

„Wieso?"

„Na, weil der Herr Willi doch alles aus seiner Tasche zahlt! Jedes Bier, jeden Schnaps, der da heut ausg'schenkt wird, des zahlt der Herr Willi! Des ist der Einzige, der wo heut noch was für die Landbevölkerung tut. Und auch so ein Naturfreund is er ... wia i! Jaja, der wird scho eines Tages, wann i ... oiso, wann i einmal mei letztes Bier trunk'n hab'n werd – ja, dann wird er si scho guat um mei Moor kümmern, der Herr Willi! Weil, der is ein nobler Herr, der Herr Willi! Ein sehr ein nobler ..."

Seine letzten Worte hatte Fischlacher mehr zum Alkoholrest in seinem schon wieder fast leeren Glas als zu Wotan gemurmelt. Der fürchtete nun, dass sein dauerbetrunkenes Gegenüber mitten in all dem Lärm und Gestank gleich wegschlafen würde und ihm daher nicht mehr die wesentliche Frage beantworten könnte.

„Herr Fischlacher" – Wotan überwand seinen Ekel und griff dem Halbschlafenden etwas gröber auf dessen Schulter – „jetzt müssen Sie mir aber noch eine Frage beantworten. Was ist denn das für eine Initiative und wieso zahlt der Herr Willi tausende Euro dafür?"

„Das sind zwei."

„Wie bitte?"

„Sie haben g'sagt, ich soll Ihnen noch eine Frage beantworten. Jetzt haben Sie aber zwei wissen wollen."

„Na gut, also, dann bitte um zwei Antworten."

„Na ja, also, soweit i des verstanden hab, soll diese Initia... Initi... Inizaive da" – die schwere Zunge machte ein scheinbar ganz leichter Arm wett, der wie von einer Feder geschnellt wieder auf das rot-weiß-rote Schild zeigte – „die hiesige Gastwirtschaft gegen feindliche Kräfte von außen stärken."

„Gegen welche feindlichen Kräfte von außen?"

„Des weiß do i net! Und des is mir auch völlig wurscht, also, egal, weil ... woll'n S' jetzt die zweite Antwort oder nicht?"

„Ja, bitte."

„Des weiß i a net!"

„Wie meinen Sie?"

„Warum der Herr Willi dem Mohinger die vielen Bier zahlt, die er da hinter der Theke ausschenkt, weiß i net. Hauptsach, dass i ..." – Fischlacher wandte sich von Wotan ab, sodass dieser sich wieder etwas tiefer zu atmen traute – „geh, Herr Willi, no a Bier für mi. Und no eins für den Herrn Perkowitz!"

Noch ehe die letzte Silbe verklungen war, rissen plötzlich sämtliche Gespräche ab und alle Gratisbier-Konsumenten ihre Köpfe herum.

Es war die sprichwörtliche Ruhe vor dem Sturm, und sie dauerte keine drei Sekunden. Dann brach ein Orkan wüster Beschimpfungen über Wotan und Fischlacher herein.

„Dass du di net schamst, den da ... hier ... zu uns!"

„Den da ... also, den hama am wenigsten woll'n!"

„Weiche, Satan, weiche!"

„Gegrüßet seist du, Maria ..."

„Der da, da, der ... das Böse!"

„SI-LEN-TI-UM!"

Ein Minidialog – „Was hat er g'sagt?", „Gosch'n halt'n sollst!" – unterbrach die gemeinschaftliche Reaktion auf Willis ehrfurchtsgebietenden Zwischenruf. Doch die Stille hielt nur einen Moment, denn der Um-Ruhe-Rufer und edle Gerstensaft- und Gebranntes-Spender höchstpersönlich begann mit salbungsvoller Stimme zu seinen hochprozentigen Jüngern zu sprechen.

„Wie Sie alle wissen, bin ich kein Einheimischer und weiß daher so gut wie nichts über diese schrecklichen Zauberer-Jackl-Prozesse und ihre grausamen Folgen, aber warum glauben Sie, dass dieser junge Mann hier eine Ausgeburt der Hölle ist? Nur weil – tragischerweise – nach 333 Jahren wieder eine Barbara Koller ermordet wurde, heißt das doch nicht, dass jeder junge Mann in ihrer Umgebung ein Zauberer sein muss ... so wie es damals ihr Sohn gewesen sein soll. Noch dazu, wo doch der Herr Perkowitz mit der Toten von letzter Woche gar nicht verwandt ist ... oder doch?"

Es waren genau diese letzten beiden Worte, die wie feine Akupunkturnadeln wirkten. Zuerst merkte man nichts, aber nach einigen Sekunden entfalteten sie ihre Wirkung.

„Ganz sicher, der ... ein Nachfahre is er ... von der früheren Kollerin."

„Ja, genau! Die alte Hex, die war sicher a Urtante von seiner Tante. Und deshalb is er ..."

„Jaja. Drum ist er von der Kuhhaxen-Hex der ... na, eben verwandt!"

„Blutsverwandt! Das Böse ist immer blutsverwandt!"

Die Vorwürfe, die auf Wotan einprasselten, waren in ihrer Blödheit nicht mehr zu übertreffen. Aber genau diese Schwachsinnigkeit machte es ihm so schwer, ihnen zu entgegnen. Denn ... wie begegnet man Idiotie?

Am besten gar nicht.

Oder ... sehr laut!

„SI-LEN-TI-UM ZUM ZWEI-TEN!" – wieder ließ der „Hausherr der Herzen und der Leberzirrhosen" seine Stimme ertönen.

„Jetzt versuchen wir doch, logisch zu denken." Schlagartig verdunkelten sich die Mienen aller Freitrinker im selben Maß, in dem Wotans Gesicht vor Lachen zu strahlen begann.

Denken? Und logisch auch noch?

Also wirklich!

„Dass die Barbara Koller des Jahres 1675 zuerst erwürgt und dann verbrannt wurde, das hat ja, so fürchterlich es natürlich gewesen ist, zu einer Hexe durchaus dazugepasst. Aber unsere Barbara Koller, die ist doch an so grässlich vielen Knochenbrüchen verstorben. Ihr Ende war zwar schrecklich, aber es hatte doch nichts mit einer teuflischen Hexenbestrafung zu tun – kein Erdrosseln, keine Flammen ... oder doch?"

Dieses „oder doch" war genial, es war die Krönung von Harald Willis sprachlicher Raffinesse, das musste Wotan neidlos anerkennen. Mit den beiden Worten lenkte er die dumpfe Masse jenseits der Theke nach Belieben. Wotan begann diesen Mechanismus besser zu begreifen, nur zum „warum" kam er nicht, denn wieder brach die Flut der Schmähungen über ihn herein.

„Doch, doch, Herr Willi, doch!"

„Die Kollerin is doch geroatlt wor'n, des is ja so gut wie erwürgt!"

„Ja, genau. Vor 300 Jahr hat der Teufel die Kollerin erwürgt und heut hat er sie ... nein, wie schrecklich!"

„Er war's! Er ist's!"

„Ja, und ... jetzt ... Leutl'n, seid's still, weil jetzt weiß ich, wieso der da" – wie eine Hellebarde bohrte sich ein linker Zeigefinger in Wotans Richtung – „ganz sicher ... na klar!"

Wieder schwiegen alle, aber diesmal nicht aus Ehrfurcht oder nur Furcht. Es war das Schweigen bösartiger Geilheit, das Schweigen, das widerwärtigen Kreaturen den Moment der Vorfreude auf eine unmittelbar folgende Grausamkeit gönnte.

„... wieso der da der Teufel ist! Und dem sein komischer Doktorfreund dazu – das sind die, die der Teufel g'schickt hat, damit sie nach der zum Glück um'brachten Kollerin jetzt endgültig ein Regime des Schreckens etablieren!"

Eigentlich hätte Wotan den ihm unbekannten Geiferer gerne gefragt, woher er denn Phrasen wie „Regime des Schreckens etablieren" kennen würde. Aber das ließ er lieber bleiben, es schien ihm höchst unvernünftig, die vorhandene Aggression an ihrem verbalen Aus- und Abfluss zu hindern.

„Und wisst's ihr, warum i jetzt weiß, dass die da ganz sicher die Teufeln sind?" – der Herr mit der – seiner Meinung nach – sensationellen Erkenntnis liebte offenbar die Spannung.

„Na, weg'n an Brand im Krankenhaus!"

Mit diesem Satz hatte er seine Mitsäufer offensichtlich hoffnungslos überfordert, weshalb er mit gönnerhafter Ungeduld fortsetzte.

„Wie's der Herr Willi grad g'sagt hat" – Wotan glaubte ein seltsames Aufflackern in den Augen des Zitierten bemerkt zu haben, eine Mischung aus einem Gefühl der Ertapptheit und monomanem Stolz – „passt das alles z'samm! Vor 300 Jahren hat der Teufel die Kollerin z'erst erwürgen und dann verbrennen lassen, und heute, also letzte Woche, da haben die Teufel die Koller-Hex geroatlt und dann ham s' des Krankenhaus an'zünd't, damit sie verbrennt. Jaja, jetzt ist's klar, die Zeichen mehren sich, das Böse stellt sich neu auf, und Sie" – wieder schnellte ein beinahe tödlicher Zeigefinger gen Wotan – „Sie san der ... der ... der ..." – Wotan wollte schon mit einem „Luzifer persönlich ... vielleicht?" aushelfen, doch hatte sich sein Gegenüber rasch wieder gefangen – „... der General von denen allen!"

Langsam kippte die Atmosphäre und verlor ihr letztes Quäntchen, das Wotan noch als Belustigung hätte empfinden können. Jetzt sah er sich primitiver Gewalt gegenüber. Er warf einen Blick zu Harald Willi – dessen hinter stumpfer Teilnahmslosigkeit versteckte, aber für Wotan gerade noch erkennbare Selbstverliebtheit ließ keine Hilfe erwarten. Das war der Moment, in dem Wotans Nebennieren alles gespeicherte Adrenalin freisetzten, um ihm eine Flucht zu ermöglichen. Doch ...

„Leutl'n, hört's doch mit dem Blödsinn auf!"

Wotan erkannte die Stimme seines Retters sofort, aber er konnte Fischlacher in der dunstgeschwängerten Menge nicht sehen. Erst als sich die Meute von ihm weg und auf ihr neues Ziel, den ungehörigen Verteidiger ihres momentanen Lieblingsopfers, hin ausrichtete, konnte Wotan einen Blick auf den ganz hinten auf seinem Stammplatz kauernden Kindsbauer erhaschen.

„Wir wissen doch vom Berger Kevin, dass die Feuerwehr Spuren von einem Brandbeschleuniger gefunden hat. Und das ist doch ein eindeutiges Indiz dafür, dass der Herr Perkowitz und sein Doktor-Schulfreund keine Teufel sind, die wo dort den Brand gelegt haben. Denn" – wohl wissend, dass keiner aus dem benebelten Auditorium die logische Folge dieser Tatsache verstanden hatte, setzte Fischlacher nach einem

„Mut-Schluck“ fort – „glaubt's ihr wirklich, dass echte Teufeln an Brandbeschleuniger braucherten, um was abzufackeln? Na, sicher net! Also ...“

„... also hat des Krankenhaus kein Teufel an'zund'n?“ Derjenige, der für sich und die meisten anderen Fischlachers Überlegungen ins sogar für Vollidioten Verständliche übersetzt hatte, war sichtlich enttäuscht, dass Wotan und Schurli doch keine Teufel waren. Aber er gab noch nicht ganz auf.

„Vielleicht san s' trotzdem Teufel, aber das Krankenhaus haben halt andere brennen lassen?“

Sofort machte sich wieder etwas Hoffnung breit, dass Wotan vielleicht doch beelzebubische Qualitäten haben könnte, und man ihn daher moralisch gerechtfertigt lynchen dürfte. Doch wurden diese wiederaufkeimenden Freudengefühle durch denjenigen, der schon vorhin einen Hauch von Restverstand bewiesen hatte, stante pede erbarmungslos zerstört.

„Na, des wär dann nicht logisch, weil sie wären ja nur dann Teufel ... also zumindest am ehesten, wenn s' die Kollerin eben z'erst erwürgt und dann mit Schwefel verbrannt hätten. Nur so wär das standesgemäß für echte Teufel g'wes'n. Aber so ... mit Brandbeschleuniger ... na, sicher net!“

Ein allgemeines Raunen des Bedauerns ging durch die Menge, sodass sich Wotan fast versucht fühlte, einen Satz wie „Na, dann bringen S' mich halt trotzdem um, damit Sie nicht so enttäuscht sind!“ von sich zu geben.

Aber so viel Gutmenschentum musste er dann doch nicht beweisen, denn Harald Willi machte sich nach einem hektischen Blick auf seine Uhr endlich wieder bemerkbar.

„Ich freue mich, dass Sie jetzt alle aus eigener Kraft das eingesehen haben, was ich zuerst schon betont habe, nämlich, dass der Herr Perkowitz natürlich ganz sicher nicht der Zauberer-Jackl-Teufel ist."

Wotan wäre beinahe ein bitterböses „Aber geh?!" herausgerutscht, doch dieser Leberzirrhosen-Vereinigung hätte jemand wie Harald Willi an diesem Tag sogar den Vatikan als arabisch-islamistische Terrorzelle verkaufen können – sie hätten ihn höchstens um eine Mitfahrmöglichkeit nach Rom gebeten, um beim Kreuzzug gegen den Papst dabei sein zu dürfen.

Aber einen Vorteil hatte die Intensität dieser letzten Willi'schen Verlogenheit doch, denn ganz automatisch folgte – wie so oft nach unverschämten Lügen – andächtige Stille.

... die Wotan sofort nützte, um die Frage zu stellen, die sich ihm in den vergangenen Minuten immer stärker aufgedrängt hatte.

„Herr Willi, könnten Sie mir Ihr Motiv verraten? Ich mein, was soll diese Initiative ‚Wirt schaf(f)t ... unser Sankt Nepomuk'? Weshalb diese Gründerlaune und Spendierfreudigkeit? Sie gelten doch sonst als harter Geschäftsmann ... das habe ich schon mehrfach gehört und auch gelesen – also warum werfen Sie jetzt Ihr Geld mit vollen Händen in diese durstigen Kehlen?"

„Ich bin sehr froh, dass Sie mich das fragen, Herr Perkowitz. Denn das gibt mir endlich die Gelegenheit, klar und deutlich zu sagen, wie dankbar ich bin, dass ich hier heimisch werden durfte. Es war ja nicht so selbstverständlich, ob die guten Bürger von Sankt Nepomuk akzeptieren würden, dass ein Fremder den Gasthof zur Post übernimmt. Aber Gott sei Dank hat sich wieder einmal gezeigt, dass selbst in der heutigen Zeit fleißige und anständige Menschen spüren, wenn jemand bereit ist, zuzupacken und offen und ehrlich Qualität anzubieten. Und deshalb finde ich, dass man seinen Dank auch ab und zu ganz real abstatten sollte, erst recht, da es gerade heute immer wieder dunkle Mächte gibt, die eine funktionierende Gemeinschaft wie die, zu der ich mich inzwischen zählen darf, mit geheimnisvollen Kräften zu zerstören versuchen. Und daher ...“ – Harald Willi deutete mit der rechten Hand auf das rot-weiß-rote Schild hinter ihm, mit der linken imitierte er kläglich einen Stardirigenten, der den Chor vor sich gleich zu einer musikalischen Höchstleistung führen würde. Was ihm in puncto Begeisterung und Lautstärke der Grölenden auch mühelos gelang, die auf Willis Kommando hin aus grässlich verstimmten Kehlen „Wirt schaf(f)t ... unser Sankt Nepomuk“ brüllten.

Wotan war zwar klar, dass mit diesem Geschwafel seine Frage nicht beantwortet war, aber vielleicht konnte ihm eine einfache Auskunft den Grund für dieses fast dadaistische „Ich-hab-euch-alle-so-lieb“-Schauspiel bieten. Er nahm sich vor, Furmaier – wenn er ihn als „Nicht-Mörder“ identifiziert haben sollte – zu fragen, ob demnächst irgendwelche Regionalwahlen anstünden. Vielleicht hatte Harald Willi ja vor, in eine lokalpolitische Funktion gewählt zu werden, sodass er sich im Spendierhosen-Anhaben und Leere-Phrasen-Dreschen üben musste.

Zufrieden lehnte sich Wotan innerlich zurück, um seinen zweiten Fragenkomplex anzugehen.

„Noch etwas! Herr Willi, warum haben Sie so wenig Interesse daran, die wahren Mörder Barbara Kollers zu entlarven? ... was ich meine, ist Folgendes ... ja, Himmelherrgottnocheinmal, jetzt seien Sie alle doch bitte einen Moment lang ruhig! Ich will es Ihnen und Ihrem Wohltäter ja ohnehin erklären. Also ...“ – der Geräuschpegel, der sich auf seine provokante Frage hin in die Höhe geschraubt hatte, verstummte tatsächlich. „Also, ich nehme jetzt einmal an, dass Sie, Herr Willi, nicht wirklich glauben, dass ich ein Abgesandter des Teufels bin … richtig?“

„Aber Herr Perkowitz, ich bitt Sie …“

„Eben! Und halten Sie mich für einen sadistischen Psychopathen?“

„Um ganz ehrlich zu sein, kann ich das nicht wirklich beurteilen, aber ich würde meinen … nein, das sind Sie nicht.“

„Danke für Ihr Vertrauen! Und wenn Sie so nachdenken – fiele Ihnen ein vernünftiges Motiv ein, weshalb ich die Frau Koller hätte umbringen sollen?“

„Wieder müsste ich ganz ehrlich zugeben, dass ich … aber nein, ich wüsste keines!“

„Sehen Sie! Und genau das sind auch die Gründe, warum ich Sie nicht für den Mörder halte. Zum einen … ich kann Sie mir nur schwer als Handlanger des Teufels vorstellen … Sie sind nicht der Typ, der sich wem auch immer unterordnet. Zum zweiten: Für einen sadistischen Psychopathen halte ich Sie auch nicht“ – Willi deutete mit ironischem Grinsen eine Dankesverbeugung an, die Wotan so sehr reizte, dass er schärfer als geplant fortfuhr – „weil ich bin mir sicher, dass Sie nichts, nicht einmal eine Grausamkeit, ohne materiellen Grund begehen würden, und damit“ – das war der Moment, in dem Harald Willi, beinahe buchstäblich, sein Gesicht herunterfiel – „… und damit bin ich beim dritten Punkt, warum ich Sie nicht für den Mörder von Barbara Koller halte. Ich sehe nämlich kein Motiv, also in Ihrem Fall keinen materiellen Grund, warum Sie das getan haben sollten! Aber gerade deshalb frage ich mich, warum Sie, zum Teufel noch einmal, nicht alles tun, um zur Aufklärung dieses grässlichen Verbrechens beizutragen?“

Wotan hatte das unbestimmte Gefühl, dass er Willi gerade eben doch auch unrecht getan hatte. ... aber wie so oft in den letzten Tagen kam Wotan nicht drauf, warum. Das ärgerte ihn, sodass er sich noch mehr in Rage redete – es wäre ihm im Moment sogar egal gewesen, wenn ihm die Idiotenmenge tatsächlich zu Leibe gerückt wäre. Aber gerade dieser „heilige Zorn" hatte eine natürliche Mauer zwischen ihm und den Feiglingen vor ihm errichtet, sodass er noch etwas an Grobheit nachlegen konnte.

„Ich meine, wenn Sie mit der fürchterlichen Tat nicht zu tun haben – wovon ich eben ausgehe – dann ..."

„Was ich sogar beweisen kann ... ich bin zur Tatzeit um drei Uhr früh 300 Kilometer entfernt in Wien bei einer Sitzung gewesen. Es waren sehr zähe Verhandlungen ... für alle neun von uns, die am Tisch gesessen sind."

„... dann, dann ... ja, Himmelfix noch einmal, auch wenn es Ihnen schon wieder keinen unmittelbaren materiellen Vorteil bringt, dann müsste es doch trotzdem für Sie selbstverständlich sein, Ihre Fähigkeiten, Menschen für sich einzunehmen und zu motivieren" – Wotans Armbewegung, mit der er über die Säuferschar ruderte, hätte von einem antiken Gott stammen können, der soeben beschlossen hatte, die sündige Erde mit Blitzen zu vernichten – „dafür einzusetzen, Ihre Hilfstruppen nach Beweisen suchen zu lassen, die den wahren Mörder überführen könnten!"

Dass er nicht gewöhnt war, vor Menschenansammlungen eindrucksvolle Reden zu halten, merkte Wotan sofort – es war erstaunlich, wie unmittelbar ihn bleierne Müdigkeit überfiel, kaum dass der Adrenalinspiegel abgesunken war. Aber viel Pause gönnte ihm die alkoholgetränkte Menge nicht, denn ...

„Hat er eh!"

„Jaja, genau!“
„Das Zaubertestament von der Kollerin!“
„Des mit dem Stein der Leisen!“
„Du Trottel, des heißt Stein der Weisen!“
„Sag i eh!“
„Na, hast net, aber des is a wurscht!“
„Außerdem is des a böser Stein der Weisen!“
„MO-MENT!“ – Wotan sah keine andere Möglichkeit, als noch einmal seine Stimme zu erheben, um aus dem Informations- wie Stimmenchaos schlau werden zu können.

„Bitte der Reihe nach. Was haben Sie mit ‚Zaubertestament‘ und ‚böser Stein der Weisen‘ überhaupt gemeint?“

Zwischen besoffenen Weinkrämpfen – „Wir miaß'n des Zaubertestament finden ... unbedingt!“ – und einem seltsamen Singsang aus dutzenden feuchten Kehlen konnte Wotan kaum zusammenhängende Worte entdecken, die etwas mehr Licht ins Dunkel des wirren Gefasels hätten bringen können.

Fischlacher! Er war Wotans einziger „Irgendwie-Verbündeter“ in diesem wilden Haufen, ihn konnte er fragen, was ...

Was sollte denn das bedeuten?

Quer über die vom Alkoholdunst umwehten Köpfe sah Wotan gerade noch, wie Fischlacher in Richtung des WCs ging. Wobei, nein, er ging nicht, er wurde beinahe getragen, denn seine Arme hatte er um zwei brutale Stiernacken gelegt. Die Besitzer dieser lastenkranartigen Körperpartien erkannte Wotan sofort, obwohl die beiden Willi'schen Hilfskraft-Muskelberge diesmal fast freundliche Gesichter schnitten, als sie den sichtbar illuminierten Kindsbauer in Richtung der „To...letten“ – das i war offenbar verloren gegangen – schleiften.

Von Fischlacher-Kindsbauer würde er also nichts Genaueres über das geheimnisvolle Zaubertestament erfahren.

Wen also fragen?

Wotan beschloss, es dem Säufermob gleichzutun und sich mit lobhudelnd-schmieriger Stimme direkt an Harald Willi zu wenden.

„Herr Willi, dann bitte ich für meine Unterstellung von eben um Verzeihung! Ich bewundere Sie, dass Sie offenbar doch alles tun, die wahren Mörder der armen Frau Koller zu finden. Und anscheinend haben Sie schon Großes in die Wege geleitet ... die Suche nach diesem Zaubertestament zum Beispiel. Im Übrigen ... was ist das eigentlich für ein so enorm wichtiges Dokument?“

Touché!

Harald Willi konnte seine Verärgerung darüber kaum verbergen, dass Wotan da etwas aufgeschnappt hatte, das eigentlich nicht für andere als für durch Alkohol verstopfte Ohren gedacht gewesen war. Umso schwerer konnte Wotan seinen „Ich bewundere Sie“-Ausbruch mit den großen aufgerissenen Augen durchhalten, seine Lachmuskeln zuckten verräterisch. Aber es gelang ihm, ernst zu bleiben, und er zwang Willi damit zum ersten Mal rhetorisch in die Knie.

„Ja, also, wie soll ich sagen ...“

„Aber, Herr Willi, wieso erzähl'n S' denn dem Herrn Peromich nicht das, was Sie uns erzählt haben? Na, dann machen's halt wir. Also, die Frau Koller ...“ – Willi als „Lehrbub“ und der besoffene Mob als „Oberlehrer“, und noch dazu das „Herr Peromich“ ... Wotan konnte sein Lachen beim besten Willen nicht mehr bremsen. Um nicht allzu sehr aus seiner Rolle als interessierter Zuhörer zu fallen, simulierte er einen Hustenanfall.

Das machte er so gut, dass der gönnerhafte Erzähler rücksichtsvoll unterbrach und seine Zaubertestaments-Ausführungen erst fortsetzte, als sich „der Herr Peromich“ beruhigt hatte.

„Also, die Frau Koller hat ein geheimes Testament hinterlassen und das so gut versteckt, dass es niemand finden kann.“

Beinahe wäre Wotan ein „Wieso weiß denn dann irgendwer davon, wenn es geheim und unauffindbar ist?“ herausgerutscht, aber er wollte den Redefluss seines auskunftswilligen Gegenübers nicht unterbrechen.

„Und das ist so geheim, dass keiner nicht weiß, wie das halt so ... also warum ... ich mein, man ...“

„Da drin steht eine geheime Formel für einen geheimen Zaubertrank!“ – jener noch halbwegs wache Kopf, der vor etlichen Minuten mit überraschender Logik festgestellt hatte, warum Wotan und Georg wohl doch keine Teufelsjünger seien, hatte das Stottern seines Tischnachbarn nicht mehr ausgehalten.

„Diesen Zaubertrank, also, wenn von dem auch nur ein Tropfen auf wen fällt, dann muss der die Wahrheit sagen, ob er will oder nicht! Schrecklich, nicht wahr? Ah so a Gemeinheit von der Kollerin, a echtes Teufelsweib eben!“

„Ich versteh Sie nicht ganz. Der Zaubertrank wär doch gerade bei einer Mördersuche eine große Hilfe. Ich glaub ja nicht, dass es das Gebräu gibt, aber falls doch ... stellen Sie sich vor, Sie haben einen hochgradig Verdächtigen, der aber selbstverständlich alles leugnet. Na, da wär das Koller’sche Wahrheitsserum doch besser als jeder Lügendetektor! Ein Tropfen, und schon hätte man ein Geständnis.“

„Ja, scho, aber“ – der vorhin des Wortes Beraubte versuchte seine Schmach vergessen zu machen und wieder im Mittelpunkt zu stehen, besonders, da erstaunlicherweise immer mehr obskure Gestalten die Gaststube betraten. Die Kunde von Willis Bier- und Schnaps-Spendierfreudigkeit schien schön langsam auch die hintersten Winkel des ohnehin sehr abgelegenen Seitentales erreicht zu haben – „... jetzt stellen S' Ihnen das vor. Ich mein, wenn wer kein Mörder ist ... und das sind wir ja alle nicht" – ein unappetitlich dumpfes Johlen schien das Lokal bersten zu lassen – „ja, eben, wir nicht, nicht wahr! Und für so brave und fleißige Leute wie uns" – wieder erhob sich ein zustimmendes Grölen – „für die ist der Zaubertrank ... der is ... na, i derf gar net dran denken!"

Simberger, der, wie schon bei den bisherigen Treffen mit Wotan, auf seinem Lieblingsplatz saß, nützte das durch das entsetzte Kopfschütteln seines Vorredners entstandene Sprachvakuum und riss das gestammelte Wort an sich.

„Wir sind ja keine Mörder! Aber wenn wir uns vorstellen, dass wir wirklich wegen so an blöden Tropfen Zaubertrank jedem Menschen die Wahrheit sagen miaßert'n ... stellen S' Ihna des vor, wohin wir da kommerten! Direkt in die Hölle! Weil, wir miaßert'n ja sogar der eigenen Frau die Wahrheit sag'n! Na, wirklich net!"

„Und deshalb haben wir ganz besonders gerne dem Herrn Willi zugesagt, dass wir ihm ... was wollt i jetzt sag'n?"

„Du wolltest sagen, dass wir, wie uns heut der Herr Willi von dem geheimen Wahrheits-Zaubertrank im verschollenen Testament von der Koller-Hex erzählt hat, dass wir uns natürlich sofort bereit erklärt haben, nach dem Dokument zu suchen, weil ..."

„... weil Ihnen allen klar wurde, was für verheerende Folgen es haben würde, wenn es dieses Zauberelixier wirklich gibt! Weil Sie alle dann daheim zu Ihren Ehefrauen, Ihren Nachbarn und ... ja, eigentlich zu allen Menschen aufrichtig und ehrlich sein müssten. Zugegeben, ein Horror!"

„Na na, Herr Perkowitz, jetzt tun Sie aber den anständigen und braven Bürgern von Sankt Nepomuk schon unrecht. Es mag ja den einen oder anderen geben, der daheim nicht immer nur die Wahrheit erzählt, aber seien wir doch ehrlich" – bei diesen Worten tat Harald Willi einen ungewöhnlichen Schritt, er verließ seinen von allen außer Wotan so lieb gewonnenen Platz am Freibier-Zapfhahn und trat mitten in die Gaststube, wo er sich wie ein römischer Feldherr hinpflanzte – „wir zeigen doch damit nur, wie sehr wir unsere Frauen lieben, denn die ganze Wahrheit über unsere klugen Gedanken, tiefen Gefühle und mutigen Taten – die würden unsere Frauen doch gar nicht ertragen! Nicht wahr, meine Herren?"

Der schmierige Tonfall und das Vertrautheit heuchelnde Zwinkern, das Willi auf diese Peinlichkeit noch draufsetzte, verfehlten beim Publikum natürlich nicht ihre Wirkung. Wotan wollte sich schon die Ohren zuhalten, um an dieser akustischen Zumutung nicht auch noch echten körperlichen Schaden zu nehmen, als Harald Willi den brüllenden Mob mit einer kleinen Geste blitzartig zum Schweigen brachte und sich – quasi in derselben Bewegung – zu Wotan drehte.

„Aber wenn Sie, Herr Perkowitz, jetzt meinen, dass wir mit vereinter Kraft – und ich darf sagen, dass ich stolz bin, ein Teil dieser starken Gemeinschaft zu sein – dieses geheimnisvolle Dokument, von dem wir alle ja schon gehört haben" – ... wir alle? ... Wotans Blick in die Runde bestätigte ihm, dass nicht nur er von der Existenz eines solchen Zaubertrankes bisher nichts gewusst hatte – „dass wir dieses Dokument nur aus Furcht vor seinen die Wahrheit erzwingenden Kräften suchen, so irren Sie sich! Herr Perkowitz, wir machen das ganz in Ihrem Sinne, nämlich, um möglichst bald die ruchlosen Mörder von Barbara Koller zu überführen! Es wäre doch ...“ – Harald Willi zögerte kurz aus scheinbarer Rücksichtnahme auf den wieder aufbrausenden Beifall, was sich als rhetorisch brillante Geste erwies, denn erst durch dieses Zögern fühlte sich die an seinen Lippen hängende Menge verpflichtet, wieder so richtig in johlenden Jubel auszubrechen. Nur Wotan blieb auch diesmal völlig ruhig, er fixierte Willi, ohne mit den Wimpern zu zucken. Hinter seiner megacoolen Gesichtsfassade brodelte es heftig, denn er zog – wenn auch widerwilligst – vor seinem Gegenüber den imaginären Hut. Dieser Mann war offensichtlich ein kaltblütiges und verlogenes Schwein, aber man konnte ihm eine außerordentliche Begabung als Populist beim besten Willen nicht absprechen. Umso mehr begann sich Wotan über seine eigene Beweisführung der Willi'schen Unschuld zu ärgern, noch dazu, wo sie ein offenbar perfektes Alibi für den Möchtegern-Volkstribun zutage befördert hatte.

Nur allzu gern hätte Wotan ihn als Täter auf der Anklagebank gesehen!

Doch ... bei acht Zeugen!

„... es wäre doch eine wunderbare Fügung, wenn diese Frau, die viele von euch, meine lieben Freunde, nicht ganz zu Unrecht für eine Hexe gehalten haben, durch einen Zaubertrank, den sie sicher in böser Absicht erschaffen hat, letztlich gerächt werden würde. Deshalb, Herr Perkowitz, suchen wir nach Frau Kollers Testament!“

Jetzt wäre Wotan beinahe doch noch ein „Amen“ herausgerutscht, doch als er die von dieser abgedroschenen Ergriffenheit erfassten Gesichter vor sich sah, schluckte er es sofort hinunter. Überraschenderweise wurde seine verbale Zurückhaltung insofern sofort belohnt, als dass die nun ungestört weiterhin vor sich hindümpelnde Harald-Willi-Heldenverehrung ihm einen unauffälligen Abgang erleichtern würde. Wotan schob sich vorsichtig zur Tür, während Willi die Wirtshausreihen seiner hochprozentigen Jubeljünger abschritt und dabei volle Gläser und leere Worte verteilte.

„Ja, der Büchlbauer ... schön, dass Sie's einrichten konnten! Ja, und der Herr Gablinger ... na, ein Schnapserl geht immer noch! Ja, und Sie, Herr Simberger ...“ – der Name ließ Wotan innehalten. Eigentlich hatte er sich noch von Fischlacher verabschieden wollen. Ganz sicher würde der kleine Volkstribun gleich „... ja, und den Herrn Fischlacher“ begrüßen, und wenn die Willi'sche Handschüttel-Karawane einen Tisch weitergezogen wäre, könnte er vielleicht dem Kindsbauer schnell noch ein Wiedersehens-Winken durch den Raum schicken.

Also drehte sich Wotan noch einmal vorsichtig in Richtung Gaststube um, hob langsam seine Abschiedshand und ...

Nichts!

Dass der Fischlacher-Stammplatz verwaist war, konnte Wotan erkennen, obwohl sich Harald Willi gerade über diesen drüberbeugte, um Simberger mit entsetzlich schlecht gespielter Anerkennung eine bedeutungsschwere rechte Hand auf dessen Schulter zu legen.

„Herr Simberger, ich bewundere Ihre Arbeit seit langem. Sie und der Herr Fischlacher ...“

„Jo, i waß a net, wo der is.“

„Na, das macht doch nichts! Sie werden ihm meine Bewunderung schon ausrichten, wenn er wieder hier auf seinem vertrauten Platzerl sitzt und ... ja, was haben wir denn da?“

Mitten in seiner Lobhudelei hatte sich Willi plötzlich zwischen Sitzbank und Tischbeinen durchgezwängt, um etwas aufzuheben, das ihm offenbar gerade ins Auge gestochen war.

„Ja, was haben wir denn da?“ – wie eine Trophäe hielt er ein handtellergroßes Stück Papier in die Höhe, das vom linken oberen Eck eines Blattes von ungewöhnlichem Format roh abgerissen worden zu sein schien. „Hochinteressant! Es könnte von einem alten Pergament stammen ... ja, auch die Schrift wirkt sehr alt. Aber man kann sie noch ganz gut lesen. Moment, ich nehme mir nur ...“ – beim Griff in die Brusttasche seines Hemdes warf Harald Willi wieder einen demonstrativen Blick auf seine Uhr – „... meine Brille. Also, da steht ... ‚Und willst du Gewißheit, was dein Nachbar von dir den...‘ ... das wird wohl ‚denkt‘ heißen. In der zweiten Zeile ... das heißt wohl ‚nichts mehr als die Wahrheit, so wahr ihm Gott helfe. Dazu nimmst du ...‘ – sehr interessant! Dritte Zeile ... ‚und lässt sie über Neumond im Blut junger ersäufter Katzen ziehen, bis sie ...‘“ – Wotan wurde schlecht. Es war allerdings nicht der Gedanke an Körperflüssigkeiten armer ermordeter Tierbabys, der ihm den Magen in die Höhe hob, es war vielmehr die aufflammende Erkenntnis, was Harald Willi da in seinen Händen zu halten behauptete.

„... und hier, die letzten paar Worte, die man halbwegs entziffern kann ... ‚aber nur ein Tropfen, denn der Trank ist sehr star...', ja, da könnte noch ein ‚k' sein ... ‚sehr stark'. Oh mein Gott, ich glaube, das hier" – Willi drehte das Pergamentstück ganz vorsichtig hin und her, so, als ob er ein gefährliches Tier zwischen seinen Fingern halten würde – „das ist ein Teil vom ... ich kann es kaum glauben!"

Es waren genug bruchstückhafte Andeutungen gewesen, dass jeder im Raum begriffen hatte, worum es sich hier handeln musste.

„Na, des is ja ..."

„Ja, genau. Des is aus dem Zaubertestament!"

„Gegrüßet seist du, Maria ..."

„Herr Willi, den Papierfetzen, den ham Sie doch g'fund'n am Platz vom ..."

„NEIN!" – es war ein markerschütternder Schrei, den Simberger ausgestoßen hatte. Wotan schoss durch den Kopf, dass genau so ein Mensch ausgesehen haben musste, der von den Schergen der Zauberer-Jackl-Justiz zum Erwürgen und Verbrennen auf die Richtstätte gezerrt wurde. Simbergers Augäpfel rotierten vor Panik, sein Atem kam nur mehr stoßweise, langsam kippte er vornüber.

„Aber Herr Simberger, keiner von uns behauptet, dass Sie im Besitz des Geheimtestaments von der Frau Koller wären. Denn hier auf dem Platz, zu dessen Füßen ich diesen offenbar irrtümlich abgerissenen Ausschnitt des Zaubertrankrezepts gefunden habe, da saßen ja nicht Sie, sondern der Herr ..."

„Fischlacher!" – der Name explodierte aus fast allen Kehlen gleichzeitig, und Wotan hatte noch nie einen Namen so hasserfüllt herausgebrüllt gehört.

„Der Fischlacher ... die Sau ... der Teufel ...!"

„Her mit ihm! Hängt's ihn auf!"

„Ja, wo is er denn überhaupt?"

„Weg! Der trifft si sicher mit seinen teuflischen Komplizen!"

„Ja, aber die Koller-Hex is doch scho tot?"

„Ja, aber, der hat sicher neiche!"

Erst am bedrohlichen Schweigen, das sich unmittelbar vor ihm ausbreitete, merkte Wotan, dass er entweder ganz rasch zur Tür hinausstürmen oder etwas sagen sollte, was sogar diese Hirnamputierten begreifen würden.

Er entschied sich – keine große Überraschung! – für zweiteres.

„Männer, Landleute, Bürger von Sankt Nepomuk!" – Wotan hoffte, dass ihm Julius Cäsar und William Shakespeare den Missbrauch dieser Worte verzeihen würden, aber er hatte kaum eine andere Wahl, als mit pompöser Rede die geifernde Menschenwand vor ihm auf Distanz zu halten. „Wie sollte ich mich jetzt, in diesem Moment, mit Fischlacher an einem anderen Ort treffen, während ich doch vor Ihnen stehe?"

„Als Abgesandter des Bösen könnten Sie doch an zwei Orten gleichzeitig sein, oder?"

Wotan ließ das zustimmende Gemurmel kurz hochkochen, dann versetzte er auch dieser bösartigen Schwachsinnigkeit einen Todesstoß.

„Glauben Sie wirklich, dass Sie alle, die Sie mir hier gerade fürchterlich auf die Nerven gehen, noch am Leben wären, wenn ich tatsächlich ein Jungfürst der Hölle wäre? Sie alle wären nur mehr ein Häuflein Asche, Bodendreck, den ich mit einem Fußtritt in alle Ecken zerstreuen würde."

Selbst in dieser angespannten Situation konnte Wotan sich ein Grinsen nicht verkneifen, als er die entsetzten Gesichter von sich zurückweichen sah. Immerhin hatte er mit diesem einfachen Schluss sein

Ziel erreicht – die „Anti-Wotan-Saufkumpanen" wandten sich wieder ihren restlichen Genossen zu, um mit diesen ins Lamentieren zu verfallen.

„Na geh, i bin mir sicher, dass mi der Fischlacher mit an Tropfen von sein' Zaubertrank ang'spritzt hat. Ja, i glaub, i hab ihm heut erzählt, dass ... und des hab i no nie wem verraten!"

„Was denn, Hannes?"

„Na, dass i ... ja, sag einmal, für wie blöd halt'st du mi eigentlich?"

„Gar net, Hannes, gar net. I hab nur g'meint, dass du ..."

„Na, dann erzähl doch du, was du heut dem Fischlacher unterm Einfluss von dem Zaubertrank verraten hast!"

„I? Gar nix! Weil ... i bin heut dem Fischlacher ausg'wichen, mir ist der scho immer komisch vurkummen."

„Ah so? Und, warum hast du uns nicht g'warnt? ... wann er dir doch scho lang so komisch vurkummen is?"

„Na geh, Hannes, i trau mi do net, dir ..."

„Hört's gefälligst auf zu streiten! Ihr zwei wart's ja vielleicht wirklich g'scheiter, aber i, i zum Beispü hab heut ... oder war's scho vor einer Woch'n? ... na, egal, i hab dem Fischlacher wirklich erzählt, dass ... na, des verrat i euch jetzt aber net! Wenn i g'wusst hätt, dass mi der mit'n Zaubertrank dazu zwingt, hätt i mi nie zu ihm g'setzt. So a Sau! Aufg'hängt g'hört er, der Verräter! Seid's ihr net a der Meinung?"

Noch unmittelbar vor dem einstimmigen „Jaaa!"-Gebrüll warf Wotan einen flehenden Blick auf die einzige Person, die den Mob von dieser Wahnsinnstat noch hätte abbringen können. Aber Harald Willi schien plötzlich verrückt geworden zu sein – er hielt sich wie ein Kleinkind mit beiden Händen seine Ohren zu, als ob er durch das Nicht-mehr-Hören der „Fischlacher, Fischlacher"-Rufe das drohende Lynchen des Kindsbauer verhindern könnte. Dieser scheinbare Rückfall in eine frühkindliche Phase dauerte aber nur kurz an. Als Willi seine Hände wieder herunternahm, konnte Wotan erkennen, dass er sich mit der rechten Hand wirklich das Ohr zugehalten hatte ... mit der linken hatte Willi allerdings ein kleines Handy ans Ohr gepresst. Das Telefonat schien zu seiner Zufriedenheit ausgefallen zu sein, denn trotz des lärmenden Chaos um ihn herum lächelte er still und entrückt vor sich hin. Erst, als sich Wotan zu ihm durchgeschlagen und ihn am Arm gepackt hatte, kehrte der selbsternannte König von Sankt Nepomuk in die Realität zurück.

„Herr Willi, jetzt träumen Sie doch nicht vor sich hin! Sie müssen was tun, sonst bringen die den Herrn Fischlacher noch um!"

Inzwischen hatte sich die Wirtsstube fast zur Gänze geleert, durch die dreckigen Fenster sah man die meisten im Rhythmus eines begeisterten Grölens – „Dem Teufel wird ein Seil geschenkt, der Fischlacher wird aufgehängt!" – und unter wildem Gestikulieren in den Wald hinter dem Gasthof marschieren.

„Herr Perkowitz, die wollen zur Hütte vom Fischlacher. Ich fürchte, jetzt ist es zu spät, da können wir nichts mehr machen!"

In dem Moment war Wotan versucht, seinem Gegenüber eine schallende Ohrfeige zu geben und ihn anzubrüllen, dass diese ganze Katastrophe nur seine Schuld sei. Gleichzeitig aber hatte Wotan das unbestimmte Gefühl, dass Harald Willi genau das von ihm wollte. Und einen Augenblick später war ihm schlagartig klar, dass der kleine Volkstribun vor ihm nur Zeit gewinnen wollte – aus einem ihm noch unbekannten Grund sollte die entfesselte Säuferwut ungehindert die Kindsbauer-Hütte erreichen und dann ...

„Herr Willi! Wenn wir jetzt nur zusehen und den grässlichen Dingen ihren Lauf lassen, dann könnten wir später der unterlassenen Hilfeleistung bezichtigt werden. Und ich ... das sage ich Ihnen in aller Deutlichkeit, ich werde dann Selbstanzeige erstatten und alles so erzählen, wie es sich zugetragen hat. Also ...“ – der Wink mit dem „Ich-mach-Sie-fertig“-Zaunpfahl erfüllte seinen Zweck.

„Herr Perkowitz, Sie haben ja so recht! Na gut, dann schlage ich Folgendes vor. Weiter unten zweigt eine Forststraße ab, die direkt zur Kindsbauer-Hütte führt. Ich versuche, vor der Meute dort zu sein, um den Herrn Fischlacher noch retten zu können. Und Sie, Sie alarmieren die Polizei! Die kommen dann über einen anderen Weg hinauf – könnte sein, dass die sogar schneller sind als ich.“

„Ich hab eine noch bessere Idee. Wir fahren gemeinsam zu dieser Hütte, und damit Sie sich auf die widrigen Fahrverhältnisse besser konzentrieren können, mach ich es so, wie Sie gesagt haben ... ich ruf die Polizei und wen ich sonst noch erreichen kann von meinem Handy aus Ihrem Auto aus an.“

Freitag, 18. Juli 2008, 12 Uhr

Kaum dass Harald Willi aus dem Dickicht der Forststraße heraus auf eine kleine Lichtung gebogen war, an deren Rand eine – der Koller’schen „Wahrsagerinnen-Ruine“ ähnlich erbärmliche – Hütte stand, kam von der anderen Seite die Polizei. Zu Wotans Überraschung waren es aber nicht nur zwei Geländewägen der staatlichen Ordnungshüter, sondern noch zwei weitere „inoffizielle“ Offroader, die mit quietschenden Reifen teils vor der Hütte, teils noch auf dem Fahrweg stehen blieben. Im selben Moment durchschnitten gleich mehrere höchst unterschiedliche Geräusche die bisherige Bilderbuch-Stille. Links von ihnen wälzte sich der Mohinger-Mob herauf ... Wotan konnte nicht umhin, an die Berichte der Kreuzzüge zu denken. Ebenso verbohrt, laut, aggressiv und blind ins Verderben stolpernd wie die damaligen selbst- und vom Papst ernannten Jerusalembefreier stürzten nun einer nach dem anderen all jene Kreaturen auf das Rasenrondeau vor der Hütte zu, die Wotan noch vor knapp einer halben Stunde lallend und grölend erlebt hatte.

Dass der eine der beiden privaten Wägen Furmaiers Nobelschlitten war, erkannte Wotan sofort ... er war daher nicht sehr überrascht, als dieser behände aus dem hohen Fahrzeug heraussprang. Dass auf der anderen Seite seine Tante Agathe wild lamentierend ausstieg, ließ Wotan aber dann doch erschrocken zusammenfahren. Zu Recht, denn ... „Wotan, wie kannst du nur immer in so schreckliche Situationen geraten? Was soll ich deiner Mutter sagen? Wirklich, ihr Perkowitz-Männer ...“ Gott sei Dank stiegen in dem Moment Doktor Hangerer und Pfarrer Wobien aus dem letzten Auto der kleinen Kolonne aus und wandten sich direkt an Wotan, sodass das Jammern seiner Tante grob unterbrochen wurde.

„Wir hatten gerade eine gemeinsame Besprechung, als Ihr Notruf bei der Polizei eingegangen ist. Na, und die hat uns natürlich sofort informiert ... der Sitzungssaal liegt ja genau über dem Kommissariat. Deshalb sind wir auch hier ... was können wir tun?“ Es war nicht ganz zufällig der Bürgermeister Hangerer, der sofort das Wort an sich gerissen hatte.

„Gartinger, ich seh dich ... glaub ja net, dass du damit durchkommst!" – einer der Polizisten hatte das Feuerzeug in der Hand eines der Randalierer entdeckt und war wie ein waidwunder Bulle auf den Zündler losgestürmt. Noch bevor es zu einer Schlägerei – also zu einem den hiesigen Gebräuchen durchaus entsprechenden Verfahren zur Beseitigung von Meinungsverschiedenheiten – kam, riss plötzlich ein aufheulendes Martinshorn die Streithähne auseinander. Der junge Mohinger, den Wotan als Bewacher des Kurzzeit-Verhafteten Furmaier getroffen hatte, war klug genug gewesen, das Ungleichgewicht der „Guten" gegenüber den „Bösen" zu erkennen, und hatte daher vorsichtshalber gleich auf das lautstarke Symbol der staatlichen Abschreckung gesetzt.

Die nun folgende Stille war daher noch intensiver, bis ...

„Da stimmt was nicht!" – Wotan fiel als Erstem auf, dass es in der Hütte viel zu ruhig war. Kein armer und alter Krüppel dieser Welt hätte die Nerven gehabt, angesichts einer nach Lynchjustiz gierenden Kleinarmee vor seiner Behausung nicht wenigstens leise vor sich hin zu jammern. Die einzige Erklärung war, dass der versoffene Fischlacher trotz des Höllenlärms mehr oder minder friedlich seinen Rausch ausschlief.

Oder aber ...

Doktor Hangerer war an der windschiefen Holztür angelangt. Trotz der von hinten nachdrängenden Masse konnte er den Blick ins Innere der Hütte mit seinem Körper abdecken, allerdings verlor er in dem Moment jede Muskelspannung, in dem sich seine Augen an das Halbdunkel gewöhnt hatten. Wotan hatte schon vor

Hangerers verzweifeltem „Nein, nicht!“ begriffen, was für ein Anblick sich all jenen bot, die nun ungehindert in den kleinen Raum einfielen.

Wotan wartete gemeinsam mit seiner Tante und Herrn Furmaier etwas abseits auf Doktor Hangerer, der um Jahrzehnte gealtert schien, als er die paar Meter von der Hütte zu ihnen zurücklegte. Auch Pfarrer Wobien, der neugierig genug gewesen war, einen Blick durch eines der winzigen, verdreckten Fenster zu werfen, kam müden Schrittes auf sie zu.

„Pulsadern?“

„Nein, Herr Perkowitz, er hat sich am Querbalken unter dem Dach aufgehängt.“

Trotz der nach wie vor nahen johlenden Menge schien die kleine Gruppe unmittelbar von einem Kokon der Stille umgeben zu sein, so sehr hing sie ihren Trauergedanken nach. Erst ein deutliches Räuspern riss sie wieder zurück in die brutale Realität.

„Hier, das haben wir auf dem Tisch gefunden.“ – ganz automatisch hatte einer der Polizisten Doktor Hangerer eine Plastikhülle mit einem zerknitterten Blatt in die Hand gedrückt.

„Ich ... wo hab ich sie denn? Oje, ich glaube, ich habe meine Lesebrille im Ort liegen lassen ... wer von uns hat die besten Augen und kann noch dazu die Hieroglyphen eines Todgeweihten entziffern? Vermutlich Sie, Herr Perkowitz – bitte, lesen Sie vor.“

Wotan kniff die Augen zusammen, diese Schrift war wirklich nicht leicht zu lesen, noch dazu, da manche der Worte offenbar von Tränen fast völlig verwischt waren.

„Ich bitte alle um Verzeihung ... alle, denen ich etwas angetan habe ... und die wenigen, die ich mit meiner letzten Tat vielleicht doch gehörig erschreckt hab!

Herr Pfarrer, an Sie richte ich meine letzte Bitte. Sie haben immer so schön von der Kanzel herabgepredigt, dass wir alle Kinder Gottes sind. Gilt das auch für mich? Ich hoffe es ... auch jetzt noch. Ich bitte Sie, mich trotz allem ... und trotz meines Endes ... innerhalb der Friedhofsmauern zu begraben." – nicht nur, weil seine eigene Stimme zu brechen drohte, sondern auch, weil er den anderen die Gelegenheit geben wollte, sich die Nasen zu putzen und verschämt die Augen zu wischen, unterbrach Wotan kurz, bevor er mit betont fester Stimme weiterlas – „Ich habe am Schluss nicht mehr gewusst, ob ich tatsächlich des Teufels bin. Ob ich ein Nachfahre des Zauberer-Jackl bin oder nicht. Ich kann mich an so vieles nicht mehr erinnern ... und an das, woran ich mich erinnern kann, möchte ich mich nicht gerne erinnern.

Da sind Bilder in mir ... ja, ich fürchte, dass ich dem Bösen erlegen bin! Dass ich mit einer anderen gemeinsam Zaubertränke gebraut und zum Schaden der Menschen eingesetzt hab.

Aber jetzt, ohne der Kollerin ihre Hilfe, will ich nicht mehr böse sein ... und ich kann nicht mehr gut sein ... ich will gar nicht mehr sein ...

Verzeiht mir!

Lobet den Herrn! Kindsbauer"

Der „Kokon der Stille" schien noch dichter zu werden. Alle, die diese Worte gehört hatten, senkten ihre Köpfe und verloren sich stumm in ihren Erinnerungen an den Mann, der sich zuletzt offenbar wirklich als Abgesandter des Bösen gesehen hatte.

Ausnahmslos alle ... außer Wotan – sein Geist schwamm wieder einmal gegen den Strom. Er wusste nicht, ob er sich über sich selber ärgern oder sich bedauern sollte, auf jeden Fall war da wieder einmal so ein kleiner querliegender Gedanke, der den Fluss seiner Überlegungen störte. Nur ... wo?

Wotan beschloss, dass eine Mischung aus Selbstmitleid und Groll gegen sein eigenes Hirn angebracht sei. Warum konnte er nicht, wie alle anderen auch, schlicht und einfach überwältigende Gefühle und Gedanken akzeptieren und sich in ihnen aalen? Warum musste ihn sein vermaledeites Denken schon wieder zu einem geistigen Außenseiter verkommen lassen?

Der Brief? War es der Brief? Hatte Fischlacher vielleicht etwas geschrieben, das nicht von ihm stammen konnte?

Eigentlich nein.

Das eine oder andere Wort in diesem Abschiedsschreiben überraschte ihn schon, aber erst heute Vormittag hatte er wieder begriffen, dass dieser so versoffene Dorftrottel einst ein kluger und sprachgewandter Bauer gewesen sein musste. Natürlich war es Schwachsinn, wenn sich Fischlacher – noch dazu gemeinsam mit Frau Koller – der Ausübung böser Künste bezichtigte, gleichzeitig war Wotan klar, dass diese gequälte Kreatur das tatsächlich geglaubt hatte.

An weiteren „Da war doch was!“-Gedanken hinderte ihn allerdings der Lärmpegel des um ihn herum wieder heftig pulsierenden Lebens, denn ein Großteil des Mobs zog lauthals ab, um im Dorf „die gute Nachricht“ zu verbreiten, womit wohl der Tod des armen Kindsbauer gemeint war.

Jener Teil der Mohinger-Meute, der angesichts des Toten ein wenig zur Besinnung gekommen war, stand aber nun um Wotan herum und diskutierte das soeben Gehörte.

„Na ja, jetzt hat er ja sogar zugegeben, dass er mit der Kollerin z’samm ...“

„Ja, aber trotzdem ... nein, so ein Ende wünscht man halt doch nicht einmal einem Teufelsjünger!“

„Hast recht. Aber ... andererseits, wer mit Zaubertränken spielt, spielt mit seinem Leben!“

„Wotan!“ – er zuckte derart erschrocken zusammen, dass seine Tante ihn sogleich am Ärmel streichelte – „entschuldige, ich wollte dich nicht erschrecken, es ist nur so, dass wir alle jetzt wieder ins Tal fahren. Und wir wollten dich fragen, ob du mit uns oder wieder mit dem Herrn Willi ... fahren willst?“ Die kleine Pause, die Tante Agathes Meinung von Harald Willi nur allzu klar machte, war weder Wotan noch dem Besagten entgangen. Mit ironischem Grinsen deutete der „Tourismuskönig von Sankt Nepomuk“ daraufhin eine Bewegung an, die Wotan als Starfahrgast einlud, doch in seinem rollenden Wohnzimmer ins Dorf zurückzukehren.

„Nein danke, Tante Agathe, ich würde noch gerne ... ich ... entschuldigen Sie“ – Wotan wandte sich an den nächstbesten Polizisten – „entschuldigen Sie, würde es Sie sehr stören, wenn ich noch etwas länger hier bliebe? Ich verspreche, dass ich Ihnen bei Ihren Ermittlungen nicht eine Sekunde im Weg stehen werde.“

„Nein, Herr Perkowitz, Sie stören nicht. Sie können gerne dann mit uns wieder zurückfahren.“

„Danke vielmals! Ja dann, Tante Agathe, Herr Furmaier, ganz lieben Dank für euer Angebot, aber ich bleibe noch kurz hier. ... und natürlich auch vielen Dank an Sie, Herr Willi.“

Noch immer grinsend stieg Letztbedankter ein und fuhr, vorsichtig an potentieller lack-beschädigender Natur vorbeimanövrierend, den Weg hinunter, den sie erst vor kurzem heraufgerauscht waren. Wotans Tante schüttelte nur verblüfft den Kopf, als sie in Furmaiers Geländewagen einstieg – sie war zwar mit den ungewöhnlichen Verhaltensweisen ihres Neffen vertraut, aber dass er am Ort eines Selbstmordes noch bleiben wollte, das überstieg ihrer Meinung nach selbst seine Eigenheiten.

„Darf ich?" – Wotan deutete einen Griff nach der Plastikhülle mit den letzten Worten Fischlachers darin an, die auf einem der Rücksitze des vorderen Polizeiautos lag.

„Jaja, nehmen S' nur! Da können Sie eh keine Spuren zerstören."

Noch einmal las Wotan die verzweifelte Botschaft Wort für Wort durch.

Er kam nicht drauf! Stattdessen bahnte sich ein höchst beunruhigender Gedanke den Weg durch sein Gehirn.

Denn – was hieße es, wenn dieser Brief wirklich irgendein Geheimnis enthielte? Doch nur, dass Fischlacher noch verzweifelt versucht hatte, in seinen Zeilen eine Botschaft zu verstecken. Und was könnte wiederum so eine Botschaft mitteilen wollen? Dass Fischlacher und Koller doch kein Hexenpaar gewesen waren? Dass sie doch keine Zaubertränke gebraut hatten?

Um das zu wissen, hätte es aber keiner geheimen Botschaft bedurft! Das war ja wohl jedem klar, der nicht in der alkoholgeschwängerten Luft diverser Wirtsstuben sein halbes Leben verbracht hatte.

Nein, wenn Fischlachers Schreiben eine versteckte Botschaft enthielte, dann ...

... dann könnte das nur ... etwas Unerhörtes bedeuten. Und zwar, dass Fischlacher ... der Gedanke war schrecklich, aber es würde dann kein anderer Schluss überbleiben – als dass Fischlacher ermordet worden war!

Was war es?

Wo war es?

Das Geheimnis des Briefes!

Wotan setzte sich in den Wagen und stellte mit Erstaunen fest, dass die Fahrzeuge der österreichischen Polizei erstaunlich komfortable Sitze boten. Natürlich war es nicht das handgestreichelte Softleder original schottischer Hochlandrinder, das die Sitze in Willis unbezahlbarer Kutsche zu einer Luxuslounge der Extraklasse machte, aber auch die ordnungshüterischen Sitzbezüge konnten einen durchaus zu einem kleinen Schläfchen verführen. Wotan versuchte sich zu konzentrieren, aber das Gezwitscher der Vögel, die herrliche Waldluft, die Lichtspiele der Sonne zwischen den Bäumen und Sträuchern – all das ließ ihn die Hektik der vergangenen Stunden vergessen und seinen Kopf ein wenig zur Seite sinken.

Plötzlich sah er den Kindsbauer bei ihrer ersten Begegnung im Gasthof Mohinger ... Wotan spürte wieder das Gefühl der Verwirrung, das er damals empfunden hatte. Solche Gestalten konnten einfach nicht real sein. Und dann spürte er in seinem Halbtraum ganz deutlich noch ein „Kindsbauer-Gefühl" ... das Mitleid, das ihn in der Kirche erfasst hatte, als er verstand, wie elend sich dieser Mensch gefühlt haben musste und mit wie wenig man ihm eine Freude bereiten konnte. Er spürte auch seine Bewunderung für Pfarrer Wobien, der Fischlacher das Gefühl gegeben hatte, ein vollwertiges Mitglied ihrer Gesellschaft zu sein. Es hatte nur einer einfachen Geste bedurft ... und die Kosten für das wöchentliche Nachtmahl im Pfarrhaus waren sicher nicht so hoch gewesen, dass es nicht ...

Wotan kippte so abrupt aus seinem luziden Traum, dass er mit der linken Schläfe am Rahmen der hinteren

Autotür andonnerte. Aber auch der scharfe Schmerz hielt ihn nicht von diesem Hochgefühl ab, das er jetzt schon mehrfach kennengelernt hatte.

Das Hochgefühl, endlich den Querbalken im Gehirn gefunden zu haben!

Das Hochgefühl, endlich das Geheimnis gelüftet zu haben!

Das Hochgefühl ... dauerte allerdings nur kurz an, denn ...

„Lobet den Herrn! Kindsbauer“

Es waren diese Worte, die Wotan so sehr gestört hatten. Wobei, es waren nicht die Worte an sich gewesen, es war die Tatsache, dass Fischlacher diese Worte nie geschrieben hatte! Nie! Weder auf den Zetteln mit den Kirchenliedern noch auf seinem Abschiedsbrief!

Der damit wohl keiner war.

Der Brief war gefälscht – und damit war es Mord!

Gezwungenermaßen! ... oder?

Wenn dieser Brief irgendeine materielle Zusicherung enthalten hätte – „vererbe ich somit mein Hab und Gut an Herrn und Frau XY“ –, dann wäre es zwar immer noch unwahrscheinlich, aber nicht ganz sinnlos gewesen, Fischlacher nach dessen scheinbarem Freitod noch einen gefälschten Abschiedsbrief unterzuschieben.

Aber in diesen – offensichtlich vorgetäuschten – letzten Worten gab es keinen einzigen Hinweis auf Geld oder Güter.

Also war es doch Mord.

Aber warum hatte Harald Willi den Kindsbauer ermordet? Oder, besser gesagt, ermorden lassen, denn er konnte eindeutig nicht selber der Täter gewesen sein – er war ja nach Fischlachers Verschwinden auf der Toilette die ganze Zeit mehr oder minder unmittelbar neben Wotan gewesen. Ein Aushilfskiller im Auftrag von Harald Willi? Dass es Harald Willi sein musste, der hinter all dem steckte, war klar ... denn nur er konnte Fischlachers Handschrift so gut nachmachen, dass diese letzten Zeilen alle – inklusive Furmaier, Doktor Hangerer, Pfarrer Wobien – mühelos getäuscht hatten. Der arme Kindsbauer hatte ihm ja genau das unter dem Siegel der strengsten Verschwiegenheit erzählt, nämlich, dass ihm Harald Willi dankenswerterweise all die Texte für die Kirchenlieder schrieb, weil seine von Arthrose befallenen Hände nicht einmal mehr einen Kugelschreiber halten konnten.

Warum? Wo lag das Motiv?

Wotan griff hektisch nach seinem Handy, er musste natürlich sofort alle im Tal informieren, um eventuelle weitere Verbrechen zu verhindern. Und dann musste er der Polizei Bescheid geben, aber dafür genügte es, wenn er etwas lauter rief, denn einige der Uniformierten waren nach wie vor ein paar Meter von ihm entfernt an der Tatortarbeit. Und dass es wirklich ein Tatort war, würde er ihnen jetzt gleich ...

Noch bevor er die Nummer seiner Tante wählen konnte, klingelte sein „Taschentelefon“ und zeigte wie durch Zauberhand einen Anruf seiner Tante an.

„Tante Agathe, ich wollte euch diese Sekunde anrufen. Ich muss euch eine entsetzliche und sensationelle ... was bitte?“

Gott sei Dank stand Wotan unmittelbar neben der offenen Autotür, ansonsten wäre er eher unsanft gelandet, als er vor Schreck nach hinten kippte.

An Mord hatte er sich ja inzwischen beinahe gewöhnt, aber eine Entführung war nun doch zu viel. Erst recht die von Maroni!

Salzburg, Anno Domini 1679, dem 6. Februar

Der Hexenrichter schaute ungläubig auf die dürre Frau, die soeben schrecklich laut aufgeschrien hatte. Er wies sie streng zurecht. Bei diesem leichten Gewicht, da habe noch keine der Hexen so schrecklich gebrüllt. Er glaube ihr schlichtweg nicht, dass sie bereits so starke Schmerzen habe. Als ob sie diesen leichten Stein, den man an ihre Füsse gebunden hatte, während sie mit den Händen am Haken an der Decke des Verlieses hing, nicht mehr ertragen könnte. Und außerdem ... sie müsste nur alle Namen nennen, die gemeinsam mit ihr mit dem schwarzen Fürsten Unzucht getrieben hätten ... und den Wetterzauber vom letzten August, den müsste sie auch noch gestehen.

Was erlaubte sich diese Hexe? Was brüllte sie da? ... seine Nachfahren sollten bis zum dreizehnten Glied, also bis fast in alle Ewigkeit, verflucht sein? Alle Zillner von Zillerberg sollten auf Erden nur Leid und Trauer erfahren?

So ein unverschämtes Hexenweib!

Jetzt wäre es doch an der Zeit für den schweren Stein ...

Freitag, 18. Juli 2008, 13.15 Uhr

Wer immer zu dieser Stunde nach Sankt Nepomuk gekommen wäre, er hätte automatisch gedacht, just am Kirtag in dieses so freundliche Dörfchen, dessen Hauptplatz sich an den Fuß einer mächtigen Burganlage schmiegt, gekommen zu sein. Denn der wichtigste, größte und, wenn man ehrlich war, auch einzige Platz von Sankt Nepomuk war kurzerhand zu einem Freiluftfeierplatz umfunktioniert worden. Auf irgendwelchen Bänken und Sesseln saßen sowohl die von der Fischlacher-Hütte zurückgekehrten Kampftrinker als auch die Dorfbevölkerung, die gar nicht erst ausgezogen war, um den Kindsbauer zu lynchen. Zugegebenermaßen hätte das im Endeffekt auch nichts geändert, aber es war doch erfreulich, dass es hier nicht ausschließlich Verblendete und sonstige Idioten gab.

Als Wotan am Rand des Platzes aus dem Polizeiwagen ausstieg, war er sofort von Tante Agathe, Furmaier, Wiesner, Schurli und Pfarrer Wobien umringt, die ihm ein Stück alten Papiers entgegenhielten und ihn mit heftigen Bemerkungen – „So a Gemeinheit aber auch!", „Die arme Maroni!", „Ihr wird doch hoffentlich nichts passieren!", „In Gottes Namen!", „Da, lies!" – traktierten. Das Pergament entpuppte sich als das Schreiben der Entführer, in dem es in betont antiquierter Sprache des 17. Jahrhunderts hieß, „... das das Böse nur demienigen in seinem unentlichen Laufe wollgestimmt sey, der das Testament unserer treuen Verbündeten, der beschreyten Hexe Barbara Kollerin, zur Geisterstund zum ‚Höllenofen' bringet und aldort versenket. Als wisset ihr, das nur so der jungen Freulein Laib und Leben keinem würcklichen Ende zugefihrt wird, obwoll sie eine Nachfahrin des Böswichts gegen alle Hexen und Zauberer, des Hexenrichters von Zillerberg, ist."

Plötzlich stand auch Peter Walburga neben Wotan und blickte ihm – ausnahmsweise ohne ein Lied zu trällern – über die Schulter. „Entschuldigung, aber können Sie diesen Altertumsblödsinn verstehen?"

„Ich glaube schon ... da drinnen steht nichts anderes, als dass der Herr Willi das Testament von der Frau Koller im Austausch gegen das Leben von der Maroni fordert. Im Übrigen, Tante Agathe, was bitte ist der ‚Höllenofen‘?“

„Der ‚Höllenofen‘, ja, das ist ... ehrlich gesagt, ich weiß jetzt nicht ...“

„Agathe, das ist doch dieses geheimnisvolle Felsloch, gleich draußen im Schwarzbachtal. In Wirklichkeit ist das ein Einstieg in ein Höhlenlabyrinth. Aber wieso sind Sie sich so sicher, dass der Herr Willi hinter der Entführung von der Maroni steckt?“

„Falls sie überhaupt entführt wurde ... ja, das ist eine längere Geschichte, die Ihnen einer der Herren hier“ – Wotan versuchte, mit einem einzigen Zeichen seiner Hand gleichzeitig auf die drei Polizisten, bei denen er im Auto gesessen war, zu deuten und diesen noch einmal seinen Dank zu zeigen ... was eine höchst seltsame Geste zur Folge hatte, die man bestenfalls als Lockerungsübung nach einem Armkrampf interpretieren konnte – „erzählen wird. Jetzt müssen wir aber noch schnellstens einige Fragen klären. Erstens – Herr Furmaier, warum sind Sie sicher, dass Maroni auch wirklich entführt wurde? Sie könnte doch auch nur verschwunden sein ... bei irgendeinem Freund oder einer Freundin? Und dieses Schreiben hier könnte doch nur ein übler Scherz sein?“

„Nein, Herr Perkowitz! Sie hatte heute Dienst bei mir im Restaurant. Und dann ist sie kurz aus der Gaststube hinausgegangen ... und dann hat die Jung Maria nur mehr einen Schrei gehört ... und dann lag die Schürze von der Maroni ihrem ‚Servier-Dirndl‘, wie sie ihre Arbeitskleidung immer nennt, schön gefaltet am Boden vor der Eingangstür zum Restaurant. Und unter der Schürze lag eben dieses Schreiben.“

„Zweitens – wir ...“

„Entschuldigen Sie vielmals, Herr Perkowitz, wenn ich Sie unterbreche, aber ... was soll der Schlusssatz da? Also, das mit dem Hexenrichter von Zillerberg?“

„Herr Walburga, davon kann Ihnen wohl am besten einer der Herren Furmaier oder Wiesner ausführlicher berichten. Wenn ich jetzt nur eine Kurzfassung geben darf ... der Satz zeigt, dass sich der Herr Willi inzwischen ganz gut in die Zauberer-Jackl-Literatur eingelesen hat, denn dieser Herr von Zillerberg war einer der brutalsten Richter bei den damaligen Hexenbefragungen ... also bei den Folterungen. Und ... das ist halt jetzt ein Zufall, dass die Maroni eine Ururahnin von diesem damaligen Unmenschen zu sein scheint, auf jeden Fall will der Herr Willi damit den Eindruck verstärken, dass das Ganze hier quasi Nachwehen der damaligen Hexen- und Antiteufelsprozesse sind. Und damit bin ich bei meiner dritten Frage, nämlich, was ...“

„Noch einmal bitt'schön um Verzeihung, aber, Herr Perkowitz, Sie waren erst bei zweitens!“

„Ah ja? Ja, danke, Herr Pfarrer! Zweitens ... weiß irgendjemand, was das mit dem Testament von der Frau Koller soll? Ich meine, es ist mir jetzt klar, dass die Komödie von heute Vormittag beim Mohinger-Wirt nur einem Zweck gedient hat – nämlich, dass sich Willi damit eine ‚Armee der besoffenen Vollidioten‘ gefügig gemacht hat und dass er eben diese ‚Truppen‘ dazu verwenden wollte, das Testament von der Frau Koller, das ihm warum auch immer so viel bedeutet, zu finden. Um das Ganze für diese versoffene Bagage noch authentischer erscheinen zu lassen, hat er die Geschichte mit dem Zauberelixier erfunden ... das erzähl ich Ihnen allen ausführlicher, wenn wir …" – genau in dem Moment, zum unpassendsten Zeitpunkt, wurde Wotan schmerzlich klar, wie sehr ihn der Gedanke zur Verzweiflung trieb, dass das Fräulein Zillerberg wirklich das dritte Opfer dieses Verbrechers werden könnte. Kurz versuchte er, dieses „Schwert-durchtrennt-Seele"-Gefühl mit dem Bild von Amelie zu bekämpfen, aber es gelang ihm einfach nicht, sich ihre blonde Distanziertheit vor sein inneres Auge zu rufen – immer sprang Maronis braunhaarig-burschikose Klugheit dazwischen.

„… wenn wir alle dann bei mir im Restaurant sitzen und ganz groß feiern!" Es war wieder einmal Furmaier, der sich als exzellente menschliche Antenne für heikle Gefühlsmomente erwies und in seiner geistigen Verkleidung als jovialer Landmensch genau die richtigen Worte fand.

Wotan lächelte ihn dankbar an, bevor er wieder in die Rolle des Kopfmenschen und Retters in der Not zurückfand.

„Dieses Testament … und der gefälschte Abschiedsbrief vom Fischlacher, die hängen irgendwie zusammen! Nur, wie?"

„Wotan, jetzt wirst du uns langsam unheimlich. Wieso soll denn der Brief vom Fischlacher, er ruhe in Frieden, gefälscht gewesen sein?"

„Weil der Kindsbauer auch von Harald Willi, oder, besser gesagt, in dessen Auftrag ermordet wurde – das wollte ich dir am Telefon sagen, aber du hast mir dann gleich die Neuigkeit von der Maroni-Entführung erzählt. Und dann ist mir vor Schreck das Handy aus der Hand gefallen … aber, Tante Agathe, auch das … später, bitte. Ich verspreche euch die große Auflösungsrunde … wie gesagt, dann beim Festessen in der Hiafalm! Wo war ich?"

„Bei einem vermuteten Zusammenhang zwischen dem ominösen Testament von Frau Koller und dem Abschiedsbrief vom Fischlacher."

„Ja, genau, danke! Ich bin mir fast sicher ... nein, ganz sicher, dass, wenn wir den Zusammenhang zwischen dem Originaltestament und dieser Fälschung erkennen, dann ..."

„Herr Perkowitz, verzeihen Sie, wenn ich mich jetzt auch noch einmische, aber ..."

„Herr Doktor, den Rat des Bürgermeisters kann man immer brauchen."

„Danke für dieses Kompliment! Ja, was ich sagen wollte ... wenn man Ihren Gedanken folgt, so heißt es wohl nicht ‚Cui bono?', sondern ‚Quod bono?', also das heißt, wir glauben zu wissen, wem alle diese Verbrechen nützen ... eben dem Herrn Willi. Aber die Frage lautet eben jetzt ‚Quod bono?' – was nützt ihm? Und das bedeutet meiner Meinung nach, dass das, was ihm nützt, in einer Gemeinsamkeit des – noch dazu einstweilen verschollenen – letzten Willens von der Frau Koller und des gefälschten Abschiedsbriefs versteckt sein muss. War das jetzt zu theoretisch oder habe ich doch noch verständlich gesprochen?"

„Danke, es war ... ja, schon noch ... doch, ja, ich glaube, dass wir das schon verstanden haben. Und damit stellt sich die entscheidende Frage ... ich bin jetzt bei drittens, oder?" – zustimmendes Nicken ermunterte Wotan, die auch für Maronis Leben entscheidende Frage zu formulieren: „Hat wer eine Idee, wie wir dieses – und jetzt verwende sogar ich dieses Wort – geheimnisvolle Detail herausfinden könnten?"

„Na ja, am einfachsten wäre es, wenn wir das Testament von der Frau Koller finden könnten und dann dort lesen würden, dass ..."

„Ausgezeichnete Idee, nur ... hätte wer eine Idee, wo dieses Dokument versteckt sein könnte?"

„Vielleicht ich." – vermutlich hatte Pfarrer Wobien noch mit keiner Predigt so viel Aufmerksamkeit erregt wie mit diesen zwei bescheidenen Worten. „Ich weiß, dass das jetzt provokant klingt, aber ... ich glaube, dass das der arme Herr Fischlacher wusste."

„Das heißt, das Testament könnte in seiner Hütte versteckt sein? Worauf warten wir noch ...?"

„Langsam, lieber Herr Walburga. Prinzipiell hat der Herr Pfarrer da natürlich eine geniale Idee gehabt, aber – nein, ich bin mir sicher, dass das Testament nicht dort ist. Wenn es so gewesen wäre, hätte es Willi's ‚Aushilfskiller' ... von dem erzähle ich auch beim großen Festessen ... sicher gefunden, weil der hatte ganz bestimmt den Auftrag, die Fischlacher-Hütte genau danach zu durchsuchen. Und dass er dieses Dokument nicht gefunden hat, zeigt ja, dass ..."

„... dass der Herr Willi jetzt noch die Maroni entführt hat, um in den Besitz dieses offenbar unheimlich wichtigen Testaments zu kommen."

„Genau! Aber ... Herr Pfarrer, Sie haben mich auf eine Idee gebracht. Und zwar – vielleicht war der Herr Fischlacher mehr Dreh- und Angelpunkt, als wir es bisher angenommen haben. Und wenn, könnte das bedeuten, dass ... einen Moment, bitte."

Wotan wandte sich mit hochroten Wangen an eine kleine Gruppe, die er sowohl beim Mohinger als auch bei Fischlachers Hütte gesehen hatte. Nun saßen sie wieder halbwegs friedlich auf improvisierten Sitzgelegenheiten und übten sich weiterhin in der Vernichtung hochprozentiger Getränke.

„Entschuldigen Sie, meine Herren, darf ich Sie was fragen?"

Angesichts dieser Wortwahl erschraken die fünf gewaltig. In ihren für gewöhnlich erlahmten Gesichtszügen begann ein panisches Zucken, und automatisch versuchten sie, dem drohenden Unheil durch torkelnde Flucht zu entkommen.

„Bitte, jetzt fürchten Sie sich doch nicht! Ich will doch nur was von Ihnen wissen."

„Von uns?" – mehr Ungläubigkeit hatte Wotan in seinem Leben noch nie vernommen, nicht einmal seine Schwestern hätten diesen Tonfall zusammengebracht, wenn er sie höflich um etwas gebeten hätte.

„Ja, von Ihnen! Und zwar ... haben Sie heute in der Früh, noch bevor ich gekommen bin – also, das war so um 10 Uhr –, haben Sie da vielleicht gesehen, ob der Herr Willi und der Kindsbauer etwas miteinander besprochen haben? Ob der Herr Fischlacher vielleicht direkt an der Theke beim Herrn Willi gelehnt ist?"

Wotan spürte geradezu die Hoffnungslosigkeit in seinem Rücken, als er diese doch etwas komplizierte Frage stellte. Aber manchmal geschahen noch Zeichen und Wunder ... und die hatten dann nichts mit Teufeln oder Hexen, sondern nur mit dem Grad der Nüchternheit mancher zu tun.

„Jo, freilich, der Fischlacher hot dem Herrn Willi doch heit in der Früh sei Moor vererbt. Also, natürlich nur im Todesfall ... vom Kindsbauer, natürlich. Also, des ist ja jetzt wohl ... gültig, oder wie ma da sagt."

„Und wieso hat das gerade heute der Herr Fischlacher, also der Kindsbauer, getan?"

„Na ja, zumindest im Rausch war er si sicher, dass der Herr Willi a ganz a besonders guada Mensch warat! Und außerdem, i glaub, der Herr Willi hot eam sogar so nebenbei g'fragt, wie's denn dem Herrn Fischlacher mit der Bewirtschaftung von sein' Moor geht ... und dass des doch a große Verantwortung grad in Zeiten von so großer öklogogischer ... ölogischer ... halt in so Zeiten wie heut warat."

„Bitte, meine Herren, das ist jetzt unwahrscheinlich wichtig! Sind Sie sich absolut sicher, dass es so war, wie Sie es gerade ..."

„Herr Peromich, glaub'n S' uns, wir sind net erst seit heut ... wie soll i sag'n ... Liebhaber eines alkoholischen Tropfens. Mir saufen seit Jahr'n wia die Löcher ... und da kriagt ma a gewisse Routine im Sich-trotzdem-was-Merken. Und vor allem, der Herr Willi hat ja ihn und ... ja, wo is er denn? Ah ja, dort, ja, den auch" – dabei zeigte der überraschend einsichtige Alkoholiker auf zwei unscheinbare Männchen, die etwas weiter hinten saßen – „und mi gebeten, als Zeugen von dem Testament, des was der Herr Fischlacher heute zugunsten vom Herrn Willi gemacht hat und was der Herr Willi gleich selber aufg'setzt hat, zu unterschreiben."

Wieder war es Doktor Hangerer, der nicht nur mit seinen ärztlichen, sondern auch mit seinen juristischen Kenntnissen glänzen wollte.

„Warum hat denn der Herr Fischlacher seinen letzten Willen nicht selber mit der Hand geschrieben und unterschrieben, dann hätte es doch gar nicht erst dreier Zeugen-Unterschriften bedurft?"

„Weil der Herr Fischlacher wegen seiner Arthrose gar nicht mehr schreiben konnte! Das weiß ich, weil ich mit ihm in der Kirche ... aber auch davon ..."

„Ich versteh schon, auch davon erzählen Sie uns dann beim großen Festessen."

Wotan drehte sich noch einmal zu den fast schon wieder im Dunst des Alkohols verschwundenen Gestalten um. „Meine Herren, für diese Information sind wir Ihnen alle zu großem Dank verpflichtet! Wobei, eine

Sache hätte ich noch gerne gewusst. Ist Ihnen zufällig aufgefallen, ob knapp nach dieser Kindsbauer-Testament-Geschichte der Herr Willi auf – na, sagen wir – zehn Minuten verschwunden ist? Oder war er wirklich die ganze Zeit hinter der Theke?“

„Herr Peromich, jetzt wer’n Sie uns doch noch einmal unheimlich ... vielleicht hab’n Sie doch was mit dem Zauberer-Jackl zu tun?“

„Ich schwöre Ihnen, nein! Aber, wieso kommen Sie gerade jetzt noch einmal auf diese Idee?“

„Na, weil Sie was wissen, was Sie do gar net wissen können. Weil Sie war’n ja no gar net do, wie der Herr Willi a paar Minuten weg war. Ob des zehn Minuten war’n, weiß i net, aber es war lang genug, dass wir uns scho g’fürchtet hab’n, dass er vielleicht nimmer so die Spendierhosen anhaben könnt. Aber dann is er ja do wieder kommen ... Gott sei Dank!“

„Ja, dann, danke noch einmal! Und ... ja, auf Wiedersehen!“

Freitag, 18. Juli 2008, 13.30 Uhr

Als sich Wotan aufs Neue zur „Allianz der Vernunft“, wie er inzwischen insgeheim seine Verbündeten getauft hatte, gesellte, strahlte sein Gesicht dermaßen, dass sich seine Tante wieder einmal um seinen Gesundheitszustand Sorgen machte.

„Wotan, du bist so strahlend rot im Gesicht! Ist dir vielleicht nicht gut?“

„Im Gegenteil, Tante Agathe, im Gegenteil. Ich glaube, dass ich das große Geheimnis gelüftet habe!“

Irgendwie hätte er jetzt ein lautes Geschrei durcheinandergerufener „Dann erzählen Sie doch endlich!“-

Sätze erwartet, doch erntete er mit seiner kryptischen Ankündigung das krasse Gegenteil – die immer größer gewordene Schar vor ihm starrte ihn still und fordernd an.

„Am Anfang stand ... das Moor! Alles dreht sich in der Geschichte ums Moor. Und natürlich um die üblichen Ingredienzien wie Geld, Sucht nach Ruhm, übersteigertes Selbstbewusstsein und Hass auf all jene, die einem beim Erreichen der eigenen – völlig größenwahnsinnigen – Lebensziele im Weg stehen. Am Anfang stand das Moor. Und auf diesem Moor war Harald Willis Lebenstraum eines Millionen-Spas aufgebaut – einer Wellnesseinrichtung, in der sich schon in ein paar Jahren die Reichen und Schönen dieser Welt die Klinke in die Hand geben sollten. Nur – wer auf Moor baut, endet im Matsch ... also, in dem Fall eben! Was Harald Willi nicht bedacht hatte, war, dass die meisten Moore der Umgebung innerhalb kürzester Zeit unter Naturschutz gestellt werden würden – ich bin mir ziemlich sicher, dass das ein Verdienst der Frau Koller war. Er stand also schon bald mit einem Luxuswellnessresort da, dessen Hauptattraktion mannigfache Mooranwendungen in alpiner Landschaft waren, nur ... leider war das schwarze Gold auch bald die Hauptmangelware. Das habe ich aus einem Interview erfahren, das ich in einer Zeitschrift gelesen habe, die eigentlich an Sie, lieber Herr Furmaier, adressiert war. Ich hoffe, Sie sind mir nicht böse, dass ich sie gelesen habe, aber sie hat mich so angelacht, wie sie da in der Lade bei meiner ...“ – am heftigen Schmunzeln Wiesners, am neutralen Gesicht Furmaiers und am Entsetzen seiner Tante erkannte Wotan gerade noch rechtzeitig, was er da jetzt beinahe verraten hatte – „... bei meiner ... Recherche, ja, bei meiner Recherche mir irgendwo – ich kann mich gar nicht mehr erinnern, wo das war – also, quasi mir über den Weg gelaufen ist. Und noch etwas hatte ich sehr rasch begriffen – Harald Willi war nicht der Mann, der einen Konkurs, ein mögliches Scheitern hätte ertragen können. So jemandes Selbstbild erlaubt so etwas nicht ... weil nicht sein kann, was nicht sein darf. Er brauchte also billige Moore, die er ohne Einschränkung ausbeuten konnte! Nur ... soweit ich das verstanden habe, gibt es hier nur mehr zwei Moore, deren Nutzung zu gesundheitlichen Zwecken überhaupt noch erlaubt ist. Und das sind die Moore von Barbara Koller und dem Herrn Fischlacher ... im Übrigen, Herr Pfarrer, wüssten Sie, wie der arme Mann mit Vornamen geheißen hat?"

„Ja, Herr Perkowitz, das ist eine besondere Ironie der Geschichte, er hat nämlich Felix, also ‚der Glückliche', geheißen."

„... dann, Barbara Koller und Felix Fischlacher. Die zwei waren die Einzigen, die Harald Willis Lebenswerk noch retten konnten. Aber eines wusste Herr Willi genau, Barbara Koller würde ihm nie und nimmer auch nur irgendwie entgegenkommen. Zumindest nicht, solange sie lebte. Denn, wie ich beim Stammtisch in der Post erfahren durfte, waren die beiden spätestens, seit die Frau Koller vor kurzem den Herrn Willi wegen irgendeiner Umwelt-Schweinerei angezeigt hatte, verfeindet. Und vom Herrn Fischlacher, ja, von dem könnte er das Moor bekommen, aber da gab es wohl inzwischen ein klitzekleines Problem. Geld! Denn Willi hatte vermutlich kein Geld mehr, um Fischlacher das Moor abzukaufen. Erst recht nicht, solange Frau Koller darauf geschaut hätte, dass Fischlacher den wahren Wert für sein schwarzes Gold bekommt. Es lief alles darauf hinaus, dass Barbara Koller außer Gefecht gesetzt werden musste."

„Aber für die Zeit des Mordes, da hat doch der Herr Willi ein astreines Alibi ... das haben wir natürlich sofort überprüft." – der junge Polizist, der gerade erst aufgetaucht war, hatte offensichtlich noch nicht oft die Gelegenheit gehabt, sich und seinen Dienstgeber ins rechte Licht zu rücken. Umso mehr genoss er es nun, Wotan vor den Zuhörern zu widersprechen.

„Da haben Sie sicher recht. Aber glauben Sie nicht, dass der Herr Willi für solche Fälle jemanden ... wie soll ich sagen, beschäftigt hat, der ganz selbstständig gerade dann die Verbrechen verübt hat, wenn sein Chef ein perfektes Alibi aufweisen konnte?"

Die Enttäuschung war dem jungen Beamten deutlich anzusehen. Es schien, als wollte er sich schon beleidigt zurückziehen, als ihn offenbar ein Geistesblitz durchzuckte, wie er Wotan doch noch in Argumentationsverlegenheit bringen könnte.

„Aber wenn Sie schon am Erklären sind, dann wissen Sie doch vielleicht auch, warum diese Gewalttaten gerade in den letzten Tagen passiert sind? Ich mein, es war doch jetzt nix anders als immer, oder?"

„Da kann ich vielleicht mit einer Information dienen." – noch bevor Wotan zu einer Antwort ansetzen konnte, hatte sich Doktor Hangerer zu Wort gemeldet. „Der Termin, um den sich alles dreht, der soll – so habe ich zumindest aus zuverlässigen Quellen erfahren – morgen Vormittag in Salzburg stattfinden. Denn da trifft Harald Willi angeblich einige hochkarätige Investoren, deren Geld er für das Überleben seiner Wellnesseinrichtung braucht wie einen Bissen Brot. Nur – wobei ich jetzt korrekterweise hinzufügen muss, dass ich auch diese Information lediglich einem dumpfen Gemunkel entnommen habe –, diese Investoren sollen von Herrn

Willi einen Nachweis dafür verlangt haben, dass er nun ganz sicher keinen ‚Moor-Engpass' mehr habe."

„Eben! Herr Doktor, Wotan, ich bitt um Entschuldigung, dass ich jetzt den Advocatus diaboli spiele, aber ..."

„Was ich nicht verstehe, ist Folgendes: Wozu sollte der Herr Willi jetzt noch die Maroni entführen? Ich mein, jetzt, wo er das Moor vom armen Herrn Fischlacher geerbt hat, da braucht er doch das Testament von der Frau Koller nicht mehr?"

„Schurli, entschuldige, aber ..."

„Schau! Du hast vorhin gesagt, dass sich die Frau Koller mit dem Herrn Willi fürchterlich gestritten hat. Und dass sie ihn – wegen irgendwelcher Umwelt-Schweinereien – angezeigt hat. Und dass sie ihm daher ihr Moor nie und nimmer verkauft hätte ... abgesehen davon, dass der Herr Willi dafür kein Geld mehr gehabt hätte. Soweit ist das alles klar."

„Stimmt, Schurli. Und da aber Willi das Moor wegen der Investoren dringendst gebraucht hat, musste er ... also, aus seiner Sicht musste er Frau Koller töten beziehungsweise töten lassen."

„Aber genau das ist es, was ich jetzt nicht verstehe ... heute Vormittag hat der Fischlacher dem Willi sein Moor vererbt, und jetzt ist der arme Kindsbauer tot. Also ist doch jetzt der Herr Willi der Besitzer dieses Moors ... nach der Verlassenschaft dann."

„Ja, das sehe ich auch so."

„Und genau das ist der springende Punkt! Damit müsste der Herr Willi doch all seine Probleme gelöst haben! Er hat doch jetzt das Kindsbauer-Moor, warum sollte er dann noch so gierig nach dem Testament von der Frau Koller sein, dass er dafür noch heute Nachmittag die Maroni entführt?"

Wotan erkannte sofort, dass sein lieber Schulfreund mit dieser – leider berechtigten – Frage sein ganzes Argumentationsgebäude zum Einstürzen zu bringen drohte.

Aber wer hatte dann Maroni in seiner Gewalt?

War es nur ein saublöder Streich von irgendwelchen Jugendlichen, die das ganze Hexengetue gut gefunden hatten und jetzt mit aller Macht fortsetzen wollten?

Und ... wenn Harald Willi nicht für dieses Verbrechen verantwortlich war, hatte er dann vielleicht auch nicht die anderen Verbrechen, also die Morde, verübt beziehungsweise in Auftrag gegeben? Wotan merkte, wie sich aus seinen hintersten Hirnstammwindungen der Zweifel hervorschob und an den schönen Gedankenketten der Hirnrinde zu nagen begann. Er versuchte, diesem hässlichen Monster sofort Einhalt zu gebieten ... Fischlacher konnte keinen Abschiedsbrief geschrieben haben, da er dazu physisch nicht mehr in der Lage war. Aber er hatte Wotan gestanden, dass er in Harald Willi einen „Ghostwriter" hatte. Also musste Harald Willi auch das vermeintlich letzte Schreiben Fischlachers verfasst haben. Also musste Harald Willi vom nahen Tod Fischlachers gewusst haben – er hätte ja wohl kaum einen potentiellen Abschiedsbrief „auf Vorrat" gefälscht.

... und dieses Wissen konnte ja wohl nur der Mörder gehabt haben.

Daher war es bei allen neu aufgetauchten Zweifeln gerechtfertigt, Harald Willi des Mordes an Felix Fischlacher zu verdächtigen. Und was die Tötung von Frau Koller betraf, da ...

„Meine Hochachtung, Herr Doktor Darner – Ihre Schlussfolgerung ist brillant. Allerdings ... sie stimmt nicht, denn es gibt da noch etwas, was Sie natürlich nicht wissen können, was es aber sehr wohl logisch erscheinen lässt, warum Herr Willi trotz seines neu ererbten Fischlacher-Moors noch immer auf das Moor von der Frau Koller angewiesen ist! ... ja, und damit natürlich auch auf ihr Testament ..."

Kaum dass Wotan das Wortgewirr Doktor Hangerers durchdrungen hatte, begann sein Gehirn in Freudensprünge auszubrechen, soweit es sein Schädelknochen zuließ.

Das böse Monster namens „Zweifel" löste sich in Sekundenbruchteilen in Luft auf, die vorherigen „Harald-Willi-als-Täter"-Gedanken traten wieder in Kraft. Denn ...

„Es ist nämlich Folgendes ... zumindest laut meinen inoffiziellen Quellen. Bei diesem Termin morgen in Salzburg, da muss der Herr Willi nicht nur nachweisen, dass er nun ganz sicher keinen akuten Moor-Engpass mehr zu befürchten hat. Er muss sogar untermauern können, dass er einen solchen Engpass für die nächsten sieben Jahre nicht zu befürchten hat. Denn die Investoren sind nur mit der Aussicht auf längerfristigen Erfolg des Willi'schen Wellnessresorts bereit, Geld auszuspucken. Und noch dazu sollen die Herrschaften als Voraussetzung für ihren Geldsegen einen Ausbau des ‚Matsch, Moor & much more' auf die doppelte Kapazität gefordert haben. Im Klartext heißt das, dass Harald Willi Moorreserven für ... Moment, das ist jetzt eine Rechenaufgabe ... wenigstens eine Moorpackung pro Tag für zweihundert Gäste an rund dreihundertsechzig Tagen im Jahr, sieben Jahre lang ... das macht ... 504.000 Moorpackungen. Also rund eine halbe Million Moorpackungen! Das Fischlacher-Moor, das ist ziemlich klein, das würde nie und nimmer dafür ausreichen. Nein, der Herr Willi muss morgen glaubhaft versichern können, dass er das Fischlacher- und das Koller-Moor für sein Wellnessresort über Jahre nützen kann. Und deshalb braucht er das Koller-Testament wie einen Bissen Brot ... und zwar noch heute!"

Es war eine seltsame Stimmung, die die immer größer werdende Zuhörerschar in diesem Moment erfasste. Die Erleichterung, dass Wotans Beweisführung stimmen konnte, dass also doch Harald Willi der neue und reale „Gott-sei-bei-uns" war und man sich nicht vor einem übernatürlichen Fürsten der Finsternis oder dessen Abgesandten Zauberer-Jackl fürchten musste, überdeckte jeden Gedanken an die Gefahr, in der Maroni nach wie vor schwebte. Allerdings hielt auch diese trügerische Frohstimmung nur einige Sekunden, da Georg sich noch einmal dem Bürgermeister zuwandte.

„Aber jetzt hätte ich doch noch eine weitere Frage, Herr Doktor. Gut, soweit habe ich es verstanden ... der Herr Willi war daran interessiert, die Frau Koller aus dem Weg zu räumen. Denn einer lebenden Kuhhaxen-Hex hätte er ihr Moor sicher nicht abkaufen können ... bei der ihrem Hass auf ihn. Aber was ich nicht verstehe ... warum ist dem Herrn Willi jetzt ihr Testament so wichtig? Wohlgemerkt, ich hab schon begriffen, was Sie mir da gerade erklärt haben. Aber! Frau Koller hat doch sicher in ihrem Testament festgehalten, dass ihr Moor nie-nie-niemals an den Herrn Willi gehen darf! Also nützt dem Herrn Willi das Testament erst wieder nichts, selbst wenn er es haben sollte!"

„Das ist einfach zu beantworten: Selbst wenn Frau Koller das so in ihr Testament hineingeschrieben hätte, dass also ihr Erbe oder ihre Erbin das Moor niemals verkaufen dürfte ... und schon gar nicht an den Herrn Willi – es hätte keinerlei juristische Gültigkeit! Man kann in einer letztwilligen Anordnung nicht verfügen, dass der Erbe oder die Erbin oder die Erbengemeinschaft etwas nicht rechtmäßig verkaufen darf. Das geht schlicht nicht!"

„Das mag ja sein, Herr Doktor! Aber weiß das auch der Herr Willi? Ganz sicher nicht, weil der ist doch zu geizig, sich einen Anwalt zu leisten – das hat mir der Wotan erzählt! Außerdem ... selbst wenn der Satz in Barbara Kollers Testament, dass Harald Willi niemals das Moor bekommen darf, rechtlich nicht haltbar ist, wäre diese Aussage für den echten Erben – wer immer das sein mag – wohl Fingerzeig genug, es nicht an den Herrn Willi zu verkaufen! Und noch etwas ... selbst wenn er das Moor gegen alle Erwartungen doch dem Erben abkaufen könnte, woher sollte er das Geld dafür nehmen? Nein, ich bleib dabei, meiner Meinung nach nützt dem Herrn Willi das Testament erst wieder nichts, auch wenn er es haben sollte."

„Nein Schurli, das siehst du jetzt falsch! Im Gegenteil, gerade deshalb musste Willi Frau Koller möglichst bald um- und ihr Testament an sich bringen! Schau, wenn er es erst einmal hat, dann glaubt er sicher, dass er damit ..."

„Ja, aber ... Herr Perkowitz, gerade Sie billigen dem Herrn Willi zu, dass er nicht blöd ist – es muss ihm doch klar sein, dass, selbst wenn wir ihm das Testament heute noch aushändigen, er damit rein gar nichts anfangen könnte. Wir würden es doch sicher vor der Übergabe gelesen haben! Wir wüssten dann doch, was drinsteht ... vermutlich eben nichts Erfreuliches für ihn! Was will er denn damit machen?"

„Herr Pfarrer, Sie gehen von einer völlig falschen Voraussetzung aus! Bedenken Sie bitte eines ... Herr Willi weiß nicht, dass wir ihn inzwischen als Doppelmörder, Entführer und Fälscher des Abschiedsbriefs vom Kindsbauer entlarvt haben ... oder zumindest glauben, ihn entlarvt zu haben. Ich bin mir ziemlich sicher, dass er im Moment vollkommen überzeugt ist, dass auch diese Entführung und die Erpressung des Testaments dank der raffiniert gebauten Vorgeschichte mit dem Teufelsmord an der Frau Koller, mit dem ‚Zauberelixier-Testament', mit dem scheinbaren Selbstmord vom Kindsbauer, mit dessen ‚Ja, ich war ein Hexer!'-Abschiedsbrief und mit der aus all dem entstandenen Atmosphäre der Angst und des Aberglaubens ... dass also auch diese Entführung und Erpressung bei der Bevölkerung problemlos als weitere ‚Teufelstaten' durchgehen. Und was die Polizei anlangt – Willi denkt sicher, dass die irgendeinen der versoffenen Vollidioten, die sich bei der Fischlacher-Hütte als willige Henkersknechte aufgeführt haben, auch für die Entführung und die Testamentserpressung verantwortlich machen wird. Und selbst wenn wir noch heute das Testament finden sollten ... und es dann eben diesem – vermeintlich sich sein Hirn weggesoffen habenden – Wahnsinnigen übergeben würden: In ein paar Wochen, nach der Verhaftung eines solchen buchstäblichen ‚Bauernopfers', nachdem dann etwas Gras über die Angelegenheit gewachsen wäre ... ja, dann könnte Herr Willi seelenruhig behaupten, er habe jetzt ganz zufällig das echte Testament der Frau Koller gefunden. Dasjenige, das wir dem – dann schon verhafteten – vermeintlichen Maroni-Entführer in den ‚Höllenofen' hineingeworfen hätten, das sei ganz sicher nur eine Fälschung gewesen! Und außerdem wäre dieses – angeblich gefälschte – Testament ja dann garantiert auf ewig verschwunden. Er, Harald Willi, habe das einzig wahre und echte Testament rein zufällig gefunden. Und zwar ... ja, zum Beispiel in der

Hütte vom armen Kindsbauer, die dieser ja vermutlich ebenso dem Herrn Willi vererbt hat. Dort sei das Koller-Testament versteckt gewesen ... irgendwo, ganz raffiniert ... in einem ausgehöhlten Balken oder so. Und deshalb habe es der Herr Willi eben erst jetzt gefunden. Und das würde doch niemand anzuzweifeln wagen, denn wer würde schon annehmen, dass der ehrenwerte Herr Willi auch nur irgendetwas Böses getan haben könnte? Der edle Retter der durstigen Kehlen! Der ist doch einer der Oberguten hier! Noch dazu, wo doch im Abschiedsbrief vom armen, vom eigenen Hexenwahnsinn besessenen Kindsbauer dringestanden ist, dass er ohne die Kollerin nicht mehr am Leben sein wolle. Ja, da wäre es doch nur logisch, dass ihr Testament bei ihm in der Hütte versteckt gewesen ist. Und dann würde der Herr Willi eben ein – na ja, sagen wir – etwas modifiziertes Testament von der Frau Koller präsentieren. Er hätte ja dann alle Zeit der Welt gehabt, ihre Schrift zu studieren und ein ihm genehmes Dokument zu fälschen. Noch dazu – dann, nachdem alle Verbrechen zu aller Zufriedenheit aufgeklärt worden wären ... und die ungeklärten, dafür hätte man eben den Zauberer-Jackl höchstpersönlich verantwortlich gemacht ... also, quasi nach der kollektiven Aufarbeitung der schrecklichen Ereignisse, da hätte wohl kaum mehr irgendwer einen besonders scharfen Blick auf das Testament dieser ‚alten Hexe' geworfen. Das wäre ganz stillschweigend über die Bühne gegangen ... und in dem Testament wäre natürlich rein zufällig gestanden, dass der Herr Willi ihr Moor erben solle, denn er sei der Einzige, der es zum Wohl anderer Menschen einsetzen würde! Was nicht drinnen stehen würde, wäre, dass er es zum Wohl hauptsächlich eines einzigen anderen Menschen – nämlich sich selbst – einsetzen würde."

„Herr Perkowitz, ich muss schon sagen, Sie machen mir mit Ihrer kalten Logik Angst! Und leider dürften Sie mit allem recht haben ... allerdings – da wäre noch eine Sache."

„Und zwar, Herr Doktor?"

„Damit der Herr Willi seelenruhig die Schrift der Frau Koller studieren könnte, müsste dieses Testament doch ein von Hand geschriebenes sein. Was wäre, wenn sie ihre letztwillige Anordnung – wie es so schön in der Notariatsordnung heißt – vor zwei Notaren mündlich errichtet hätte? Dann hätte Willi gleich zwei Probleme ... erstens, dass er kein Vorbild für seine Fälschung hätte, und zweitens, dass es ein ganz sicher echtes Testament gäbe, das wohl das seine als falsch entlarven würde."

„Herr Doktor, ich bin mir sicher, dass der Herr Willi die Frau Koller gut genug gekannt hat, um das auszuschließen. Zum einen ... die Frau Koller hatte ja immer ein ausgeprägtes Faible für die ‚guten alten Techniken', also auch für das Schreiben mit der Hand. Zum anderen ... ich weiß nur sehr wenig über die arme Tote, aber das lässt auch mich vermuten, dass sie ein massives Misstrauen hatte gegenüber allem, was irgendwie nach Amtsperson gerochen hat ... und da gehören Notare nun einmal dazu. Es ist eine gewisse Ironie, aber in manchen Eigenschaften – so auch in dieser – waren beziehungsweise sind sich Opfer und Täter verdammt ähnlich!"

Als Wotan erschöpft seine Erklärungen beendet hatte, merkte er wieder, wie diese seltsame Erleichterung im Publikum um sich griff. Doch konnte er die positive Erholungsstimmung nun gar nicht brauchen ... und noch weniger würde sie Maroni helfen. Er überlegte, mit welcher Anrede er die stattliche Menge vor ihm zu neuen Maroni rettenden Taten mitreißen sollte, und entschied sich für eine Anleihe bei den großen Bühnenwerken der Klassik.

„Aber! Bürgerinnen und Bürger von Sankt Nepomuk! Lungauerinnen und Lungauer! Freundinnen und Freunde im Mut, den Teufel in Menschengestalt zu bekämpfen – lasst uns überlegen und handeln, ja, überlegen handeln ...“ – Wotan wusste auch dank seiner Gasthof-Mohinger-Erfahrungen sofort, dass er mit so hehren Worten ganz wunderbar die „Allianz der Vernunft“ aus ihrem fröhlichen Gleichmut aufrütteln, aber in keiner Weise einen der Dörfler erreichen konnte. Also sattelte er mitten im Satz auf ein komplett anderes „sprachliches Pferd“ um.

„Leitln, wollt's ihr wirklich, dass der Verbrecher jetzt auch noch das Fräulein Zillerberg umbringt? Wollt's ihr wirklich, dass der die verbrennt? ... weil, ich bin mir sicher, dass er seine Geisel auf eine Art töten will, die nach was Teuflischem ausschaut. Vielleicht verbrennt er sie mit Schwefel, vielleicht – und das mein ich jetzt leider völlig ernst – will er sie in siedendem Öl kochen ... auf jeden Fall wird er sie bestialisch ermorden, wenn wir sie nicht noch rechtzeitig finden! Weil die Maroni – so nennen wir sie, die wir sie kennen und ... na ja, recht gern haben – also, die Maroni hat kein Kollerin-Testament! Und sie weiß auch nicht, wo es sein könnte. Und wir haben es auch nicht ... und bis am Abend werden wir es auch nicht mehr finden! Daher wird sie dieser Teufel in Menschengestalt spätestens heute um Mitternacht töten ... oder sogar zu Tode foltern ...“ – jetzt, genau jetzt wollte Wotan, um seinen Worten besondere Tiefe zu verleihen, wie ein Hollywoodstar mit gebrochener Stimme innehalten und verschämt zur Seite blicken, um seine Tränen nicht allzu deutlich zu zeigen.

... jetzt ... aber das Schauspielergetue war gänzlich unnötig!

Seine Stimme brach wirklich, und er sah plötzlich nur mehr verschwommene Bilder – die Vorstellung, dass Maroni wie die Opfer vor rund dreihundert Jahren brutal ermordet werden könnte, die raubte ihm für Sekunden alle Lebenskraft. Atem, Herzschlag, Stimme, Augenlicht, Hörvermögen – alles war weg! Aber er durfte jetzt nicht aufgeben, nein, er musste weiter...

„Wotan, entschuldige bitte noch einmal, aber ... na ja, ich hätte schon wieder eine – ich fürchte sehr zynische – Frage."

Die offene und nüchterne Art Schurlis tat ihm gut. Wenn er jetzt wie in seligen Schulzeiten Witze zu machen begonnen hätte, hätte Wotan vermutlich sofort losgeheult, aber das Schlüsselwort „zynisch" hatte ihn wieder auf den – wenn auch noch etwas wackligen – Boden der Realität zurückgeholt.

„Und zwar?"

„Ich fürchte auch, dass du recht hast! Allerdings glaube ich, dass Willi die Maroni auf jeden Fall umbringen wird ... egal, ob wir ihm das Testament bringen oder nicht. Aber warum hat dann dieses Ar..., also, diese Bestie in seinen pseudoaltmodischen Erpresserbrief überhaupt hineingeschrieben, dass er Maroni freilassen würde, wenn er das Testament bekäme? Ich meine, wenn er sie, egal, was passiert, ohnedies töten wird ... warum hat er dann ..."

Mit letzter Kraft registrierte Wotan, dass sein lieber Freund Schurli ihm gerade den größten Gefallen getan hatte. Denn angesichts dieser banalen Formulierung, die getrost unter der Kategorie „rhetorische Frage" abgelegt werden konnte, ging endlich der Seufzer der Mobilisierung durch die Menge vor ihm, die Wotan mit seinen mehr oder minder gesetzten Worten nicht erreicht hatte.

„Herr Doktor Darner, wie können Sie nur …"

„Sagen S' einmal, sind Sie wirklich so ein …"

„Jetzt hör'n S' aber auf, Sie grauslicher Grobian, Sie …" – plötzlich hatten sich die Prioritäten verschoben, plötzlich war nicht mehr Maroni die akut Lebensgefährdete, sondern Schurli. Alle Wut, die sich seit Stunden aufgestaut hatte, drohte sich jetzt gegen ihn zu entladen. Wotan stieß sich von seiner Verzweiflung mit aller Kraft ab und holte so tief Luft, als ob er Lebensatem für die nächsten Jahrzehnte holen wollte. Und dann … dann dachte er schon wieder an seine Leidenschaft für berühmte Filme, an alle Szenen, in denen die Größten der Großen zu Reden, die die Welt verändern sollten, ansetzten.

Und … oh Wunder, es wirkte! Wotans Stimme schien alles zu durchdringen, ohne aber schrill zu klingen.

„Georg! Mein lieber Schulfreund! Oh, du mein Mitstreiter vergangener Jahrzehnte!

Wenn du in der internationalen Spitzendiplomatie tätig wärest … wir hätten inzwischen mindestens den fünften Weltkrieg! Du bist so ein unsensibles Trum … und vielleicht der schlechteste Psychologe, den ich je erlebt habe!"

„Wotan, verzeih, wenn ich mich jetzt schon verteidige … aber ich kann mir das leisten, weil ich bin ja mit einem der besten Psychologen befreundet."

„Jaja, schon gut. Aber mit Schmeicheleien wirst du jetzt auch nichts erreichen! Nein, im Ernst … was bitte hätte Herr Willi denn hineinschreiben sollen? Dass er Maroni auf jeden Fall umbringen wird? Dann kann er sicher sein, dass wir ihm auf keinen Fall das Testament aushändigen würden!"

„Ja, aber ... auch wenn mich jetzt alle lynchen – ich bleibe dabei! Dieser Unmensch ist doch klug, das hast du selber gesagt! Also, dann muss ihm doch klar sein, dass uns klar ist, dass er Maroni auf jeden Fall umbrächte – egal, was wir tun?

„Weißt du, Schurli, es gibt mehrere Variablen, die ins Unendliche reichen. Zum Beispiel ist das die Arroganz mancher Wahnsinniger, die glauben, dass alle anderen immer blöder sein müssen als sie selbst. Aber umso mehr gilt es, Maroni möglichst bald zu finden ... denn jetzt könnte sie wirklich noch am Leben sein! Bitte, überlegen wir doch, wo sie ..."

„Herr Perkowitz! Oh, küss die Hand, Frau Magistra! Grüß Gott, Herr Pfarrer ... meine Verehrung, Herr Furmaier ... Herr Wiesner." – vor hundert Jahren hätte wohl nur ein Hocharistokrat oder bestenfalls ein hoher Kleriker einen solchen Auftritt gewagt und gehabt. Aber heutzutage besaßen auch Persönlichkeiten wie Hofrat a. D. Doktor Maladini die ebenso nonchalante wie brutale Fähigkeit, sich durch große Menschenmengen mühelos einen Korridor zu bahnen.

„Sagen S' einmal, was ist denn hier los? Eigentlich wollte ich Ihnen nur einen lieben Freund von mir, Hofrat a. D. Diplomingenieur Doktor Kihrbrein, vorstellen ... ich hab Ihnen ja schon von ihm erzählt. Er war so wie ich als Hofrat der Salzburger Landesregierung tätig. Und weil er in der Baubehörde war, hat er jetzt in der Pension, die er so wie ich im Lungau genießt, aus Vergnügen den ehrenamtlichen Posten des Direktors des Hochofenmuseums da in der Nähe übernommen. Mein lieber Leopold, darf ich dir den jungen Herrn Perkowitz vorstellen ... ich hab dir ja schon so viel von ihm erzählt."

„Sehr erfreut, Herr Perkowitz. Wie mein lieber Freund Paul grad g'sagt hat, er hat wirklich schon einiges von Ihnen erzählt ... ich bin gespannt, was Sie mir noch alles berichten werden."

„Ja, Herr Hofrat ... natürlich ist es für mich eine besondere Ehre, Ihre Bekanntschaft zu machen, aber ..." – ein leises Murren der Menge zwang nun auch die beiden Hofräte, den Menschenauflauf zur Kenntnis zu nehmen.

„Ja, wirklich ... sagen S', was ist denn da los?"

„Ja, es ist etwas Schreckliches passiert! Ein weiterer Mord ... und noch ein Mord droht unmittelbar bevorzustehen."

„Nein, das ist ja fürchterlich!"

„Ja, schrecklich. Und es scheint, als ob der Herr Willi ..."

An dieser Stelle hätte Wotan mit verschiedenen Reaktionen der älteren Herren vor ihm gerechnet, aber das kurze Auflachen der beiden irritierte ihn jetzt doch ein wenig.

„Na, Leo, hab ich es dir nicht gesagt ..."

„Ja, Paul, wirklich ... also, das ist ja köstlich, das hätt ich nicht geglaubt."

„Sie müssen wissen, Herr Perkowitz, dass der Kollege Kihrbrein sehr neugierig ist, was Sie ihm über den Herrn Willi so alles erzählen können. Und prompt erwähnen Sie gleich seinen Namen."

„Ah so?"

„... und das erheitert mich natürlich schon ein bisserl. Weil ich bin schon sehr neugierig ... wie ist denn mein ehemaliger Student Harald Willi heute so? Glaubt er immer noch, dass er ohnedies alles mit Löffeln g'fressen hat ... und dass ihm alles geschenkt werden müsste und er alles Wissen und Tun eh nur ganz oberflächlich anzugehen braucht?“

„Na ja, also, wie soll ich sagen ...“ – vielleicht war es der angehende Psychologe in ihm, der ihn die Chance, die sich ihm da bot, sofort erkennen ließ. Auf jeden Fall war Wotan klar, dass er nun unverhofft einige Charaktereigenschaften des Mannes, mit dem er sich in den nächsten Stunden aller Wahrscheinlichkeit nach ein brutales Duell liefern würde, erfahren könnte.

„Aber erzählen doch zuerst Sie, Herr Hofrat, wie der Herr Willi als Student so war? Was war er denn für ein Mensch?“

„Na ja, wie gesagt, er war recht oberflächlich. Und faul, wenn ich mich richtig erinnere. Das Pech war halt, dass er durch seine Sonderbegabung von klein auf so verhätschelt worden ist, dass er auch später noch ...“

„Sonderbegabung? Was für eine Sonderbegabung?“

„Ah, das wissen Sie noch gar nicht? Na, da haben Sie ihn aber noch nicht wirklich kennengelernt. Er war ein begnadeter ... ja, wie soll ich das nennen? Er war kein großartiges Zeichengenie, dazu fehlte ihm die Originalität. Aber er hatte den Blick und die Fertigkeit, alles auf Papier perfekt nachzumachen. Er war ein Kopistengenie angeblich von Geburt an, was ich so gehört hab. Wir haben ihn immer den ‚Kalligrafen‘ genannt ... also, wörtlich übersetzt den ‚Schönschreiber‘. Wenn man das so auf Deutsch hört, dann wird das seiner Begabung nicht gerecht, aber auf Griechisch eben – ja, da klingt das so, wie er war. Nämlich nach viel mehr, als dahintersteckt. Aber ... um Gottes willen, gell, ich bitt Sie – nicht, dass Sie ihm erzählen, wie schlecht ich da von ihm red. Bitte, nein!“

„Keine Angst, Herr Hofrat, das würde keiner von uns je tun ... jetzt sicher nicht mehr.“

„Na, da bin ich aber froh. Na ja, sehr viel mehr kann ich Ihnen nicht berichten ... ich fürcht, da bin ich keine große Hilfe. Außer vielleicht noch, dass er ... aber, gell, wieder muss ich Sie bitten, ihm auf keinen Fall zu erzählen, dass ich Ihnen das ...“

„Aber nein, Herr Hofrat, versprochen ist versprochen.“

„Fein. Es war eben wegen seiner Sonderbegabung, dass er den meisten der Lehrenden eher ein Dorn im Auge war ... er konnte ja fast alles perfekt fälschen. Und das hat er auch weidlich ausgenützt ... und sich damit – angeblich – ein ziemliches Taschengeld verdient. Aber andererseits hat ihn die Universität immer wieder gebeten, sein Talent zugunsten offizieller Anlässe einzusetzen ... was weiß ich, zum Beispiel zum Ausschmücken feierlicher Einladungen mit altmodischen Initialen – na ja, so verschnörkelte Großbuchstaben am Anfang einer prächtigen Einladung eben. Und da war es den hohen Universitätsherrschaften durchaus recht, dass er das gekonnt hat.“

„Leo, du hast mir nie erzählt, dass du den Herrn Willi so gut gekannt hast!“

„Na ja, Paul, es hat sich halt nie ergeben.“

„Herr Hofrat, ich hätt jetzt noch eine Frage. Sie erzählen die ganze Zeit so spannend von ‚Ihrer‘ Universität. Aber, sagen S’ uns doch, auf welcher Universität waren Sie denn offenbar Professor?“

„Um Gottes willen, da scheint ein ganz ein falscher Eindruck entstanden zu sein ... nein, nein, ich war nie Professor! Ich war nur ein schlichter Lehrbeauftragter.“

„Und wo? Auf welcher Uni?“

„Herr Perkowitz, das hätt auch ich Ihnen erzählen können ... der Kollege Kihrbrein war Vortragender auf der Montanuniversität in der Steiermark, in Leoben.“

Leoben!

Montanuniversität!

Jetzt hatte er endlich alles begriffen ...

Wotan hatte zwar in den letzten Tagen einige Routine im Umgang mit Kreislaufzusammenbrüchen erworben, aber jetzt schien ihm, als ob endgültig sein letztes Stündlein geschlagen hätte. Die Welt um ihn herum begann sich zu drehen, die Sprache der Menschen wurde zu einem gedehnten Brei. Plötzlich verschwammen die Bilder vor seinen Augen, dann wurde es endgültig dunkel um ihn.

„Wotan, Wotan!" – „Woti, das kannst du mir doch nicht schon wieder ... jetzt bitte ..." – „Sein Puls ist dermaßen schwach ... aber das ist ja auch kein Wunder, bei all der Aufregung ..."

„HEUREKA! Ich habe alles verstanden! Jedes Detail, einfach alles! Es ist großartig!" – das Chaos der Sätze, das Wotan stückweise zu verstehen begonnen hatte, als er wieder heraufgedämmert war, endete schlagartig.

„Ah, das kenn ich schon ... das macht er immer, wenn er ohnmächtig war, weil er wieder eine seiner genialen Eingebungen gehabt hat." Schurli bezog sich offenbar auf Wotans Reaktion, nachdem er in der Kollerischen „Wahrsagerinnen-Hütte" niedergeschlagen worden war.

„Danke für das Kompliment, lieber Schurli!" Vorsichtig schob Wotan die auf seiner Stirn ruhenden Tantenhände von sich und richtete sich langsam auf.

„Ihre Bemerkungen, Herr Hofrat, von wegen des Kopistengenies Harald Willi – die waren das Puzzlesteinchen, das mir noch gefehlt hat, um gleich auf einen Schub mehrere wesentliche Details erklären und einordnen zu können. Und was Herrn Willis Studium an der Montanuniversität anlangt ... eigentlich hätte ich daran denken können, weil das wurde bereits am Stammtisch kurz erwähnt."

„Ja, und ... also, ich versteh nicht ganz, warum das so wichtig sein soll, dass Sie uns gleich in Ohnmacht fallen?"

„Herr Hofrat, das ist ebenso einfach wie kompliziert ... vor allem aber entscheidend. Allerdings, weil wir gerade so interessant plaudern – ich hätte noch eine wahnsinnig wichtige Frage. Kennen Sie sich mit Ketten aus?"

„Wie bitte?"

„Mit Ketten ... solche, wie sie mir der Herr Hofrat Maladini in der Folterkammer von Schloss Moosham gezeigt hat."

„Na selbstverständlich! Ich habe doch Metallurgie studiert und gelehrt!"

„Und der Herr Willi, der hat das auch studiert?"

„Ja, natürlich ... daher kenne ich ihn ja."

„Dann ... würden Sie bitte so freundlich sein, uns etwas zum Thema Ketten zu erzählen."

„Ah so, ja, natürlich ..." – Hofrat Kihrbrein ließ sich so eine Gelegenheit natürlich nicht entgehen und setzte gleich zu einer „mehrsemestrigen Vorlesung" über Geschichte und Materialeigenschaften von Ketten an. Allerdings hatte er nicht mit Wotans Ungeduld gerechnet, die in diesem Moment sogar über dessen – ansonsten ja übermäßig vorhandene – Höflichkeit triumphierte.

„Herr Hofrat, das ist ja alles faszinierend, nur leider haben wir jetzt nicht die Zeit für Ihre Ausführungen. Was uns vor allem interessiert – kann man den Abrieb von Ketten so fälschen, dass er sogar Spezialisten bezüglich des Alters täuschen kann? Also ... im

Gutachten stünde dann, dass die Partikel von Ketten aus dem 17. Jahrhundert stammen, obwohl sie in Wirklichkeit vorgestern hergestellt worden sind?"

„Nein, das geht nicht. Weil, alte Ketten haben weniger Verunreinigungen als neue ... da wird zum Beispiel kein Kupfer enthalten sein, sodass der Stahl bezüglich seiner Herstellungszeit nicht nur über die C14-Bestimmung datierbar ist."

„Und das kann man sogar in winzigen Partikelspuren, die man auf der Haut einer Toten gefunden hat, nachweisen?"

„Jaja, problemlos! Wenn Ketten mit einem Körper in Berührung kommen, so kann an der Haut Zunder – also Eisenoxid, im Gegensatz zu Rost, das ist Eisenhydroxid – haften bleiben."

„Und dieser Zunder ..."

„... der entsteht bei über fünfhundertfünfzig Grad Celsius."

„Das heißt, wenn ich will, dass eben in Vertiefungen auf der Haut eines Mordopfers Reste von jahrhundertealten Ketten gefunden werden, dann muss ich ... ja, kann man die nicht abschaben und dann auf die Haut auftragen?"

„Kaum – ich bin zwar kein Experte für Morde mittels Ketten, aber ich meine, dass entsprechende Spezialisten erkennen würden, dass diese Partikel nicht mit dem nötigen Druck aufgebracht worden wären. Und selbst wenn man sich die Mühe machen würde, zuerst die abgeschabten Partikel alter Ketten auf die Haut aufzutragen und nachher mit modernen Ketten draufzudrücken ... bei genauer Untersuchung würde auch das nicht das gewünschte Ergebnis bringen, da würde sich dann vermutlich eine Mischung aus alten und neuen Abrieben finden lassen. Nein, wenn man will, dass in Wunden, die mittels Ketten zugefügt wurden, eindeutig nur Spuren von alten Ketten gefunden werden, so muss man diese Wunden dem oder der Bedauernswerten schon mit originalen Ketten aus früheren Jahrhunderten beibringen. Aber, jetzt tät ich schon ganz gern wissen, was das mit meinem ehemaligen Studenten ..."

„Es tut mir leid, aber es sieht so aus, als ob Herr Willi eine Karriere als Doppelmörder und Nebenerwerbsentführer gemacht hätte."

„Das braucht Ihnen gar nicht leidzutun ... ich hatte auch schon früher kein wirklich gutes Gefühl bei ihm. Und was heißt das jetzt ... also, jetzt unmittelbar?"

Noch bevor Wotan antworten konnte, hatte Hofrat Doktor Maladini blitzschnell erkannt, dass er endlich wieder ganz vorne mitreden konnte.

„Das heißt, mein lieber Leo, dass der Herr Perkowitz, der Herr Pfarrer und ich jetzt wissen, dass der Herr Ratschinger ... ein Original, ein alter Bauer, der vor Jahrzehnten die Touristen durch Schloss Moosham geführt hat ... mit einer sehr unerwarteten Behauptung recht gehabt hatte. Der hat uns nämlich bei einem gemeinsamen Gespräch in der Folterkammer mit der Erkenntnis überrascht, dass bei einem Einbruch die Ketten in der Folterkammer ausgetauscht worden wären. Heute glauben wir zu wissen, dass das der Herr Willi beziehungsweise irgendein Helfer von ihm war, der die alten Ketten gestohlen und durch neu geschmiedete und auf alt getrimmte Ketten ersetzt hat."

„Nein, mein lieber Paul, da bin ich mir fast sicher, dass er das nicht getan hat."

„Leopold, es tut mir leid, wenn ich dir den Glauben an deinen ehemaligen Studenten rauben muss, aber wir sind uns sehr sicher, dass er ..."

„Nein, nein, Paul, du missverstehst mich! Ich wollte damit nicht sagen, dass ich in Frage stelle, dass es Harald Willi war, der da eingebrochen ist und diese anderen Scheußlichkeiten begangen hat. Was ich aber ganz massiv bezweifle, ist, dass er neue Ketten geschmiedet hat. Ich könnte mir nur vorstellen, dass er ganz einfach neue Ketten gekauft und diese dann bearbeitet hat, damit sie als Double der uralten Ketten durchgehen."

Mit einer Handbewegung, die sogar dem vorhin imitierten Julius Cäsar zur Ehre gereicht hätte, brachte Wotan die wieder „aufschnatternde" Menge zum Schweigen.

„Herr Hofrat, jetzt hätte ich noch eine Frage ... und, ich glaube, es ist die entscheidende. Hätten Sie irgendeine Idee, wo sich der Herr Willi jetzt aufhalten könnte? Hatte er zum Beispiel während seiner Studienzeit Vorlieben für bestimmte Orte? Oder hat er irgendwann einmal irgendetwas angedeutet, was uns jetzt helfen könnte, ihn zu finden? ... Sie merken schon, wir sind wirklich verzweifelt, wir stochern nur im Dunkeln, wir greifen nach jedem Strohhalm. Hätten Sie einen solchen für uns?"

„Herr Perkowitz, es tut mir schrecklich leid, aber ... nein, ich fürchte, ich kann Ihnen da nicht weiterhelfen, so gern ich das auch täte."

Aus!

Vorbei!

Das Entsetzen, das Wotan unmittelbar überflutete, begann er plötzlich zu lieben! Er hoffte, dass es so stark wäre, dass es ihn – erst recht nach den Belastungen der vergangenen Tage – umbringen würde. Er wollte nicht mehr! Er konnte nicht mehr!

Der Gedanke, jetzt nichts mehr tun zu können, als darauf zu warten, bis sie die verkohlte oder wie immer grausamst zugerichtete Leiche Maronis finden würden, der ... der war nicht einmal das Allerschlimmste. Sondern der Gedanke, genau diesen Gedanken nie mehr loswerden zu können – das Gefühl, das er in dieser Sekunde verspürte. Wie ein Feuer, das in einem Hohlraum zu wüten versuchte, der eigentlich mit Gedanken und mit Gefühlen vollgefüllt sein sollte, der aber nun nicht einmal mehr zum Ausbrennen taugte. Ein Vorgeschmack auf die Hölle, ein ...

„Allerdings, wenn ich es mir recht überlege ... doch, ja, einen Hinweis könnte ich Ihnen vielleicht doch noch geben."

„Jaaa?!"

„Na ja, wie gesagt – natürlich könnte Willi mit seinem Wissen die neuen Ketten selber auf alt getrimmt haben. Wenn er zum Beispiel die Ketten nächtelang zuerst ins Freie ... vielleicht sogar bei Regen ... und dann immer wieder übers Feuer gehängt, und sie dann auch noch wiederholt mit Hammer, Amboss und Koksfeuer bearbeitet hätte, dann würden sie wie Ketten vergangener Jahrhunderte aussehen. Aber! Dieser künstliche Alterungsprozess von Ketten, der müsste eigentlich entsetzlich stinken ... und sehr laut wäre er auch."

„Also, das kann er dann weder in der Post noch im ‚Matsch, Moor & much more' gemacht haben." – die logische Folgerung, die Furmaier als Erster formuliert und auch gleich mit der alles entscheidenden Frage „Aber wo dann?" abgeschlossen hatte, drang nur mehr bruchstückhaft zu Wotan durch. Er hatte zwar inzwischen genügend Erfahrungen mit diesem Phänomen gesammelt, aber das hieß nicht, dass er inzwischen damit umgehen konnte. Erneut plagte ihn eine Art Gehirnblockade, eine spezielle Form des Denkstillstands. Immer, wenn ein Gedanke, den er tief unten abgelegt hatte, glaubte, das Recht zu haben, sich in den Vordergrund zu schieben ... dann kam es zu diesem Informationsverkehrsstau auf seinen Hirnboulevards und Nervenkreuzungen.

„Herr Perkowitz, erinnern Sie sich vielleicht noch, wie ich Ihnen ..."

„Herr Walburga, Sie sind ein Genie!"

„Immer gerne! Aber ... warum diesmal?"

„Weil Sie mich soeben daran erinnern, was Sie mir in der Post erzählt haben. In dem Immobilienpaket, das dann letztlich der Herr Willi gekauft hat, da war doch neben dem Gasthof Post und dem Grundstück, wo jetzt das ‚Matsch, Moor & much more' steht, auch eine einsame Alm mit einer kleinen Hütte enthalten. Und diese Hütte, die war eine Schlafstatt für Bergknappen ... und Sie haben mir auch vom Einstieg in ein weit verzweigtes Stollensystem erzählt, den es in der Hütte geben soll. Liegt diese Alm am Ende gar im Schwarzbachtal? ... vielleicht sogar ganz in der Nähe vom ‚Höllenofen'?"

Peter Walburga war klug genug, die Frage nur mit einem Kopfnicken zu beantworten – ein „Ja" wäre wohl im Jubel aller untergegangen.

Freitag, 18. Juli 2008, 14.30 Uhr

„Also gut, wir sind uns einig, dass Willi versuchen wird, Maronis Tod nach der Übergabe des Kollertestaments als ein Fanal, eine Reminiszenz an die Hexenhinrichtungen der Jahre 1682 und 83 über die Bühne gehen zu lassen. Und wir sind uns auch einig, dass er das vermutlich nicht auf der Schwarzbachtalalm inszenieren wird, sondern an dem Platz, von dem er glaubt, dass dort einst die Lungauer Richtstätte war ... wieder so ein Detail, das mich schon früher auf ihn als Täter hätte kommen lassen müssen. Aber, mein Gott, ich war halt zu ... na, egal.“

„Vermutlich wird Willi Maronis Hinrichtung wieder beim Lindbühel inszenieren wollen. In seiner Hütte im Schwarzbachtal wird er zwar die gefälschten Ketten auf alt getrimmt haben, aber jetzt werden sich er und seine Helfer vermutlich schon irgendwo in der Nähe vom Lindbühel aufhalten.“

„Na dann ... worauf warten wir noch! Wir nehmen alle unsere Gewehre mit zum Lindbühel und dann ...“ – ironischerweise hatte sich einer der ärgsten Säufer, der Wotan schon am Vormittag im Gasthof Mohinger besonders unangenehm aufgefallen war, zum Sprachrohr der aufgebrachten Bürgerinnen und Bürger gemacht. Wotan war über den unangebrachten Heldenmut nicht einmal sonderlich überrascht, er hatte schon begriffen, dass für einige hier Alkohol und Feindbilder die notwendigen Lebenselixiere darstellten. Vor zwei Wochen hatte sich die Wut dieser elenden Kreaturen noch gegen „die Hexe Barbara Koller“, dann gegen „den neuen Zauberer-Jackl“, also gegen ihn selbst, dann gegen den „Teufel mit dem Zauberelixier“, den Kindsbauer Fischlacher, gerichtet ... und jetzt wollten die Leute eben das Blut von Harald Willi sehen. Einen kurzen Moment war Wotan versucht, die armselige Versammlung aus wackligen Trauergestalten einfach in ihr Verderben ziehen zu lassen, aber dann meldete sich doch sein Gewissen so lautstark, dass er mit schneidender Stimme jegliche Rachegelüste im Keim zu ersticken versuchte.

„Sind Sie wahnsinnig? Sie besoffener Vollidiot, ist Ihnen überhaupt klar, was Sie da gerade vorgeschlagen haben? Sie, mit Ihrem Rausch ... Sie und Ihre ebenso erbärmlichen Saufbrüder, Sie wollen gegen den Herrn Willi und seine Helfer in den Krieg ziehen? Gegen sicherlich ausgezeichnet trainierte und bestens bewaffnete Kampfprofis? Einer von denen würde mühelos zwanzig von Ihnen in nur einer Minute töten!"

„Na und, mei Frau ... die warat dann aber stolz auf mich!"

„Ah so? Sind wir wirklich wieder so weit, dass die Erinnerung an einen zuletzt ach so tapferen Toten mehr wiegt als selbst ein so armseliges Leben wie das Ihre? Wissen Sie, wie Sie Ihre Frau wirklich stolz machen können? Hören S' zum Saufen auf! Aber reden Sie sich bitte nicht ein, dass das begeisterte Hineinstürmen in den eigenen Tod auch nur irgendetwas Heldenhaftes an sich hätte! Nein, Sie alle bleiben in Sicherheit ... hier im Dorf. Herr Mohinger? ... ah, da sind Sie ja!" – Wotan suchte den jungen Polizisten und fand ihn bei Furmaier und seiner Tante stehen.

„Wie lange braucht die Verstärkung noch, die Sie angefordert haben?"

Beim Wort „angefordert" hatte das Gesicht des Ordnungshüters eine leicht rötliche Farbe angenommen, aber Wotan brauchte einige Sekunden, um zu begreifen, dass ...

„Wie bitte? Sie haben noch keine ... also, andere Dienststellen wissen noch gar nicht, dass wir sie hier dringendst ..."

„Nein, nein, so nicht!"

„Na Gott sei Dank! Einen Moment lang habe ich jetzt geglaubt, dass Sie tatsächlich noch keine zusätzlichen Beamten angefordert hätten."

„... na ja ... wie soll ich das erklären ... also, informiert haben wir die Kollegen natürlich schon ... über die Entführung der jungen Dame ... ja, also nach ihr hält sicher inzwischen jeder Polizist Ausschau."

„Aber?"

„Na ja ... aber so richtig um Verstärkung ... bei der Aufregung ..." – offensichtlich hatte Wotans Kreislauf beschlossen, für heute nicht mehr zu kollabieren, ansonsten wäre er nun wohl mit einem Blutunterdruck von achtzig zu fünfunddreißig zusammengefallen. An den Gesichtern der anderen, in denen sich ein interessantes Mienenspiel aus Angst, Wut und Hoffnungslosigkeit zeigte, erkannte er, dass auch sie sich zu einem gemeinschaftlichen Herzinfarkt oder Ähnlichem hingelegt hätten.

Allerdings ... Maroni?

Das war der Moment, in dem sich wahre Autorität zeigte ... oder, besser gesagt, die „Ware Autorität", denn es begannen sich sofort diejenigen als Retter in der Not zu positionieren, die kraft ihres Geldes oder ihrer Amtsposition über Jahrzehnte Autorität wie einen Gegenstand erworben zu haben glaubten.

Der Bürgermeister Doktor Hangerer dozierte in die eine Richtung, Hofrat Doktor Maladini in die andere, Hofrat Diplomingenieur Doktor Kihrbrein übte sich als Schlachtenplaner, selbst Furmaier und Tante Agathe versuchten sich – nicht sehr erfolgreich – als Krisenmanagement-Führungskräfte. Möglicherweise wäre dieses vollendete Chaos noch so lange weitergegangen, bis von Fräulein Zillerberg nur mehr ein Häufchen Asche übrig gewesen wäre, wenn nicht die einzige Person am Platz, die zwar – quasi per Berufsdefinition – kaum Geld und – in der heutigen Zeit – so gut wie keine Amtsmacht mehr besaß, allerdings nach wie vor die ländliche Verkörperung natürlicher Autorität zu sein schien, das Wort an sich gerissen hätte ... um es gleich wieder weiterzugeben.

Als ob er mindestens gegen den Teufel anpredigen müsste, erhob Pfarrer Wobien seine Stimme und beendete mit nur drei mal drei Worten alle weiteren Diskussionen um die Befehlsgewalt in dieser dramatischen Situation.

„Herr Perkowitz, bitte! Was meinen Sie? Wie tun wir?“

„Ja, also ... Herr Pfarrer ... ich ...“ – Wotan sah den liebevollen „Tantenblick“, der ihn schon vor Jahrzehnten bei seinen ersten eigenen Schritten ermuntert hatte. Er sah die konzentriert-positiven Blicke Furmaiers und Wiesners, die ohne jede falsche Bewunderung auf seine weiteren Argumente warteten. Er sah Schurlis ironisch-klugen Blick, der ihn an die Mechanismen all ihrer Witze, die sie über die Jahre gerissen hatten, erinnerte. Und er sah ... er sah wirklich den Blick, den er in dieser Sekunde wohl am allerliebsten in natura vor sich gehabt hätte – er sah die Augen Maronis, die ihn fröhlich-lächelnd ihres Wohlwollens versicherten.

„Gut. Wir machen Folgendes: Wie viele Polizisten sind im Moment hier? Vier? O.k.!

Vorweg! Wir haben es mit aller Wahrscheinlichkeit nach mit schwerbewaffneten, gut ausgebildeten und extrem brutalen Verbrechern zu tun. Daher – wer sich weder geistig noch körperlich in der Lage sieht, sich dieser Bande entgegenzustellen ... den kann ich sehr gut verstehen. Daher schlage ich vor, dass nur die vier Herren von der Polizei zum Lindbühel fahren und dort ...“

„Herr Perkowitz, ich bin keiner von denen, die unbedingt den Heldentod sterben müssen, aber die Maroni kenne ich seit Jahren, sie hat auch heute bei mir gearbeitet, bevor sie entführt wurde ... ich gehe auf jeden Fall mit. Und im Übrigen bin ich gar kein so schlechter Schütze!“ – Wotan war nicht verblüfft, dass sich Furmaier sogleich auf die Seite der kleinen Anti-Willi-Eingreif-Truppe stellte. Und dass sich Wiesner ebenso rasch wie wortlos dazugesellte, verwunderte ihn auch nicht. Aber alle anderen, ohnehin aussichtslosen „Heroisierungsversuche mit inkludierter Selbstbeweihräucherung“ konnte Wotan mit scharfen Blicken und Gesten zunichte machen. Zufrieden stellte er fest, dass sich die Zeiten diesbezüglich zum Guten gewendet hatten – die Begeisterung, mit der frühere Generationen Mitteleuropas ganz selbstverständlich für irgendeinen „Führer“ zu sterben bereit waren, war in den letzten Jahrzehnten gegen Null gegangen.

Nur bei Schurli, der sich hinter den vier Uniformierten und Furmaier und Wiesner verstecken wollte, um sich seinen Heldenmut nicht doch noch ausreden zu lassen, hatte sein „Bannblick“ versagt.

„Schurli, nein! Du gehst mit mir ... und ich würde übrigens auch einen der Herren von der Polizei bitten, mit uns ins Schwarzbachtal zum ‚Höllenofen‘ beziehungsweise zur Almhütte zu ziehen. Ich bin mir zwar sicher, dass erst wieder um Mitternacht einer der Helfer dort sein wird, um nachzusehen, ob wir nicht doch noch das Testament von der Frau Koller gefunden und in das Felsloch hineingeworfen haben ... aber man weiß ja nie. Herr Mohinger, Sie wissen sicher, wo dieser ominöse Übergabeort ist, oder? Ja ... dann ... für Maroni!“

Freitag, 18. Juli 2008, 17.30 Uhr

„So, weiter sollten wir nicht mehr fahren, weil die Schwarzbachtal-Almhütte, die ist da gleich hinter der nächsten Kehre.“

„Na gut, dann schleichen wir uns eben wie die Indianer an und ...“

„Wotan, geh, wartet bitte einen Moment. Ich wollte dich nämlich noch etwas fragen – du hast da vorhin was von einer Verwechslung der Hinrichtungsstätten gesagt. Was hast du denn damit genau gemeint?“

„Schurli, ich hab doch auch gesagt, dass ich das alles erst beim großen Festessen aufklären werde.“

„Ja, schon, aber ... wer weiß, ob wir beide dann noch ... also, so fröhlich zusammen sein können.“

Wotan starrte seinen Freund verblüfft an. Offenbar hatte er dessen schauspielerisches Talent massiv unterschätzt, offenbar war er doch nicht so cool, wie er den ganzen Nachmittag über getan hatte.

„Also gut ... Schurli, Herr Mohinger. Mit dieser Verwechslung vom Lindbühel und dem Rapfaller, das war folgendermaßen ...“ – auf die Idee, dass er nicht mehr die Gelegenheit haben könnte, von allen Details zu erzählen, die ihn letztlich auf Harald Willi als Täter gebracht hatten – auf diese Idee wäre Wotan bei allem Wissen um die und Respekt vor der Brutalität ihrer Gegner nicht gekommen. Was wäre tatsächlich, wenn sie hinter der nächsten Forststraßenkurve nicht eine leere Hütte, sondern die sprichwörtliche Höhle des Löwen erwarten würde? Als Löwenbändiger sah sich Wotan wirklich nicht, vielleicht sollten sie doch noch umkehren?

Nein!

„... und natürlich hat der Willi nicht nur den Abschiedsbrief vom Kindsbauer gefälscht, er hat auch dieses Papierfetzerl von dem angeblichen ‚Zauberelixiers-Testament‘, das er – rein zufällig – genau unter dem Sitzplatz vom Fischlacher gefunden hat, wunderschön designt. So, aber weitere Details dann wirklich später ... und Schurli, wenn du willst, erzähle ich sie dir auch ganz langsam, damit du sie nach deinem dritten Bier noch verstehen kannst."

„Wotan, du bist und bleibst ... ja, hoffentlich bleibst du, bleiben wir alle. Also, auf geht's!"

Alle drei verließen den Wagen, um sich möglichst lautlos um die nächste Kurve zu schleichen. Da – gleich dahinter stand die Almhütte. Irgendwie erinnerte dieses Bild Wotan an seine „Hiafalm-Premiere" vor zehn Tagen – wieder rührte sich kein Lufthauch, nicht einmal Vogelgezwitscher war zu hören. Nur ein leises Knallen ...

Das Nächste, woran sich Wotan erinnern konnte, war, dass er in einem Graben gleich neben der Forststraße lag und sich seinen linken Arm massierte, der offenbar beim Hineinstürzen etwas abbekommen hatte.

Nein, vorher war noch etwas gewesen – da war noch ein gebrülltes Wort, das so wie „Hierher!" geklungen hatte. Ein heftiges Knallen, eine blitzschnelle Bewegung des Polizisten neben ihm, dann das „Hierher!" und dann ein Reißen an seiner Kleidung ... und dann der Sturz in den Graben.

Über sie pfiffen Kugeln hinweg, denn etwas anderes konnte diesen Lärm wohl kaum erzeugt haben. Als der Schmerz nachließ, versuchte sich Wotan zu orientieren. Er hatte inzwischen so weit wegkriechen können, dass Schurli und er im Moment in Sicherheit waren. Und Herrn Mohinger war es auch gelungen, sich neben ...

Magister Baldur?

Nein, er hatte keine Halluzination! Wotan lag tatsächlich in einer zum Schützengraben umfunktionierten Vertiefung nahe einer Forststraße in den entlegensten Salzburger Alpen, neben ihm ein Beamter der Mordkommission, während auf sie aus der nur einige Meter entfernten Hütte heftig geschossen wurde.

„Grüß Gott, Herr Perkowitz! Um offen zu sein, ich weiß im Moment nicht so ganz, ob ich mich über ihrer aller Anwesenheit freuen soll. Andererseits muss ich zugeben, wenn Sie alle nicht gerade jetzt gekommen wären, wäre ich vermutlich schon tot ... also, so gesehen, herzlich willkommen!“

Selbst in dieser Situation musste Wotan über den unterkühlten Humor Baldurs lächeln.

„Danke vielmals, und auch wir sind ...“ – die restlichen Worte gingen allerdings im Sirren einer Gewehrsalve unter. Es bedurfte einiger Übung, sich bei diesen akustischen Missständen unterhalten zu können, sodass er erst nach einigen Sekunden verstand, was sich ereignet hatte.

Die Polizei hatte nach dem Mord an Barbara Koller neben einem Mistkübel direkt bei der Koller'schen Hütte nicht nur Reifenspuren von Motocross-Motorrädern, sondern auch zwei ordentlich in einem Papiertaschentuch verstaute und im Mistkübel korrekt entsorgte Kaugummis gefunden. Auf ihnen ließen sich genetische Spuren nachweisen, die laut Interpol-Datenbank zu zwei gesuchten Killern aus dem Umfeld östlicher Geheimdienste passten, welche aber vor drei Jahren verschwunden waren ... man nahm an, dass sie sich neue Gesichter hatten „schneiden“ lassen. Daraufhin hatte die Polizei eine versteckte Videokamera mit Lichtschrankenauslöser bei eben diesem Mistkübel installiert, allerdings ohne große Hoffnung.

„Aber, Herr Perkowitz, Sie als angehender Psychologe kennen sicher diesen lustigen Mechanimus: Ich habe vergessen, weil ich nicht vergessen habe, es zu vergessen! ... gut, gell? Ja, dieser Satz macht insofern Sinn, als dass er Folgendes meint: Eine Tätigkeit, die man automatisch täglich verrichtet – wie zum Beispiel Zähneputzen oder ein Medikament einnehmen –, also, dass man das schon getan hat, kann man gerade dann am ehesten vergessen, wenn man die Tätigkeit genauso wie immer ausgeübt hat. Und so ist es auch diesen beiden ergangen, obwohl sie wahrlich Profis in ihrem blutigen Handwerk sind. Weil die beiden sich eben nicht mehr erinnern konnten, ob sie – wie üblich – die gekauten Kaugummis im Mistkübel entsorgt oder sie einfach so auf den Boden gespuckt haben, wo wir sie hätten finden können, sind sie brav zu dem Mistkübel zurückgekehrt und prompt in unsere Videofalle getappt. Ich muss zugeben, das finde ich auch heute noch köstlich, weil einen Kaugummi, der irgendwo in den Büschen gelegen wäre, hätten wir vielleicht gar nicht gefunden. Genau das Verhalten also, von dem die geglaubt haben, dass es sie nicht überführen würde, hat uns zu ihnen geführt ... köstlich, nicht wahr?“

Wotan tat sich schwer, Baldurs Begeisterung zu teilen, erst recht, da ihm gerade wieder ein unangenehmes Licht aufgegangen war.

„Herr Magister, lassen Sie mich raten, das war am vergangenen Sonntag, dem 13. Juli, in der Nacht, so gegen 23 Uhr. Stimmt's?“

Gerade in der Enge des Schützengrabens konnte er spüren, wie der Kriminalbeamte plötzlich von ihm abzurücken versuchte, da ihm Wotans hellseherische Fähigkeiten unheimlich waren.

„Ja! Woher wissen Sie das?“

Selten hatte Wotan eine Antwort so sehr genossen wie in diesem Fall – immerhin gab sie ihm die Möglichkeit, sich ein ganz klein wenig für die Schmach des Verhaftungsverhörs zu rächen. „Ich habe auch so meine Methoden.“

Auf jeden Fall war die Polizei damit auf Harald Willi gestoßen. Der war sofort der Mordverdächtige Nummer eins, da die Vermutung nahelag, dass diese „Handlanger fürs Gröbste“, die sich nun Otto und Mako nannten, immer nur im Auftrag eines Vorgesetzten töteten.

Das einzige, nicht unwesentliche Problem war, dass die Polizei keine Beweise gegen Harald Willi gefunden hatte, weshalb auch die beiden „Mietkiller“ noch nicht verhaftet waren. Denn zweifellos würden diese den österreichischen Verhörmethoden mühelos standhalten und kein Sterbenswörtchen über ihren Auftraggeber verraten. Es schien daher klüger, die drei vorerst weiterhin zu beobachten, in der Hoffnung, dass sie sich irgendwie verraten würden.

„Und ... weil wir im Zusammenhang mit der vermuteten Tötung an dem Herrn Fischlacher und der Entführung von dieser jungen Frau angenommen haben, dass wir sehr bald werden einschreiten müssen, habe ich mich erbötig gemacht, quasi in der Verkleidung eines gewöhnlichen Spaziergängers einen der möglichen Schauplätze zu erkunden und zu observieren. Und kaum war ich hier, wollte ich einen Blick in die Hütte werfen ... na, und den Rest können Sie sich vorstellen. Ich hab's gerade noch geschafft, mich hierher zu retten ... und dann waren ohnedies Sie schon zur Stelle.“

„Ja, aber, Herr Magister, eines versteh ich nicht. Wieso haben Sie denn mit Ihrem Handy nicht sofort um Hilfe telefoniert?“

„Sehen Sie dieses komische Ding da oben am Hüttendach ... das mit den vier kurzen Antennen?“ – vorsichtig hob Wotan seinen Kopf, um einen Blick auf ein nüchternes, weißes Kästchen zu werfen.

„Ja ... und?“

„Das ist ein Handy-Störsender! Ich geb's ja nur ungern zu, aber dieser Herr Willi ist nicht blöd. Der denkt wirklich an alles."

Na, hoffentlich nicht!, dachte sich Wotan, aber er sagte nichts – erst recht, da er Baldur bei seinen Aktivitäten nicht stören wollte, mit denen dieser soeben begonnen hatte. Wotan hörte nur ein kurzes Flüstern zwischen den beiden Polizisten, dann sah er, dass sie ihre Waffen gezogen und entsichert hatten.

„So, Herr Perkowitz, Herr ..."

„Doktor Darner, Doktor Georg Darner."

„... Herr Darner, der Kollege Mohinger und ich versuchen jetzt einen Ausfall zu machen, da wir ansonsten nur darauf warten könnten, abgeknallt zu werden. Sie beide bleiben hier liegen, bis wir den Herrn Willi und wen auch immer außer Gefecht gesetzt haben. Keine Heldentaten, verstanden?"

Noch nie hatten Wotan und Schurli ein so einmütiges und so heftiges „Ja!" genickt.

Und dann ging alles sehr schnell.

Wotan und Georg hoben leicht ihre Köpfe, um den beiden bei ihrem Befreiungssturm zuzusehen. Tatsächlich gelang es ihnen, kaum dass sie erstaunlich behände den schützenden Graben verlassen hatten, in Richtung Harald Willis zu stürmen, der von ihnen aus gesehen links von der Hütte stand, und mehrere Schüsse auf ihn abzufeuern, noch bevor dieser mit seinem Gewehr, das er gerade etwas lockerer gehalten hatte, reagieren konnte.

Zwei Seelen, ach, in Wotans Brust ... er konnte nicht hinsehen, aber auch nicht wegsehen. Er hatte zwar letzte Woche schon eine grausam zugerichtete Leiche zu Gesicht bekommen, aber ob er auch den Anblick eines zerfetzten Brustkorbs ohne größeren Seelenschaden wegstecken könnte, würde er ...

Nichts!

Kein zerfetzter Brustkorb!

Die beiden Polizisten feuerten unter entsetztem Gebrüll, aber Harald Willi stand nach wie vor unbeeindruckt grinsend da, legte ganz langsam seine Waffe an und ...

„Der Zauberer-Jackl!" – nun schämte sich Wotan nicht, allen Ernstes auch diese Möglichkeit in Erwägung zu ziehen. Vielleicht war ja der eine oder andere Schuss danebengegangen, aber gleich alle? Und Platzpatronen würden die Herren Polizisten ja wohl kaum geladen haben. Also – stand vor ihnen der einzig legitime Erbe des Fürsten der Finsternis, der sie nun ...

Noch bevor Wotan die kalte Hand des größeren der beiden Hünen in seinem Genick spürte, sah er aus den Augenwinkeln eine blitzschnelle Bewegung hinter sich und Schurli. Aber selbst wenn ihre Reaktionsfähigkeit besser trainiert gewesen wäre, sie hätten beide keine Chance gegen den Muskelberg gehabt, der wie von Geisterhand zwischen ihnen aufgetaucht war und sie beide am Genick gepackt hatte. Trotz ihres Zappelns und Um-sich-Schlagens trug sie dieser Nachfahre aus dem Geschlecht der Riesen nun scheinbar mühelos in Richtung der anderen. Um sie ruhigzustellen, schüttelte er sie wie junge Katzen, sodass ihnen gleich schwarz vor Augen wurde.

Dass sich sein Kreislauf recht rasch wieder beruhigt hatte, bedauerte Wotan zutiefst, als er das Ausmaß der Katastrophe begriff, in die sie hineingeschlittert waren. Denn parallel zur Attacke auf Schurli und ihn hatte die andere menschliche Kampfmaschine die beiden Polizisten, die vor Entsetzen über die Ergebnislosigkeit ihrer Schüsse panisch reagiert hatten, niedergeschlagen und zu fesseln begonnen. Und nachdem er die Pakete geschnürt hatte, wandte er sich Wotan und Georg zu ... und er schien dabei richtig Spaß zu haben.

„Aus! Otto, Mako, aus!“ – es waren diesselben Worte, die Wotan bereits beim Zwischenfall in der Post gehört hatte, mit denen Willi seinen „zweibeinigen Kampfhunden“ befahl, von ihren Opfern zu lassen.

„Na so was, gleich eine ganze Völkerwanderung ... na ja, der Schwefel wird schon für mehr als nur für das junge Mäderl reichen, da hab ich keine Sorge.“

„Herr Willi, bilden Sie sich doch nicht ein, dass Sie auch nur die geringste Chance zur Flucht haben. Selbstverständlich sind alle verfügbaren Einsatzkräfte informiert, wo wir sind ... und sie werden in Kürze ...“ – Baldur gab nur mehr einen erstickten Laut von sich, als Willi ihm seinen Ellbogen mit aller Wucht zwischen die Zähne rammte.

„Gusch! Sag, hältst du mich wirklich für so deppert, dass ich nicht alles bis ins Letzte geplant habe? Wenn ihr wirklich auch nur den geringsten Beweis gegen mich hättet, dann stünde doch schon mindestens eine halbe Armee hier vor meiner Hütte! Nein, meine Lieben, ihr seid's entweder durch Zufall oder auf ‚schlecht Pech‘, weil ‚gut Glück‘ war es ja für euch wirklich nicht ... hierhergekommen, und jetzt spielt ihr euch ...“

„Entschuldigen Sie vielmals, Herr Diplomingenieur Willi ... und ich würde Sie höflichst ersuchen, mir nicht auch noch die Kiefer zu brechen beziehungsweise Zähne auszuschlagen, aber ...“ – jetzt wusste Wotan, wie man sich vor den berühmten letzten Worten fühlte, auch wenn er lieber auf diese Erfahrung verzichtet hätte – „... aber der Herr Magister Baldur hat schon recht gehabt. Wir wissen von ihren Malversationen und ..."

„Diplomingenieur? Woher wissen S' denn das?"

„Vom Herrn Hofrat Diplomingenieur Doktor Kihrbrein."

„Was? Wo haben Sie denn den alten Kihrbrein getroffen? Der krebst doch nur in seinem Hochofenmuseum da hinten herum ... na, und Sie, Sie sollten doch schön brav auf der Alm Ihrer Tante Ihren akademischen Arbeiten nachgehen!"

„Na ja, der Herr Hofrat Maladini hat ihn mitgebracht ... gerade, als ganz Sankt Nepomuk von Ihren Verbrechen erfahren hat, weil wir inzwischen lückenlos rekonstruieren konnten, dass Sie zuerst die Frau Koller und dann den Herrn Fischlacher ermordet haben und jetzt vermutlich die Maro... also, das Fräulein Zillerberg in Ihrer Gewalt haben."

„Lückenlos?"

„Na ja, nein – da haben Sie vermutlich recht. Wir wissen sicher noch einiges nicht, was aber zur Aufklärung wesentlich sein ..."

„Wissen? Wissen! Ich werd dir Klugscheißer sagen, was ihr wisst's ... nämlich vielleicht gar nicht einmal so wenig. Aber haben tut's ihr nix! Also ... was Beweise anlangt! Und deshalb werde ich jetzt ganz wie geplant die Sache hier durchziehen ... und ihr werdet unglücklicherweise genau dann den Tod finden, wenn zig Leute bestätigen können, dass ich bei ihnen war. Also, Depperter, mit einem Wort – ich werde das perfekte Alibi haben!"

„Sehr interessant, Herr Diplomingenieur" – auch Georg hatte erkannt, dass diese Bestie etwas besänftigter schien, wenn man sie akademisch korrekt ansprach – „könnten Sie uns zeigen, wie Sie das machen wollen? Weil, wenn wir eh sterben, dann würden wir wenigstens darum bitten, nicht dumm sterben zu müssen. Und so eine Teufelsmaschine täte mich ... und ganz sicher auch die anderen ... schon interessieren."

„Ja, sehr ... erst recht, da Sie ein Mann zu sein scheinen, der – was uns angesichts Ihrer Studienleistungen keineswegs verwundert – mit allen möglichen technischen Tricks arbeitet. Der Handy-Störsender auf dem Dach Ihrer Hütte, die schusssichere Weste ..." – Wotan konnte trotz seiner unbequemen Fessellage erkennen, dass den drei anderen beinahe die Augen übergingen.

„Ah, Sie sind doch nicht ganz so blöd ... schau an, schau an. Jaja, das hier ..." – mit einem diabolischen Grinsen hob Harald Willi sein T-Shirt an, unter dem eine moderne und offenbar effiziente schusssichere Weste zum Vorschein kam – „... das hier war kein schlechter Gag, oder? Na ja, aber jetzt brauch ich sie ja sicher nimmer ... und, obwohl diese Dinger natürlich wesentlich bequemer sind als die Kettenhemden der Ritter von vor Jahrhunderten, sind sie immer noch nicht ganz atmungsaktiv." Während er und seine beiden Handlanger über diesen ach so gelungenen Scherz lauthals lachten, zog sich der doch nicht mit dem ewigen Leben Gesegnete zuerst das T-Shirt und dann die Weste aus, bevor er kurz in der Hütte verschwand und in einem frischen Polo-Shirt zurückkam.

„Stimmt, Sie haben recht, dumm sterben soll niemand! Also ..." – mit begeistertem Schwung öffnete Harald Willi die Tür zu einem fensterlosen Schuppen, der an die Rückwand angebaut war. Nachdem sich Wotans Augen an das Dämmerlicht gewöhnt hatten, sah er das Häufchen Elend, das an einen Stuhl gefesselt und mit verbundenen Augen mitten im Zimmer saß. Gerne hätte ihr Wotan ein aufmunterndes Wort zugeflüstert, aber zum einen traute er sich nicht und zum anderen ... ihm fiel nichts ein, was angesichts ihrer momentanen Lage nicht nur nach blankem Hohn geklungen hätte.

Freitag, 18. Juli 2008, 17.45 Uhr

Die Vorrichtung, mit der Maroni – und jetzt wohl auch sie – hingerichtet werden würden, war ebenso einfach wie genial. Der Mechanismus begann mit einer großen Kerze, über die eine hauchdünne Glasglocke mit mehreren kleinen Löchern am unteren Rand gestülpt war. Über diesem Arrangement war wiederum eine feine Phiole mit einer durchsichtigen Flüssigkeit fixiert. Außerdem waren im ganzen Raum – unüberriechbar – zahlreiche Schwefelbrocken verteilt.

„Also, aufgepasst, bei mir können Sie alle noch was lernen ... wenn Sie damit auch nicht mehr viel anfangen werden! Hier, die Kerze, die zünden wir erst an, wenn wir weggehen. Dank dieser kleinen Löcher strömt immer wieder genug Sauerstoff nach, sodass die Flamme weiterbrennt und nach einiger Zeit die Luft unter der Glocke dermaßen erhitzt haben wird, dass das Glas zu Bruch geht. Das braucht etwas Zeit, aber es funktioniert zuverlässig. Und dann erhitzt die Flamme der Kerze die Phiole, und auch dieses Glas wird das nicht lange aushalten. Und dann ... wieder dasselbe Spiel. Die Phiole zerplatzt, die Flüssigkeit rinnt aus – und das ist ein noch explosiveres Gebräu als Benzin. Mit einem Wort ... bumm! Der Raum steht in Flammen ... allerdings vermutlich erst ein kleiner Radius um die Kerze. Aber dank der Schwefelbrocken wird sich das Feuer Meter um Meter ausbreiten ... keine Angst, davon werden Sie alle nichts mehr mitbekommen, weil Sie dann schon erstickt sein werden. Ursprünglich habe ich diese Maschine ja nur für eine Person dimensioniert, aber ich bin mir sicher, dass sie auch bei fünf ganz ordentlich ihre Funktion erfüllen wird. Tja, und wenn das Feuer hier so richtig schön lodert und alles, auch meine Spuren in der Hütte, vernichtet, dann ... ja, dann werden ich und meine beiden Helfer wieder im Dorf sein. Und es wird hunderte ... na ja, gut, man soll nicht übertreiben, dutzende Zeugen geben, die jeder Polizei dieser Welt bestätigen, dass wir zum Zeitpunkt des Höllenfeuers ... sogar mit Schwefel ... nicht hier waren."

„Entschuldigen Sie, Herr Diplomingenieur, ich hätte dazu noch eine Frage."

„Und zwar?"

„Warum haben Sie diese ebenso schreckliche wie beeindruckende Vorrichtung nicht am Lindbühel aufgebaut? Ich meine, Fräulein Zillerbergs Hinrichtung, dafür hätte doch besser die alte Richtstätte gepasst?"

„Ah, Sie denken ja mit! Schade, dass wir nie mehr zusammenarbeiten werden – es hätte durchaus ein Vergnügen werden können. Ja, zu Ihrer Frage ... ganz einfach, der Aufbau der Hinrichtungsmaschine ist doch sehr zeitaufwändig, daher habe ich das lieber im Schutz dieser Hütte gemacht."

Wotan begriff, dass er sich zu sehr von Kihrbreins Schilderung der Oberflächlichkeit seines ehemaligen Studenten hatte blenden lassen. Zwar waren Willi einige Irrtümer unterlaufen – wie zum Beispiel die Verwechslungen der Bibelstellen im Hetzflugblatt und der vermeintlichen mit der tatsächlichen Richtstätte –, die auf diese schlechte Eigenschaft zurückzuführen waren, allerdings lagen die Fehler allesamt in Bereichen, die nicht zu seinen Kernkompetenzen gehörten. Die Annahme, dass der Techniker Harald Willi auch beim Bau einer Tötungsmaschine einen solchen Fehler machen könnte, war dumm gewesen.

Dumm ... und wohl tödlich!

„Ja, wenn wir jetzt schon bei der großen Fragestunde sind ... also, was wollen Sie denn noch wissen, bevor Sie dann ... ja ... hier eben?"

Schurli und Wotan begriffen, dass das ihre letzte Chance war, Zeit zu gewinnen – wofür auch immer. Also begannen sie so wild durcheinanderzufragen, dass jemand, der sie nur hören hätte können, problemlos den Eindruck einer neugierigen Schar von Besuchern einer historischen Ausstellung und eines ebenso auskunftsfreudigen Museumsführers bekommen hätte.

„Also, dann darf ich vielleicht beginnen. Herr Willi, warum haben Sie beziehungsweise Ihre zwei ... nun ja, Helfer so fieberhaft nach dem Testament gesucht? Und ... also, worauf ich noch neugieriger wäre ... warum hat denn die Frau Koller überhaupt und warum noch dazu gerade in dieser Nacht sterben müssen?"

„Ja, das ist eine längere Geschichte ..." Schon an seinem Tonfall konnten die vier Todgeweihten – Magister Baldur war nach dem Hieb in Ohnmacht gefallen – erkennen, dass Harald Willi auf seine Leistungen der letzten Wochen stolz war.

„Begonnen hat das Ganze damit, dass mir die alte Kollerin blöderweise draufgekommen ist, dass die Umweltsünden, die ich anderen in die Schuhe geschoben hatte, von mir selber begangen worden sind. Na ja, und daraufhin hat mich die alte Hex am 18. Juni wegen diverser Umweltvergehen angezeigt. Und noch dazu ist sie am Tag darauf nach Japan geflogen, um in ihrer dortigen Firmenrepräsentanz wieder einmal nach dem Rechten zu sehen. Z'rück'kommen ist sie dann erst am 8. Juli in der Nacht. Unmittelbar nach der Anzeige war ich wirklich noch gewillt, die Angelegenheit friedlich beizulegen. Aber zwei Tage später, am 20. Juni, da kam dann dieser seltsame anonyme Anruf. Und ab dann ..."

„Was war denn das für ein anonymer Anruf?"

„Das ... ach, nicht so wichtig! Auf jeden Fall habe ich dann den Plan – quasi als Notfallszenario – entworfen, mir ihr Hexengetue, ihren Ruf, die historischen Tatsachen, diese grausamen Hinrichtungen mit dem Zerquetschen der Delinquenten und dem Verbrennen, und vor allem die Blödheit und Abergläubigkeit mancher zunutze zu machen. Weil ... wenn ich die Frau Koller irgendwie direkt ermorden hätte lassen ... erstechen, erschießen, erschlagen – so was in der Art halt –, dann wäre sicher sehr rasch der Verdacht auf mich gefallen. Aber so? Wo doch fast alle überzeugt waren, dass der Teufel zurückgekehrt sei und seine ehemalige Dienerin Barbara Koller grausam bestraft habe ... Herr Perkowitz, Sie müssen zugeben, das war genial!"

„Jaja, Herr Diplomingenieur, das war wirklich großartig."

„Wobei, trotz aller Vorbereitungen ... der Kauf der neuen Ketten, die mühsame Arbeit, um sie auch wirklich alt aussehen zu lassen, der Einbruch in die Folterkammer in Moosham – ich war wirklich noch bereit, die Kollerin am Leben zu lassen, wenn sie ihre Anzeige zurückgezogen und sich mit mir auf einen vernünftigen Preis für ihr blödes Moor geeinigt hätte. Ich habe sie sogar noch auf ihrer Alm besucht ... gleich nach ihrer Rückkehr aus Japan, am 9. Juli in der Früh. Und? Was hat sie getan? Wüst beschimpft hat sie mich! Sie habe sich in mir getäuscht, ich sei überhaupt kein Naturfreund, wie ich es ihr immer vorgespielt hätte! Ich sei genauso ein Kapitalist wie die anderen, der über Natur-Leichen gehe ... und so weiter und so weiter. Und natürlich bekäme ich jetzt das einzige große Moor, das noch abgebaut werden dürfe, nämlich ihres, ganz sicher nicht mehr! Jaja ... die Alte hat richtig zu brüllen begonnen. Und dann hat sie einen Satz gesagt, bei dem es in mir klick gemacht hat ... einfach so. Sie würde das natürlich ‚ihrem Testament verraten', sodass ich das Moor auch nach ihrem Tod auf keinen Fall bekommen könnte, nicht einmal mehr kaufen könnte. Was immer des schiache Weibsbild damit gemeint hat ... aber es war mir in dem Moment egal, weil – klick. Da war mir klar, dass sie sterben muss! Dabei hab ich sogar dann noch versucht, auf gut Wetter zu machen ... nein, nein, ich würde doch ihr Moor ganz in ihrem Sinne behandeln! Und außerdem möge Gott doch dafür sorgen, dass sie uns noch ganz, ganz lange auf unseren Wegen begleiten könne! Da müsste sie doch kein neues Testament machen ... und überhaupt ..." – Willi lachte hämisch, als er das Gespräch in seiner Erinnerung Revue passieren ließ. „Ich hab damals genau an der Stelle ein extra entsetztes Gesicht gemacht: Jetzt würde es mir erst dämmern, dass sie überhaupt schon ans Sterben denke und ein Testament aufgesetzt habe ... ob das denn beim Notar in Tamsweg liege? Herrlich, was ich ihr da für eine Komödie vorgespielt hab! Aber leider, hat auch nix g'nutzt ... den ‚Braten' hat das alte Drecksstück natürlich sofort gerochen. Nein, nein, sie würde mir nie verraten, wo das Testament liege. Und dann ... dann hat sie so ein komisches Lächeln bekommen, richtig überirdisch hat sie dreing'schaut. Ihr Testament sei an einem Ort, an dem es niemand vermuten würde. Und im Übrigen sei es auch gar kein Testament, aber zugleich das beste Testament, das man sich vorstellen könnte! Jaja, da hat sie wieder einmal ihrem Hexenruf alle Ehre gemacht, weil sie sich so kryptisch ausgedrückt hat. Mir war klar, dass ich nun rasch handeln musste. Wobei ... was heißt hier ich? Meine beiden zarten Hände hier“ – Willi deutete ironisch lächelnd auf seine beiden Schläger – „sollten ab diesem Moment die Kollerin keine Sekunde mehr aus den Augen lassen. Sie mussten verhindern, dass sie ein neues Testament abfasste... ja, und das alte Testament, das sie vorher gemacht hatte, das mussten sie mir finden helfen. Mein Gott, was sollte ich denn machen? Dieses Dreckspapierl, das war doch meine letzte berufliche Überlebenschance, ich musste es irgendwie an mich bringen und es zum gegebenen Zeitpunkt durch ein von mir gefälschtes ersetzen.“

Als ob diese schwere Entscheidung, einen – noch dazu so grausamen – Mord ausführen zu lassen, ihn seit Jahrhunderten schwer belastet hätte, stierte der bisherige Doppel- und baldige Siebenfachmörder kurz vor sich hin, bevor er mit einem tiefen Seufzer fortfuhr.

„Dann, an dem 9. Juli war’s, am späten Nachmittag, da haben die zwei mir berichtet, dass die alte Hex auf Besuch bei Ihnen gewesen wär. Der Otto und der Mako haben natürlich von draußen gelauscht ... das muss ja lustig zugegangen sein bei Ihnen. Weil ... also, ich hab die zwei noch nie so erlebt! Die hat’s richtig geschüttelt vor Lachen, wie sie erzählt haben, wie Sie sich über die Frau Koller, über ihre ganze Erscheinung, die Kuhhaxen-Dekoration, die Haare ... na, alles eben, wie Sie sich darüber in einem fort gewundert hätten. Allerdings, was die Kollerin Ihnen dann geantwortet hat, das hätten sie ‚nix ganz verstanden‘ ... jaja, Deutsch müss’ma noch ein bisserl besser lernen, gell, meine zwei Kampfmaschinen! Aber ’s wird scho werden ... jetzt haben wir dann ja viel mehr Zeit ... dank des Erfolgs vom ‚Matsch, Moor & much more‘! Ha, das wird herrlich werden ...“ – bevor ihr Peiniger noch in

Träumereien bezüglich seiner wunderbaren Zukunft verfallen konnte und damit seinen Redestrom unterbrechen und ihr Leben gleich beenden würde, versuchte Wotan Willi bei dessen Ruhmsucht zu packen, ohne dabei allzu fadenscheinig zu wirken.

„Also, wenn unsere eigene Situation nicht so ... na ja, nicht so suboptimal wäre, dann würde ich das glatt für eine sehr spannende Geschichte halten. Also, wie ist es dann weitergegangen?“

Für einen Moment hatte Wotan den Eindruck, dass er mit seiner Formulierung doch zu dick aufgetragen und Harald Willi endgültig verärgert hatte. Erfreulicherweise aber setzte der offensichtlich außer Rand und Band geratene Narziss seine Selbstbeweihräucherung fort.

„Na ja, dann, als die Kollerin sich wieder auf den Weg zu ihrer eigenen Alm aufgemacht hat, da haben sie meine beiden Vollendungsorgane entführt und in einen der tiefsten Keller im Gasthaus eingesperrt. Herr Perkowitz, Sie wissen ja gar nicht, wie tief in die Erde so alte Häuser gebaut sein können ... fünf Kellergeschosse hat die Post! Fünf! Ja, und da unten saß sie dann. Und dann sind die zwei zu mir gekommen. ‚Was wir sollen machen mit ihr?‘ Ich hab ihnen noch einmal erklärt, dass doch wohl klar sei, wo sich das neue Testament, mit dem sie mir in der Früh gedroht hatte, befinde. Natürlich bei Ihnen, Herr Perkowitz! Bei Ihnen, diesem komischen Stadtfuzzi, diesem Möchtegern-Akademiker! Das Testament musste auf Ihrer Alm sein ... wo sonst sollte es sein? Aber wo dort? Na ja, ich war der festen Überzeugung, dass das blöde alte Weib auch diese Information nach einigen Stunden im Keller mit meinen zwei Schmusetieren hier verraten würde. Ich hab den beiden extra noch g’sagt, dass sie sie erst umbringen sollen, wenn sie das aus ihr herausbekommen haben ... und, noch etwas, sie hätte euch auch verraten müssen, wo das alte, das frühere Testament ist! ... das mit der Hand geschriebene, das habe ich gebraucht! Ja, klar, ... um ihre Schrift richtig fälschen zu können, brauchte ich eben das Testament mit ihrer Handschrift. Außerdem musste ich sicher sein, dass kein einziges Testament von der Kollerin je wieder auftauchen würde. Ein Alptraum, die Vorstellung ... ich präsentiere das von mir gefälschte Dokument, und plötzlich taucht aus irgendeiner Versenkung noch ein echtes auf? Nein, nicht mit mir!"

Wieder musste sich Willi von der Last seiner Erinnerungen an die verhängnisvolle Nacht erholen, wobei ihm offensichtlich nicht die moralische Qual, sondern schlicht und einfach die Hektik des damaligen Geschehens zu schaffen machte.

„Dann war's circa 23 Uhr. Da kommen die beiden und sagen mir allen Ernstes, dass sie die ‚altes Frau' wie befohlen nach den beiden Testamenten gefragt hätten. Und dann haben sie sich nur mehr gewundert – sooo grob seien sie eigentlich gar nicht gewesen ... und trotzdem ... ‚ist Frau schon fast tot'! Was sie jetzt mit ihr machen sollten? Herr Perkowitz, was soll ich Ihnen sagen? Ich habe getobt, jawohl! Angebrüllt hab ich die beiden: ‚Ihr Idioten ... erst die Informationen, dann der Mord! Ihr seid wirklich zu blöd ... sogar zu blöd zum Foltern! Dann hab ich ihnen gesagt, sie sollen sie eben wie besprochen mit den alten Ketten umbringen ... mit denen, die wir aus der Folterkammer gestohlen haben. Und zwar beim Hexenstein, dieser alten Richtstätte, zwischen zwei und drei Uhr in der Nacht. Sie sollten sie so auf den Stein legen, dass ... also, als ob sie der Teufel dort umgebracht hätte. Sie muss fürchterlich aussehen ... viele Wunden, viele Knochenbrüche, viele Kettenspuren ... Und wissen Sie, was die mir doch glatt erwidert haben? ‚Ja, aber müssen da fast nix mehr machen, ist alles eh schon so.' Na, da bin ich dann endgültig in die Luft gegangen! Herr Perkowitz, ich kann Ihnen kaum schildern, wie sehr ich mich über diese stümperhafte Arbeit geärgert habe! Ich hätt doch diese Papierln gebraucht! Aber das haben die nicht verstanden. Ich mein, ich musste doch damit rechnen, dass ohne mein gefälschtes Testament das Moor irgendwer erbt, der es mir erst wieder nicht verkaufen würde! Außerdem – woher hätte ich denn das Geld für einen ehrlichen Kauf hernehmen sollen? Nein, mir blieb gar nichts anderes über, als die Testamente zu finden und dann so zu fälschen, dass mir das Moor nach ihrem Tod gratis zufiele! Na ja, und das war auch der Grund, warum ich die zwei Ihre Alm ... also, die Alm Ihrer Tante ... durchsuchen lassen musste. Die alte Kollerin hätte ja theoretisch bei ihrem Besuch bei Ihnen dieses Dokument irgendwo versteckt haben können, wer weiß."

In dem Moment gingen Wotan einige Lichter – ja, geradezu Kronluster – auf!

„Jaja, genau – ich seh's an Ihrem Gesicht! Jetzt haben Sie's verstanden ..."

Vorsichtig drehte sich Wotan zu dem einen der beiden Exekutoren, den er wiederzuerkennen glaubte.

„Also Sie waren der, den ich vor dem Fenster der Koller'schen Hütte gesehen habe. Und Sie beide waren es auch, die mich von hinten niedergeschlagen haben und ... aber warum eigentlich?"

„Wir waren suchen, ob wir Kaugummis weggeworfen ... Spuren gelassen haben. Und dann bei Hütte ... haben geschaut, und da waren gerade Sie und der da.

Und Sie, Sie haben Foto gemacht ... deshalb wir wollten Handy löschen, ... na ja, wollten auch Sie ... so halt ... löschen." – es war ein meckerndes Gelächter, das diese nur wenig beschönigende Wortwahl begleitete.

Mitspielen! Du musst diese tiefschwarze Tragödie in bester Altwiener Tradition mitspielen ... bringe sie trotz der ganzen Bestialitäten zum Lachen!, schoss es Wotan durch den Kopf, weshalb er sich zwang, auch jetzt ein übertrieben dankbares Gesicht zu machen.

„Oh, das war aber sehr lieb von Ihnen, dass Sie mich nicht schon dort getötet haben! ... aber warum eigentlich nicht?"

„Na ja, weil ..." – mit einer Geste, die zu aller Verblüffung so etwas wie Bewunderung zum Ausdruck brachte, zeigte der Größere der beiden Killer auf Schurli – „... weil der da uns gestört! War sehr mutig von du ... aber jetzt dann trotzdem tot!"

„Danke für Ihr Kompliment. Ich weiß es wirklich zu schätzen!" – Wotan schenkte seinem „Freund bis in den Tod", der Schurli nun offenbar werden würde, ein dankbares Lächeln. Auch er hatte also begriffen, dass sie nur mit übertriebensten Schmeicheleien eine Chance hatten, noch ein bisschen Zeit zu gewinnen.

„Ah ja, und deshalb waren damals auch Ihre Moto-cross-Maschinen ganz in der Nähe der Wahrsagerinnen-Hütte geparkt, gell?"

„Ja, war dumm von uns, aber ... haben Fehler ja heute wieder gutgemacht!"

„Ja, natürlich ... und, sagen Sie, können Sie sich zufällig noch an gestern vor einer Woche, an den Abend vom Donnerstag vor einer Woche, erinnern?" Wotan kostete es zusätzliche Überwindungskraft, angesichts der Katastrophe, in der er sich ohnedies befand, auch noch an die Nacht seiner Panikattacke denken zu müssen. Aber er wollte nun endgültig alle Rätsel aufklären, und dazu gehörten eben auch die mysteriösen Auslöser seines Anfalls. Er war sich ja sicher gewesen, auf der Lichtung vor seiner Alm unheimliche Bewegungen gesehen und kreischende Geräusche gehört zu haben ... und dank der Vorinformationen seiner Tante und des Stammtisches hatte er natürlich sofort an ein Hexengelage gedacht.

„Na, waren auch wir ... zu viel Lärm gemacht mit Motocross ... waren vorher in Haus, Papiere suchen."

„Und das Chlor, das auf der Leiche gefunden wurde, das war, weil Sie beide immer so viel Chlor in das Schwimmbecken im ‚Matsch, Moor & much more' hineingeschüttet haben, gell? Und deshalb haben Sie auch beim Mord welches an den Händen gehabt?"

„Nein ... wissen nicht, was du da sagen?"

„Also, Herr Perkowitz, da muss ich jetzt dem Otto und dem Mako recht geben. Das würde mich sehr wundern, wenn auf der Leiche irgendwelche Spuren von den beiden gefunden wurden, denn ... Sie werden's kaum glauben, aber die haben beinahe einen Waschzwang. Ja, wirklich! Sowohl vor als auch nach einem Mord, da waschen die sich jedesmal mit Chirurgenseife, und zwar so, dass man glauben könnte, sie seien jetzt bis unter die Haut sauber!"

„Ja, aber ..." – Wotan kannte sich überhaupt nicht mehr aus. Es war zwar jetzt – wohl der einzige Lichtblick in seiner Situation – eindeutig klar, dass sein Verdacht von wegen des „Mörderpärchens Adalbert und Agathe" unbegründet gewesen war, aber wenn es nun auch nicht die beiden Auftragskiller gewesen waren, wer hatte dann die giftige Substanz auf die Haut der Umweltfanatikerin Barbara Koller übertragen?

Zu weiteren Chlorgedanken kam Wotan nicht mehr, da Schurli endlich die Chance sah, die für ihn entscheidende „Was-ich-noch-wissen-wollte-bevor-ich-sterbe"-Frage zu stellen.

„Apropos Chirurgenseife – entschuldigen Sie, wenn ich Sie frage, Herr Willi ... also Herr Diplomingenieur, aber mich täte naheliegenderweise schon sehr interessieren, warum Ihre beiden Helfer – und ich nehme jetzt einmal an, dass das die beiden waren –, also, warum die zwei mich und das Krankenhaus abfackeln wollten?"

„Oje, entschuldigen Sie die Unannehmlichkeiten, Herr Doktor! Das hätten wir natürlich nie gemacht, wenn wir gewusst hätten, dass gerade Sie ..." – am gefährlichen Glitzern in Willis Augen erkannte Wotan in der Sekunde, dass Schurli die Regeln dieser finalen Verzögerungskomödie offenbar gebrochen hatte. Allerdings ... Schurli hatte das auch begriffen – und er war immer noch reaktionsschnell genug, sofort nachzusetzen.

„Also, es wäre ja vor allem schade um das Krankenhaus gewesen! Weil der Trakt, in dem das Feuer ausgebrochen ist, der ist ja erst vor ein paar Jahren neu gebaut worden."

„Ah so, na, dann entschuldigen Sie erst recht. Das haben wir nicht gewusst." Willis Körpersprache ließ vermuten, dass Schurli es gerade noch einmal geschafft hatte, ihn wieder zu beruhigen.

„Der Brand ... der war blöderweise notwendig geworden, weil ich am Stammtisch von diesem obskuren Versteck der Kollerin erfahren hatte – dem Versteck in einem der Kuhhaxen, die sie mit Druckknöpfen an ihrem Fetischkostüm befestigt hatte. Und ... ja, jetzt muss ich wohl vor meiner eigenen Türe kehren ... da habe ich mich unklug verhalten. Es war ein so hektischer Abend, und ich wollte noch mehr von dem seltsamen Versteck erfahren. Ja, und da dürfte ich wohl zu deutlich mein Interesse dafür gezeigt haben. Und ich glaube mich sogar daran zu erinnern, dass ich expressis verbis in die Runde gefragt habe, ob nicht vielleicht da drinnen das Testament sein könnte ... na ja, das war dumm von mir. Ausnahmsweise war einmal ich wirklich dumm gewesen! Aber, was soll's. Es ist ja eh noch alles gut ausgegangen."

Ja, was hätte er denn machen sollen – jetzt, wo er doch schon die Frau Koller hatte ermorden lassen?, dachte sich Wotan.

„Nachdem die Polizei alles untersucht hatte und die Kollerin dann zusammen mit ihrer Kleidung im Leichenkammerl vom Krankenhaus war, da gab es für mich drei Möglichkeiten: Erstens ... die Polizei hat nix gefunden. Zweitens ... die Polizei hat das Versteck und das zu meinen Ungunsten geänderte Testament gefunden. Wobei ich mich dann damit getröstet habe, dass das wohl kaum der Fall war, weil die Polizei da ja schon bei mir aufgetaucht wäre, um mich zu verhören. Sicher sogar – denn in dem Testament hätte sich die Kollerin fürchterlich über mich ausgelassen ... und dann die dritte Möglichkeit: Die Polizei hat das Versteck und das Testament gefunden ... aber eine frühere Version, in der ich noch keine Rolle gespielt habe. Natürlich wäre da dringestanden, dass das Moor wer anderer erben würde. Was aber nicht ganz so tragisch gewesen wäre, weil diesem Erben hätte ich das Moor vielleicht abkaufen können. Woher ich allerdings das Geld dafür genommen hätte ... also, im Moment wüsst ich das nicht! Aber das war ja dann auch egal. Denn daraufhin habe ich, wie er bei mir in der Post essen war, den Herrn Oberpolizeiratsmordkommissionsspezialisten hier" –

ein kurzer Fußtritt traf den ohnmächtigen Polizisten, der nur kurz aufstöhnte – „hinterfotzig ausgefragt, ob die Polizei gemeinsam mit Ihnen, Herr Doktor Darner, überhaupt schon den abschraubbaren Kuhhaxen gefunden habe? Und, wenn ja, ob überhaupt was drin gewesen sei? ... nix war drin! Jawohl! Noch hatte niemand irgendeinen Verdacht gegen mich geschöpft. Aber ... das klingt jetzt pervers, aber das war dann auch eine sehr unangenehme Situation für mich. Wenn auch ganz anders unangenehm ... aber trotzdem! Weil ich jetzt doch fürchten musste, dass eben genau die Tatsache, dass der Kuhhaxen leer war, einen der Stammtischler daran erinnern würde, wie neugierig ich mich nach diesem Versteck erkundigt hatte. Und dann hätte doch einer denken können, dass ich noch vor der Polizei diesen Kuhhaxen geleert haben könnte. Womit ich erst recht wieder mitten ins Visier der Polizei geraten wäre! Nein, das konnte ich wirklich nicht brauchen, aaalso ...“ – Willi gähnte so herzzerreißend, dass Maroni, der junge Mohinger, Wotan und Georg fürchteten, jetzt sofort – quasi als Muntermacher für ihre Peiniger – hingerichtet zu werden.

„... mein Gott, ich habe einen Schlaf, grässlich! Wo war ich? Ah ja, beim Brand in der Prosektur ... na ja, da musste ich wieder einmal meine Geheimwaffe einsetzen. Nein, nein, in diesem Fall meine ich ausnahmsweise nicht Otto und Mako, ich meine ... Feuer! Feuer ist nicht nur großartig, weil es alle Spuren verwischt ... allerdings nur dann, wenn man drauf schaut, dass es auch wirklich heiß genug brennt. Nicht vergessen – auch eine wichtige Lektion! Aber nicht nur deshalb ist Feuer eine feine Angelegenheit. Nein, es hat auch die höchst vorteilhafte Eigenschaft, dass es – warum auch immer – die Menschen so erschreckt, dass ihre

Erinnerungen ebenso in Flammen aufgehen. Vielleicht liegt das an irgendeiner atavistischen Kraft des Feuers ... dem Rauch, der Hitze ... na egal, was weiß ich. Auf jeden Fall – wenn jemand vor einem großen Brand einen Verdacht gegen einen hegt, dann hat er danach mit großer Wahrscheinlichkeit ganz einfach darauf vergessen. Und deshalb liebe ich Feuer! Und deshalb musste auch in diesem Fall meine Lieblingswaffe herhalten ... daher der Einbruch in die Pathologie. Zuerst ließ ich Otto und Mako die Kleidung von der Kollerin, oder wie man dieses seltsame Steinzeitattribut nennen will, noch einmal bis ins kleinste Detail untersuchen ... man weiß ja nie, vielleicht wäre doch das Testament zwischen den Häuten eingenäht gewesen? Und dann, ob mit oder ohne Fund, sollten meine beiden Kampfhunde alles in Flammen aufgehen lassen ... wobei sie es natürlich wie einen Unfall aussehen lassen sollten. Dann konnte keiner der Stammtischler auf die Idee kommen, dass ich das Kuhhaxen-Versteck ausgeräumt hätte, weil ... na ja, es würde ja dann eben verbrannt sein."

Der Zeitpunkt war zwar nicht gerade passend, aber wieder einmal empfand Wotan reine Bewunderung für seine Tante, die genau diesen Gedanken bei ihrem Nachtmahl in der „Steilen Steinstufe" formuliert hatte.

„So, aber jetzt, meine Herrschaften ... jetzt lass ich Sie alle noch einmal frische Luft schnappen. Also die drei halt, die noch gehen können. Die junge Frau und den ohnmächtigen Möchtegern-Superbullen, die lassen wir hier herinnen. Otto, Mako, ihr nehmt's die Waffen mit – jeder von uns führt einen der drei hinaus ... die frische Luft ist sozusagen die Henkersmahlzeit für Ihre Lungen. Denn dann ... ja, ich nehme an, dass Ihnen die Dämpfe recht rasch ein angenehmeres Ende bereiten werden, als wenn Sie verbrennen würden. Aber keine Angst, ersticken ist weniger schlimm als in lodernden Flam…"

Kaum dass sie aus dem Dunkel und dem Gestank ihrer baldigen Hinrichtungsstätte ins Freie gestolpert waren und sich etwas abseits der Hütte ein letztes Mal in die strahlende Sonne gestellt hatten, krachten unmittelbar hintereinander mehrere Schüsse, die von oberhalb der Hütte zu kommen schienen. Als Erster sackte Mako in sich zusammen … und ebenso rasch war klar, dass er tot war. Nur eine Sekunde später schleuderte es Otto nach hinten. Dass er nicht tot war, war an seinem Jammern zu erkennen – der Schuss schien seine rechte Schulter verletzt zu haben. Er hatte seine Waffe fallen gelassen und rieb sich mit der linken Hand den blutigen Bereich oberhalb seines rechten Schlüsselbeins. Harald Willi hingegen hatte geistesgegenwärtig seine unbewaffneten Hände in die Höhe gerissen, sodass er von einem Treffer verschont geblieben war.

Schon beim ersten Knall waren die drei Geiseln trotz ihrer Fesseln noch einmal in den Graben gehechtet. Vorsichtig hoben sie wieder ihre Köpfe – und dachten einen Moment, dass die Aufregung ihre Wahrnehmung getrübt haben musste.

Aber es war tatsächlich Fritz Stieger, der mit einem martialischen Gewehr im Anschlag den steilen Hang herunterstieg, der rechts hinter der Hütte in den Wald führte. Als er bei Harald Willi angelangt war, bellte er ihm einige Kommandos zu – „Hinlegen! Auf den Bauch! Hände hinter dem Kopf verschränken! Keine raschen Bewegungen, sonst …" –, bevor er ihn provisorisch mit seinem Gürtel fesselte. Dann drehte er sich zu den drei „Schützengräblern" um.

„Herr Perkowitz, Sie erkennen mich vielleicht. Ich bin's, Fritz Stieger, wir haben einander in der Post kennengelernt. Sie brauchen sich vor mich nicht zu fürchten ... ich bin, wie man so schön sagt, einer von den Guten.“

„Oh nein, Herr Stieger, Sie sind nicht einer von den Guten ... Sie sind der Allerbeste, der einzig Wahre, der Größte!“ – Wotans Jubeln war sogleich in einem begeisterten „Drei-Geheul“ aufgegangen.

Nachdem sie von ihren Fesseln befreit worden waren, kümmerten sie sich zuallererst um eine – O-Ton Stieger – „professionelle Fixierung“ von Harald Willi, den sie mit den Seilen, die man soeben von ihnen entfernt hatte, zu einem menschlichen Paket verschnürten. Dann wandten sie sich direkt Baldur und Maroni zu – die junge Frau war ohnmächtig geworden, sodass sie sehr vorsichtig von ihrem Sessel heruntergehoben werden musste, bevor Wotan sie in das weiche Gras vor der Hütte legen konnte. Währenddessen stellte Georg erleichtert fest, dass die Kiefer von Magister Baldur nicht gebrochen waren. Und – zumindest auf einen ersten Blick – auch dessen Zähne hatten Willis brutale Attacke großteils unbeschadet überstanden.

Zuletzt widmete sich der junge Arzt dem angeschossenen Killer. Stiegers gezielter Schuss hatte sein Schultergelenk schwer verletzt, aber abgesehen von den üblichen Schockbekämpfungsmaßnahmen waren keine akuten Interventionen vonnöten.

Was den zweiten Schläger betraf ... Wotan hatte sich nicht geirrt, Mako war auf der Stelle tot gewesen. Der ehemalige Präzisionsschütze Stieger hatte, den Umständen entsprechend, nicht lange überlegen können, sondern musste – laut eigener Aussage – gleich mit seinem ersten Schuss eine „sofortige und endgültige Handlungsunfähigkeit des Straftäters“ erreichen.

Neben Stieger erwies sich Mohinger junior als große Hilfe – obwohl er selbst eben noch in Lebensgefahr geschwebt war, kehrte der junge Polizist rasch in sein professionelles Verhaltensmuster zurück. Eine Minute später hatte er den Polizeiwagen geholt, und eine Durchsuchung von Willis Anzugtaschen förderte auch den Schlüssel zu dessen „Nobelhobel" zutage, der etwas abseits der Hütte geparkt war – ganz standesgemäß, denn sein Besitzer hatte extra eine nagelneue Garage für den „sechsstelligen Liebling" errichten lassen.

Noch bevor sie sich auf die beiden Wägen verteilten und ins Tal fuhren, zog Stieger Wotan mit der Andeutung eines Grinsens zur Seite.

„Herr Perkowitz ... wie soll ich sagen ... jetzt wissen Sie vielleicht, warum ich so kurz angebunden war. Na ja, zum einen ... also, reden ist nicht so mein Ding. Und zum anderen ... bitte, seien Sie so freundlich und erzählen Sie nicht allen, dass Sie mich hier beim Training für den nächsten ‚World Military Championship Pentathlon' gesehen haben. Als ehemaliger Angehöriger einer Polizei-Eliteeinheit darf ich an diesen Veranstaltungen nämlich teilnehmen, was ich auch sehr gerne mache. Aber ich hab's nicht so gern, wenn sich alle das Maul über meine sportlichen Ambitionen zerreißen ... nur wenn ich wirklich Champion werden sollte, kann ich allen erzählen, warum ich nach meinem Lauf- und Radfahrtraining noch hier ganz in der Nähe am Schießstand war. Aber jetzt einstweilen ..."

„Herr Stieger, Sie dürfen sich selbstverständlich fast alles von uns wünschen ... bei einem Lebensretter ist man doch gerne großzügig. Aber diesen Wunsch, mein Schweigen – den kann ich Ihnen ganz mühelosest erfüllen ... leidenschaftlich gerne!"

„Alle an Bord ... im zweiten Auto auch?" – die Fahrer der beiden Wägen, Mohinger junior und Stieger, warfen noch je einen Kontrollblick in den Rückspiegel, um die Häupter ihrer „Lieben" – des Toten, der zwei Gefangenen, der beiden Verletzten Baldur und Maroni sowie Schurlis und Wotans – zu zählen.

„Nein, halt, der Wotan fehlt noch ... ja, um Gottes willen ..."

„Keine Angst, ich bin schon da!" – kaum dass Georg in all dem Abfahrtschaos Wotans Abwesenheit festgestellt hatte, kam dieser aus der Hütte gerannt und sprang etwas ungelenk ins Auto.

„Wo bleibst denn? Du bist doch zu jung, um schon ... na ja, so Ältere-Herren-Probleme zu haben. Oder war's die Aufregung? Hat sie sich ..."

„Ich wollte nur noch ... ach, nicht so wichtig."

Und wieder saß Wotan in Harald Willis Wohnzimmer auf vier – allradbetriebenen – Rädern, allerdings hätte die Situation kaum unterschiedlicher sein können als vor sieben Stunden. Der noble Spender und ungekrönte König von Sankt Nepomuk vom Vormittag, der locker-elegant sein automobiles Schlachtschiff über Forststraßen hinwegpilotiert hatte, war inzwischen zum gefesselten Doppelmörder sowie der Entführung und des mehrfachen Mordversuchs Beschuldigten verkommen, der in seinem eigenen Wagen gefesselt auf der Rückbank kauern musste. Wotan, der neben ihm saß, vermied tunlichst, ihn allzu oft anzusehen. Ihm war immer schleierhaft gewesen, wie sich Menschen dafür begeistern konnten, einen Blick auf einen Massenmörder zu erhaschen. Denn – so eine Bestie in Menschengestalt sah in Wirklichkeit nicht anders als die meisten braven Bürger aus ... und Harald Willi war noch dazu viel besser angezogen als die meisten.

Wotan tat so, als ob er sehr konzentriert die vorbeiziehende Landschaft genießen würde. Ein wunderschöner Nadelbaum, und noch einer ... und da, diese riesigen Laubbäume ...

„Herr Perkowitz, entschuldigen Sie, dass ich Sie bei Ihren Naturbetrachtungen störe, aber ich würde Ihnen gerne noch etwas berichten, von dem ich glaube, dass Sie es wissen sollten."

Widerwillig wandte sich Wotan seinem Sitznachbarn zu, der ihn im Flüsterton angesprochen hatte, um weder Maroni, die auf der anderen Seite von Wotan an die Scheibe gelehnt eingeschlafen war, zu wecken, noch die zwei auf den Vordersitzen zu stören, die inzwischen in eine typische „Na, und wie der dann das gemacht hat, da hab ich wirklich geglaubt, damit war's das jetzt"-Konversation verfallen waren.

„Und zwar?"

„Ich weiß, dass Sie es mir nicht glauben werden, aber am Anfang dieser ganzen ... Geschichte, da stand ein anonymer Anruf. Ich schwöre Ihnen – das war es, was mich überhaupt erst auf die Idee gebracht hat, mein Problem mit der Frau Koller auf eine ... na, sagen wir nicht ganz legale Art und Weise zu lösen."

„Aha! Und wie?"

„Ja ... das wird jetzt vermutlich noch seltsamer klingen, aber vielleicht glauben Sie mir aus einem einfachen Grund ..."

„Nämlich?"

„... warum sollte ich noch lügen? Es scheint doch allen klar zu sein, dass ich der Bösewicht vom Dienst bin. Als solcher werde ich sicher auch verurteilt werden ... lebenslänglich vermutlich. Also, warum sollte ich jetzt noch lügen?“

„Gegenfrage – warum sollten Sie gerade jetzt die Wahrheit sagen?“

„Stolz, Herr Perkowitz, Stolz! Denn ... Sie werden es gleich begreifen ...“

Die Geschichte, die Wotan zu hören bekam, war wirklich dermaßen bizarr, dass er geneigt war, Harald Willi zu glauben. Er schätzte den gefallenen Engel aus dem Club der verhinderten Multimillionäre nicht als so originell ein, dass sich dieser eine solche Geschichte hätte ausdenken können. Er behauptete steif und fest, zwei Tage nach der Anzeige Frau Kollers, am Freitag, dem 20. Juni am Abend, von einem ihm unbekannten Mann angerufen worden zu sein, der ihm folgenden Vorschlag unterbreitet hatte: Er wisse, dass auch Willi Probleme ‚... mit dieser alten Hexe‘ Barbara Koller habe, und er könne ihm einen Ausweg anbieten. Er, Willi, müsse nur eines der Geräte aus der Folterkammer stehlen beziehungsweise stehlen lassen. Aber nicht irgendeines, nein – es müsse eines sein, auf dem noch Originalspuren des Blutes früherer gefolterter Hexen vorhanden sei. Da gebe es zum Beispiel einige hässliche Zangen, mit denen man damals die Häftlinge gequält habe. Und dann ... dann müsse er es nur so drehen, dass die – natürlich auch nur zufällig und anonym alarmierte – Polizei eben dieses Folterrelikt in der Hütte von Frau Koller finde. Sie sollte also als Diebin dastehen! Und ... das sei eines der „Zuckerln“ an dieser ganzen Konstruktion ... die Frage, warum Frau Koller denn dieses „Trum“ gestohlen haben sollte, die sei dann wohl ganz einfach zu beantworten ... und wenn die Polizei nicht auf diese Antwort stoßen würde, würde er, der anonyme Anrufer, schon dafür sorgen, dass die zuständigen Stellen rechtzeitig auf die richtigen Ideen kämen. Und auch wenn die Kollerin verständlicherweise ... und, am Rande bemerkt, zurecht ... den Diebstahl leugnen würde – es könnte sich dann jeder gut ausmalen, dass sie es doch getan hätte, weil sie in ihrem Hexenwahn geglaubt hatte, das Blut von damals gefolterten Hexen für irgendeine Tinktur oder ein Ritual brauchen zu können. Und damit wären sowohl der anonyme Anrufer als auch er, Willi, am Ziel gewesen. Denn Frau Koller wäre doppelt desavouiert gewesen – sowohl als Diebin als auch als Benützerin von Hexenblut! Für ihn, Willi, hätte das dann bedeutet, dass kein Mensch mehr ihren Behauptungen – er, die Lichtgestalt Harald Willi, sei in Wirklichkeit ein böser Umweltsünder – Glauben geschenkt hätte. Vermutlich wäre auch die Anzeige gegen ihn nicht mehr weiter verfolgt worden. Außerdem wäre dann sogar eine Entmündigung Barbara Kollers durchaus realistisch geworden ... und dann hätte er, Willi, vielleicht ihr Moor zu einem geringen Preis erwerben können.

„Entschuldigen Sie, Herr Willi, aber ich verstehe nicht ganz, wo sich da der von Ihnen vorhin angekündigte Stolz, der angeblich dafür sprechen sollte, dass Sie sich diese Geschichte nicht ausgedacht hätten, verstecken sollte?"

„Ganz einfach, Herr Perkowitz. Denn! Diese ganze Konstruktion mit den Ketten, mit der Applikation der Rostspuren aus dem 17. Jahrhundert, mit den Anspielungen auf die damaligen Hinrichtungen, das Flugblatt, die Suche nach dem Zauberelixier, Fräulein Zillerbergs Entführung und der Hinweis auf ihren gleichnamigen Urahnen, dann das altmodisch abgefasste Erpresserschreiben, ihre geplante Ermordung mit Schwefel und und und ... diese gesamte Inszenierung, die alles als

Tat des wiedergekehrten Zauberer-Jackls und seiner teuflischen Gesellen darstellen sollte – die war von Anfang bis Ende meine Idee! Und auch wenn Sie mich dafür am liebsten gleich am nächsten Baum aufhängen würden ... wissen Sie was: Ich war und bin wirklich stolz darauf! Also, warum sollte ich Ihnen jetzt noch davon erzählen, dass mich ursprünglich ein komplett Fremder auf die Erst-Idee eines Verbrechens gegen Frau Koller gebracht hätte beziehungsweise hatte. Damit trübe ich doch meinen Ruhm, oder wie immer Sie das nennen mögen ...“

... ich war und bin wirklich stolz darauf – Wotan lief es bei diesen Sätzen zwar kalt über den Rücken, aber irgendwie ...

Es war kein Zweifel, dass dieser Mann von einer unheimlich brutalen kriminellen Energie erfüllt war, aber es war auch kein Zweifel, dass er darauf tatsächlich stolz war.

Warum sollte er diese Geschichte also erfunden haben?

„Herr Willi, eine Frage hätte ich noch ... und sie ist, glaube ich, sehr naheliegend. Haben Sie eine Ahnung, wer dieser anonyme Anrufer gewesen sein könnte? Er wird zwar kaum seine Telefonnummer am Display aufscheinen haben lassen, aber vielleicht war da irgendetwas, das ...“

„Nein, Herr Perkowitz, ich habe nicht die leiseste Ahnung. Und, glauben Sie mir bitte, ich habe mir seit diesem 20. Juni immer wieder den Kopf zerbrochen, wer es gewesen sein könnte.“

„Ist Ihnen irgendetwas an seiner Stimme aufgefallen?“

„Nein, eben nicht! ... oder ... Moment, wo Sie das jetzt fragen ... doch, da war etwas. Er sprach ganz normal ... ich hatte zwar den Eindruck, dass er ein Taschentuch vor die Sprechmuschel hielt, aber das ist ja bei einem anonymen Anruf keine Besonderheit. Aber ein, zwei Mal hatte ich den Eindruck, als ob er in dieses Taschentuch hineinbeißen würde ... weiß der Kuckuck, warum. Es klang so, als würde er an einem Stück Stoff saugen ... ja, es fast schlucken."

Wotan stöhnte auf – so laut, dass ihn sein Sitznachbar erstaunt ansah, aber es war auch laut genug gewesen, dass sich Schurli besorgt zu ihm umdrehte.

„Nein, keine Angst, Schurli, ich habe nur wieder ... egal ... nichts Besonderes."

Dabei war der Grund für seine spontane Lautäußerung sehr wohl etwas Besonderes! Zum – wie er hoffte – letzten Mal in diesen dramatischen zwei Wochen hatte Wotan so eine Ahnung, dass das Böse noch einmal seine grausamen Krallen nach ihnen ausstrecken würde ... aber er beruhigte sich auch gleich wieder. Denn immerhin hatte er in den vergangenen zwölf Tagen gleich zwei Mordversuche und eine Panikattacke überlebt. Da würde er doch die nächsten Stunden auch noch überleben.

... würde er?

Freitag, 18. Juli 2008, 19.30 Uhr

Kaum dass der erste Wagen ihrer Minikolonne Sankt Nepomuk erreicht hatte, war er bereits von Menschenmassen umringt, die alle versuchten, die Verbrecher aus dem Auto zu zerren. Und als der zweite, in dem Willi und Wotan saßen, hinter dem ersten zum Stehen gekommen war, schien der Mob kaum mehr zu halten zu sein.

Eines musste Wotan Harald Willi neidlos zugestehen – trotz der drohenden Lynchjustiz blieb dieser völlig ruhig. Aber die sofortige Ermordung Willis musste um jeden Preis verhindert werden – nicht nur aus moralischen Gründen, auch aus pädagogischen! Denn Wotan war klar, dass jetzt gleich, wenn Harald Willi aus dem Wagen steigen würde, einer der wichtigsten Lernprozesse begänne, den dieser Ort je – oder wenigstens in den letzten Jahrzehnten – durchgemacht hatte.

Als die „Lindbühel-Partie", also die drei anderen Polizisten neben Furmaier und Wiesner, bei ihrem Auto auftauchten, deutete ihnen Mohinger junior, dass er es für klüger hielte, doch noch ein paar Meter zu fahren, um Harald Willi erst weiter hinten aussteigen zu lassen, wo man ihn besser abschirmen konnte.

Nachdem sie sich daraufhin mit dem schweren Geländewagen eine schmale Gasse durch die Menschenmasse gebahnt hatten, sah Wotan, dass sich zwei der Polizisten in den anderen Wagen setzten. Kaum dass Fritz Stieger das Fahrzeug verlassen und sich in der Menge verloren hatte, fuhren sie mit Magister Baldur, der etwas benommen im Gurt des vorderen Sitzes hing, mit Otto, der auf der Rückbank mehr tot als lebendig lag, und mit Mako, dessen Leiche sie mühsam im Schwarzbachtal in den Kofferraum verladen hatten, in Richtung Krankenhaus davon.

„Mein Gott, was ist euch denn passiert? Seid ihr alle wenigstens soweit gesund ..." – als seine Tante die schrecklich verdreckte und zerquälte Maroni sah, drohte ausnahmsweise sie gleich in Ohnmacht zu fallen.

... was vielleicht auch geschehen wäre, wenn sie dazu Platz gehabt hätte.

Da sie aber in unmittelbarer Nähe zu Herrn Furmaier stand, blieb sie gezwungenermaßen auf den Beinen und half, die taumelnde Maroni zu einigen Sesseln zu führen, die etwas entfernt vom ärgsten Trubel standen.

„Ja, sagt's einmal, müsst's ihr alle Heldentaten übernehmen? Wir sind zwar erst vor ein paar Minuten vom Lindbühel zurückgekommen, aber wir wollten jetzt gleich zu euch ins Schwarzbachtal ziehen, weil ..."

„Lieber Herr Furmaier, nicht nötig! Wenn Moses nicht zum Berg ... na, und so weiter. Ich hätte jetzt nur eine Bitte ..." – Wotan steigerte seine Lautstärke auf das Doppelte, um wenigstens von den Nächststehenden gehört zu werden – „... und zwar an alle, die uns hier so herzlich begrüßen! Also, eigentlich sind es sogar zwei Bitten: Zum einen ... zumindest was mich betrifft ... bitte keine Umarmungen oder Küsse! Ich fühle mich im Moment nicht gerade frisch, und ein entspannendes und reinigendes Bad ist nicht in Sicht ... daher – überschießende Emotionsbekundungen bitte erst in ein paar Tagen, beim großen Festessen in Herrn Furmaiers Restaurant! ... Ihr Angebot, das gilt doch noch, oder?"

Furmaiers Antwort ging zwar im begeisterten Johlen der Menge unter, aber sein strahlendes Lächeln ließ Wotan auf eine baldige und fulminante „Grammelknödel mit Schweinsbraten"-Orgie hoffen.

„Und zum anderen ... wir alle wissen, dass dieser Mann hier zwei Morde auf dem Gewissen hat. Und er wollte heute Nachmittag das Fräulein Zillerberg, den Herrn Magister Baldur, den Herrn Mohinger junior, meinen lieben Freund Doktor Darner und mich sozusagen im Vorübergehen auch noch umbringen. Aber es muss uns eines klar sein! Wenn wir diesem Mann hier etwas antun, noch bevor wir ihn einer ordentlichen Gerichtsverhandlung zuführen, dann sind wir in Wirklichkeit um keinen Millimeter besser als er! Wir wären dann auch nur Menschen, die sich nicht an die Gesetze halten ... also! Wer Harald Willi auch nur ein Haar krümmt, der bekommt es mit mir zu tun! So ... das hätten wir einmal geklärt. Und jetzt, Herr Willi – bitte, erzählen Sie den Bürgerinnen und Bürgern von Sankt Nepomuk alles das, was Sie uns in Ihrer Hütte erzählt haben. Nichts auslassen! Genauso detailliert wie vorher! Also rauf auf die Bühne, bitte um Ihr Geständnis!“

Eigentlich war das die Stelle gewesen, an der Wotan die improvisierte Bühne hätte verlassen wollen, auf die er Harald Willi bugsiert hatte, aber tosender Applaus und die dichtgedrängte Menschenkette rundum ließen ihn einfach nicht gehen. Also blieb er und stellte sich auf eine langweilige halbe Stunde ein – dem Geständnis hatte er ja, trotz seiner Hinrichtung vor Augen, aufmerksam zugehört. Und vermutlich hatte er sich sogar alle Details gemerkt, aber darüber würde er erst in einigen Tagen nachzudenken beginnen, wenn sein momentaner Adrenalinspiegel wieder auf ein vernünftiges Niveau zurückgekehrt wäre.

„... und wie mich dann die Frau Koller angezeigt hat, da sah ich kaum mehr eine andere Möglichkeit, als ...“ – obwohl Wotan darauf gedrängt hatte, war ihm bei Willis öffentlichem Geständnis nun doch nicht so wohl. Es war wieder einmal diese lästige Stimme der wahren Vernunft und der puren Menschlichkeit in ihm, die ihn mahnte, mit der Situation im Grunde unglücklich zu sein, auch wenn er von ihrer Notwendigkeit überzeugt war. Aber gerade hier, im Schatten der Burgmauern von Sankt. Nepomuk, die ihn an die dicken Mauern der Folterkammer von Schloss Moosham denken ließen, erinnerte ihn die erzwungene Aussage vor Publikum an die grausamen Zeiten, in denen öffentliche Geständnisverlesungen mit anschließender Hinrichtung gang und gäbe waren. Hatte er Harald Willi zu einer ähnlichen Unmenschlichkeit gezwungen?

Wotan wog vorsichtig die zwei Waagschalen, die sich vor ihm aufgetan hatten, gegeneinander ab. Auf der einen Seite lag das Wissen, dass die Dorfgemeinschaft nur durch ein detailliertes öffentliches Geständnis halbwegs davon überzeugt werden konnte, dass es im 21. Jahrhundert doch keinen Teufel gab ... zumindest keinen, der mit Hörnern, schwarzem Fell, Schwefelgestank und magischen Kräften seinem bitterbösen Handwerk nachging.

Auf der anderen Seite lag Harald Willis Menschenwürde, die, selbst wenn ihm keine körperliche Verletzung zugefügt wurde, vielleicht doch Schaden nehmen könnte, an dem er, Wotan Perkowitz, dann schuld wäre!

Wotan schüttelte sich innerlich wieder einmal wie ein nasser Hund, um sein Hirn möglichst rasch von so störenden Gewisseneinflüssen freizubekommen. Bei diesen gedanklichen Hin-und-her-Bewegungen kam ihm gleich noch eine Idee in den Sinn, die wohl auch in dieser Waagschale ihren Platz finden würde. Es war das sichere Wissen, dass sich trotz aller Informationen über die realen Details der beiden Morde im Laufe der Zeit ebenso „Zauberer-Willi“-Legenden bilden würden, wie es bisher eben „Zauberer-Jackl“-Sagen gegeben hatte.

Ein herzzerreißendes Seufzen der Menschen vor ihm riss ihn aus seinen Überlegungen. Es war kurios ... jedes Mal, wenn Harald Willi eines der Details, das sich in den vergangenen Wochen als „Teufelszeug“ ins Bewusstsein der Menschen eingeprägt hatte, als einen völlig zauberlosen Vorgang entlarvte, ging ein enttäuschtes Raunen durch die Menge.

Wotan lächelte wehmütig – im Grunde war es egal, wie die Wahrheit aussah, letztlich wurde das zur Gewissheit, was das Gedächtnis der Menschen daraus machte.

Um nicht wieder ins deprimierende Vor-sich-hin-Moralisieren zu verfallen, hielt Wotan sein Gesicht in die Abendsonne. Er genoss die Wärme und das Licht, ließ seinen Blick über die herrlich-grünen Bergrücken in der Ferne und unheimlich-dunklen Waldränder in der Nähe schweifen und versuchte, sich mit dem Zählen der Zinnen des Burgfrieds, der seit Jahrhunderten majestätisch auf das Treiben auf dem Hauptplatz herunterblickte, von Harald Willis Rede abzulenken.

Später, bei den Vernehmungen der Polizei, würde er aussagen, dass er in diesem Moment das Aufblitzen eines Gewehrlaufs gesehen und deshalb noch rechtzeitig reagiert hatte. In Wahrheit aber musste er sich eingestehen, dass es – auch wenn er als Naturwissenschaftler solche Begriffe hasste – eine seltsame Ahnung gewesen war, die ihn auf genau das Turmfenster hatte blicken lassen, aus dem die Waffe auf Harald Willi gerichtet worden war.

Im letzten Moment warf sich Wotan gegen den neben ihm stehenden Harald Willi und begrub ihn unter sich.

Dann krachte es drei Mal.

Die entsetzten Zuhörerinnen und Zuhörer sahen, wie sich Wotans Körper synchron mit den Schüssen leicht aufbäumte und wieder zurücksank.

Dann vergingen scheinbar ewige Sekunden, in denen das ganze Leben auf dem Platz erstarrt war.

... und dann krachte es noch einmal.

Und dieser eine Schuss, der aus der vom Podium am weitesten entfernten Ecke des Hauptplatzes abgegeben worden war, traf den Schützen, der sich immer noch hinter dem Fenster des Turmes aufhielt, präzise in die Brust.

Vom Burgfried her kam ein Schrei ...

Und dann war – auch ganz ohne Zauberer-Jackl und seine Gesellen der Finsternis – schlicht der Teufel auf dem Hauptplatz von Sankt Nepomuk los.

Die meisten stürmten wie die aufgescheuchten Hühner durcheinander.

Einige rannten zu Fritz Stieger, der sich, kaum dass er binnen weniger Sekunden seine Waffe ausgepackt, zusammengesetzt und den „Turm-Heckenschützen" mit einem Präzisionsschuss unschädlich gemacht hatte, hinter einer umgekippten Tischplatte in Deckung brachte.

Andere stürzten schluchzend auf das Podium. Noch bevor Tante Agathe über ihrem getroffenen Neffen zusammenbrechen konnte, wurde sie bestimmt zur Seite geschoben. Georg Darner hatte sich während seines Medizinstudiums immer wieder vor genau so einem Moment panisch gefürchtet ... dass er der Arzt sein würde, der als Erster bei einem Unfall eines geliebten Menschen zur Stelle wäre. Und jetzt war der Alptraum eingetreten ... und das bei seinem ältesten Schulfreund, mit dem er bis zur Erschöpfung geblödelt hatte, mit dem er sich die Luft aus den Lungen gelacht hatte, mit dem er ...

„Schurli, au! Bitte pass auf, mir tut sowieso schon alles weh vom Erschossenwerden! Hilf mir lieber aufzustehen, für heute dürfte der Spuk endgültig zu Ende sein ..."

Und wieder waren alle erstarrt!

Einige wagten es kaum, in Richtung des Auferstandenen zu blicken – in der Furcht, dass das Licht, das von ihm ausgehen würde, sie blenden könnte.

Andere wiederum begannen laut zu beten. Wobei ... Pfarrer Wobien gehörte nicht dazu, er stand einfach da, lächelte selig und dankte seinem Schöpfer, dass er ihn ein Wunder hatte erleben lassen.

Und einige begannen wie wild durcheinanderzureden ... und steigerten sich gegenseitig zu hysterischen Ausbrüchen, bis der ganze Platz von übernatürlicher Helligkeit und Lärm erfüllt zu sein schien.

Und dann ...

„Meine Damen und Herren! Bitte ... schenken Sie mir einen Moment Ihrer Aufmerksamkeit! Bitte ...“ – Wotan hatte alle Mühe, sich in diesem Chaos bemerkbar zu machen. Als er sah, dass alle ihn anstarrten, drehte er der Menge demonstrativ seinen Rücken zu, sodass sie die Einschusslöcher in seinem Hemd sehen konnte. Dann zog er es langsam aus ... zunächst die Manschettenknöpfe, dann den obersten Knopf, den nächsten ...

Verständlicherweise war es Schurli, der sofort begriffen hatte und lauthals zu lachen begann. Aber auch Stieger, der inzwischen hinter seiner Deckung hervorgekrochen war, stimmte gleich dröhnend in das Gelächter ein. Die meisten allerdings erkannten die schusssichere Weste erst, als Wotan ganz ohne Hemd dastand.

„Ich will ja wirklich nicht blasphemisch sein ... aber, Herr Pfarrer, so, wie Sie aussehen ... gell, Sie haben gerade an ein Wunder geglaubt? Und die meisten anderen auch? Ich kann Ihnen gar nicht sagen, wie sehr ich mich über all Ihre Reaktionen gefreut habe ... immerhin hätten Sie ja der Meinung sein können, dass ich doch ein unverwundbarer Nachfahre des Zauberer-Jackls sei. Aber nein ... Sie haben alle an ein schönes, ein ... na ja, ein Wunder eben geglaubt! Danke!"

Unter donnerndem Applaus schob sich Wotan von der improvisierten Bühne herunter, auf der er beinahe seinen letzten Abgang zelebriert hätte.

„Herr Mohinger, bitte passen Sie mir auf den Herrn Willi auf! Ich glaube ja nicht, dass ihn jetzt noch jemand wird erschießen wollen, aber er sollte auch nicht auf blöde Ideen kommen, von wegen ‚Brasilien ist auch ganz schön' oder so etwas.

Und, Schurli ... danke ... ganz besonders für die letzten Sekunden! Ohne deine so professionell zurückgehaltenen Tränen wäre mein Tod nur halb so schön gewesen! Ah ja ... und übrigens, ist dir jetzt klar, warum ich im Schwarzbachtal so spät ins Auto eingestiegen bin? Genau! ... ich bin noch einmal in die Hütte zurückgegangen und habe mir vorsichtshalber die Weste vom Willi angelegt ... es klingt zwar blöd, aber ich hatte so ein ungutes Gefühl!

Und ... noch etwas ... wer sind hier starke Männer? Sie, Sie, Sie und Sie? Gut, dann gehen Sie bitte in den Turm hinauf. Sie werden dort Hofrat Doktor Maladini finden. Ja ... Maladini! Wieso ich das weiß? ... Erklärung folgt später, spätestens beim großen Festessen! Aber jetzt beeilen Sie sich bitte ... weil, ich weiß nicht, ob er noch lebt ... auf jeden Fall aber, bringen Sie ihn bitte vorsichtig herunter. Nehmen Sie vielleicht irgendetwas mit, was man als Trage verwenden könnte – ah, hervorragend, da hinten ist ja eine echte Sanitätertrage. Ja, die nehmen S' mit."

Als sich Wotan umdrehte und unmittelbar vor Fritz Stieger stand, verwandelte sich endlich auch sein angespannter Ausdruck in ein einziges Lächeln.

„Herr Stieger ... ich weiß, dass es heißt, aller guten Dinge wären drei. Aber bitte ... ich bin dafür, dass es diesmal genügt, wenn sie mir nur zwei Mal an einem Tag das Leben retten. Und ich weiß, dass wir beide zu sehr in unserem Männerrollengehabe stecken, als dass wir einander jetzt um den Hals fallen würden, aber ... also ... fast ...“ – bei seinen letzten Worten waren Wotan die Glückstränen über die Wangen gekullert, er hatte sie nicht mehr zurückhalten können.

„Da, Herr Perkowitz, ich glaube, von da drüben stürmt jemand auf Sie zu ... besser geeignet fürs Umarmen!“ Wotan folgte mit verschwommenem Blick Stiegers Zeigefinger ... und da fiel ihm bereits Maroni um den Hals. Er genoss diesen Moment in vollen Zügen – und er genoss mindestens ebenso, dass er dabei nicht eine Sekunde an Amelie denken musste. ... na ja, außer eben der Sekunde, die er brauchte, um daran zu denken, dass er nicht an sie gedacht hatte.

Freitag, 18. Juli 2008, 20 Uhr

„Herr Hofrat, mir war zwar klar, dass Sie der anonyme Anrufer beim Herrn Willi waren, dessen Stimme so geklungen hatte, als ob er in ein Taschentuch hineinbeißen würde. Weil – das war damals, als Sie noch Probleme mit Ihren neuen dritten Zähnen hatten, stimmt's? Aber warum ... warum haben Sie den Herrn Willi zu diesem Verbrechen gegen Barbara Koller angestiftet? Warum?“

Hofrat Doktor Paul Maladini lag mitten am Hauptplatz von Sankt Nepomuk auf mehreren Decken, die ein paar mitleidvolle Seelen blitzschnell organisiert hatten. Und obwohl nach wie vor alle Dorfeinwohner am Platz versammelt waren und nun um sein etwas zu hartes Totenbett standen, war es vollkommen still. Schurli hatte bereits klargemacht, dass bei dieser Verletzung keine ärztliche Kunst der Welt noch etwas ausrichten könne – Fritz Stieger hatte auch diesen Schuss zu präzise platziert. Es war nur mehr eine Frage von wenigen Minuten, bis sich Doktor Maladini vor einem anderen Gericht verantworten würde müssen.

Aber noch reichte seine Lebenskraft, um Wotan heftig zurechtzuweisen.

„Oh nein, Herr Perkowitz! Bitte, das, was diese Bestie da drüben ... was dieser Unmensch Frau Koller angetan hat, das habe ich nicht eine Sekunde wollen! Nein! Nie! Was ich wollte, war, dass er ...“

„Ich weiß, Herr Hofrat, der Herr Willi hat es mir im Detail erzählt ... und ich bin mir ausnahmsweise sicher, dass er da weder übertrieben noch gelogen hat. Aber warum wollten Sie, dass Frau Koller als Diebin und völlig Verrückte dasteht, die es nach wahrem ‚Hexenblut‘ verlangt?“

„Oh, das kann ich Ihnen noch beantworten. Wir waren ja einmal Studienkollegen ...“

„Wer bitte? Sie und ...“

„Jaja, die Frau Koller und ich! Und dann hatten wir einander Jahrzehnte aus den Augen verloren. Und dann ... Sie erlauben die ironische Formulierung ... wie's der Teufel halt so will, läuft sie mir hier in meinem Pensionsrefugium wieder über den Weg. Und weil der Teufel, wenn er einen schon entdeckt hat, nie schläft, passierte dann eben noch ein höchst unwahrschein...“ – Hofrat Maladini bekam einen schrecklichen Hustenanfall. Vorsichtig hoben Schurli und Wotan seinen Oberkörper an, um ihm seinen Zustand etwas zu erleichtern. Vom Todeskampf erschöpft, aber ohne weitere Hustenattacken, sank Maladini wieder auf seine Decken zurück.

„... na ja, trifft sie doch glatt im Flugzeug, auf ihrem Weg nach Japan, einen weiteren unserer ehemaligen Kommilitonen. Und dieser ... ja, ich muss es jetzt beim Namen nennen ... dieser Depp erzählt ihr, dass ich einst ... na ja, wie soll ich sagen, bei einer Dissertation ...“

„Sie haben Ihre Doktorarbeit von jemand anderem abgeschrieben? Oder gar gleich ganz schreiben lassen?“

„Herr Perkowitz, wenn ich nicht sterben würde, ich würde Sie doch glatt noch wegen Beamtenbeleidigung anzeigen! Nein, wirklich, was Sie von mir denken ... es war genau umgekehrt! Was dieser Studienkollege wusste, war, dass ich im Laufe der Jahre über fünfzig Dissertationen geschrieben hatte ... natürlich nicht fünfzig eigene. Die Kolleginnen und Kollegen waren immer sehr großzügig ... was ja auch kein Wunder war, weil sie sich immer davor fürchten mussten, dass ich sie vernadern ... also, verraten würde. Natürlich hätte auch mich dann irgendein juristischer Bannstrahl getroffen ... aber sicher weniger als die, die sich ihre wissenschaftlichen Abschlussarbeiten von mir hatten schreiben lassen. Na, und wie die Koller das erfahren hat, da war sie doch Feuer und Flamme ... leider gegen mich! Und wie ich ihr einmal kraft meiner damaligen Kontakte zur Landesverwaltung einen Strich durch eines ihrer überdrehten ‚Hexenvorhaben‘ gemacht habe, da hat sie mir gedroht, dass ich mich gefälligst nicht so als Moralapostel aufspielen sollte, weil ‚wer im Dissertations-Glashaus sitzt, soll nicht mit Verwaltungsbescheid-Steinen werfen‘. Sehen Sie ... das war der Grund! Ich wollte, dass sie lächerlich gemacht wird ... dass ihr niemand mehr glauben würde, selbst wenn sie sich erdreisten sollte, meine einstigen kleinen ...

na ja, sagen wir ‚akademischen Un-Unternehmungen' in alle Welt hinauszuposaunen. Das war mein Ziel ... sonst nix!"

„Jetzt weiß ich endlich, wen die Frau Koller damals, bei unserem einzigen Treffen, gemeint hat. Sie wollte unmittelbar danach ‚zwei Scheinmoralaposteln so richtig schön auf die Zehen treten' ... das waren der Herr Willi und Sie! Aber, Herr Hofrat, wieso sind Sie eigentlich gerade auf den Herrn Willi gekommen? Ich meine, wieso haben Sie sich gerade ihn als Komplizen ausgesucht?"

„Weil ich in ihm einen Durch-und-durch-Materialisten erkannt hatte. Für so was hatte ich immer eine feine Nase. Und zum anderen ... er hatte massive Probleme mit der Barbara ... und er hätte davon profitiert, wenn er das gemacht hätte, was ich ihm befohlen hab ... also, vorgeschlagen halt. Aber eines ... eines müssen Sie mir glauben! Bitte, das müssen Sie mir ..."

„Selbstverständlich, Herr Hofrat! Was dürfen wir Ihnen glauben?"

„Einen Mörder, noch dazu einen so brutalen ... das hab ich wirklich nicht heraufbeschwören wollen! Nie! Er sollte mir helfen, die Barbara lächerlich zu machen ... mehr nicht!"

„Ja, das glauben wir Ihnen wirklich aufs Wort! Herr Hofrat ... und deshalb haben Sie den Herrn Willi gerade vorhin erschießen wollen? Sozusagen als Strafe?"

„Ja, natürlich! Was glauben Sie denn? So jemand gehört weg! Und da unser Staat nicht mehr bereit ist, sich solchen Bestien gegenüber entsprechend zu verhalten ... um Gottes willen, Sie glauben doch nicht, dass ich den Willi erschießen wollte, damit er mich nicht mehr als Initiator seiner grässlichen Verbrechen bezeichnen könnte? Nein, ehrlich, wer mich kennt, der weiß, dass ich nie dazu imstande wäre, einen Mordbefehl zu geben ... noch dazu einen so grausamen! Und ich hätte mich auch wirklich nicht davor gefürchtet, als sein anonymer Anrufer ... wie sagt man heute so schön? ... geoutet zu werden! Nein, auch nicht! ... abgesehen davon, bis auf den kleinen Fehler mit dem gebissbedingten Geräusch habe ich keinen Hinweis geliefert. Man wäre also nie und nimmer draufgekommen, dass ich ... nein, nein! Und dass ich Sie getroffen habe ... wieso sind Sie eigentlich nicht tot? ... ich bin doch nach wie vor als Jäger aktiv und immer noch ein guter Schütze. ... aber in dem Fall ist es das letzte große Glück meines Lebens, dass ich diesmal nicht getroffen habe, weil ich könnte es nicht verkraften, wenn ich Sie ..."

Freitag, 18. Juli 2008, 20.15 Uhr

„Doch, Herr Hofrat, Sie sind nach wie vor ein exzellenter Schütze – Sie haben mich ja getroffen, sogar tödlich! Allerdings ..." – da erkannte Wotan, dass er Hofrat Doktor Maladini nichts mehr erklären würde müssen. Er richtete sich stumm auf, bevor er im Einklang mit jenen, die unmittelbar neben ihm standen, das Kreuzzeichen machte. Eine der Frauen murmelte leise: „Herr und Gott, nimm unseren Bruder Paul auf in Dein Reich ...", bevor ein kleiner Chor unter der spontanen Leitung Pfarrer Wobiens einfiel. Georg schloss Maladini die Augenlider, die Tante Agathe mit einem weißen Taschentuch bedeckte.

Selbst die Natur hatte offenbar Mitleid mit dem selbsternannten Richter, der doch nur das Beste gewollt und – wie so oft bei solchen Menschen – das

Schlimmste erreicht hatte. So begannen just in diesem Moment einige Vögel, die in den umstehenden Bäumen saßen, mit ihrem wunderschönem Gesang zu jubilieren, als ob sie die Seele des Verstorbenen mit ihren Tönen in den Himmel tragen wollten.

„Excuse me ... also, entschuldigen Sie bitte. Ich will ja nicht stören, aber ...“ – als Wotan die Gestalt, die unbemerkt von allen den Platz von der Straße her betreten hatte, erblickte, musste er wieder an die berühmtesten Detektivgeschichten der Weltliteratur denken. Doch diesmal war es nicht Hercule Poirot, sondern Sherlock Holmes, dessen Bild automatisch vor Wotans Augen auftauchte. Denn der Mann, der da vor ihnen stand, übertraf in seiner Erscheinung jede Karikatur von einem wahren britischen Gentleman. Die Lockerkeit seiner Körperhaltung – allein, wie er seine Pfeife hielt –, die leicht verwahrloste Lässigkeit seiner aus exzellenten Stoffen bestehenden Kleidung, der Gesichtsausdruck, der zwischen einem Hauch von Hochnäsigkeit, außerordentlicher Freundlichkeit und einem Quäntchen ewiger Verlegenheit hin- und herchangierte – all das ließ Wotan plötzlich den Duft der Baker Street 221B riechen, und auch die wunderbare Mischung aus Themse und ...

„Entschuldigen Sie vielmals, ich komme offenbar höchst ungelegen, aber ... also, ich darf mich vorstellen. Mein Name ist Jakob Koller, Universitätsprofessor Doktor Doktor Jakob Koller.“

Es war der Moment der herunterhängenden Kinnladen und der universal-dummen Gesichter, denn niemand auf dem Platz konnte seine Verblüffung auch nur halbwegs im Zaum halten.

... bis auf Tante Agathe, die sich daher auch rasch wieder so weit gefasst hatte, dass sie ein – sogar verständliches – „Welcome in Sankt Nepomuk, herzlich willkommen, Herr Professor!“ herausbrachte. Sie ging direkt auf den Gast zu und führte ihn in die Mitte der Umstehenden.

„My God ... was ist denn hier geschehen?“

„Das ist eine lange Geschichte, Herr Professor, die erzählen wir Ihnen später.“

„... beim Festessen beim Furmaier!“ – die gejohlte Antwort aus zahlreichen Kehlen überrollte den halbenglischen Gast beinahe, der seinerseits die seltsame Ausdrucksweise der Bergbevölkerung mit einem typisch britischen „Oh, really?“-Lächeln quittierte.

„Ich nehme an, dass der Bertl ... der Herr Furmaier und ich hier diejenigen sind, die die Barbara Koller noch am ehesten gekannt haben. ... na ja, ausgenommen vielleicht der Herr Hofrat ... aber der ... Und deshalb sind wir zwei die einzigen unserer Generation, die sich daran erinnern, dass das schönste Lebensgeheimnis der Barbara dieser jugendliche Herr hier ...“

„Danke für die Blumen ... aber jugendlich? Ich vermeine zu glauben, dass ich sogar sehr viel älter bin als Sie, verehrte Frau Magistra!“

„... dieser jugendliche Herr hier niemand anderer als Barbaras Sohn ist, den sie vor vielen Jahren in einem ihrer früheren Leben zur Welt gebracht hat. Und ihn dann, ihrem Image und ihren Prinzipien treu bleibend, auf den schönen Namen ‚Jakob‘ hat taufen lassen. Barbara und Jakob Koller reloaded ... nur, dass sich Gott sei Dank über die Jahrhunderte doch einiges geändert hat, sodass die Geschichte dieser beiden ganz anders verlaufen konnte als die ihrer Namensvorfahren.“

„Ja, aber es wird mir eine Ehre sein, Ihnen von unserer Familiengeschichte bei diesem ... Festessen? ... ja, also dort zu berichten. Aber jetzt, wären Sie so freundlich, mir zu sagen, wo ich meinen Onkel finden kann? Er hat mich vom Tod meiner Mutter verständigt, ich würde gerne kurz alleine mit ihm sprechen. Wäre das möglich?"

Jetzt war es an Tante Agathe, Jakob Koller mit großen Augen anzustarren, während die meisten der Anwesenden den seltsamen Neuankömmling inzwischen keines erstaunten Blickes mehr würdigten.

„Ihr Onkel?"

„Ja, mein Onkel ... um genau zu sein, er war der uneheliche Halbbruder meiner Mutter ... sie hatten denselben Vater, diesen Großbauern. Nur die Mütter, das waren verschiedene Mägde ... don't tell me, dass Sie das nicht gewusst haben, Frau Magistra?"

„No ... also, nein, Herr Professor!"

„Oh ... ja, dann ... Und wo könnte ich jetzt meinen Onkel sprechen, also Onkel Felix? Den Kindsbauer, Felix Fischlacher!"

Doch ... ja! Plötzlich war es der seltsame Neuankömmling sehr wohl wieder wert, ihn mit aller Aufmerksamkeit zu taxieren.

„Felix ... Fischlacher? Der Kindsbauer? Ihr Onkel? ... der Halbbruder Ihrer Mutter?"

„Yes! Oh ... Sie alle, Sie haben das wirklich nicht gewusst?"

Vielleicht war es auch so eine Ahnung gewesen, die Wotan seit seinem ersten Zusammentreffen mit dem Kindsbauer – beim Mohinger, als Wotan zum ersten Mal aus allen Wolken gefallen war – geplagt hatte. Auf jeden Fall war es jetzt an ihm, auf den Gast zuzugehen und ihm in gesetzten Worten die tragische Nachricht zu überbringen.

„Meine Verehrung, Herr Professor! Ich darf mich vorstellen ... Perkowitz, Wotan Perkowitz. Ich bin der

Neffe von Magistra Gattermüller ... und habe Ihre verehrte Frau Mama noch kennenlernen dürfen. Es tut uns allen sehr leid, was geschehen ist! ... und es tut uns ebenso leid, dass wir Ihnen auch vom Tode Ihres Onkels berichten müssen. Er wurde ... ja, leider auch Opfer eines grässlichen Verbrechens, das tragischerweise in engem Zusammenhang mit dem Mord an Ihrer Frau Mutter steht. Ich darf Ihnen unser aller Beileid zum Ausdruck bringen!"

Als Wotan in einem vollendeten Formalakt im Namen aller Anwesenden die Hand seines „very british" und daher sehr zurückhaltenden Gegenübers schüttelte, sah er ihn zu seiner Überraschung durch einen Tränenschleier hindurchblicken.

Nach einem kurzen Räuspern und einer fahrigen Bewegung über seine Augen gab sich Professor Koller einen Ruck und wandte sich nun ganz offiziell an die Anwesenden.

„Meine Damen und Herren! Ich bin sehr traurig, auch vom Tode meines Onkels hören zu müssen. Aber ich habe den Eindruck, dass der Schurke, der für diese abscheulichen Verbrechen sich unmenschlich gemacht zu haben scheint, einer Anschuldigung vor Gericht begegnen wird müssen. Und dafür bin ich Ihnen sehr dankbar ... sowohl in meinem, aber auch in meiner Mutter und meines Onkels Namen! Danke!"

So edle und wohlgedrechselte Worte, die man noch dazu nicht so ganz verstanden hatte, war man hier nicht gewohnt – außer, wenn wieder einmal ein hoher Politiker aus dem fernen Salzburg oder dem noch ferneren Wien oder dem „allerfernsten" Brüssel anwesend war, um irgendein Autobahn- oder sonstiges Teilstück seiner endgültigen Verwendung zu übergeben. Bei solchen Anlässen, das wussten die Sankt

Nepomukerinnen und Sankt Nepomuker, mussten sie ernst und gefasst aussehen ... was sie vorsichtshalber auch jetzt taten.

„Herr Professor, weil Sie gerade den Mann, der für diese schrecklichen Taten verantwortlich zu sein scheint, erwähnt haben ... verzeihen Sie die banale Frage, aber: Wo ist denn nun eigentlich das letzte, das von Hand geschriebene Testament Ihrer verehrten Frau Mutter? Und wo liegt das frühere?“ – bei diesen Worten Wotans hatte auch Harald Willi, der zwischen dem jungen Mohinger und Stieger stand, seinen Kopf gehoben und wieder „auf Empfang“ geschaltet.

„Testament? Meiner Mutter Testament? Wo das liegt? Oh ... nun ja, nirgends! Weil ... es gibt keines!“

Zum zweiten Mal innerhalb kurzer Zeit konnten alle am Platz Anwesenden einen markerschütternden Schrei vernehmen. War es vor einer halben Stunde Hofrat Maladini gewesen, als er in die Brust getroffen worden war, so war es nun Harald Willi, der ganz ohne Schussverletzung wie ein Berserker brüllte.

„Nein! Nein, das darf nicht sein! Es kann nicht sein! Ihr Testament sei an einem Ort, an dem es niemand vermuten würde ... das hat sie gesagt! Und im Übrigen sei es auch gar kein Testament, aber zugleich das beste Testament, das man sich vorstellen könne ... genau so hat sie es formuliert! Also, Himmelherrgottnocheinmal, es muss ein Testament geben! Ich bin ja nicht komplett verblödet! Weil ... wenn es wirklich keines gibt, dann ... dann ... dann frage ich mich, wozu ich mir das alles angetan habe?“

„Sie? Sich? Na, Sie sind gut! Das haben Sie ja wohl eher anderen angetan!“ – Pfarrer Wobien hatte als Erster die allgemeine Empörung in Worte umgesetzt.

„Ja, aber ... die Frau Koller hat mir doch damals, bei unserem fürchterlichen Streit wegen der Anzeige, da hat sie mir wortwörtlich versichert, dass sie es ‚ihrem Testament verraten' würde! Also muss es doch eines geben! Wo ... wo ist dieses drecksverdammte Testament?!"

„Sehr geehrter Herr ... vermutlich ... Schwerverbrecher ... also ..."

„Willi. Harald Willi." – Wotan hatte zu spät begriffen, dass Professor Koller den Namen des mutmaßlichen Mörders seiner Mutter und seines Onkels noch nicht kannte.

„... Herr Willi! Was meine Mutter mit ihren kryptischen Worten gemeint hatte, war ... zumindest vermute ich das ... war also, dass ich, ihr Sohn, alles das, was ihr wirklich wichtig war – das Wissen um Lebensqualität, Anständigkeit, Hilfsbereitschaft et cetera –, von ihr geerbt und von ihr gelernt habe. Außerdem, sie sagte immer, dass ich ... excuse me, aber es dürfte hier viele Pollen geben, und ich bin leider ein allergischer Mensch, deshalb ..." – das mitfühlende Schweigen der Anwesenden hätte ein Außenstehender als Bedauern über die Allergie interpretieren können, die Professor Koller nun zwang, sich heftig die Nase zu putzen – „... gemeint war, dass ich das beste Testament, also das beste Zeugnis ihrer guten Eigenschaften sei. Herr Willi ... das Testament meiner Mutter steht vor Ihnen!"

„... und ihn können Sie beim besten Willen nicht fälschen!" – genüsslich hatte Wotan die Gelegenheit genützt, Harald Willi noch ein letztes Mal zu verspotten.

„Tuat da der Hax'n weh? Ham's dir an b'sonders schwer'n Stoa umg'hängt?"

„Na, des is net."

„Die Finger? Ham's dir die broch'n?"

„Na, des is a net."

„Ham's dir dein Ruck'n bluatig g'haut?"

„Na, des is a net."

„Ja, warum jammerst denn dann so wia a Katzerl, des was grad dersäuft wird?"

„Uns g'schicht scho recht!"

„Was?"

„Ja, uns g'schicht scho recht ... weil mir unsern Herrn Jesus Christus verrat'n ham!"

„Wieso?"

„Weil ... nur Jesus Christus kann auf Erden Wunder wirken ... ja, und natürlich Gott Vater, die Muttergottes und die Heiligen!"

„Ja und?"

„Na, mir ham doch g'sagt, dass der Zauberer-Jackl der größte Zauberer is, der wo bei uns lebt."

„Ja."

„Na, a Zauber is do so was wia a Wunder ... oiso ham mir doch damit g'sagt, dass der Zauberer-Jackl der Größere is als unser Herr Jesus Christus."

„Und?"

„Und ... des woar eben unrecht. Und deshalb is es jetzt gerecht, dass mir brennen werden."

„Na, is net. Weil ... wenn unser Herr Jesus Christus, den wo die hohen Herren predigen, nicht so wär, dass wir uns vor ihm immer nur ham fürchten müssen, dann hätt ma uns nicht den Zauberer-Jackl aussuchen müssen. Weil ... wenn unser Herr Jesus Christus wirklich gütig und barmherzig wär, dann hätt ma ja immer was zu essen und zum Anziag'n g'habt ... und an warmen Platz zum Schlaf'n, den hätt ma a g'habt! Da hätt ma dann den Zauberer-Jackl net erst braucht. Hast mi verstand'n?"

„I glaub scho!"

„Oiso, dann kränk di nimmer mehr!"

Freitag, 25. Juli 2008, 15.30 Uhr

„DI-ES I-RAE, DI-ES IL-LA" – Wotan war jedes Mal aufs Neue vom wuchtigen Einsatz und dem Stimmengewirr der Sechzehntel-, Achtel-, Viertel- und der halben Noten zu Beginn der Sequenz in Mozarts „Requiem" fasziniert.

Obwohl dieses Bild des zornigen Gottes üblicherweise auch nicht mehr bei Seelenmessen vermittelt wurde, hatte die „Koller-nahe Trias" – ihr Sohn, Tante Agathe und Herrn Furmaier – die Organisatoren der Totenmesse und des Begräbnisses darum gebeten, Mozarts unsterbliche und von der Ermordeten heißgeliebte Musik bei ihrem Gedenkgottesdienst erklingen zu lassen.

Und so platzte die kleine Kirche von Sankt Nepomuk nicht nur unten bei den Kirchenbänken aus allen Nähten, auch oben auf der Orgelempore hätte zwischen all die Chor- und Orchestermitglieder kaum mehr ein Blatt Papier gepasst.

Wegen des erwarteten Andrangs hatten die Kirchenoberen nach kurzer Diskussion zugestimmt, das Requiem für Barbara Koller auch auf Bildschirme außerhalb der Kirche zu übertragen. Pfarrer Wobien hatte diese „Erweiterung des Kirchenraumes" mit den –

für ihn ungewöhnlich zynischen – Worten begrüßt, dass „... es all denen, die die Kollerin über Jahrzehnte beleidigt und gekränkt haben, guttut zu sehen, wie viel Schönheit die ‚schiache Hex' auf ihrem letzten Weg begleitet, sie bis zuletzt verbreitet!"

Aber vor den Flatscreens versammelten sich nicht nur jene bösartigen Schandmäuler, sondern auch zahlreiche Menschen, die die Verstorbene gemocht oder sogar verehrt hatten.

Und so sahen, hörten und spürten fast tausend Menschen die Wucht und die Pracht eines Rituals, das ganz besonders an diesem Tag nicht einfach „herunterzelebriert" wurde, vielmehr in jeder der altehrwürdigen Silben und Gesten Neues und Faszinierendes entdecken ließ.

Zu aller Überraschung hatte Pfarrer Wobien „sogar sehr gerne" auf den Platz am Altar verzichtet – an seiner statt hielt der Abt eines nahen und berühmten Benediktinerklosters die Messe. Als Abt Rupert zu seiner Predigt anhob, hätte man die sprichwörtliche Stecknadel fallen hören können ... es war allerdings nicht die gebührende Stille aus Achtung vor den priesterlichen Worten, eher eine ungläubige Atemlosigkeit, die selbst die – in solchen Situationen epidemisch auftretenden – Hustenanfälle verstummen ließ.

„Barbara Koller war mir über Jahrzehnte eine liebe Freundin. Wir hatten einander während unseres Studiums der Altphilologie kennengelernt ... und ich habe ihre Fähigkeit, die griechische wie die lateinische Sprache von Anfang an als etwas Modernes, Lebendiges zu begreifen und zu genießen, von unserem allerersten Zusammentreffen an bewundert. Ich wusste schon damals, dass mich mein weiterer Weg ins Kloster führen würde, sodass sie für mich immer nur eine großartige Kollegin bleiben würde, aber ... ja, das war sie wirklich, eine ...“ – der tiefe Seufzer, den Abt Rupert an dieser Stelle machte, ließ auch nach den Jahrzehnten, die der Geistliche soeben zurückgeblickt hatte, noch manche Interpretation offen – „... eine wunderbare Kollegin! Ihre wissenschaftliche Karriere haben wir alle damals als selbstverständlich angesehen. Und unsere Barbara wäre sicher auch eine wunderbare Universitätsprofessorin, Forscherin und Lehrerin geworden, wenn da nicht diese ... nun ja, diese private Verwicklung gewesen wäre. Aber umso mehr freut es mich und alle, die Frau Doktor Barbara Koller wirklich kannten, dass Sie, sehr geehrter Herr Universitätsprofessor Koller ... dass Sie den Weg, den Ihre verehrte Frau Mama nicht gehen konnte oder dann auch nicht mehr einschlagen wollte, beschritten haben und an einer so berühmten Universität wie Cambridge Ihre wissenschaftliche Heimat gefunden haben!“

Jetzt war es aber selbst den schweigsamsten Zuhörerinnen und Zuhörern zu viel – das Getuschel brach aus, sodass trotz der mikrofonverstärkten, ergreifenden Worte quer über die Kirchenbankreihen hinweg Sätze wie „Die Kollerin war ... was? A Doktarin?? Naaa, des kann net sei'!“ die akustische Überhand gewannen, bis Mozarts „Lux aeterna“ endlich auch die letzten „Des glaub i net!“-Sätze in einer stillen Kommunion aufgehen ließ.

Freitag, 25. Juli 2008, 17 Uhr

Auf Bitten von Professor Koller hatten sich seine Tante, Herr Furmaier, Schurli und er gleich hinter die kirchlichen und weltlichen Würdenträger in die Menschenschlange eingereiht, die nun gemessenen Schrittes dem Sarg auf dem Weg zu Barbara Kollers letzter Ruhestätte folgte.

Es war der Anblick dieser hölzernen Kiste vor ihm – der Gedanke, dass die noch vor nicht einmal drei Wochen unbeschreiblich lebendige, natur- und freiheitssüchtige Barbara Koller nun in circa 1,3 Kubikmeter eingesperrt lag –, der ihn lähmte. Die Trauer, die er während Mozarts Musik und Abt Ruperts Erinnerungspredigt empfunden hatte, war eine andere, eine tröstende gewesen.

Aber jetzt ... er fühlte sich wie ein Zombie. Zwar waren alle seine Vitalfunktionen intakt, aber ... wozu? Sekundenweise hatte er den Eindruck, dass es am besten wäre, sich gleich ein offenes Grab ganz in der Nähe zu suchen – die passende Schlafstatt für heute Nacht.

... und für morgen, und übermorgen, und überübermorgen ...

Als verzweifelten Ausbruchsversuch aus seinen trüben Gedanken zwang er sich, an seinen ersten Besuch bei seiner Tante in der Apotheke zu denken, bei dem ihm Tante Agathe große Teile der Biographie Barbara Kollers erzählt hatte.

Mit der Annahme, dass die auswärtigen Jahre nach ihrer Matura – sie selber hatte ja immer von ihren „Hexenlehrjahren" gesprochen – nicht, wie das „die Dummen im Dorf" geglaubt hatten, Jahre in einem Gefängnis, sondern Jahre einer Zusatzausbildung und einer unglücklichen Liebesgeschichte gewesen waren, hatte seine Tante völlig recht gehabt. Wobei, an ein Studium mit einem Doktorat als Abschluss hatte auch sie nicht gedacht. Dafür hatte sie wiederum die Geschichte von Barbara Kollers Sohn gekannt ... ebenso war ihr nicht verborgen geblieben, dass dieser nach seinem plötzlichen Verschwinden aufgrund des Durchsetzungsvermögens seiner Mutter und dank seines Hochbegabtenstipendiums in Cambridge studiert und dort eine wissenschaftliche Karriere gemacht hatte. Aber vom Verwandtschaftsverhältnis zwischen Barbara Koller und dem Kindsbauer – dass die Kuhhaxen-Hex und der Kindsbauer Halbgeschwister gewesen waren –, davon hatte Tante Agathe nichts gewusst.

„Danke vielmals, der Herr! Hier, bitte." – trotz seiner Trauer hatte Wotan nicht auf eines der wesentlichsten Elemente eines österreichischen Begräbnisses vergessen. Er hatte das obligate Trinkgeld vorbereitet und steckte es jetzt dem Mitarbeiter der lokalen Bestattung im Austausch gegen das ritualisierte Schauferl Erde zu, die er auf den versenkten Sarg von Barbara Koller warf.

Das Schauferl wieder zurückgeben ... Schauferl mit Erde füllen ... Schauferl hinhalten ... „Danke vielmals, der Herr! Hier bitte." – selbst dieses Ritual hatte eine erstaunliche Fließbandcharakteristik, die den Tod als einen selbstverständlichen Teil des ewigen Kontinuums erscheinen ließ.

... was er ja auch war – außer eben für Barbara Koller und die ihr Nachtrauernden.

Für sie war dieser konkrete Tod ... nein! Wotan war nicht bereit, sich gerade jetzt diesem – letztendlich sinnlosen – Versuch zu stellen, eine der großen Menschheitsfragen zu beantworten.

Ein Ende?

Ein Anfang?

Nein ... jetzt nicht!

Wotan drehte sich um – wer würde als Nächster zum Symbol des ewigen Schauferl-Kreislaufs werden? Peter Walburga hatte sich hinter ihm eingereiht. Als der nun am Rand des Grabes stand, seufzte er mit einem Laut auf, der zwischen Trauer und Lachen changierte.

„Ach, Kuhhaxen-Hex ... ja, das wäre eine wunderbare erste Zeile für einen Liedtext. Aber es bräuchte mindestens einen Gotthold Ephraim Goethe, um dieses Meisterwerk zu schreiben!“, dabei drehte sich Walburga zu den ebenso ahnungs- wie humorlosen Gesichtern einiger Nebenstehender um, „... oder aber einen Friedrich von Shakespeare.“

Freitag, 25. Juli 2008, 17.20 Uhr

Dieses letzte Winken mit einer Handvoll Erde war üblicherweise das Startsignal für den Leichenschmaus, vor dem Wotan in diesem Fall besonders graute. Er beschloss, vorsichtig zu erkunden, ob nicht angesichts der tragischen Umstände auf diese Symbolhandlung verzichtet werden würde? Mit nicht mehr ganz so schleppendem Schritt gesellte er sich zur kleinen Gruppe, die ebenfalls ihr „Schaufelwerk“ vollendet hatte.

„Wotan! Natürlich, wir sind noch alle voller Entsetzen und Trauer, aber ... ja, ich bin halt eine neugierige Person. Und ich wollte dich schon seit einer Woche fragen – wieso warst du als Einziger von uns sichtlich nicht so sehr überrascht, als der Herr Professor Koller den Fischlacher als seinen Onkel ... quasi geoutet hat? Hast du das am Ende schon vorher gewusst?“

„Jein, liebe Tante, gewusst hatte ich es nicht, aber – wie doch so oft in den letzten Wochen – geahnt. Ich habe mich schon gleich beim ersten Treffen mit dem Herrn Fischlacher gewundert, weil ... er hat noch am wenigsten auf die Frau Koller geschimpft. Also, im Gegensatz zum Mohinger oder zum Simberger – die haben ja sofort aus allen Rohren Gift und Galle gespuckt. Und dann schien es doch auch unlogisch, dass die Frau Koller ihm etwas von ihrem Moor freiwillig gegeben haben sollte, als er es ihr zu stehlen versucht hat. Im Nachhinein tut er einem ja auch deshalb leid, weil er sich nicht einmal vorstellen konnte, dass seine Halbschwester ihm etwas schenkt, das ihm gegen seine Schmerzen hilft ... und ihr Moor war dafür offenbar besser geeignet als seines. Wie gesagt, eine solche Großzügigkeit diesem Säufer gegenüber ... die war – bei allem Respekt vor der Toten – doch eher untypisch für die Frau Koller. Na ja, da habe ich mir eben gedacht ... nein, irgendwie geahnt, dass da noch ein anderes Band zwischen ihr und diesem armen und elend versoffenen Kindsbauer bestehen muss. Und dazu kam noch die Tatsache, dass beide Besitzer von privaten Mooren waren ... das war's! Das hat mich – ganz besonders nach deiner Information, dass Frau Koller das Moor von ihrem Vater vererbt bekommen hat – auf diese Idee gebracht."

„Brillant, oh du mein Neffe Sherlock Perkowitz!"

„Ich sag's ja immer, unser Wotan ... der kann, wenn er will, wirklich ein Superhirn sein!"

„Dein Glück, Schurli, dass ich so selten will!"

„Wieso? ... oder verstehe ich das jetzt eben deshalb nicht, weil du gerade wieder so ein Superhirn sein willst und es in diesem Moment auch bist, sodass ich deinen Über-drüber-Aussagen leider nicht folgen kann?"

„Eigentlich habe ich gemeint, dass du ... ja, so ähnlich! Dass du, wenn ich öfters ein Superhirn sein wollen würde und es dann auch tatsächlich wäre ... dass du mich dann niemals verstehen könntest! Aber da du das sowieso jetzt so verstanden hast, können wir ja ... oder auch nicht ..." – es war wieder einmal an der Zeit, ihre verschrobenen Dialoge zu beenden, denn in den Gesichtern der anderen war zu lesen, dass sie im Begriff waren, alle Achtung, die sie sich in den letzten Wochen erkämpft hatten, auf Jahre zu verlieren. Um wieder an „seriösem Terrain“ zu gewinnen, beeilte sich Wotan, noch zwei würdig wirkende Fragen zu stellen.

Die Antwort auf die erste glaubte er zwar zu kennen, aber er wollte trotzdem die Bestätigung, ob das, was ihn getröstet hatte, auch wirklich wahr war.

Und die zweite – das war die Frage, die ihn während der letzten Tage wirklich gequält hatte, die er allerdings nicht hier zu stellen vorgehabt hatte. Aber nun ... doch, jetzt bot es sich an.

„Noch zwei Fragen bitte. Herr Furmaier, ganz ehrlich – als Sie damals bei Ihnen im Restaurant von einem konkreten Verdacht gesprochen haben ... haben Sie da wirklich Harald Willi gemeint?“

„Nein, Herr Perkowitz. Nein, damals hab ich geglaubt, dass diese Geiferer Enterbauer und Obertruber ... na, und andere gehässige Idioten ... dass die sich so in dieses Hexengetue hineingesteigert hätten, dass sie die Barbara tatsächlich ermordet haben. Ich war mir übrigens auch sicher, dass dasselbe Gesindel die Hetzflugblätter verfasst hat. Heute wissen wir natürlich, dass auch das der Herr Willi war, aber ... wer hat das Gegenflugblatt geschrieben? Hätten Sie da zufällig eine Idee?“

Wotan wollte sein Wissen um Pfarrer Wobiens anonyme Aktivität nicht preisgeben, zumindest nicht, bevor er ihn gefragt hätte, ob ihm das auch recht wäre. Daher wich er der Frage mit dem ältesten Trick aus – Angriff ist die beste Verteidigung.

„Nein! Aber – ich hätte noch die letzte, entscheidende Frage. Tante Agathe ... nein, eigentlich Herr Furmaier: Wie Sie damals aus der Haft gekommen sind, und später dann noch einmal, da haben Sie erwähnt, dass die Frau Koller nach Chlor gerochen hat. Aber das konnten zu dem Zeitpunkt nur Doktor Darner, Magister Baldur, meine Wenigkeit und ... ja, und der oder die Mörder wissen! ... hätte ich damals zumindest geglaubt. Wieso wussten Sie es?"

„Das verstehe ich jetzt nicht ganz?"

„... diese seltsame Mischung aus Kernseife und Chlor. ‚Ja, jetzt rieche ich fast wie die Kollerin ... sie ruhe in Frieden' – das waren Ihre Worte. Aber dass auf der Leiche von Frau Doktor Koller tatsächlich Chlor gefunden worden war, das konnte außer uns dreien eben nur der Mörder wissen. Wieso ... also woher ...?"

Im nächsten Augenblick wusste Wotan wieder einmal nicht, in welches Erdloch er sich am besten verkriechen sollte, um den empörten Blicken der Trauergäste zu entkommen. Denn plötzlich, ohne ersichtlichen Grund, begannen Tante Agathe und Herr Furmaier im Chor schallend zu lachen.

„Wotan ... du ... hast du ... wirklich geglaubt, dass der Bertl und ich ... nein, das ist wirklich ..."

„Agathe ... du kannst es ihm aber doch nicht verdenken ... nein, also wirklich, wir als Mörder? Köstlich!"

„Also, bevor ihr beide mir an einem Lachkrampf erstickt ... könntest du mich, liebe Tante Agathe, endlich darüber aufklären, was am Chlorfund auf einer Leiche und einem Mordverdacht so lustig ist?"

Magistra Gattermüller nahm noch mehrere tiefe Atemzüge, um das Lachen aus ihren Lungen hinauszublasen, bevor sie ihrem Neffen mit der gebotenen Ernsthaftigkeit antworten konnte.

„Wotan, dass auf der Leiche Chlor gefunden wurde, hören wir zwar jetzt zum ersten Mal ... aber das verwundert uns nicht im Geringsten. Denn ... die Barbara hatte – neben vielen anderen – noch ein weiteres kleines Geheimnis, von dem außer dem Bertl und mir niemand wissen durfte. Es passierte ihr immer wieder, dass ihre ... wie soll ich sagen? ... also ihre Image-Marketing-Kleidung, diese grässlichen Kuhfelle, von Parasiten befallen wurden. Und dagegen behalf sie sich mit einem der aggressivsten Mittel, wenn auch in höchst verdünnter Konzentration. Mit Chlor! Diese Lösung bekam sie ab und zu von mir zusammengemixt – und ich musste ihr jedes Mal hoch und heilig schwören, niemandem zu verraten, dass die große Naturliebhaberin und Umweltverteidigerin Barbara Koller die Materialien, die sie selber am Leibe trug, mit Chlor behandelte. Nur der Bertl ... der ist eines Tages draufgekommen, weil er unglücklicherweise gerade bei der Hintertür hereinkam, als ich der Barbara so ein Fläschchen überreicht habe. Aber auch er musste dann alle heiligen Eide schwören, niemals irgendetwas davon zu verraten! Was er auch gehalten hat ... bis zu diesem sehr emotionellen Moment nach der Nacht in Haft."

Salzburg, Anno Domini 1678, dem 3. September

Nun begannen die Schmerzen unerträglich zu werden. Sein linker Fuß brannte bereits, gleich würde sein Knie, seine Hüfte ...

Er hatte so gehofft, dass das, was ihm der Herr Pfarrer erst gestern bei seiner letzten Beichte tröstend zugeflüstert hatte, eintreten würde. Dass er nicht mehr die Schmerzen der Flammen spüren müsste, da ihn Gott schon zu sich genommen haben würde.

Aber jetzt ... jetzt brannte er doch ... und er spürte jede kleine Feuerzunge, die sein Fleisch verkohlen ließ.

Er versuchte mit aller Gewalt an Gott zu glauben ... an sein Himmelreich, in das er vielleicht nach der Buße in der Hölle zumindest kurz hineinschauen dürfte.

Und dort würde er hören, wie die Menschen einander erzählten, dass auf der Erde nicht mehr gefoltert und getötet würde, weil es schon zu viele arme gequälte Seelen im Himmel gab. Auf der Erde würde Frieden herrschen, weil diese Seelen die Menschheit gewarnt hätten, dass es so nicht mehr weitergehe ... Gott würde das nicht gefallen!

... und das war sein letzter Gedanke, überwältigend genug, um sich selbst im Prasseln der Flammen und im Johlen der Zuschauer in ihm Gehör zu verschaffen.

Freitag, 25. Juli 2008, 17.50 Uhr

Alle waren weg! Bis auf Wotan – er wusste noch nicht wirklich, wie er mit all den Erfahrungen der letzten siebzehn Tage umgehen sollte. Nach Leichenschmaus war ihm so gar nicht zumute.

Ein leises Miauen ließ ihn aus seiner rastlosen Ratlosigkeit auffahren. Auf einem Baum hinter dem Grab saß eine schwarze Katze mit ockerfarbenen Augen, die ihn ... ja, was eigentlich?

... überheblich musterte?

... ironische Blicke zuwarf?

Oder vielleicht doch traurig anlächelte?

„Diabolina?“ Wotan wäre in diesem Moment nicht verwundert gewesen, wenn ihm das Tier mit samtweicher Stimme „Ja, die bin ich“ geantwortet hätte. Aber so weit hatte er sich doch noch nicht in seine eigentümliche Gedankenwelt zurückgezogen. Die Katze sprang herunter und strich dreimal um seine Beine, bevor sie in Seelenruhe die Friedhofsallee hinunterschritt, ohne ihn noch eines Blickes zu würdigen.

Weder ihn noch das Grab hinter ihm.

Das Grab!

Mit beinahe schlechtem Gewissen drehte sich Wotan um. Mindestens drei Minuten hatte er jetzt nicht mehr an die Ermordete gedacht.

Seltsamerweise war es nicht mehr Barbara Koller, die seine schwarzen Gedanken antrieb. Es waren all jene, die vor dreihundert Jahren gefoltert und hingerichtet worden waren. Und alles nur, weil die Menschen der damaligen Zeit in ihrem Aberglauben so verblendet gewesen waren und für jedes Unglück einen Sündenbock brauchten.

Die damalige Zeit?

War das tatsächlich Geschichte?

Ein einzelner Lichtblick durchflackerte sein verdunkeltes Gehirn. Vielleicht waren all diese – und die Milliarden Gequälter vor und nach ihnen – nicht ganz umsonst gestorben? Vielleicht hatte jedes unnötige und tragische Opfer das Wissen um die Grausamkeit vermehrt ... und irgendwann würde die Menschheit gar nicht mehr anders können, als etwas humaner zu werden.

... humaner zu werden versuchen.

„Herr Perkowitz?“

Mühsam drehte Wotan seinen Kopf und versuchte, durch die Tränen, die sich unbemerkt in seinen Augen und über seine Wangen verteilt hatten, sein Gegenüber zu sehen. Als er den Mann in Schwarz erkannte, lächelte er müde.

„Im Übrigen, Herr Pfarrer, danke ... ohne Ihr Flugblatt wäre all das hier noch trostloser!“

Wobien stutzte kurz, dann setzte er sich neben Wotan.

Das war der Moment, in dem Wotan verstand, dass das Sausen des Windes nichts anderes als ein glücklich-befreites Aufatmen der Gequälten und Verscharrten war, das sich aus der Erde in den Himmel schraubte. Und aus dem luftigen Chor stach ein liebevoll-starkes Brausen hervor, das all die schwächeren Luftwirbel zu sich rief und mit sich in die Höhe nahm.

Wotan holte tief Luft ... und blies sie in den Wind hinein.

Er war sich sicher, dass Barbara Koller den Atem der Bewunderung gespürt hatte.

Epilog

„Gaudeamus igitur, iuvenes dum sumus.“ – Wotan bemühte sich redlich, nicht allzu unverschämt zu grinsen. Vermutlich wäre es keiner der hohen Herrschaften vor ihm aufgefallen, aber er hatte sich geschworen, wenigstens bei der Feier anlässlich der Übergabe der Graduierungsrolle, die ihn als Bachelor of Science auswies, ernst und seiner neuen akademischen Würde entsprechend aufzutreten.

Und dazu hätte wohl kaum ein breites Grinsen gepasst.

Aber angesichts des Satzes „Freuen wir uns also, solange wir junge Menschen sind“ hatte er an die köstlich frustrierten Gesichter seiner Schwestern denken müssen, die es seit seiner abschließenden Prüfung vor einigen Wochen nicht mehr gewagt hatten, ihn mit den üblichen Sticheleien und Frotzeleien zu ärgern.

Doch! Jetzt konnte Wotan es einfach nicht mehr verhindern, dass sich seine Mundwinkel zu einem überdimensionierten Lächeln verzogen. Ungeachtet seiner Blauer-Anzug-mit-Gilet-„Feiertagsuniform“ und der vor Würde strotzenden Talare überkam Wotan das Grinsen genau in dem Moment, in dem seine Magnifizenz, Rektor Hiebelstorfer, vom Glück und der beachtlichen Leistung sprach, aber auch von der beträchtlichen Verantwortung, die der frisch erworbene akademische Grad mit sich brachte.

„Post iucundam iuventutem“ – die „fröhliche Jugend“ hatte bei all dem Händeschütteln, das Wotan noch vor dem Festakt hinter sich gebracht hatte, am deutlichsten Maroni verkörpert, die sich in ihrem herrlich erfrischenden Charme nicht einmal durch all die – dem Anlass angeblich angemessenen – glücklich-ernsten Gratulationsgesichter davon hatte abschrecken lassen, ihm mit einem kumpelhaften Schlag auf die Schulter und den Worten „Na, jetzt muss ich ja wohl Bakkalaureat Perkowitz sagen – aber das ist mir zu lang. Wie wär's denn mit ‚Lauri' oder ‚Bakki'? Oder ‚Du, Wotan' ... geht das auch?" zu gratulieren. Natürlich hatten seine Eltern, seine Schwestern, seine Tante, Herr Furmaier, Pfarrer Wobien und Herr Wiesner eher gezwungen „aufgelächelt", wirklich schallend gelacht hatten nur Schurli und er selber.

Alle hatten ihm gratuliert! Und – das war das Erstaunlichste – er hatte sich darüber außerordentlich gefreut! Er war sich sicher gewesen, dass ihm die zahlreichen „Jö, danke fürs Kommen! Ja, ich freu mich natürlich auch sehr ... es ist schon ein wesentlicher Abschnitt"-Sätze nur schwer über seine Lippen kommen würden, aber er hatte sich letztlich bei jedem Glückwunsch von ganzem Herzen gefreut.

„... post molestam senectutem, nos habebit humus. Nos habebit humus!" – es war nach wie vor wie ein Stich in die Seele, wenn er an die Morde an Doktor Barbara Koller und ihrem Halbbruder Felix Fischlacher denken musste. Gerade an den beiden hatte er nahezu exemplarisch studieren können, wie unterschiedlich sich das soeben besungene „lästige Alter" äußern konnte. Auf der einen Seite die unangepasste, jedoch höchst vitale, moralisch großteils integre, außerordentlich erfolgreiche und – wenn man hinter die Kulisse der Kuhhaxen-Kleidung geblickt hatte – sehr hilfsbereite promovierte Altphilologin Barbara Koller, auf der anderen Seite der seine Lebenschancen im Alkohol ersäufende Kindsbauer, der sich als – von den meisten im Grunde „unbedauertes" – Mordopfer geradezu angeboten hatte.

„Nos habebit humus" – mochten sie beide in Frieden ruhen!

Am erstaunten Blick eines der Würdenträger erkannte Wotan, dass sein übermütiges Grinsen innerhalb weniger Sekunden zu einem bestenfalls wehmütigen Lächeln verkommen war. Tapfer straffte er seine Gesichtsmuskeln, um die akademische Ehre nicht allzu sehr mit seinen sichtbaren Gefühlen zu stören.

Als die Festgesellschaft die österreichische Bundeshymne zu singen begann, hörte er, wie ein später Gast den Saal betrat. Wotan drehte den Kopf – und sah Jakob Koller ihm zulächeln.

... was zur Folge hatte, dass alle rund um ihn herum erschraken. Denn jetzt schmetterte Wotan voller Überzeugung den heiß umstrittenen Vers „Heimat großer Töchter und Söhne"!

Wobei – diese Worte widmete Wotan nicht nur Barbara Koller und ihrem „besten Testament" oder gar den ehrwürdigen Mitgliedern des Lehrkörpers „seiner" Universität, der ihn – nach etwas zu langer Zeit – zu diesem ersten akademischen Grad geführt hatte. Nein! Er betonte diese Zeile auch höchst eigennützig, um nämlich den neuen Wortlaut zu üben und sich die ungewohnte Silbenfolge gut einzuprägen. Denn er hoffte inständig, dass es ihm in naher Zukunft vergönnt sein möge, zumindest noch zwei Mal hier in der ersten Reihe „Land der Berge ..." anstimmen zu dürfen. Er hatte trotz aller überstandenen Mühen durchaus vor, auch die weiteren Sprossen der akademischen Leiter zu erklimmen. Und bei der Arbeit an seinem Magisterium und – vielleicht später dann – an seinem Doktorat konnte er auf Aufregungen wie die im vergangenen Sommer dankend verzichten.

Nie wieder Morde! Nie wieder Lebensgefahr!

Das nahm er sich strikt vor ... er, Wotan Perkowitz.

... aber was hatte er sich nicht schon alles fest vorgenommen!

Sichtung und Klarheit: die historischen Hintergründe

Natürlich gibt es kein Sankt Nepomuk, keine Hiafalm, keinen Gasthof Mohinger und keinen Rapfaller.

Aber es gibt die ausnehmend hübsche Marktgemeinde Tamsweg im Bundesland Salzburg, das schaurig-schöne Schloss Moosham und die Gedenkstätte am Passeggen.

Dort und an den anderen Stationen des „Richtstättenweges" wird an die Lungauer Zauberer-Jackl-Prozesse erinnert, die in zwei Wellen 1682/1683 und 1688/1689 weitere achtunddreißig Opfer, darunter drei Kinder, gefordert haben.

Weitere – denn in den Jahren 1675 bis 1681 waren bereits über hundertfünfzig Personen unter anderem der Hexerei sowie der Komplizenschaft mit dem Zauberer-Jackl beschuldigt worden. Während der damals meistgesuchte „Böswicht" dieses größten Hexenprozesses auf dem Gebiet des heutigen Österreich nie gefasst wurde, wurden seine Mutter Barbara Koller und weitere hundertzweiunddreißig Menschen hingerichtet.

Von diesen hundertdreiunddreißig Opfern waren in etwa die Hälfte Kinder und Jugendliche – wie der zwölfjährige Dionysus Feldner oder der sechzehnjährige Christian Fleiß.

Die Zauberer-Jackl-Prozesse sind bis zur Mitte des 20. Jahrhunderts interessanterweise kaum erforscht worden.

Erst Arbeiten wie die Dissertation „Der Zauberer-Jackl-Prozeß" von Doktor Heinz Nagl, die in den „Mitteilungen der Gesellschaft für Salzburger Landeskunde" (Teil I in „112. und 113. Vereinsjahr 1972 und 1973", Teil II in „114. Vereinsjahr 1974") gedruckt wurde, oder die Bücher von Doktor Peter Klammer („Daß sy der Rit schütt" oder „Coitus cum diabolo" – siehe auch unter www.klammerverlag.at) und weitere hochinteressante Veröffentlichungen haben wesentlich zur Aufarbeitung dieses dunklen Kapitels der Geschichte beigetragen.

Dankesworte

Was für ein Glück, wenn man an seinem „literarischen Zielort“ einen Zweig der eigenen Familie in Anspruch nehmen darf ... daher gilt mein erster und ausgiebiger „Lungauer Dank“ meiner Tante Brigitte und meinem Onkel, Dipl. Ing. Dr. Heinrich Till, ganz besonders aber meiner Cousine Mag. Andrea Gürtler und ihrem Mann Mag. Christian Gürtler, die mir einen wunderbaren Einblick in die heutige Lungauer Welt wie auch in die des 17. Jahrhunderts ermöglicht haben.

Mein zweiter Dank in den Lungau geht an meine ehemaligen Kolleginnen und Kollegen vom „Multiaugustinum“, die mich auf einige besonders interessante Zauberer-Jackl-Spuren hingewiesen haben.

Mein dritter „beinahe-in-den-Lungau“-Dank macht einen Seitenschritt in die benachbarte Steiermark. Für die vielen wunderbaren Anregungen, wie das Restaurant „Zur steilen Steinstufe“ und seine Umgebung aussehen könnten, danke ich Familie Stiller und ihrem Hotelrestaurant „Stigenwirth“ in der Steirischen Krakau.

Ein besonderes Vergnügen bereiteten mir die Gespräche über die „vergleichende Ketten-Metallurgie“ mit Dr. Georg Reiser und Dipl. Ing. Dr. Bruno Hribernik – für den liebenswert-lockeren Umgang mit meinem diesbezüglichen Unwissen danke ich vielmals.

Meinen juristischen Wissensdurst durfte ich auch diesmal wieder mit den Informationen meines Schulfreundes MMag. Volker Hornberg stillen – vielen lieben Dank!

Die besten Anregungen und die zahllosen leeren Tintenpatronen hätten aber auch diesmal nicht ihren finalen Sinn gehabt, wenn nicht am Ende der Arbeit das fertige Buch gestanden wäre. Dass es letztlich zu *Teufelskoller* kam, verdanke ich dem Team des Haymon Verlags, ganz besonders meiner Lektorin Mag. Dorothea Zanon.

Wie immer schließt dieses Kapitel mit dem Dank an meine Mutter – auch das vorliegende Buch wäre ohne ihre vielfältige Hilfe in psychologisch-sprachlicher wie in lebenspraktischer Hinsicht nie geschrieben worden.